同窗锦鲤

凤歌且行 著

江苏凤凰文艺出版社
JIANGSU PHOENIX LITERATURE AND
ART PUBLISHING

图书在版编目（CIP）数据

同窗锦鲤 / 风歌且行著 . — 南京 : 江苏凤凰文艺
出版社 , 2023.12（2025.5 重印）
ISBN 978-7-5594-7932-7

Ⅰ . ①同… Ⅱ . ①风… Ⅲ . ①长篇小说 – 中国 – 当代
Ⅳ . ① I247.5

中国国家版本馆 CIP 数据核字 (2023) 第 158529 号

同窗锦鲤

风歌且行 著

责任编辑	周颖若
责任印制	杨 丹
特约编辑	王泓滟 张诗妍
封面设计	酢 暖
出版发行	江苏凤凰文艺出版社
	南京市中央路 165 号，邮编：210009
网 址	http://www.jswenyi.com
印 刷	嘉业印刷（天津）有限公司
开 本	700 毫米 × 980 毫米 1/16
印 张	22
字 数	383 千字
版 次	2023 年 12 月第 1 版
印 次	2025 年 5 月第 2 次印刷
书 号	ISBN 978-7-5594-7932-7
定 价	52.80 元

江苏凤凰文艺版图书凡印刷、装订错误，可向出版社调换，联系电话 025-83280257

目录

池京禧抄得很认真。

闻砚桐伸长脖子看了一眼，

便见他的字着实好看，颇似瘦金体，

板板正正地列在书面上。

然后轻轻插在她的发中。

好似拿了根簪子，

落在她面前的桌子上。

衣袖擦过她的耳朵，

有只手又往前一伸，

第一章

洗砚池边

夜半寅时，朝城五更的钟声刚刚落下，闻砚桐就突然睁开了一双大眼睛。

远方是幽幽钟鸣，近处是室友的鼾声。

闻砚桐小心翼翼地爬起来，脚落地的时候半点声响都没发出。她借着微弱的月光摸到衣裳，草草披身上之后，便蹑手蹑脚地出了门。

月光皎皎，四下无人，一股冷风吹来，闻砚桐忍不住打了个寒战。

她摸出一把从膳房偷出来的细刀，把包了一层又一层的绸布解开后，刀刃在月光下泛着森森寒光。

只是等凑近了看时，才发现这刀刃已经钝了，还有些细细密密的豁口。

闻砚桐暗道一声倒霉。白日里溜到膳房的时候生怕被人发现，根本来不及挑选，只觉得这把刀又细又小方便藏，才选中了它。

却没想到是把钝刀。

她伸手试了试刀刃，心想：这刀钝是钝了点，但应该不影响使用。

闻砚桐要用这刀，去干一件大事。

宰一只鸡。

这只鸡还有个名字，叫无惰。

闻砚桐还真没想到有朝一日，大公鸡也会成为她的人生劲敌。

这只鸡是颂海书院的院长用马车从老家接到这里的，养了足足四年，凶猛无比，据说从它身边路过都会被啄，以致无人敢靠近它。

闻砚桐倒是没被它啄过。但是这只鸡的窝就搭在她宿舍的后面，每到卯时，公鸡就会仰天长鸣，还在她窗下打转。

一声声直往耳朵里钻，震得她脑仁疼。

每次从睡梦中被近在咫尺的鸡鸣声吵醒时，闻砚桐都想破窗而出，把公鸡的脖子拧成麻花。

这只负责打鸣喊学生起来上早课的公鸡很受学院的重视，闻砚桐向夫子提议将鸡窝换个地方，还被训了一通。

一连四日皆是如此，闻砚桐实在忍不了了，这才决定去膳房偷一把刀，忍痛牺牲半宿的时间，彻底解决这只死瘟鸡。

她左顾右盼，鬼鬼祟祟地摸到鸡窝边。

公鸡十分机敏，已经察觉到有人靠近，警惕地睁开了眼睛。

但它却没动——一是鸡到了晚上跟个瞎子没区别；二是这公鸡凶猛，似乎根本不惧人。

闻砚桐看见它只觉得满心都是恨，呸了一声，暗道：你就是警惕也没用，今夜就让你从无惰变成无头！

她握着细刀来回比画，想找个合适的位置一刀把鸡脖子剁断，以免它发出叫声把别人惊醒。

万事俱备，只差一刀。闻砚桐姿势都摆好了，正要下刀之际，旁处忽而传来一声呵斥。

"谁！在那儿干什么！"

闻砚桐被这突如其来的一声吓得不轻，转头一看，就见一人提着灯盏站在不远处。

她一眼就看出这是书院十分出名的武夫子，二话不说转头就跑。

武夫子两三下就追上她，对着她的右腿窝踢了一脚。

闻砚桐腿窝一痛，"哎哟"了一声后便摔在了地上，被武夫子压住了腰背。她立即把手中的细刀丢了，举着双手喊道："别打我别打我！我是书院的学生！"

斩鸡计划，失败。

次日，闻砚桐蔫蔫地站在学堂外，眼皮重得厉害，恨不得立马躺地上睡一觉。

昨夜闹出的动静不小，又经过一上午的传播，现在整个书院的人都知道闻砚桐想要半夜杀鸡的事，明里暗里地走到她跟前笑话她。

闻砚桐却没精力在乎这些。昨夜浪费半宿的时间，回去之后本想睡会儿，可右腿窝又疼得厉害，辗转了许久。好不容易眯了一会儿，那杀千刀的鸡又在她窗子底下打鸣。

天还没亮，早课就开始了。

闻砚桐被夫子单拎出来，问及杀鸡的原因，她认错认得飞快，恨不得挤出两滴金豆子："我太饿了……"

夫子恨铁不成钢，痛心疾首地教育了闻砚桐半个时辰，直到下了早课才结束，临走时还让她站在学堂门边反省。

夫子刚离开，闻砚桐就在仲冬的暖阳下困意泛滥，靠着墙打起了盹儿。

"瞧瞧，这小子前几日发热烧坏了脑子，昨儿大半夜饿急眼了竟然还拿着刀要去杀报晓鸡，果然是小门小户出来的平民，那给读书人报晓的鸡能用来果腹吗？传出去还以为我们书院苛待了他……"

正靠着墙睡得迷迷糊糊时，忽而有一串尖酸的话传进了闻砚桐的耳朵里。

虽然没有提她的姓名，但是听这话不用猜也知道是在说她。

闻砚桐当即怒了，睁开布满血丝的眼睛循着声音怒瞪过去，心说：我倒要看看是哪个狗东西在我面前嚼舌根！

然而目光投过去的时候，却没有看见嚼舌根的小人，倒率先看见了站在几个公子哥中间，裹着锦裘的俊美少年。

墨色的眉眼相当精致，十八九岁的年龄，身量在几人之中拔尖。姜红色的大氅上用银丝线绣了祥云纹，不知嵌了什么，在阳光下竟闪烁着星碎的微芒。

长发被玉簪束起，衣领压着的雪白狐裘更衬得眸色浓重，让人一眼就看出此人身份非同一般。

而闻砚桐盛满怒意的眼神根本来不及收回，隔着不远不近的距离，完完全全地撞进了少年懒洋洋的眼眸中。

紧接着就听见那嚼舌根的小人道："池三少，这小子竟然瞪你！定然是这几日没人收拾他，尾巴翘上天了！"

闻砚桐一听见那声"池三少"，麻溜地把头撇开了。纵然这少年再俊俏，她也不敢再多看一眼。

不管是颂海书院还是朝城，都只有一个池三少。

且是个万万招惹不得的人物。

池京禧。
安淮侯府的嫡子，排行第三，所以也被人们称为池三少。

爹是掌管淮南一带的万户侯，娘是嘉禾郡主，池京禧的家世背景搁在朝城里也是顶尖的。

更别提他还是当今皇帝敕封的小侯爷。

池京禧上头两个兄长，下面一个弟弟，名字都是按"伯仲叔季"排的，独独他是例外。

据说他降生那会儿安淮侯正在宫中赴年宴，消息传到宫里后，安淮侯当即辞宴归家。

没承想第二日赐名的圣旨就到了侯府。

安淮侯带着全家上下接旨，池叔远就变成了池京禧。

当日下午皇帝赐名的事便传遍了整个朝城。

御赐名字本就是天大的殊荣，更何况这名字中还带着国号的"京"字，惊煞了满城官员百姓。

池京禧便是承着这独一份的宠爱，在千娇万宠中长大。皇帝对他的喜爱尽人皆知，隔三岔五就要召他进宫检查功课，狩猎、出游等皇子能参加的活动，大都有池京禧在其中。

待他长至十五岁，皇帝就下了圣旨，准许池京禧继承家中侯位，成了绍京史无前例的小侯爷。

这位大名鼎鼎的小侯爷是朝城万人追捧的对象，闻砚桐惹不起。

她有点担心自己方才瞪的那一眼会招来麻烦，决定还是先溜之大吉。

她扭头看见同寝的男生怀里抱着不少东西正走着，心中一喜，立马冲他走去："然兄弟，你先等一下。"

闻砚桐一嗓子吸引了诸多目光，人们一见是她纷纷挂上了嘲笑的表情。

她懒得理会，快步走到男生面前，跟着他的脚步走："然儿啊，你怎么拿那么多东西？我帮你拿一点呗。"

同寝的张介然是个腼腆的小伙子，听她叫得不正经，就红着脸低声道："我叫张介然。"

"我晓得嘛。"闻砚桐跟个自来熟的大妈似的，劈手抢了他抱着的几本书，笑呵呵道，"这样叫不是显得咱们关系好吗，你这是打算去哪儿？"

张介然看了看她手里拎的几本书，嘴唇动了动，最终没要回来："要换学堂了，夫子便让我们把东西都收拾走。"

"换学堂？"闻砚桐蒙了。

那边踩着闻砚桐讨好池京禧的小人见她离开，便撸着袖子道："胆敢无视三少，我这就把他抓回来好好教教规矩。"

池京禧对这些压根没兴趣，有些不耐烦道："你有些聒噪。"

小人顿时吓得噤声了。

池京禧也不与他废话，转身离开了。

这小人讨好失败，免不了被一顿笑话，他暗自咬牙将这笔账记在了闻砚桐头上。

闻砚桐还不知道自己莫名其妙地得罪人了，这会儿正站在窗子前忧虑。

要换学堂，就意味着颂海书院的第一批女学生要进来了。

当今皇帝很爱整事，半年前推出了新令，命书院招收女学生。此令一出，朝中位高权重的大臣纷纷将女儿送出来，踊跃响应皇帝的新令。

颂海书院历史悠久，是绍京的开国皇帝亲自督工建造的，他还下令每任皇帝都要送两位皇子来颂海书院读书，以保证颂海书院的传承。

它作为朝城第一的书院，自然是要头一个实施皇帝的新令。

这其实是件好事。天下孩子不论男女，都有书可读、有礼可教，往久远了想，日后女子或许有入朝为官的可能。

但对于闻砚桐来说，却不是好事。

她爹闻奕是安城极其有名的富商，且只有一个妻子，侍妾、通房通通没有。她是家中唯一的孩子，自小被捧在手心里宠爱。

家境富裕，妻贤子孝，一切都很顺心。只不过她娘在坐月子的时候落了病根，再不能生育，没有儿子成了闻奕唯一的遗憾。

闻砚桐自小便知道这事，为了弥补亲爹的遗憾，她一直想入学念书，哪怕不能参加科举光宗耀祖，好赖也能让闻家出个文人。

于是她脑门一热，便背上行囊离家出走了。不远万里来到朝城，花了不少金子才在颂海书院买到一个位置。

但坏就坏在闻砚桐入学的时候，这条新令还没推出。颂海书院只招收男子，她只得换了一身男子装束，胆大包天地进了书院。

此前想着念完书就回家，也不求成个什么学富五车的文人墨客，可进来之后才知其中的辛苦。

闻砚桐跟她爹学过写字，以为在书院念书不是什么难事。然而颂海书院里多的是王侯将相、钟鸣鼎食之家的少爷，自小接受的教育跟普通人天差地别。

胸无点墨让她在书院受到不少嘲笑和欺负，她身上那些在家中被惯出来的娇纵根本不敢显现，与这些少爷的脾性相比更是小巫见大巫。

她变得越发小心翼翼，性子逐渐趋于懦弱。更何况她还要整日防备着自己的女儿身被人发现，日子过得战战兢兢，如履薄冰，在书院受尽煎熬。

眼下新令实施，女子得以入学，闻砚桐女扮男装一事往小了说是求学之心迫切，是愚昧之举；可往大了说，这是违抗新令的欺君之罪。

皇帝都下令让女子入学了，你却还女扮男装，岂非明目张胆地藐视皇令？

届时追查起来，她欺上瞒下，向书院官员行贿之事也定会一同暴露。

数罪叠加，闻砚桐的脑袋哪还能保住？

若她藏得住还好，要是哪一日她不慎暴露了女儿身，那才是弥天大祸。

女子搬入书院便是开端，其后的麻烦必定接踵而来。闻砚桐越想越害怕，怕受罪也怕死，干脆横下心，决定离开书院。

只是颂海书院管理严格，决不允许学生私自旷学，想要休假还得写明缘由送给夫子审批，若夫子不同意，这一来二去恐怕又要费上不少时日。

她必须赶在女子入学前逃走才行。

不过眼下倒是有更麻烦的事。

书院中原本设有"儒仁"和"矜谦"两院把平民与官宦区分开。但是女学生要进来，就须得把儒仁院让出来。

这些倒还好，最要命的是学院现在不再区分民和官，要把原学堂的人打散，以测验结果来分学堂。

简单来说就是分班考试。闻砚桐没想到自己一过来就撞上这玩意儿！

先前在课堂上坐了一会儿，听那夫子讲的全是什么"为天地立心，为生民立命"之类的深奥话。

她啥都没听懂，倒是屡次给夫子表演了坐着打鼾的绝活。

让她去考试，倒不如直接去丁六堂，免得浪费时间和精力。

闻砚桐叹一口气，心想，她们进书院估计要等个十来天，指不定到时候她都已经回安城了。

她东想想西想想，心中的忧虑融化得差不多了，倒感觉肚子饿了。

颂海书院的伙食还是很好的，闻砚桐每次去都吃得不少。她琢磨着时辰也差不多了，就捧着木制碗筷，兴颠颠地跑去饭堂。

饭堂里菜品很多，闻砚桐拿盘子打了一荤一素，找个僻静的地方坐着吃。

谁知道吃到一半冤家路窄，竟然碰到了方才在池京禧面前笑话她的小人。

那小人原本正气着闻砚桐呢，一见到她坐在饭堂，当即端了盘子坐她附近，跟旁人一唱一和地取笑她。

"咱们书院有一能人，坐着站着都能睡，走哪儿睡哪儿……"

"据说还特别能吃。"

"哈，该不会真是'饿死鬼'托生的吧？"

"难说，不过你看他那模样，就知道他爹娘长得跟'饿死鬼'没什么差别了。"

话越说越难听，闻砚桐充耳不闻，越吃越快。

那小人以为她不敢还嘴，笑得愈发放肆，什么贬低的话都说了。

闻砚桐跟个局外人似的把饭菜吃完，捧着木碗若无其事地从小人身边经过时，突然停了一下。

"嗬——呸！"在小人毫无防备的时候，闻砚桐一口唾沫喷在他的饭菜上，然后飞快地往外跑。

那小人怒拍桌子："闻砚桐你找死是不是！"

闻砚桐腿脚麻利，这会儿已经跑到饭堂门口，边跑边扭头喊道："怎么着，你来打我啊？！"

话音还没落下，就猛地撞上一人，整张脸都撞进了柔软的狐裘里。

闻砚桐还没来得及应对，只觉得脚下刺溜一滑，眼看着就要摔倒。她手疾眼快地拽着身前人的大氅，牢牢挂在了上面。

这才免了在饭堂门口当众表演一个劈叉。

闻砚桐稳了一下之后急忙松手，坐在了地上，余光触及手边的姜红色大氅，忽而心头一跳。

她一抬头，便看见池京禧俊俏的脸黑得吓人。

哦嚯，完蛋。

被捧在手心里长大的池京禧，比闻砚桐做梦都想宰的那只大公鸡还要凶三分。

不过惹了大公鸡，最多只是挨一啄，但是惹了池京禧不一样，是会被揍死的！

她只抬头看了一眼，就飞快地把头低下，朝手心里一看，竟是从小侯爷的大氅上拽下了一手的琉璃碎石。

难怪上午看到的时候闪闪发亮呢。

闻砚桐赶忙把手握住，另一只手还捧着自己的木碗，麻利地爬起来退了好几步。

被闻砚桐气得不轻的小人也从饭堂跑出来，原本满腔的怒意在见到池京禧之后当即吓得憋回去了，立即换上讨好的笑，顺便告了闻砚桐一状。

"三少，这小子胆子大得很，我方才在饭堂劝告他要对你敬重些，结果他竟不识好歹地往我饭中吐口水，还辱骂我爹娘……"

池京禧眉毛一拧："怎么又是你？"

他的语气带着毫不遮掩的厌烦，让那告状的小人瞬间打悚，结巴道："我、我吃饭。"

"学院不是你捧高踩低、借机谄媚的地方，若是你不想念书，趁早收拾东西滚出这里。"池京禧常年居于上位，生气时还真有股压迫感。

明明只是个十八岁的少年而已。

池京禧不同于其他所有人，他是真真正正在宠爱里长大的人。

但凡是池京禧想要的，皆被人捧着送到面前，所以朝城里少一辈中，没人敢与池京禧作对。

眼下池京禧的语气虽不算重，但仍是让那小人出了一身的冷汗，什么歪主意也不敢打了，忙诺诺称是。

不过就这一会儿的工夫，闻砚桐已经捏着一手碎石退得老远了。

发现她偷溜的人不会在这个时候告小状去触池京禧的霉头，于是闻砚桐就这般有惊无险地度过一劫。

回去的路上，闻砚桐仍心有余悸。她到寝房之后，便把在手心里捏了一路的琉璃石找了个小木盒装起来。

从小侯爷身上薅下来的东西，都是金贵的。

闹了这一出，那挑事的小人终于消停了，接下来的两日闻砚桐过得都很安宁。

不过随之而来的，便是分班测验了。

不分官民之后，学院将学堂分成了四个等级：甲、乙、丙、丁。每个等级有六个学堂，最差的丁六堂是闻砚桐的目标。

墨笔测验分三种：明字、明算、明法。

简单来说，就是论文、数学、法律。

闻砚桐拿着笔对着一张白纸傻眼了半个钟头，一下笔就晕了一大片墨。

最后交卷的时候，满篇的墨渍相当扎眼，夫子严厉的目光刺来时，闻砚桐愣直眼神装傻子。

幸好算术她还是拿手的，就是填写答案的时候十分麻烦，闻砚桐一笔一笔很是小心，交了一份较为满意的答卷。

最后一项明法，测验的头天晚上，闻砚桐因为晚上睡觉不安分着了凉，一大早被鸡鸣叫醒的时候，头疼得厉害。

她强撑着疲惫穿衣洗漱，瞅了眼还没亮的天色，慢吞吞地装好了笔墨纸砚，等天色蒙蒙亮后才出门。

冬月里寒气逼人，路上的石砖地都打了霜，走起来颇是不稳，于是闻砚桐走得更慢了。反正去了也是呆坐着，根本就是浪费时间，还不如不去。

她觉得很有道理，于是越走越歪，还怕路上被夫子逮住，存心往偏的地方走。

最后走至一片林子里，太阳已高照，前面的树身上被拴了绳子，像是禁止前进的标志。她停住了脚步，凉风一吹，鼻涕就唰啦啦往下流。

闻砚桐这才发现自己做了个愚蠢又错误的决定。

虽说在考堂里坐着很无聊，但至少是暖和的，不比这冷飕飕的荒地好?

她立马转头，想现在去考堂。

可谁知道她先前被武夫子踢青的右腿窝这会儿疼得厉害，走路歪歪扭扭，不知道踩到了哪块覆了晨霜的地，猝不及防劈了个叉，顺着坡往下滑!

她惊了一大跳，胡乱地伸手，在途中捞住了那根绳子，往下滑了一段路，绳子猛地紧绷，承住了她的压力。下半身一腾空，闻砚桐一声惊叫破口而出，转头一看便惊了一身冷汗。好家伙!难怪拴了根绳子，下面竟有一个大坑!泥土像是才翻过的，显然是学院想在这儿建造什么东西。

闻砚桐可不想掉下去摔坏筋骨，也不想滚一身泥，便扬声求救："救命啊——"

方才一心想往偏僻地方走，现下便吃了大亏，扯着嗓子喊了好几声都没能把人喊来。

早知道还是老老实实去考试了!这走的是哪门子的霉运?!

闻砚桐在坑边挂了两刻钟，嗓子都喊劈了，施工的伙计才来。

她见到人的时候眼睛都绿了，一个劲地叫："兄弟!兄弟快救救我!我撑不住了!"

那伙计见她半个身子挂在坑边，伸长脖子喊得面红耳赤，忙把身上的家伙扔地上，把她拎了上来。

闻砚桐也不管身上会不会沾泥，躺在地上大口喘气。

"小书生，你是怎么掉到这儿的啊，这离你们学堂远着呢。"那做事的伙计问。

"我晨起想找一个安静的地方背书，就来这儿了。"闻砚桐睁着眼睛瞎扯，等休息够了才连连道谢，爬起来一瘸一拐地离开。

当日下午，夫子找到了她，严厉批评她缺考的事，幸好闻砚桐认错积极，才免去了惩罚。但夫子临走的时候告诉她，这次缺考已被记录，她还是要参加补考才行。

闻砚桐差点崩溃！她在坑边挂了半个小时！结果还是要考明法！那她一大早在坑边搏命到底是图啥？

郁闷的小闻早早躺上了床，用美梦治愈伤痛。

起初，她的双臂并没有感觉到疼痛，但是等回去睡了一觉之后起来，两条胳膊就跟被锤子一寸寸砸过一样，疼得她龇牙咧嘴。偏偏祸不单行，第二日就测验武学。

闻砚桐站在武场上，一脸呆滞地看着那些人对着靶子射箭，时不时擦擦快流下来的鼻涕。

武学只考一项，平射。每人有三箭机会，取最好的成绩作为最终成绩。

周围热热闹闹的景象跟她毫无关系，闻砚桐沉重地思考着，自己能不能把箭射出去。

考生们被念着号一批一批地上，很快就轮到了闻砚桐。

她接过武夫子递来的弓箭，手一抬就开始抖，伴随着间歇性的抽痛。

巧的是那武夫子还是先前抓着她杀鸡的人，看了她一眼，低声道："不必紧张，放平心态射三箭即可。"

闻砚桐面色凝重地应了一声。

站上考位之后，闻砚桐才发现自己有些看不清箭靶，她摆弄了一下手里的弓箭，就听武夫子的开考信号："架箭抬弓！"

她学着其他人的模样弯弓搭箭，但手臂一使力就开始疯狂打抖，跟筛糠似的，动作大到旁人都开始笑话。

武夫子走到她后面："肘、肩、颈，平日是怎么学的？"

闻砚桐听到他的声音就打悚，现在腿窝还疼着，连忙把腰背挺直了。

无奈手臂实在疼得厉害，加之她根本没碰过弓箭，前面两箭都惨不忍睹。

一箭落在脚边，一箭掉在半道上。她只想赶紧把第三箭射完，也不管结果如何了。

武场一角，池京禧站在弓箭架前擦拭着手中的弓。

身旁的程昕突然笑出声。

池京禧问道："笑什么？"

程昕笑道："你看那小子，跟摇旗杆一样。"

池京禧抬起眼皮看了一眼，就看见了站在考位上的闻砚桐，一双胳膊抖得十分明显，脚边还落了一支箭。

而她面前的箭靶却是空空如也。

池京禧只看了一眼，便没兴趣继续看，低头擦弓，漫不经心道："俩胳膊连筷子的用处都没有，就是个废物。"

话音一落，武夫子的放箭指令便响起，随着"唰"一声响，程昕诧异的声音也传来。

"哟！这小子射中靶心了！"

闻砚桐自己都傻眼了。

在周围人震惊的目光中交了弓箭退下来后，她还是一脸迷茫。没想到最后一支箭她多使了点力气，竟然误打误撞射中了靶心！

武学测验上射中靶心的人不是没有，但是前两箭射空，最后一箭射中靶心的，却独独闻砚桐一个。不管她走到哪儿，都会接收到怪异的目光，闻砚桐觉得被盯得浑身不舒服，就想提前离开。

她临走的时候鬼使神差地看了一眼弓箭架，却意外地看见了池京禧。他身着杏黄色衣裳，手腕处缠着一圈一圈裹着金丝的绸带，臂膀结实，腰身匀称。

他的弓与其他所有人的都不同，是一柄相当漂亮的红木弓。

隔着远远的距离，闻砚桐似乎跟他的目光对上了，但又看得不是很分明，那双染着墨色的眼睛像笼着一层纱。两人离得很远，闻砚桐这下倒是胆子大了些，盯着他多看了几眼，才将目光收回转身离开。

五陵年少金市东，银鞍白马度春风。

闻砚桐回去的路上，脑中一直浮现着这句诗。她忽而觉得，诗人笔下的翩翩少年郎，约莫就是池京禧这样的人吧。

闻砚桐正心不在焉地走着，突然有人叫她："闻砚桐！"

这一听就知道是赵夫子的声音。

先前教训她宰鸡、缺考的夫子中就有他。这几天，闻砚桐几乎日日都被赵夫子训斥，导致她一听见他的声音就头痛。

闻砚桐假装没听见，脚步却越发快了，想着赵夫子一个五十多岁的老头，总不可能追上她。

然而她想错了。赵夫子不仅追上她了，还走在她前头："你这孩子，瘸着腿走那么快作何？这几日地上都打了霜，万一把另一条腿也摔坏怎么办？"

闻砚桐见这赵夫子走她前头了，当下停住脚步，笑道："夫子教训的是。"

"武学测验如何？"赵夫子一直觉得闻砚桐是个乖孩子，虽然有的时候行为有些难以理解。

"勉强过关。"闻砚桐不敢夸大，毕竟前两箭连箭靶都没碰到。

赵夫子看了看她的身板，叹了一声道："你先前一直刻苦，秋后来了倒懈怠起来，要赶快找回从前的态度才行啊。"

闻砚桐低头应道："多谢夫子挂念。"

赵夫子又语重心长地教育一番，最后才拍了拍她的肩膀，说道："明法一项只有你一人缺席，所以院长便免了你的补测，这几日好好休息，日后振作起来，别辜负院长的栽培之心。"

这话像一坨软软的棉花，包裹在了闻砚桐心上，把冒着凉气的心给捂住了。

她有点不敢相信自己突然撞了好运。

向赵夫子点头道谢之后离开，闻砚桐心情骤然变好，若不是腿还瘸着，她肯定要跳上一段庆祝。

测验结束之后，就有两日的休息时间，不用上早课，也不用去学堂。

不过窗子下的公鸡仍然敬业，每天卯时都要扯着嗓子叫几声。闻砚桐熬过了那段时间，睡了个天昏地暗，总算把精神头补足了。

绍京是五日一休沐，颂海书院的学生在休沐这日可以离开书院，到朝城里玩一玩。

闻砚桐就是盯准了这个日子，打算一去不复返，彻底离开颂海书院。

她起初打包了几套棉衣，但有老大一坨，根本不好带走。

而且她不可能抱着包裹从颂海书院大门离开，思来想去还是决定不带包裹了，就把那几支名贵的墨笔带走。

闻砚桐一切都准备好了，休沐那日起了个大早。

可偏偏计划赶不上变化，她正把墨笔往怀里揣的时候，突然有人找上门来了。

两个人一黑一白，往门边一戳："走啊。"

闻砚桐傻眼："啥啊？"

"去翠香楼啊。"黑兄弟说，"上次不是说好了吗？"

她咬牙，暗道这对兄弟来得可真不是时候。

她只好苦着脸道："今日去不了了，我实在是头疼得厉害……"

哪知道话还没说完，那白兄弟陡然把眼睛一瞪，眼珠子暴凸出来，像要掉下来一样："你分明说了跟我们一起去，想食言？"

闻砚桐被吓到，连忙道："去去去，你先把眼珠子收回去，千万别掉下来了。"

白兄弟这才满意："快点，马车在外面备着呢。"

一黑一白兄弟勾肩搭背地出去了，闻砚桐没办法，只好把揣进怀里的墨笔又拿出来，换上靴子跟出去。

这个翠香楼，一听就不是什么正经地方。

闻砚桐苦大仇深地坐上了马车，路上听见窗户外面传来了朝城喧闹的声音，忍不住撩开车帘往外看。

绍京的都城，自是锦绣繁华。

她伸长脖子左看看右看看，直到脸冻得通红才缩回马车里。兄弟俩在对面坐着，这会儿已经睡得东倒西歪。

马车走走停停，行了一个时辰才停下，闻砚桐用脚尖踢了一下黑兄弟："醒醒，到了。"

黑兄弟慌忙擦着口水坐起来，一边推醒身边的人，一边问她："你银票带够了吗？"

呵，原来是拿她当买单的人。

真是的，不早说！

"我实在不想去。我把银票给你们，你们自个儿去玩吧。"闻砚桐假装为难。

"不行！"黑兄弟眼神一凶，"说好了一起去，就必须一起去！"

闻砚桐还想再说，那白兄弟眉毛一皱，似乎又要瞪眼珠子，她立即闭嘴了，麻溜地下了马车。

下了车之后，她才发现两人说的是"脆香楼"，是个吃饭的酒楼。

这两个人竟然为了吃，一大早的把她拉出来？

兄弟俩十分高兴，招呼着闻砚桐走快点。但是没想到走到门口的时候，被店伙计拦住了。

不知道店伙计说了什么，白兄弟当即大怒："什么？！牛少爷又是哪个犄角旮旯里的东西，凭什么包这酒楼？"

闻砚桐一听便喜上心头，走上去道："算了，既然被包场，咱们就另寻一家吧。"

"不行！"白兄弟不肯罢休，"让那什么牛少出来见见我，我倒要看看他是个什么人物。"

店伙计满脸难色："他现在还没来……"

"那你拦什么人！"黑兄弟动手推他。

守在门口的店伙计当即跟两人推搡起来,闻砚桐见情况不妙,飞快钻到一旁的人群中,假装自己是个"吃瓜群众"。

正闹得厉害时,一辆玄黑色的马车缓缓驶来,停在了脆香楼门口。马车并不华贵,但车上锃亮的银板也显示出马车的不俗。

尤其是车厢侧面有一个正楷——"牧"。

闻砚桐一眼就看见了其中的"牛",心中咯噔一下。

城中并没有姓牛的大官,是以方才店伙计说牛少爷包场后,那两人并不惧怕,甚至动手闹起来。

但是绍京人都知道,朝堂上有一位半生戎马、立功无数的大将军,叫牧渊。

而牧将军有一个嫡子名叫牧杨,跟小侯爷关系很铁。

闻砚桐心说:不会这么巧吧?

念头还没落下,车帘就被一只骨节分明的手掀开,紧接着锦衣雪领的池京禧探出身子,慢慢从车上下来。

目光轻飘飘一转,落在脆香楼门口那些闹得不可开交的人身上。

闻砚桐开始默哀。

兄弟,你们可摊上大事儿了!

池京禧的墨发高束,润白的簪子折射了仲冬的暖阳,雪白毛皮坠在衣摆边,为他添了一抹澄澈气息。

他的出现,让周遭的哄闹声一下子减弱了许多,如此一来,黑白两兄弟的吵闹声便更加突兀了。

他俊秀的眉毛拧在一起,一股子不耐烦时浮现;他锦靴落在地上的声音被淹没在吵闹声中,大步走向闹事的两人。

随后马车上下来一位唇红齿白的少年,不明所以地看了一眼,而后突然快步追赶池京禧。

但是到底落了一段距离,这会儿池京禧已经走到脆香楼门边。

他身后跟着的侍卫极有眼色地上前,想将黑白兄弟两人架到一旁去。

黑兄弟正闹得厉害,当下反手把侍卫甩开,转头就要怒骂:"滚你……"

后半句都没来得及出口就化成了惨叫,池京禧当胸一脚,竟直接把黑兄弟踹得后翻两个滚,进了脆香楼之中。

门口围着的人"哗"的一声全部散开,纷纷低头恭敬地对池京禧行礼:"恭迎小侯爷。"

果然与她想的一模一样，这位太岁爷的脾气是出了名的不好，最烦的就是与人讲道理扯嘴皮子。

当街揍人更是常有的事。

奈何太岁爷的背景硬得可怕，就算是被揍了，也只有自认倒霉，而有些人怕的却不仅仅是挨一顿揍那么简单。

生龙活虎的白兄弟一看见池京禧，霎时间吓蒙了，眼珠子凸得厉害，像随时就要掉下来一样。

闻砚桐看得心惊，都想伸手给他按进去。

池京禧一把揪住白兄弟的衣领，抬拳就要揍他，却被后面的牧杨一把抱住，喊道："禧哥冷静！每回你在街上打了人，都是我回去挨罚！你就算不为你自己，也要为我多想想啊！"

池京禧挣扭着手臂，嫌他碍事："你别拦着我！这白胖子方才辱骂你，我非要敲掉他两颗牙不可！"

"你消停点。今日牧杨才解了一月禁足，你再打两拳别又给他送进去一个月。"程昕也走过来劝架，把池京禧拉开。

闻砚桐还是头一次碰见"三嫡"组合，一下来了精神，兴致勃勃地看戏。

朝城里有名的"三嫡"：程昕，池京禧，牧杨。

后俩一个是安淮侯府的，一个是将军府的；而程昕的亲娘乃是当今绍京的皇后，兄长是太子，他是正儿八经的皇室嫡子。

三个人没少在城中惹事，只不过将军府管教甚严，每回牧杨跟着胡闹后，都要被牧将军罚。

池京禧听了程昕的话，到底还是可怜回回都要被禁足的牧杨，这才丢了白兄弟的衣领。

他轻眯眼眸，冷声道："我在书院见过你。"

记性真好，闻砚桐暗暗嘀咕。难不成是记得那双动辄想要瞪出来的眼珠子？

那白兄弟早就吓得魂飞魄散，听见他提及书院的时候，更是嘴唇发白，身子猛地抖起来。

这便是最怕的事了。若是挨一顿揍也就罢了，怕就怕小侯爷用另一种方式出气。

白兄弟当即撕了自己的脸面，使足了劲甩自己巴掌，白白胖胖的脸立时染上红色，巴掌印显出来。

"是我当街出言不逊，对牧少爷不敬，恳求小侯爷莫要怪罪，下回再也不敢了。"他一边扇巴掌一边诚恳地认错。

她眼看着白兄弟真的把自己扇成了馒头之后，牧杨才挥手让他赶紧离开。

白馒头当真滚得特别快，生怕动作慢一点而被拦住。而店伙计也从酒楼里抬出了半死不活的另一人，追在他后面喊："等等！你朋友落下了！"

白馒头跟没听见似的，越走越快。

闻砚桐啧啧叹息。非要来脆香楼吃，这下好了吧，"黑白双傻"恩断义绝。

活该！

闹剧散得很快，牧杨推着池京禧进了酒楼后，围在门口看热闹的人也都离开了。

闻砚桐没走，在一处不大起眼的地方站了一会儿，随后看了眼天色，心想若现在赶回去，指不定能在天黑前出城。

但这朝城实在太大，闻砚桐走了足足三条极阔的大街，也没能找到拉人的马车，最后很是憋屈地在路边嗦了一碗面条。

填饱肚子之后她站在路边，想看看有没有空马车经过。刚戳一会儿，便有一老头走上来跟她说话："这位小公子，我见你脸色不佳，可要号上一脉瞧瞧？"

闻砚桐见他衣着素朴，背上还背着草篓，便知道他可能是郎中。

正好这几日着凉，头疼总是反复，便点头应了。

老头的医馆就在隔壁，进屋把草篓放下之后便给她号脉。手搭上没一会儿，便惊诧地抬眼看她："想不到竟是个姑娘家。"

闻砚桐弯唇笑笑："如此出门方便。"

老头并不多问，看了看她的眼睛和嗓子，一边叹息一边为她抓药："风寒有几日了，嗓子已有脓肿，再拖下去，只怕要病倒在床榻上了。既然是女儿家，就更应当注意自己的身体才是。"

闻砚桐忙点头答应，瞥见了桌上放着的晒干的药草，抓起来看了看："这是决明子吧？"

老头道："小姑娘眼力不错。"

"这个你给我抓一点。"闻砚桐道。

老头有些不赞同地看她一眼："这玩意儿药性寒凉，你身子又虚，不能吃。"

"我给我爹买的。"闻砚桐睁眼瞎扯，"他这两日排泄困难，憋得难受。"

老头这才给她抓了些，顺道配了点辅助药材，嘱咐如何吃。

闻砚桐很慷慨地付了钱，道谢离开。

她提着两包药在大街上晃悠，因为实在找不到马车，又不认识路，她已经放弃了今日出逃的打算，决定先想方法回学院。

闻砚桐在街上走得久了，鼻涕又冻出来，她拿出帕子擦了擦，蹦蹦跳跳地想让自己身子暖和起来。

正蹦得起劲时，突然有马车停在了旁边的路上，闻砚桐还以为是空马车，欣喜地停了动作，转眼看去，却发现这竟然是牧府的马车。

嗝！这走的是什么霉运？

闻砚桐正打算利索离开，却见窗帘被撩起，程昕笑着探出脸："上来吧，我们路过书院，可以顺道把你带回去。"

闻砚桐简直受宠若惊，愣了一刻之后才道谢往马车上爬，车边的小厮伸手扶了一把，将她推上马车。

倒不是闻砚桐多想贪这个便宜，而是尊贵的五皇子都亲自开口了，她哪有命拒绝？

掀开帘子进马车的一瞬，温暖的气息扑面而来，闻砚桐的睫毛立即生出小水珠，泛着凉意湿漉漉的。

马车里非常宽敞，只坐着三人。

池京禧坐在最里面的一角，身后靠着蓬松软垫，腿上盖着棉毛毯，漂亮的眼眸闭着，似乎在假寐。

闻砚桐一看见他，就感觉自己的腿骨疼了起来。

马车中有一方矮桌，桌上铺着朱色金边软绸，上方摆着三盘糕点和一壶茶。

闻砚桐压低了气息，恨不得把自己的存在感缩到最小，生怕把坐在最里面假寐的少年惊醒。

虽然她知道，程昕将她喊进马车这事肯定是经过池京禧同意的，但她一时半会儿摸不清程昕想做什么，总觉得这"反派三人组"没安什么好心。

牧杨倒是瞧起来最没架子的一个，凑过来捏了一把她的药包。

闻砚桐赶紧把药包往后挪了挪。

"你这是什么？"牧杨好奇地问。

"是……是我抓的药。"闻砚桐压低了声音回道。

"你病了？"程昕挑眉问。

话赶话到这儿了，闻砚桐灵机一动，用袖子掩着使劲咳了两声："回五殿下，小民这几日着了凉，在此处恐会将风寒传染给三位，小民还是下去吧。"

她话音都没落，便转身要走，一只手已经撩开了车帘，急急地把半只脚踏出去。

"且慢。"程昕的声音硬生生将她拦住。

牧杨突然伸手将她往后拉了一把，双手压在她的肩膀上。

闻砚桐咬牙暗暗使力，与牧杨较劲了一秒不到，就被按着坐下了，屁股陷进软绵绵的垫子中。

"我们还没弱到被你这点小风寒传染的地步。"程昕倒了一杯滚烫的热茶，推到闻砚桐的面前。

徐徐升起的白雾将他的面容笼上一层不真实感，闻砚桐看见他的微笑就不由得心中发毛。

这个五皇子看起来平易近人，平日并没什么皇子的架子，但他是自小就养在深宫里的皇子，心机深不可测，实属不好惹。

看似脾气好，实际上很记仇。

闻砚桐赶忙将程昕的热茶接下来，诺诺道："多谢殿下赐茶。三位贵人身强体壮，自是百病不侵，不过小民不敢担这个风险，万一将风寒传染出去，小民罪该万死。"

"哎呀，你怎么这般啰唆？"牧杨见她这模样，突然不开心，劈手把她的药包抢走，"让你留下就留下，废什么话！"

闻砚桐很是无语。

她好像跟这牧杨是第一次见吧，为何他一脸失望的模样？

程昕笑着道："我们同是书院的学生，你只拿我当同窗便是。"

闻砚桐暗道：我就是有九条命也不敢拿你当同窗啊。

她面上不显，口中低低道："殿下说笑了，在书院中自是同窗，出了书院便不是了。"

程昕道："嘴巴倒是灵巧。"

他见闻砚桐实在是拘谨，进了马车后头就没抬起过，缩着脖子的样子尽显畏惧，便贴心地转了个话题。

"你学平射多久了？"

闻砚桐没想到程昕突然问这个问题，愣了一瞬后如实回答："来了书院之后才学。"

"但是你在夏季武学测验中成绩未合格，为何过了几月，能一箭中靶心？"程昕不紧不慢地问。

闻砚桐心里咯噔一下，心想：原来你在这儿等着我呢！

想来程昕把她叫上马车也是因为好奇这个了。

闻砚桐不知道如何回答，只好跟他抬杠，小声道："不是一箭啊，前面不是空了两箭吗？"

由于声音太低，程昕听得不是很真切，刚想再问，就见闻砚桐突然猛烈地咳嗽起来。

很快，她的脸就咳成了猪肝色，声音撕心裂肺，好似下一刻就要厥过去一样，程昕便闭了嘴。

牧杨大惊失色："先前我府中有个重病的小厮，死之前也是这般咳嗽的，吐了好大一摊血。"

闻砚桐掩了掩嘴，默默道："牧少爷言重了，我觉得我应该不会死于风寒。"

"你如此病几日了？"程昕拿起杯盏轻抿一口，放桌上时用食指轻轻点了杯沿两下。

闻砚桐立即看懂了他的小动作，知道程昕这是想让她喝方才倒出的烫茶。

她顿时懊恼自己的疏忽。五殿下屈尊亲自给她倒茶，她竟然给搁置一边了。

"有三四日了。"她随便答了一句，便忙将茶杯捧起来，小小地喝了一口。

茶中不知泡了什么，有一股淡淡的草药香，滚烫的感觉顺着嗓子滑进肚子里，将五脏六腑的寒气驱了个干干净净。

程昕满意地微眯眼眸："病得这样重，为何还要跑出来？我方才在脆香楼旁便瞧见你了，跟那两人一同来的？"

闻砚桐一听顿觉不好，程昕方才竟然看见她了！该夸他眼力太好，还是观察力惊人？

若说是跟黑白兄弟一起来的，不就等同说和他们是一伙的？眼看着那两人得罪了池京禧，闻砚桐不可能那么傻，在这个时候承认跟黑白兄弟的关系。

她避重就轻，回答了前一个问题："我这风寒总不见好，便想出来抓几服药回去喝。"

自以为很完美的答案，却被程昕轻描淡写地击破："城中有名的药堂离脆香楼不远，你既然是为了抓药，为何要走那么远？"

闻砚桐怔然一瞬，明白程昕是有备而来，既然知道她走了那么长时间，定然是派人跟踪她了。

眼下不能再编瞎话，否则难以圆起来。闻砚桐拿出老招，又抓心挠肺地咳嗽起来，似要把肺都咳出来的模样成功让程昕再一次闭了嘴。

倒挺有用。闻砚桐暗自欢喜。

谁知咳得太过，惊醒了假寐的太岁爷。

池京禧俊俏的眉眼动了动，忽而微微拧起眉，抬起眼皮时露出一双盛满不耐烦的漂亮眼睛，直直地看向闻砚桐。

妈呀！

闻砚桐当下像被掐住了脖子的鸡，咕咚一下咽了口唾沫，老老实实地低下头。

牧杨忍不住道："我看禧哥的眼神比那几包草药都管用。"

要你多嘴吗！闻砚桐在心中暗骂。

惊醒了池京禧之后，闻砚桐如坐针毡，霎时觉得浑身不舒服。

眼下被池京禧盯了两眼，闻砚桐便出了一手心的汗，大气也不敢出。

马车中一时间陷入令人窒息的安静。程昕抿着笑意，看好戏似的抿茶。

牧杨毫无眼色，伸手捏了捏闻砚桐的胳膊："你瘦成这模样，能拉开弓？"

闻砚桐用力抖了下手臂甩开他的手，以此来表达自己对他的讨厌。若不是碍着他的身份和池京禧在这儿，她真想大声问候一下牧杨的家人。

顺道喊一句：关你什么事？！

池京禧左手撑着头，右手搭在身边，指尖有一下没一下地敲着软枕，眸光在闻砚桐身上转了一圈，突然问道："听闻你与七殿下交情不错？"

他的声音带着少年特有的朝气，但又裹着慵懒。

却沉甸甸地砸在闻砚桐的心头上，让她瞬息出了一脊背的冷汗，手脚都冰凉起来。

竟然忘了还有这茬儿！

当今盛宠不衰的兵部尚书之女，淳贵妃，她膝下只有一个儿子，便是七殿下，程宵。

程宵与池京禧倒没有什么过节，只是小侯爷与五皇子程昕走得近。

程昕是皇后所出，程宵是贵妃所出，母亲都尚且在后宫斗得你死我活，两兄弟又能有多亲密？

池京禧现在问这话，摆明是在问：你与我好兄弟的对头是什么关系？

实际上，闻砚桐与程宵压根没有关系。

程宵帮她不过是因为他心肠好，并没有把她放在心上。

闻砚桐思来想去，觉得这个问题不能表现得那么谨慎，于是便故作随意道："七殿下身份非凡，怎会同小民有交情？"

池京禧听后也没什么反应，只是眼眸中蓄起了迷蒙的雾，让人觉得高深莫测。

这人最可怕的就是这一点。他心思很多，脑子也很聪明，只不过平日里不愿意计较那么多，所以总有人传闻小侯爷位高权重，却鲁莽无脑。

但池京禧能跟程昕对峙到最后，靠的不仅仅是手头上的权力和莽夫一样的冲劲。

闻砚桐越发觉得马车里危险，决定主动出击，跟身边的憨憨搭话。

"牧少爷是将军府长大的，平射应当很厉害吧？"

牧杨愣了一下之后，颇有些不好意思地挠挠头："我六岁便开始练弓，但是没什么天赋，所以平射也并不出众。"

"果真是虎父无犬子，牧少爷真厉害。"闻砚桐胡乱夸道。

"我昨日去学院补了武测，三箭没有一箭中靶心……"他抬眼看了看闻砚桐，"听说你有一箭中了靶心，不妨说说你平日是如何练习的。"

闻砚桐听后缩了缩脖子，打着哈哈道："牧少爷说笑了，平日连书都读不完，哪还会练习平射？那日我不过是凑巧，凑巧而已。"

牧杨十分失望，反手把药包给了她："那你还上来做什么？一问三不知，半点用处都没有，赶紧下去吧。"

闻砚桐抱着药包愣了一下，而后当即站起来，转身要走，却被程昕拦了下来："马车尚在路上，你莫要乱动，仔细跌倒。"

她又悻悻地坐回去，看来这五皇子是铁了心要把她送到书院门口了。

好在剩下的路程车上的人都没有再为难她，直到马车停在颂海书院大门处，程昕才客套了一句，让她下车小心。

闻砚桐提着的心终于放回肚子里，冲车上的三位少爷道了谢之后，才进了书院。

回去的路上，她一直琢磨着池京禧的态度。

池京禧能同意她上马车，就说明他对自己这个同窗没什么厌恶感。

只要她接下来老老实实的，避免再出现在他眼前，应当就没什么大碍了。

闻砚桐提着一包药兴颠颠回了寝房，就见同寝的张介然在背书。

她凑上前笑嘻嘻道："张介然，我记得你家也是安城的，对吧？"

张介然把头从书中抬起来，有些腼腆地点点头。

"那你平日回家坐的是谁家的马车呢？"闻砚桐假装用唠嗑的语气说道。

"自己家的。"张介然答道。

闻砚桐"哦"了一声，这才想起来张介然也是个富二代。

她道："那朝城有没有什么稳妥的马行啊？"

"我听闻途安马行倒是不错。"张介然愣了一下，道，"这才开学，你就要回家吗？"

"哪能啊。"闻砚桐笑着说，"是我有一远房亲戚想去安城，托我给他们寻马车呢。"

张介然没多想便信了，点头道："途安马行是需要预订的。"

"啊，还需要预订？"闻砚桐惊诧。她连朝城的路都摸不准，怎么去找途安马行？

许是看出了闻砚桐的难色，张介然道："正巧我明日出去一趟，便顺路给你预订上吧，你那远房亲戚什么时候出发？"

闻砚桐惊喜道："越快越好，那就麻烦你了。"

张介然有些脸红地颔首："我们都是同窗，帮些小忙也是应该的。"

"没错，日后你有什么难处，我定然也不会坐视不管。"闻砚桐微笑道。

她哼着小曲儿拎着药包去膳堂，瞧见里面只有一个四五十岁的妇人，便嘴甜了几句，向她借用膳房的灶台煎药。

谁知那妇人见闻砚桐瘦瘦小小，想起了自己在外念书的孙子，不由得心软，接了闻砚桐的药包揽了煎药的活，还让她回去睡着，待药煎好之后给送去。

还有这种坐享其成的好事？

幸福来得太突然，砸蒙了闻砚桐。

她有些不大好意思地推辞了几番，但妇人十分坚持，甚至抹着眼泪说起了自己的孙子，闻砚桐于心不忍只好答应。

回寝房睡觉去了。

她躺进被窝的时候还咂嘴琢磨：这几日的运气是不是太好了？

药只煎了两刻钟，闻砚桐都没来得及闭眼。妇人十分贴心，把药倒进碗里等着温热了才端来。

闻砚桐看见这碗黑乎乎的药时，就知道这个书院又多了一个伤心的人。她被中药的气味冲得两眼一黑，接过碗的手都颤抖起来。

妇人见了之后慈爱地笑道："捏着鼻子一口气喝完，就不觉得苦了。"

闻砚桐想着自己好歹也是能够独当一面的大人了，怎么可能会被这点苦难打倒？于是二话不说捏住鼻头往嘴里灌药。

苦味入口的一刹那，她才意识到自己低估了药的威力，险些反呕。幸好她自制力还算强大，硬着头皮把药喝完，苦得眉毛眼睛都皱成了一坨。

妇人便塞了一块蜜饯到她嘴里，多少缓解了些。闻砚桐对妇人感激不尽，拿出了袖子里装的两块银子，放在妇人手中。

虽然妇人起初拒绝，但闻砚桐相当坚持，并且拜托她帮忙煎往后两日的药，妇人才勉强收下。

闻砚桐告别妇人，喝了药之后便躺进被窝里继续睡，一觉睡到第二日清晨，头也不痛了，鼻子也通顺了，连带着后腿窝也感觉不到疼了。

闻砚桐舒舒服服地伸了个懒腰，感觉就连公鸡的打鸣也不那么讨厌了。

日子仿佛在一日一日地变好。

只是让她没想到的是，真正倒霉的事马上就要来了。

张介然虽然看起来畏畏缩缩的，但办事很扎实，果然帮她预约上了去安城的马车，而且时间非常紧凑，就在两日后。

闻砚桐接下张介然给的牌子后，认认真真地道了一番谢，默默在心里祝福张介然以后仕途通顺，直上青云。

确定了离开时间后，闻砚桐就不那么清闲了，她围着书院转了好长时间，想找一处没有铺地砖的地方。

谁知道颂海书院如此阔气，转了半圈下来，竟没能找到一块没铺地砖的地方。而且这书院大得让人费解，一不留神还容易迷路。

女子寝部早在休秋假的时候就建好了，如今正在清理"儒仁"院，应该是在为女子进书院做准备。

闻砚桐站在边上看了一会儿，不由得发出深深的叹惋。她就是时运不济，差了这一年的时间。若是她晚来一年，就可以跟着皇帝的新令进入颂海书院，只可惜命运弄人。

她顺走了块宽大的木板，找了处没人的偏僻地方，靠着墙边撬开了地砖。

墙的另一面就是热闹的街头。她想从墙边挖一个地洞，把行李塞进地洞中，等溜出去之后再从外面把行李拿走，这样就避免了带不走行李的麻烦。

闻砚桐吭哧吭哧挖了许久，终于挖出了个坑。她先用树叶把坑虚虚遮掩住，再回去把收拾好的行李包裹抱过来，放进了坑里。

包裹里也没装别的东西，无非就是她所有的盘缠和一些厚衣裳，毕竟寒冬腊月上路，她一个姑娘，这些东西在路上再买也不方便，带两件走才是最好的。

但棉衣厚重，就塞了两件进去也鼓囊囊的，有些塞不进洞里去。闻砚桐害怕有人发现，就着急得用脚踹了好些下，才把包裹踹进坑里面。

将这一切都准备好后，闻砚桐回去洗净了手，将藏在枕头下面的决明子拿出来倒进砂壶中，添上了井水之后拎去膳房，让那个好心的妇人帮忙生火煮了一会儿。

拎回去的时候房中没人，她倒了一杯搁在面前冷着，鼻尖都是药草的香气。

就差最后一点了，只要把这喝进肚子里，就有借口出颂海书院，然后拉出行李坐上马车，一路回到安城，再也不用胆战心惊地过日子了。

闻砚桐越想越开心，最后咧开嘴笑出声来，但还没乐一会儿，就听见赵夫子的声音传来："你一个人坐在房中乐什么呢？"

一听见赵夫子的声音，她是实实在在乐不出来了，忙站起来问道："先生怎么来学生这里了？"

赵夫子一进门就吸了口冷气："最近这天越来越冷了，只怕是初雪将近。"

闻砚桐看了眼桌上的砂壶，咬着牙硬着头皮道："先生找学生有何贵干？"

赵夫子走近了之后看见砂壶，果然有些责备地看了闻砚桐一眼："我来了也不知道敬茶，堵在门口问我话，平日的礼节学到哪里去了？"

闻砚桐苦着脸："是学生疏忽了。"

赵夫子坐下之后给自己添了杯，舒舒服服地喝了一口，叹道："这茶里还泡了草药？"

她也跟着走过去，站在一边点点头："泡了些养身子的药。"

"你们这些腰缠万贯的孩子，除了比不上那些王公贵族，比一般人可好得太多了。"赵夫子道，"我这次来找你，你应该知道是因为什么事吧？"

闻砚桐摇头，还真猜不出来。

赵夫子看她一脸呆样，直接道："你愚笨，我便不与你说那些弯弯绕绕的话。前两日有人看见你从牧家的马车上下来，此事可当真？"

闻砚桐一听，才知道是程昕给她惹出来的事。

她点头应道："此事是真。"

"马车上有何人？"赵夫子又问。

"五殿下、牧少爷和小侯爷。"闻砚桐照实回答。

"这三位搁在朝城里，都是有着相当重量的少爷，你与他们在一起要时刻谨记自己的身份，知道你与他们的差距，不要做僭越之事，惹祸上身，晓得吗？"

赵夫子一番话说得很明白，闻砚桐自然听得懂，忙点点头应道："学生晓得了，一定谨记。"

这是上头看见她接近了三位少爷之后，特地让赵夫子来敲打一番。这事也不是头一次，先前闻砚桐得了程宵一件大氅之后，同样被敲打了。

这些个金贵的少爷，别看平时好像放养在书院一样，实际上被盯得紧得很。

见闻砚桐听话明事理，赵夫子也没有多说，喝完一杯之后便起身离去了。

闻砚桐送走了人，药也凉得差不多了，她索性一口闷了，接着又喝了两杯，坐着等药效发挥。

可能她头一杯喝的是凉的，效用发挥得特别快，闻砚桐感觉肚子疼得厉害，连忙往茅房跑。

颂海书院的茅房每日都清理，而且是有隔间的。闻砚桐来来回回跑了三四趟之后，情况已经有些好了，但是脸色苍白得吓人。她对着镜子看时觉着差不多了，便用要死不活的模样跑去找了赵夫子。

谁知道赵夫子也在蹲茅房，闻砚桐等不及，就跑到赵夫子的茅房外哭天抢地，说自己肚子疼得厉害，肠子都快拉出来了。

蹲在里面的赵夫子感同身受，便嚷嚷着让她去房内的桌上拿自己的身份牌，去外面抓药，并嘱咐她顺道给自己也抓一服。

闻砚桐没想到竟然如此简单，早知道那杯凉药就不喝了！

她抓了赵夫子的牌子就直奔颂海书院大门，只需把牌子出示，门口守着的侍卫便将人放出去了。

如此顺顺利利地出来，闻砚桐乐得嘴都快合不上了，赶忙顺着墙壁找到先前她挖坑的位置，将露出一角的行李往外扯。

谁知行李还是太大了，卡在了坑里面，闻砚桐没有办法，一只脚蹬在墙上借力，死命地将包裹往外拉，看得对面一条街的人惊诧不已。

事已至此，自然是顾不得那些脸面了，最好快些离开这里，于是她越发用力，咬牙切齿得脸都皱到了一起。

就在闻砚桐快要成功的时候，不远处忽然传来了嘈杂声，紧接着便是惊呼和马蹄的乱响，飞快靠近！

她惊了一大跳，转头看去的时候就见一辆马车失控了，疯了一样横冲直撞，几乎是眨眼的工夫就到了面前。闻砚桐吓得呆住了，下意识想要闪躲，却被马车的车厢架撞中了腿骨，整个人当场被掀翻。

闻砚桐摔地上的时候，脑壳在墙边磕了一下，当即头晕眼花，疼得整张脸都皱了起来。待一阵耳鸣之后，身边的尖叫声和怒吼声交织在一起，马儿的嘶鸣犹如尖锐的刺，直直地扎进她的腿中。

腿好痛！

闻砚桐只觉得右腿好像被砍了一样，疼得厉害，她在地上翻了个滚，睁开眼睛后便看见马车翻在了地上，有好些个人手中持着大刀，似乎在杀人。

她又惊又怕，往墙边爬了一段，才发现手掌全是血迹，不知道是方才摔破了手还是在哪块地沾的。身边躺了个人杀猪似的叫唤，将闻砚桐的耳朵吵得一阵一阵地疼。

纵使她腿疼得难忍，也伸出了完好的左腿，狠狠把那扯着嗓子叫唤的人踢开了。

闻砚桐忍不住哀号出声，幸而这场动乱没持续多久，就被一个身着黑色大氅的少年郎带人制止了，周遭慢慢平息下来。

她疼得头脑都有些不清楚，一声一声地喊着救命，终于在一片混乱之中，有一个身着浅黄色衣裙的女子站在了她面前，慌张问道："你怎么了？"

怎么了？受伤了看不出来吗？

闻砚桐忍着骂人的冲动，喊道："我的腿！我的……"

还没喊完，身边那个人又嗷嗷起来，喊道："我更惨！我全身都疼！我坚持不住了！"

闻砚桐真是恨不得立马起来用完好的左腿踹这个傻子，奈何她现在是个半残废，躺在地上难以行动。

她只好用沾满血的手拽住了女子的衣裙，在上面颤颤巍巍地写了个"惨"字，哭喊道："他是装的！先救我啊！"

喊完便把头一歪，装作晕倒在地。

闻砚桐被撞瘸了。

她的右腿关节处被撞错位，被人抬着送去了朝城里有名的医堂，小腿左右夹了梆硬的木板，绑得结结实实。

然后她又被抬着送回了颂海书院，连带着一起的，还有她那被卡在坑里的包裹。

好了，现在全书院的人都知道她在私逃的路上被撞瘸了腿。

私逃出书院是大事，闻砚桐刚一回书院，赵夫子就找上了门。

彼时闻砚桐正坐在门边，脑袋倚着门框，抬起没有神采的眼睛："我真傻，真的。我单知道出颂海书院没那么容易，却不知道会这么不容易……"

"嘀嘀咕咕地在那儿念叨什么呢！知不知道你闯下大祸了？！"赵夫子的声

音如雷一般骤然响起，吓得闻砚桐打了个哆嗦。

牵动了伸直的右腿，疼得她龇牙咧嘴，知道赵夫子这是上门找事来了，闻砚桐便飞快道："学生知道错了。"

"你知道错了？"赵夫子气得胡子都翘起来了，"你若是知道错了，就不会做出这种蠢事！"

闻砚桐低着头，摆出一副千错万错都是我的错的模样。

事已至此还有什么好说的，都是她运气欠佳。

"颂海书院乃是绍京第一书院，天子亲自拨款建起的黄金书院，这里的夫子个个都是学富五车、才高八斗的状元，武夫子更是从战场上下来的将领！一张书桌千金难求，你好不容易得了就读机会，竟然还想着出逃！"赵夫子狠狠敲了下她的脑壳，发出了一声脆响，"简直愚不可及！"

闻砚桐疼得当即飙泪，捂着脑袋呜呜咽咽地哭了起来，思来想去找不到好的借口，只好搬出了一张老挡箭牌："我实在是太饿了……在书院吃不饱，呜呜呜……"

赵夫子险些被她的这个借口噎死，指着她气得话说不利索："你、你个娃儿，就为了两口吃的！你要气死老夫！"

"夫子莫要生气。"闻砚桐忙抹着眼泪豆子道，"学生已经深刻地认识到了自己的错误，保证下次再也不会做这种糊涂事了！"

"下次？！若是等着你下次再做，老夫只怕也要跟着一起翘辫子！"赵夫子越想越气，又在她胳膊上抽了两下。

幸好闻砚桐之前想着要离开，在身上加了好多层棉袄，这打起来才没什么感觉，但她还是要把样子做足，于是捂着手臂哭得哼哼唧唧。

她腿上还夹了木板，瘦瘦的脸冻得发黑，眼睛哭得肿起来，泪水布满整张脸，模样是要多惨有多惨。

就连气头上的赵夫子，也不免有些不忍。

接着又训了几句之后，他突然感觉到了肚子的不适，知晓这种熟悉的感觉是要跑茅厕的前兆，便匆匆将训斥结束了。

临走的时候撂了一句："院长念在你救了相府小姐有功，又撞伤了腿，这次便不重罚你，让你写一份自检书，在初雪宴上当着全书院的人念。"

闻砚桐吸了吸鼻子，泪珠还挂在眼睫毛上，听完这话之后一下子呆住了，鼻涕都忘了吸溜。

她要写一份检讨书，还要念给全书院的人听？！

闻砚桐抬手摸了摸脸，暗自庆幸，幸好这脸皮够厚，不然还真扛不住。

她扶着门框站起来，动作缓慢地挪回屋之后，就看见张介然在收拾自己的东西。

闻砚桐大惊，忍不住咆哮："张介然，虽然我先前骗了你，但你也不能抢我的东西吧，你欺负我现在是个瘸子？！"

张介然被她的嗓门吓了一大跳，见她抬着一条腿单腿站着，立马觉得心惊肉跳，放下了手头的东西大步走来："你才伤了腿，不能走动。"

"你收拾我的东西干什么？"闻砚桐压了压声音问。

"你这次救了相府三小姐，为了酬谢你，三小姐便跟书院的管事打了招呼，让你搬到一人独寝，好好休养腿伤。"张介然解释道。

闻砚桐呆了一下："我这个半残废怎么一个人养伤？"

"三小姐给你安排了下人。"张介然道，"所以让我帮忙将你的东西收拾了，然后让下人搬过去。"

"这三小姐着实贴心啊。"闻砚桐琢磨了一会儿，忽然想到这位相府三小姐是何人物。

那不正是丞相府嫡出的千金小姐，傅棠欢吗？！

闻砚桐不禁叹一声孽缘，没想到把她腿撞瘸的，竟然是相府嫡女！

最近这段时间当真是不大走运，接连跟这些王公贵族牵扯在一起，情况越发不妙。

不过从傅棠欢的安排来看，她应当是个细心善良的性子，或许比池京禧那些世家子弟好相处。

闻砚桐见张介然忙前忙后地给自己收拾东西，也不好意思干看着，上前搭了把手，与他一起将自己的东西收拾得整整齐齐。

那些衣服闻砚桐一直都是放在箱子里的，若要搬走直接盖上就是，也没什么会被发现秘密的机会。

等了半个时辰后，相府果然来了人，恭恭敬敬地把闻砚桐的行李一件一件地搬走，最后还推了拉柴的车，把闻砚桐运到了独寝区。

她并不知道这独寝区是什么来头，不过既然是傅棠欢安排的，应该问题不大。

等到了之后，闻砚桐才发现这独寝房跟合寝房的差别有多大。

一进门就看见一张嵌着金丝的书桌，上方的笔墨纸砚摆得整整齐齐。里面有一道圆拱门，进去之后便是宽阔的大床、黑色鎏金的纱帐、蓬松柔软的棉被。

书房左边有一扇大屏风，里面是洗浴间，有一个泡澡专用的池子，添柴的地方在屋子外面。这一看就是需要下人动手的洗澡设备。

房中香炉暖炉样样具备，显然是给那些王公贵族家的少爷准备的独寝房。

闻砚桐暗自乐，想着自己撞瘸了一条腿换来这条件，也算值了！

她指使着下人把东西摆好后，这间奢华的独寝房彻底充满了闻砚桐的气息。相府的人相继退出房间，就留下了两个婢女守在门口，应该就是傅棠欢特意拨给她的下人。

但是在颂海书院，平民是不允许带下人的，不知道夫子们知道这事之后会不会借此来训斥她。

正当闻砚桐想得出神时，窗子突然被人敲了敲。

她躺的软榻就在窗边，便站起身推开了窗子，继而看见一个明眸善睐的姑娘。

姑娘身着烟蓝色的衣裙，外套裹着狐皮的银丝坎肩，长发黑顺，右侧有一束小辫，末端缀了颜色漂亮的珊瑚石，一看就知道身份不凡。

她皮肤雪白细腻，笑起来时有一对酒窝，闻砚桐一看见这酒窝就知道了她的身份。

正是傅棠欢。

闻砚桐脑子转了转，正想说句得体的话先谢谢傅棠欢给她救治了腿和安排了独寝房时，就听见面前这人儿轻声道："我知道你的秘密，闻姑娘。"

这一声"闻姑娘"可把闻砚桐吓得不轻。

她连忙伸长了脖子左右看看，确认周边除了守门的两个婢女之外再没其他人的踪影，才压低声音对傅棠欢道："你想害死我吗？！"

"你别怕，这会儿不会有人过来的。"傅棠欢笑得双眸弯弯，只十六岁就能看出貌美之色。

别人的十六岁穿着漂漂亮亮的衣裳，吃穿用度都是上好的，又白又嫩讨人喜欢；而闻砚桐的十六岁却尽倒霉去了，好不容易走了两日好运，一出门又给撞瘸了腿。

简直想掬一把辛酸泪。

"先前多谢三小姐将我送去医堂，还害得三小姐破费，那些药银我愿意自己承担。"闻砚桐十分谦恭道，"还请三小姐莫要将此事告知他人。"

其实闻砚桐知道，傅棠欢将她安排到这地方，就表明她会帮自己隐瞒秘密。只不过就算她心知肚明，嘴上却还是要提一提此事。

她虽是相府的嫡女，却不是丞相真心宠爱的孩子，吃的用的样样不缺，在她父亲眼里却始终是一个工具。

但傅棠欢是个聪明的姑娘，很多时候都靠自己的脑子解决困难。

闻砚桐虽然是个笨蛋，但偏偏就喜欢聪明人，前提是那股聪明劲不用来算计她。

"你客气什么，我还要谢谢你呢，要不是你用腿挡了一下，马车怕是要撞墙上了。"傅棠欢心有余悸地拍了拍心口，"幸好你在那地方掏包袱。"

难怪那些人总说她救了傅棠欢，原来是这么个救法！

闻砚桐木着脸："你这个幸好……是不是有些太过分了？"

傅棠欢豪气道："你放心，既然你是因我而伤，我自然会好好报答你，从今日起，这地方你想住多久就住多久。书院的惩罚我也给你拦下来了，不用担心受罚。"

"可是我还要写自检书。"闻砚桐道。

"我找人给你写。"傅棠欢极其有眼色。

闻砚桐这下高兴了。先前一直想着傅棠欢是相府嫡女，怕她拿身份压人，不敢与她太过亲近。但是现下一相处，不过几句话的工夫，她就觉得傅棠欢没什么架子，颇是讨喜。

闻砚桐笑了："三小姐费心了。"

她摆了摆手，道："走，我带你出去一趟。"

"干什么？"闻砚桐问道。

"你有腿伤，行动不便，我带你做一副拐，顺道带你去吃些好吃的，听说你是因为饿才想逃离书院的。"傅棠欢道，"我的马车在外面等着呢。"

……你这消息可真够灵通的。

闻砚桐本想拒绝，但是想着自己这样子确实需要拐杖，加之自己因为傅棠欢而伤了腿，吃她一顿也是应该的。

绍京的国风开放，并没有什么男女大防，出门前前后后围着一堆侍卫婢女，压根没什么避讳。

于是闻砚桐便答应了。

不过马车还是分开来坐的。闻砚桐被抬出颂海书院之后就被放进了马车里，而后跟着傅棠欢去了城中十分有名的木具楼，定制了一副专属于她的拐杖。

不巧的是，在木具楼门口碰见了前来定做弓箭的程宵。

少年长发披着，戴着一方小巧的点翠白玉冠，看见傅棠欢的时候眼眸霎时一亮。

那眼神，闻砚桐还以为看见了一只热情的家犬。

却不想转头看去时，傅棠欢竟然也是同款眼神，对程宵喊了一声："宵哥哥！"

程宵几步走来时，闻砚桐还要身残志坚地给他行礼："见过七殿下。"

程宵飞快地免了她的礼，问道："你们在这里做什么？"

"给闻砚桐做拐，好让她行动方便些。"傅棠欢一见到程宵就特别高兴，语气无比熟络，"宵哥哥在此地做什么？还是做弓吗？"

程宵的脸上也满是笑容，说道："书院要开课了，自然要换新弓。"

闻砚桐觉得这是两只小狗会面的场景，就差高兴地对着摇尾巴了。

平日也都在朝城里，而且马车出事那会儿不是刚见过吗？

程宵不知道闻砚桐的腹诽，转头问她："闻兄做新弓了吗？若是没做，我连同你的一起做了。"

闻砚桐听后很惊讶："……书院好像有弓箭。"

"书院的弓用起来并不顺手，不如定制的。"程宵道。

顺手？一个连箭都射不出去的人哪有资格挑剔弓顺不顺手？

闻兄并不需要新弓，闻兄连弓怎么使用都不知道。

闻砚桐微笑着拒绝了："怎敢劳七殿下破费，改日有时间我自己做便是。"

程宵并不强求，对傅棠欢问道："你们还有其他事忙吗？"

傅棠欢答："我是要回府用饭的，闻砚桐会去脆香楼。"

热情小伙不请自来，笑着对闻砚桐道："正巧我也在脆香楼约了人，我们一起吧。"

傅棠欢转头看闻砚桐，似乎在征求她的意见。闻砚桐哪有说不的权利，但还是说道："小民哪敢同七殿下共桌？"

"进了颂海书院，大家都是同窗，"程宵道，"吃一顿又没什么。听说你是因为饿才想逃离书院的，这回就好好吃个饱。"

闻砚桐惊了，怎么你消息也那么灵通？

没等她说出第二句拒绝的话，程宵就招呼着人往脆香楼去，而她也有幸能与七殿下共乘一车。

傅棠欢与她道了别，坐上马车回相府了。

到了脆香楼之后，还没进门就被店伙计拦下，伙计抱了个木箱让每个人都从里面拿一块木牌。

店伙计神神秘秘，并不说这木牌是做何用的。

闻砚桐看了一眼，发现木牌上篆刻着数字，她的是九十九。

正当她站在门口发愣时，程宵却已经进去跟他约的人打招呼了。让人意外的是，除了程宵原本约的人之外，还碰到了不少书院中与他有些交情的人。

程宵热情又爱交朋友，一见这种情况，便邀请着同聚，对话基本如下：

程宵："你也在这儿吃啊？"

某朋友："是啊！七殿下也在这儿吗？！"

程宵："太巧了，不如同桌吃吧，热闹！"

短短一会儿的工夫，程宵就凭借着自己的人脉招了一大桌人，达到了雅间坐不下只能在大堂拼桌的程度。

"这……"闻砚桐默默无语。

等程宵招呼得差不多了，才让人架着闻砚桐到那拼了整整三张桌子的地方。

那些人看见闻砚桐之后，便不约而同道："你就是那个饿得想逃出书院的人吧？"

你们一个个的消息都这么灵通的吗？！

闻砚桐脸上笑嘻嘻，心里哭唧唧。

虽然有些尴尬，但她打着哈哈含糊过去了，只盼着快些把这顿饭吃完。

谁能想到程宵会招来那么多人呢？！这一桌子的人，没有一个她眼熟的。

不过更没想到的事还在后头。

这边还没开始点菜，就听见店伙计在门口报了声："哟，五殿下、小侯爷、牧少爷里面请！"

闻砚桐身子一僵，下意识转头看去，就看见身着杏色衣袍的程昕掀帘踏进来，紧接着身后就是眉眼含笑的池京禧。

还是头一次见到面带微笑的池京禧，那澄澈的眼中好似融了冬日里的最后一捧雪，泛着暖意，闻砚桐一时间有些看呆了。

程宵却一下子站起身，把自己的热情人设发挥得淋漓尽致："五哥，你们也来这儿吃饭呀？"

这熟悉的开场白，下一句估摸是：

"不如一起吃吧，我们还没开始点菜呢！"

程宵到底想叫多少人？

这顿饭她不吃了可以吗？

现在走还来得及吗？

闻砚桐此刻无比忐忑。

跟这些世家子弟牵扯在一起，能有什么好事？

与她不同，桌上的其他人倒是很希望那三人能来，甚至有人已经开始腾位置了。

确实，攀上这三人中的任意一人，都会有诸多好处。倒不是这些人心存不轨，只是人人都想加入这个"三嫡组合"。

可就池京禧那狗脾气，是那么容易巴结的吗？

那边程昕听了程宵的盛情邀请之后，朝那一大桌子人看了一眼，嘴角含着笑："七弟身边总是热热闹闹的。"

程宵回道："五哥说笑了，这都是碰巧遇见的。"

程昕眉眼温和："你走到何处都是一群朋友，不过人多了也不错，比冷清好。"

说这话的意思便是同意了，他转头看向池京禧："你意下如何？"

池京禧墨染的眸子有些懒洋洋的，轻笑道："我自然不敢拂七殿下的面子。"

"小侯爷说话越发有趣了。"程宵哈哈一乐，"走吧，去坐着。"

牧杨平日也是你们去哪儿我去哪儿的样子，尤其喜欢热闹，见状便高兴地走在最前面。

见程宵成功把这三位请来，众人都有些兴奋，纷纷站起来向程昕和池京禧见礼。闻砚桐因为腿瘸动不了，瞬间有些慌张，忙弯腰假装捡东西。

不过好在没人注意到她，程昕把礼免了之后，众人才又纷纷坐下来，于是闻砚桐更加不起眼了。

池京禧落了座，位于她的斜对面。今日他似乎心情不错，俊俏的眉眼总含着淡淡的笑意。

池京禧其实是最适合笑的。

他有一双笑眼，神情温和的时候就让人感觉是在笑，而真正笑起来时就更让人觉得容颜倾绝，乍一看脾气很好似的。

程宵叫来了店伙计点菜，时不时询问大家的意见，几乎每个人都会问，问到闻砚桐时，她飞快地答道："猪蹄吧。"

因为闻砚桐总不好好吃饭，平日又在书院受欺负，所以营养不良，身材瘦小，必须多吃点肉把气色补回来。

她刚说完，就有一个少年接话道："你这是打算吃什么补什么吗？"

"周兄此言差矣。"另一人道，"难不成你以为闻砚桐的腿是猪腿不成？"

"你看肿得也差不多了。"周兄答道。

两人一唱一和，把全桌的人都逗笑了，还有人弯腰要去看闻砚桐夹了木板的腿。

好笑吗？好笑吗？！

这俩人定然是想踩着她活跃桌上气氛，掌握饭桌主动权，然后再与池京禧他们攀关系。

呵，贱人！

闻砚桐跟着干笑了两声，不予理会。

程宵却道："闻兄的腿是为了救傅三小姐才受的伤，岂能与猪腿比较？"

他低垂着眸子倒了一杯热茶推到闻砚桐跟前："三小姐的恩人，可不是谁说当就当的。"

闻砚桐惊愕地看向程宵，突然想明白他叫了那么多人坐在一桌的用意是何了。

压根不是因为他热情，而是为了让这一大桌子官宦子弟知道，她闻砚桐现在跟傅三小姐挂了钩，不是可以随意欺负和取笑的人了。

极有可能今日在木具楼的偶遇都不是巧合。

不管这是傅棠欢的主意，还是程宵的主意，这一顶高帽都让闻砚桐心中暖洋洋的。

傅棠欢不止一次对可怜人伸出援手。原本闻砚桐只感觉傅棠欢心地善良，但是此刻作为被伸出援手的对象，她却真真切切地被感动了。

程宵说了这番话之后，桌上的人都噤声了，不再取笑闻砚桐。

池京禧微微眯眸，手指在桌上慢悠悠地敲了几下，突然道："愚不可及。"

闻砚桐惊了一下。小侯爷这是在骂她吗？

她又没惹到池京禧，怎么平白无故地遭骂了？难不成是因为他看不惯程宵，就把怒火迁到了她身上？

正当她思来想去的时候，有些想巴结池京禧的人坐不住了，开口附和道："可不是嘛，为了一顿吃的就逃出书院，搁在正常人身上可干不出这种事。"

要你多嘴？！

"闻家不是家缠万贯嘛，还能吃不饱？"有人尖酸刻薄道，"你当初进来是花了多少银子啊？"

闻砚桐低头抿着程宵推来的热茶，并不回应。

这两人讨了个没趣，想更加兴风作浪时，却被池京禧扫了一眼，当下把嘴闭上了。

而后池京禧缓缓道："颂海书院一经入学便会记录在册，若是想退学则必须写明原因递交院长，经过审批之后才能走。如有私逃者，则有两年的牢狱之灾，附加他罚。"

闻砚桐大骇，以满眼的错愕对上池京禧的眼睛。

池京禧的眼眸澄澈，但眼神却有股无形的压迫感，他平静地看着她道："若是你今日出逃成功，前脚出城，后脚就会被追兵抓住。"

这话一出，桌上的众人都惊愣住了。

闻砚桐这时候才意识到自己竟然在悬崖边走了一趟！若是没有撞上傅棠欢的马车，这会儿她就不仅仅是瘸腿那么简单了。

两年的牢狱之灾。只怕还没进牢，她扮成男子的事就会被发现，而后便是死路一条。

池京禧说她愚不可及，真是一点错都没有！前几日她跟鬼迷了心智一样，满心满眼只想着逃跑，竟险些因为无知而酿成大错啊！

闻砚桐想到这些，便不由得出了一身冷汗，指尖都打了抖，连在心中道了数声"幸好"。

桌上一时沉寂下来，闻砚桐捧着杯子讷讷道："多谢小侯爷提醒。"

程昕见她脸色难看，就笑着缓和气氛："你别太担心，你本没有出逃成功，更何况还救了傅三小姐。"

程宵也语气愉悦地接话："也是三小姐幸运，不然马车就要撞墙上了。"

"这话不对，那马车后面不是还有七殿下你吗？"有人和声道。

"若不是撞停了一下，我还追不上那马车呢。"程宵道。

你一言我一语，方才的沉重气氛就消散得个干净，但闻砚桐却没心思在意那些。她把头埋下来，不敢再去看池京禧的眼睛，总觉得那双漂亮深沉的眼睛把她直愣愣地看透了一样。她私逃出书院的事被刻意压过，众人只以为她饿得厉害，想翻出去吃一顿饱的。但方才池京禧那番话，就表明了他知道她真正的目的是离开书院，回到安城。

他是如何知道的？他的话是警告还是提醒？闻砚桐心慌意乱，正胡思乱想的时候，却突然听到了三声锣鼓响。

所有人的注意力都被吸引了过去，就见店伙计扬声道："开奖了！老板说要送九道本楼的招牌菜给拿到九十九号牌子的客官！"

周遭顿时一片哗然，纷纷低头查看自己的牌子。

闻砚桐忽然想起自己的牌子好像是九十九，于是从袖子里摸出来一看，果然是！

她便在众目睽睽之下摊开了牌子，小声道："九十九在这儿呢。"

脆香楼统共就九道极其有名的招牌菜，一一端上桌的时候，把桌子都占了大半。

这九道菜，色、香、味三方面在朝城都是顶尖的，正因如此，脆香楼才这般出名，不过这九道招牌菜却是极少有机会被端上同一桌的。

菜上了之后，众人都对闻砚桐的运气艳羡不已。他们分明在进门的时候都拿了一块牌子，但只有闻砚桐的牌子换来了九道招牌菜。

就连闻砚桐也觉得自己的运气成谜。若说她运气好吧，也不至于被撞瘸了腿；若说运气不好，这会儿又平白中了奖。

真令人摸不着头脑。

程宵笑着打趣了两句，便把原本点的菜撤了大半。后来等菜上齐，程昕身后一直站着的奴才便上前来，一道菜验三遍。

闻砚桐与其他人一样，默默地看着那些奴才把每道菜都尝一遍。

池京禧等人用的都是自备筷子，纯银打造，还嵌着象牙，单看着就是奢华昂贵的东西。

等一切都准备好了，由程昕动了第一筷，而后众人才开始动筷子。这些王公贵族吃饭都很讲究，每人两双筷子，其中一双是公筷。闻砚桐吃了这么多年的饭，从来没有换着筷子吃饭的习惯，一时间有些改不过来，下意识地用沾着自己口水的筷子去夹菜。

谁知道筷子还没触及菜的时候，她碰巧一个抬眸，对上了池京禧有些阴沉沉的眸光。

她脑子一个激灵，连忙把手缩回来，暗道：哎呀妈呀，丢人了，可千万别有人看见！

可不巧地，正好被人看见了，立马就有人尖酸道："哎哟，闻砚桐应该不大习惯用公筷吧，毕竟也没怎么用过。"

闻砚桐怀疑这个人是一直盯着她的，就等着揪这一点小错误。也是，这一大桌子，只有她出身平民，且还是商户家中出来的，方才又被池京禧骂了蠢，不踩她踩谁啊？

闻砚桐把嘴里的鸡脆骨嚼得嘎嘣响，因为场景特殊，便假装没听出这话中的刻薄，腼腆一笑："我确实没用过几次，大多时间都是在家中吃饭的。"

"此言差矣，用不用公筷主要看桌上人的身份，倒与在家在外无关。"另一

037

人也笑道。

"说的也是。"闻砚桐笑得眼睛都眯了起来，"今日撞上了这几位殿下，才算真的幸运，那九道菜与这相比，倒不算什么了。"

你捧我也捧，马屁谁不会拍呀？

"你这运气非同一般，也不是谁走好运时都能有那个机遇成为傅三小姐的恩人的。"那人冷笑一声。

"不错不错，我今儿果真是撞大运了。"闻砚桐笑呵呵道。

她心里却早就把这家伙的族谱都问候一遍了。若非是她身份低微，早就蹦起来骂他了！

而这人感觉自己的拳头打在了棉花上，于是翻起了旧账，用筷子夹了一块鸡肉放到闻砚桐的碗里，用关心的语气道："多吃点，听说你先前饿得半夜偷偷摸摸地想宰咱们书院的无惮，还被罚了一通，下回可不能再这样了。"

闻砚桐气得险些厥过去，低头往碗里一看，还是个干巴巴的鸡脖子！

桌上一圈人又笑开了，似乎觉得取笑闻砚桐颇有意思，纷纷附言说起此事。

周围一时间热闹起来，不留余力地踩低捧高。哪知道声音过大，惹了太岁爷不高兴，筷子不轻不重地一搁，沉声问道："你们吃饭向来这般话多？"

然后所有人都闭嘴了。

倒不是为了护着闻砚桐，而是这桌上的谄媚风气着实令池京禧厌恶。他半分没给人留面子，直接起身对程宵道："七殿下慢用，我吃饱了，先行一步。"

瞧见没，就这狗脾气你们也敢巴结？

"小侯爷慢走。"程宵似乎见惯了池京禧的脾气，习以为常地应道。

程昕笑道："先去马车里坐着吧。"

池京禧一说要走，牧杨就罢筷了，拿了块锦布擦拭嘴角，似乎已做好离开的准备。

池京禧点头为应，披上身后下人递上的大氅，眼神都懒得施舍给别人，抬步离开了。

程宵看了周遭人一圈，语气虽然轻松，却没先前那样和善了："终归是脆香楼的菜不合各位的口味，瞧着都没吃几口。"

桌上的人再不敢造次，这会儿都噤若寒蝉，低头吃着菜。

程昕意味不明地哼笑了一声，在桌上坐了没一会儿，同牧杨一起告辞了。

最后这顿饭竟是不欢而散。

不过饭席一散，闻砚桐就十分开心，觉得这顿饭吃得极其煎熬，被人抬回书院的时候，肚子还在咕咕叫着。

不过让她十分诧异的是，刚回到寝房就发现傅棠欢正等在门口。

那门口不知何时扎了个秋千，她裹着一袭杏黄色大氅在上面摇晃，看见闻砚桐之后麻溜地蹦下来，冲她招手："快来，给你看个好东西！"

如此神秘，也勾起了闻砚桐的好奇心，忙道："快把我抬过去。"

走近了之后，就见傅棠欢从怀里掏出了一个巴掌大的瓷瓶，递给她："老神医的跌打损伤药，据说涂个三日就能治好断骨，你拿去试试。"

闻砚桐诧异。

她将瓷瓶接过来，一眼就看见瓶上面贴着一张红纸，黑笔写着"老神医"三个字。瓷瓶花纹杂乱，做工简陋，一看就知道是那种低成本的东西。

"这……"闻砚桐迟疑道，"该不是你在街上的犄角旮旯里买的吧？"

"的确是路过半夏街时买的。"傅棠欢老实地点点头，"我见那人给一个瘸子用了之后，那瘸子立马就跑起来了，连药钱都没付，卖药的老头追不上哭得好大声，我就命人买了几罐，想拿来给你试试。"

闻砚桐一脸问号："这明显就是演出来的啊！还老神医，老神棍还差不多。"

按照傅棠欢的智商，不应该会被骗啊！

傅棠欢非常失望："真是假的吗？我原本也怀疑，但周围的人都说药很有用，我便信以为真了。"

"这种药就算抹上八瓶，该瘸还是瘸，"闻砚桐道，"指不定还有毒呢。"

傅棠欢便忙从她手里抢过瓷瓶："那算了，还是扔了吧。"

她把怀里捧的瓷瓶一股脑儿地扔给身后的婢女，咣咣当当响，瞧着有七八瓶。

闻砚桐哭笑不得，把话题转移："你怎么这时候还来我这里？"

傅棠欢问道："今日跟宵哥哥的饭局吃得如何？"

一提到这，闻砚桐就心塞："不如何，这个踩完那个踩，我压根没吃饱。"

傅棠欢似乎早就料到了，挥了挥手，让婢女把食盒提到闻砚桐面前："我已经知道了，那些人踩你都是为了巴结小侯爷他们，无妨，待开课之后他们便不敢再踩你了。"

食盒一掀开，是两碟简单的小菜和一碗排骨汤，闻砚桐一闻这味就感动得心头一片热："三小姐，你对我也太好了。"

"我说过要好好报答你。"傅棠欢笑道，看着闻砚桐吃得正香，突然道："对了，有一个坏消息忘了告诉你。"

闻砚桐的笑容僵住:"什么?"

"颂海书院你就别想着逃了,被抓到是要坐牢的。若你真的要走,可以写离院申请然后交给夫子,再由院长给你审批,不过原因什么的都要写明白才行,流程会有些麻烦。另外,你这次的事虽然罪名被压小了,但仍在册子上被记了一笔,这对你的测验评定有影响。"她道。

闻砚桐的筷子顿了一下:"有何影响?"

"按照书院的规定,若是两次最终测验都不合格,则会有禁闭十五日的惩罚。"傅棠欢道,"夏季的课,你的最终测验好像就没有合格。"

闻砚桐简直惊了:"还有这事?!"

这是坏消息吗?这根本就是个噩耗!

她顿时觉得食盒里的饭都不香了!

得知两次测验不合格会被关禁闭后,闻砚桐茶饭不思,日渐消瘦。

也是,颂海书院这种档次的地方,怎么可能会放任有人占着黄金位而不学习?在皇帝眼皮子底下,自然是十分注重学生各方面成绩的。

可她如今除了明算一门,其他课程连十岁的孩子都不如,禁闭十五日不是铁板钉钉的事吗?

这下可把她愁坏了。

在床上躺了两日之后,在木具楼定做的拐杖就送到了。闻砚桐拄着拐杖试着走了几步,起初还不大适应,不过她受够了被人抬来抬去,咬着牙坚持练习用拐杖。

十一月的寒冬,她却疼得满头大汗,如此用了两日后,走路倒顺当许多了,能时不时出房走走。

冬日里的伤,总是好得慢些。尽管傅棠欢命人送来的伙食营养丰盛,但闻砚桐的腿该瘸还是瘸,没见半点恢复的迹象。

不过几日下来,倒是将她的气色补回来不少。没有那只公鸡打扰睡眠,闻砚桐的状态渐好。

但她还没享受几天,颂海书院就正式开课了。

开课当日,极其冷。

闻砚桐天没亮就起床,翻出了书院的统一服装。颂海书院的校服是由朝城最出名的巧衣阁精制的,一套就高达百两银子。

巧衣阁的生意对象没有平民,再富有的平民都买不到那儿的一块帕子。这家店是专门为城中的王公贵族制衣的，唯一的例外只有颂海书院的学生了。

校服的整体颜色是藕荷色配雪白，远远看去就好像簇拥在一起、即将开放的荷花一样，呼应了绍京的国花——荷。

冬日的校服要厚实许多，发到闻砚桐手里的是一件加棉的长袍和一件压着白毛皮的藕荷色袄衣，衣裳用银丝线绣出了朵朵盛放的荷花。

这衣裳闻砚桐拿到手的时候有些疑惑。瞧这配色，穿在男人身上不会觉得很别扭吗？

不过她穿上之后才发现藕荷色非常衬气色，由于颜色较浅，倒没觉得别扭，反而有一股在冬日里蓬勃而发的朝气。

她现在一日三餐顿顿不少，偶尔吃些零食，一下子就把身体吃胖了七八斤不止，瞧着脸圆了不少，也能从她的眉眼中看到几分精致。

其实她长得很好看，不过是太瘦了，且脸色不好，加之每日又故意在脸上涂涂画画，才显得面容普通。

闻砚桐对着镜子照了好一会儿才动身，而后她发现一件扫兴的事——若是穿上大氅，便不能拄拐行路了。

听着窗外呜呜呼啸的寒风，她只得舍了大氅，又在外面裹上了层厚厚的袄子，打远处看像个圆球似的，拄着拐杖慢悠悠地前往学堂。

一门瞎填、一门缺考，正如她所料地被分进了丁六堂。

因为身上带伤，闻砚桐不敢走快，生怕在路上又摔一跤，等到了学堂时，早课已经开始有一会儿了。

赵夫子就站在门口，远远看着闻砚桐走近，深深地叹一口气："我就知道你肯定会被分到丁六堂。"

闻砚桐也嘿嘿一笑："好巧啊，夫子也任教丁六堂吗？"

赵夫子摸着胡子"嗯"了一声："甲一和丁六的明算夫子都是我。"

她倒真没想到颂海书院是这样分配师资的，不过面上装得更讶异："想不到学生这般好运。"

"你的明算不比甲一的学生差，"赵夫子语重心长，"就是明文差了些，尤其是你的字……哎，教明文的李夫子对字体方面要求严格，你当心些。"

闻砚桐当下作揖："多谢夫子提醒，学生谨记。"

赵夫子最喜欢她这副乖巧模样，欣慰地点了点头，关心道："腿上的伤养得如何了？"

闻砚桐撇着眉毛装可怜："还是疼得厉害，整宿整宿地睡不着。"

"但是你这气色瞧着好多了啊。"赵夫子疑惑道，"脸都白了不少，好像胖些了。"

她身子一僵，顺势摸了摸脸："是吗……"

赵夫子拍了拍她的肩："行了，好好养伤，别再做些怪事了，先进去上早课吧。"

闻砚桐应道："多谢夫子挂念。"

赵夫子叮嘱了一番后便离开了，闻砚桐就撑着拐一摇一晃地进了学堂。

堂内的人差不多坐齐了，笼统一数，二十有余，显得学堂很宽敞。

背书的声音很响，也有些窃窃私语的，嗡嗡声交织成一片，待闻砚桐推门而入的一刹，声音霎时小了很多。

许多人齐齐地把目光投来，一个劲地打量闻砚桐。

因着是开课第一日，所有学生都必须穿上统一的院服，放眼望去一派暖色，如一朵朵即将盛开的荷花，让人眼前一亮。

唯独闻砚桐身上裹着厚厚的灰色棉袄，袄子上面还用金丝线绣了元宝，整个一个大写的"俗"字。

但是闻砚桐的所有行李里，只有这件是最厚的，一路走来根本不惧寒风，她现在两只手还是热乎的。

知道这些人又在暗地里嘲笑她，闻砚桐也根本不在乎，目光扫了堂里一圈，寻找空位子坐。

还没等她找到位子，就听见眼皮子底下有人尖酸道："咱们书院的大耗子冬日里也这般勤快，生怕别人不知道他一身灰毛有多碍眼。"

闻砚桐瞪着眼一看，发现还不是陌生人——先前在饭桌上给她夹鸡脖子的那个。

她心里冷笑一声，这可是你自己送上门的！

还是拿出老一招——闻砚桐假装压根没听到，拄着拐杖往前走，瞄准了这人的脚狠狠杵了一下，再将全身的重量压上去。

这人的惨叫声霎时响起，突兀地打断了学堂中的念书声，所有人都将目光投来。

这男子怒而拍桌："你怎么走路的？！"

闻砚桐见这学堂一没有池京禧，二没有夫子，心说：我凭啥怕你？

于是哼了一声，鼻孔朝天，蛮横道："谁知道你的脚那么不老实，非要往我拐杖下钻？"

"我的脚往你拐杖下钻？"男子头一次听到这种言论，气得指着闻砚桐的手都抖了起来，"你、你简直满口胡言！"

闻砚桐手里有一副实木拐，谁也不怕，干脆仰着脸推了一下男子的凳子："让开点！别挡路。"

她衣裳穿得厚实，新仇旧恨一起算，这一推半点力气没留，一下子把男子推得往后倒，哐当一声栽在了地上。

男子连续"哎哟"了好几声，爬起来就要拽闻砚桐的领子，看似气得急了。

闻砚桐忙扯着嗓子嚷嚷："干什么干什么？欺负我一个瘸子是不是？！这是书院可不是你家，你想打谁就打谁？还有没有王法了？！"

学堂中霎时静得厉害，她的声音就更加突兀，倒把男子吓住了。

但男子不愿意露怯，指着她道："是你先压我脚的！"

"那是你的脚伸得太长，怪不得我！"闻砚桐低头看了一眼他的鞋，夸张地瘪嘴道，"我还怕脏了我的拐呢！"

"这里有那么多地方，你非要从我身边走？！"

闻砚桐夸张地笑了一声："天地有型哥有样，但哥不是你爹娘，没义务惯着你！"

这下可把谄媚小人的嘴都给气歪了，又要动手薅她的衣领，闻砚桐正要大声嚷嚷时，门处却传来如钟鸣般的呵斥。

"胡闹！你们在干什么？！"

闻砚桐下意识地看去，还以为看见了包青天。

门口站的那人实在是黑，脸像抹了锅底灰一样，这会儿瞪眼皱眉，模样凶得很。

这位脸特别黑的夫子名叫李博远，在颂海书院十分有威望。

他先前是太子的老师，把太子从幼童教到弱冠之后，便卸任了。因与书院的院长关系好，就呈奏主动来书院担任夫子教学。

在书院里，就算是程昕和程宵这种皇子，都要对李博远恭敬有加，普通官员之子就更不用说了。

那与闻砚桐争吵的男子见到李博远，当下跟缩了脖子的王八一样，吓得喘气都不敢大声："是、是闻砚桐先欺压我的！"

闻砚桐见状暗道不好，都给人吓结巴了，想来这黑脸夫子来头不小。她也连忙低头，摆出一副认错的姿态。

"你们两个给我出来！"李博远气道。

他说完便出了学堂。闻砚桐看了一眼瞪着眼睛看戏的学生们，最后还是拄着拐杖，一颠一颠地跟着出了学堂。

方才恨不得生吞闻砚桐的男子这会儿跟霜打的茄子一样，蔫了个彻底，耷拉着脑袋跟在闻砚桐身后，还不停地窃窃私语，不知道在念些什么。

李博远走路并不快，所以闻砚桐即便是一瘸一拐，也能勉强跟上，没落多长的距离。

但是身后跟的那人却是越落越远，看样子是想趁夫子不注意溜了。

闻砚桐岂能让他如意？

看着男子鬼鬼祟祟准备溜，她便大声嚷嚷道："夫子，这个人想逃跑！"

李博远一听当即回头瞪来，眼睛跟两把利刃似的，一下子戳在了正想逃的男子身上。

"我没有！"他连忙否认。

"你走路都没有我这个瘸子快，分明就是想趁夫子不注意的时候溜走！"闻砚桐铁了心地要跟他抬杠，"明明犯了错还不知悔改，就知道狡辩！"

李博远竟觉得闻砚桐说得十分有道理，点了点男子道："知错不改，朽木难雕。吴玉田，你如今已弱冠，三次科举均落榜，若是再这般下去，只怕难成气候！"

吴玉田怕极了李夫子，就算被骂得十分没面子，脸也憋得通红，却还是连头都不敢抬，更不敢吱一声反驳。

李博远训完吴玉田之后，便将两人带到了夫子堂，让两人守着堂门，左右各站一个。

她身上裹得一层一层的，穿得厚实，往那儿一站便将脖子缩起来，并不觉得有什么。但是吴玉田不一样，他方才出学堂的时候因为太害怕，忘了拿大氅，这会儿冻得直打抖。闻砚桐站的那个位置都能听见他牙关打战的"嘚嘚"声。

闻砚桐暗爽，冻死才好呢。

不过站了没一会儿，书院就响起了下课钟，早课结束了。

早课结束之后就是吃早饭的时间，李博远也没有理由继续罚他俩，便拿了一张纸递给闻砚桐。她迷茫地接下来，问道："这是什么？"

"是武学课的分堂单，你拿去堂里交给夫子，下午武学课要用。"李博远说道。

其实就是分班表。武学和文学的分班情况是不一样的：文学分甲、乙、丙、丁四部，每部有六个堂，统共二十四个学堂，但是武学不同，只有十二个。

以子丑寅卯来排列。

闻砚桐在纸上扫了几眼，发现她的名字竟然在子堂里！

"夫子！"闻砚桐有些着急，"这分堂是不是分错了，我怎么在子堂里呢？！"

"没错啊。"李博远道，"你武学测验中靶心了，自然被分到子堂。"

"可是我前两箭空了啊！"

"测验只记录最好的成绩。"李博远不赞同地皱眉，"你这孩子怎么回事？别人想去子堂都还去不了，我怎么瞧着你好像不情愿的样子？"

"哪能啊！"闻砚桐连忙笑道，"学生只是觉得很惊喜，没想到会进子堂。"

李博远点点头："你知道就行。行了，快去吃饭吧。"

闻砚桐连连应声，待李博远走了之后，眉毛才撇下来，一脸苦恼。

中靶心那纯属是瞎猫碰上死耗子，她还是知道自己几斤几两的。

闻砚桐苦着脸将纸揣起来，正好碰上张介然来寻她。

这位善良的前同寝怕她瘸着行动不方便，特地来带她一起去饭堂。

闻砚桐真是要被这个好室友感动了。细看之下这室友长得白白嫩嫩的，个子还高，贴心又文静，关键是还聪明。

就在闻砚桐早上挂着拐杖一瘸一拐地前往丁六堂时，人家已经在甲一堂坐着背书了。

整个颂海书院，找不出第二个比张介然还要勤奋的学生。

两人吃完饭之后，张介然有些不放心她，坚持要把她送到丁六堂再回去，但是闻砚桐怕耽搁他的时间就死活没同意。

两个人站在路边争了起来。张介然是腼腆性子，并不擅长与人口舌争执，一直沉默着，却很坚定地表明了自己的态度。

闻砚桐急得直用拐杖敲地："我真的没事！我今早就是自己去的学堂，这点路还会出事不成？"

"这有什么好争的？"突然有一道声音斜插而来。

两人同时转头看去，就见路的不远处站着三个人。

中间那个就是池京禧。他没披大氅，身上穿的是院服。

原本闻砚桐只觉得这衣裳穿在男子身上会显得很秀气，但此时见了他，才发现这身藕荷色的衣裳能让人变得精致。

池京禧就是这般，藕荷色将他衬得越发唇红齿白，但是那双笑眼却含着沉色，即使不带什么感情地看人，也会让人打悚。

就像一朵被腊月冰霜覆盖的荷花，精致中带着冰冷的朝气。

闻砚桐只看了一眼，这一眼也只够看见池京禧一人，她连忙把目光垂下。

池京禧这种出身的学生在冬日里是不用参加早课的，一般都等早课结束才会来书院，只是没想到这么凑巧，竟撞在了一起。

张介然也害怕得厉害，忙站到闻砚桐身边把路让开，虽然他并没有挡着什么路。

牧杨走到她面前："正好我也是丁六堂的，我带你过去吧。"

闻砚桐本想拒绝，但是思索一瞬觉得还是先把张介然打发回去好，便道："有劳牧少爷了。"

她对张介然道："你赶紧回去吧，不然等会儿敲了钟，又赶得着急。"

张介然看见她有人送，加上对这三人的害怕，便也不争了，飞快地点了点头正要离开，却被程昕叫住："正巧我们也去甲一，也是顺路，一起走吧。"

张介然吓得整张脸都憋红了，不敢出言回应，愣愣地跟在程昕后面离开了。

闻砚桐见池京禧有些懒洋洋的，并没有什么表示，想来是晨起还没缓过劲。

三人离开之后，她才松了一口气。

不知道在何时她竟然练出了条件反射，见到池京禧就全身紧绷，紧张得不行。

牧杨见她拄拐走路有些慢，便伸手夺了她的右手拐，架着她的胳膊直接将人架了起来。

"走快些，要迟了！"他道。

说着便大步向前，硬是用自己的力气生生把闻砚桐的速度提高了一倍不止，左手拐抢得飞起才能跟上他的步伐。

啊啊啊，方才答应跟他一起走果然是个错误的决定！

闻砚桐是被牧杨一路拎到学堂的。

进门的时候，学堂差不多坐满了，大家纷纷朝门口看来。牧杨不甚在意他们的目光，把拐杖还给了她，问道："你坐哪儿啊？"

闻砚桐有些生气地拿回拐杖，语气不大好："问这个干什么？"

早上刚来就跟吴玉田干了一架，她到现在还没找到座位在何处。

她往堂内看了一眼，看见后排有座，便朝后排去了。

学堂里的气氛有些奇怪。丁六堂大都是朝城的纨绔子弟，少数平民学生夹杂在这里，都是整个书院文学成绩垫底的。

纨绔公子哥瞧不上平民，而平民也不敢招惹他们，于是两不相干地聚集在学堂里，导致丁六堂既没有学习气氛，也没有欢快热闹。

闻砚桐落座之后，同桌抬头看了她一眼，然后飞快地低下头去。

牧杨也不知道犯了什么毛病，非要跟她坐一起，便将坐在她前面的人赶走了，刚一落座就扭头道："今日下午的武学课，能不能让我看看你是怎么射中靶心的？"

"我说过了，那只不过是巧合。"闻砚桐实属有些无奈，"我不可能再射中的。"

"你不试试怎么知道？"牧杨皱眉。

"行吧，试试就试试。"闻砚桐说，"但我要是没射中，牧少爷可不能怪我。"

"这是自然。"牧杨高兴道。

闻砚桐怕他又提出别的要求，便转头主动跟同桌说话："咱们今儿上午是什么课？"

同桌是个十分俊秀的少年，睫毛又密又长，敛着墨一般的颜色。

他小声回答："赵夫子的明算。"

闻砚桐还没说什么，就见牧杨用小拇指掏了掏耳朵："你刚才说话了吗？声音比我家树上鸟窝里刚破蛋的鸟叫声还小。"

这货怕不是存心找碴儿的。

闻砚桐道："我都听见了，许是牧少爷离得比较远所以才听得不大清楚。"

牧杨听了后思量一番，而后忽然凑到少年脸边："你再说一遍我听听。"

少年被吓了一跳，往后缩了缩，不知是害怕还是害羞，红色从脖子蔓延到耳朵尖："上、上午是赵夫子的明算。"

牧杨啧了一声，颇是嫌弃道："比闻砚桐这个弱鸡还不如。"

你再说一遍谁是弱鸡！

闻砚桐真想连桌子带人把牧杨整个掀出去，免得他在这里讨人嫌。

少年低下头，并没有反驳，慌张地把自己的书本翻开，又磨了磨快要干的墨，装作一副很忙的样子。牧杨却不依不饶，翻着他的书本瞅了一眼："傅子献？你是丞相府的？"

闻砚桐闻闻也转头，认认真真地看了同桌一眼。

她与傅子献不算相熟，但经常能在书院看见他，一来二去也听说了他的身世。

傅子献是相府庶子，一干兄弟姐妹中，与傅棠欢最是亲近。

他的性格跟张介然很像，瞧起来文文弱弱的，但张介然是两耳不闻窗外事的书呆子，而傅子献瞧着性子倒是腼腆许多，跟人说话时还会脸红。

傅子献听见牧杨的问话之后，许是自卑自己的庶子身份，头垂得更低了。牧杨向来不喜欢这种扭捏性子的人，于是语气里的瞧不起半点不掩饰："难怪这般性子。"

傅子献也没敢应答，闻砚桐却没好气地白他一眼。

随后赵夫子进来，牧杨才消停了，扭过身去。

闻砚桐见傅子献情绪低落，也没有随意搭话，老老实实地听赵夫子上课。他的明算课是闻砚桐唯一能听进去的课。不过讲的都是些简单东西，闻砚桐听着听着就把头往棉袄里一缩，眯着眼睛昏昏欲睡。赵夫子想到她先前说的整宿整宿睡不着，体谅她情况特殊，也没有找她麻烦，睁只眼闭只眼过去了。

就这样睡了一上午，下课钟敲响时，闻砚桐才眨巴着眼睛清醒。赵夫子整理了书本，突然问道："闻砚桐，先前李夫子是不是把武学分堂名单给你了？"

闻砚桐这才想起来，点着头应了声，忙把名单掏出来，想要起身，赵夫子却道："不用给我，你念一遍就是。"

她也不敢推辞，便硬着头皮念了名单上的字，念完之后才发现丁六堂中只有三人分进了子堂，除了她和牧杨之外，还有傅子献。

赵夫子满意地点了点头："记住自己分到了什么堂，下午的武学课莫要走错地方。"

而后说了一句"散堂"，便拿着书走了。

学堂里的人讨论着武学分堂，陆陆续续地奔着饭堂去了。闻砚桐想着中午时间充裕，应该可以回去睡个觉，也不用去饭堂挤，傅棠欢安排的下人会给她准备好丰盛的饭菜。

打定主意后她拄着拐杖往外走，傅子献从后面追上来，竟主动道："我送你回寝房吧？"

闻砚桐非常惊奇，却还是道："不敢劳烦，我自己能回去的，多谢好意。"

傅子献左右看了看，悄悄道："是我三姐嘱咐，让我好好照应你的，正好我与你一起用饭。"

原来是傅棠欢提前打了招呼。闻砚桐心中一暖，不再拒绝，应了傅子献的话，两人结伴回了寝房。

傅子献性子温和，极好相处，根本没有什么少爷架子。两人坐在一块儿吃了饭，又闲聊了几句，便开始午睡。

房屋里点了暖炉，闻砚桐一进屋就把外面那层灰棉袄脱了，小心翼翼地躺在床上。傅子献睡在屏风后的一张软榻上，安安静静的，像一只名贵的品种猫。

许是屋里太暖和，两人都睡得格外香甜，结果险些睡忘了时辰。幸好闻砚桐睡之前吩咐婢女到时候便叫醒他们，这才没迟到。两人换了身衣裳，便朝武学上课的场地赶去。

武学课的场地非常广阔，每个学堂之间都用八尺高的木棍插作一排分开，据说每个学堂教授的内容都有些不同。

在傅子献的帮助下，两人轻易地找到了子堂。任教子堂的许夫子已经到了，其他学生也站成队列。

闻砚桐老远就看见第一排几个人中最显眼的池京禧，原本一瘸一拐的脚步更加慢了。

先前她就想到了，若是分在子堂，肯定会与池京禧他们狭路相逢。实际上除了池京禧，程昕、程宵等人，朝城中有名的高官贵族之子都在子堂。

这让闻砚桐很郁闷。

走近了之后发现许夫子就是之前抓住她宰鸡，还在她右腿窝踢了一脚害她疼了好几天的人，于是她更郁闷了。

许夫子侧身望着她，并没有催，脸上也没有怒意，倒是站在队列的其他学生有些不耐烦了。

闻砚桐一眼扫过去的时候，总是下意识地看向池京禧。眼下他双手抱臂，下巴微扬，漆黑的眼眸盛着满满的不耐烦，一副天生看不起人的模样。

她不由自主地加快了脚步，到了许夫子跟前，张口便要请假。毕竟腿都瘸成这样了，总不能又跑又跳是不是？

谁知道许夫子比她先一步开口："闻砚桐，是吗？"

她呆呆地点点头。

"你的腿伤我先前听说了。"他轻叹一口气，"伤得真不是时候，这才刚开课，估摸你要休养许久。"

闻砚桐也做出遗憾的模样："是学生太不小心。"

"武学课你暂且不用参与了。"他道。

闻砚桐听言差点嘿嘿乐起来，幸好强忍住了。

随后便听他道："你这腿伤在冬日难好，越是躺着不动好得越慢，今日就绕着这场地慢慢地走，锻炼锻炼。"

啊？

若不是闻砚桐知道这个许映泉是个从战场上下来的大将，她还以为这人是个尖酸刻薄的人呢。

闻砚桐瞪圆了眼睛。这大冬天的让一个瘸子绕着操场走路，像话吗？！

许映泉也是平民出身，所以并没有某些夫子瞧不起平民的坏毛病，他拍了拍闻砚桐的棉帽，语重心长道："要多动动，才好得快。"

闻砚桐哪敢有半分不愿，若是许映泉再飞身一脚把她左腿窝子踢肿了，那她就真需要被人抬着上课，拐杖都没啥用了。

她匆忙应道："夫子所言极是，学生不敢有异议。"

许映泉满意地点点头，拎了拎她的灰色袄子："把这个脱了，太过厚重影响走路。"

闻砚桐这下有些不情愿了："学生前几日还染了风寒，若是穿薄了会觉得冷。"

"无事，冷了会更精神，且你走几圈就热了。"他说道。

听听！听听这说的是人话吗？！闻砚桐简直怀疑这人是故意刁难她的！

她感觉到寒风往脖子里灌，实在是不想脱，就想再争取一下："夫子，我觉得吧……"

"你这耗子皮倒是挺金贵。"池京禧突然出声打断了她的话。

他眉尾微挑，嘴角沉着，神情看起来很是不善，像是耐心到了极限。

周围人听了他的话都憋着笑。

耗子皮？耗子皮？！

要不是因为说这话的是池京禧，闻砚桐铁定怼回去了！

不过她听见小侯爷的声音，就蔫得特别快，有些不舍地揪了两把身上的大灰袄子，把拐杖竖在武器架旁，慢吞吞地动手脱了。

她里面穿的也是院服，藕荷色的袄子衬得她的皮肤瞬间白了不少，比灰袄子更显肤色。

里面雪白的长袍也换成了加绒的裤子，右腿上的木板是临走时拆了重新绑上的，因为穿不上靴子，所以特地定做了一双跟棉拖鞋比较像的鞋子。

袄子刚脱下，闻砚桐就非常明显地打了个哆嗦，牙关像今早的吴玉田一样，"嘚嘚"的跟机关枪似的。

许映泉见她身板瘦小，叹了口气道："你还需要加强锻炼。"

闻砚桐打着哆嗦点头。

她头上还戴着顶棉帽，趁着许映泉没让她把棉帽也摘了，赶紧左右手架着拐杖麻溜地走了。

正如许映泉所说，起初走的时候她还冷得直发抖，但是走了约莫半圈，身子就开始发热了。

主要是挂拐走着费劲，快了怕腿疼，慢了许映泉会在远处喊，她只好用不快不慢的速度在武场绕圈。

许映泉在第一场武学课上并没有讲什么内容，而是让人抬来了磅石，说是要试试每个人的常规力气。

子堂里的公子哥跟其他人不一样，是极有可能参加武举为将的，是以许映泉的教学方法与其他堂不大一样。

更何况程昕和程宵两位皇子也在其中，除了武功之外，还会教些打仗兵法。

但是闻砚桐对这一点兴趣都没有，她看着那些人举起比脑袋还大的磅石，就觉得胸闷。

幸好腿瘸了，不然估摸着要跟这些磅石缠斗一个下午。

闻砚桐亲眼看着池京禧单手举起两块叠在一起的磅石，厚厚的袄子都掩藏不住他手臂勃发的力量，顿时觉得先前几次很幸运。

难怪被池京禧揍过一次的人便不敢再招惹他，就这能够单手举一百斤的力气，一拳把人门牙打掉能算难事？

这拳头要是落在她身上，不吹牛，一下就能让她再也爬不起来。

闻砚桐想想就打怵，打定主意千万不能招惹池京禧。她走着神胡思乱想，不知不觉就走了好些圈，拐杖使得越发熟练了。

学院钟敲响之后，便有半小时的休息时间，武场上的学生一哄而散。

看着许映泉离开武场后，闻砚桐便动起了逃课的小心思，觉着自己走得也够久了，不妨趁着人多溜吧。

想着便做，趁着人多的时候，她隐在人群里离开了武场，而后绕到另一条僻静的路上离开。

且说早上吴玉田跟闻砚桐干了一架之后，小肚鸡肠的他便怀恨在心，时时刻刻等着找回吃的亏。

刚散场他就看见闻砚桐出了武场，悄悄跟上去后便见她拐去了偏僻小路，心想着机会来了。

他跑去找了经常欺负闻砚桐的姜家公子，张口便道："姜少爷，原来你在这里，我可算找到你了。"

姜嶙正和人倚在竹屋旁议论秦楼楚馆的姑娘，听见声便扬了扬眉道："你寻我做什么？"

"先前我听见闻砚桐说你狗仗人势，除了欺负人什么都不会，是个只会汪汪叫的废人。"吴玉田行挑拨之事相当拿手，眉飞色舞道，"他还说你连池京禧的半根脚趾都比不上，他要攀上池京禧再回头来教训你！"

姜嶙也是个没脑子的，听什么信什么，当下竖眉大怒："那小瘸子当真这么说？！他有这个胆量？"

"那是自然，他前些日子不是上了牧家的马车吗，想来是翅膀硬了……"吴玉田继续煽风点火。

"他人在何处？"姜嶙的怒火好似烧到眉毛上了，一张清秀的脸都变得狰狞起来。

吴玉田连忙指道："就往那条小路去了。"

"把那瘸子拦住！今日我就给他些颜色看看！"姜嶙气势汹汹地往小路追去，身后跟着一排人。

竹屋的另一面。池京禧接下侍卫递来的湿布巾，慢条斯理地擦着手上的灰尘。

牧杨站在一边皱着眉思考："闻砚桐当真说过这种话？他见了我们恨不得比兔子蹿得还快。"

程昕笑了："说没说过又有何关系，姜嶙未必在意。"

"这狗畜生，真不是个东西。"牧杨冷声骂道。

"姜家确实需要收拾收拾了，要不就借这个机会？"程昕望向池京禧。

池京禧原本沉默，但知道程昕这话是对他说的，便微微挑眉："不如赌一下？"

"如何赌？"程昕道。

他嘴边挑起一抹轻蔑的笑意，把手指擦得干干净净，然后将布巾扔给侍卫，说道："取我的弓来。"

闻砚桐对此事全然不知，还想着回去之后抱着暖炉美美地睡一觉。

但身后传来的纷乱脚步声打断了她的思绪，转头一看，打头的一个男子怒火朝天地大步而来。

她有些心慌。

这架势，怎么感觉是冲她来的？

打头的少年满脸戾气，吓得闻砚桐拄着拐杖连忙往前赶了几步，结果被他一把拎住后领子："小瘸子，想用你个废腿逃到哪儿去？"

"哎哎哎！"闻砚桐挣扎了几下，"你干什么？你想干什么？！"

姜嶙将她一把甩在树上："扭什么扭！再扭我就把你另一只腿也废了！"

幸好她离树比较近，加之穿得厚，是以并没有撞多疼，不过心头却是慌慌的："这里可是书院！皇令在上，书院中学生不得斗殴滋事，你……"

虽然说得好听，但是这皇令不过是王公贵族之间斗殴时用来开脱的借口，放在平民身上根本不会有人在乎。

姜嶙冷笑："上了一趟牧家的马车，胆子果然肥了不少。如何？还要状告我不成？"

"姜少莫要听他胡言乱语！他今早还动手打我呢！"吴玉田随后跑到跟前，指着闻砚桐大声道，"他就是攀上了池京禧等人才如此放肆的！"

闻砚桐看见他便差不多明白了，定然是这小人在背后捣鬼！她咬牙切齿："我什么时候攀上小侯爷了？"

"你不承认也没用！当日你从牧家的马车上下来，那么多双眼睛看得明明白白。"吴玉田道，"我问你，那马车上是不是有池京禧？"

闻砚桐刚想冷笑，姜嶙就猛地掐上她的脖子，冰凉的手贴着她的细颈，微微收力："说！"

她要说出的话一下子卡住，被脖子上的凉意激得一颤，本能地缩脖子，见这周围都是面前这个姜少带来的人，便迅速冷静下来。

"没有。"她强作镇定道。

"骗子！"吴玉田气急败坏地叫喊，"姜少别信他，他在撒谎！那日池京禧三人乘着牧家的马车去了脆香楼，他在门口将赵家公子的胸腔踢坏了，赵公子在床榻上躺了好些日子！"

闻砚桐暗骇，没想到吴玉田竟知道这事。不过想来也是，池京禧在城中的一举一动，自然有千万双眼睛盯着。

"没有就是没有，只是牧少爷见我一人在寒风中走得辛苦，才好心送我一程。"闻砚桐仍然嘴硬，"若是你们不信，不如找来牧家的下人问。"

他们自然不可能跑去牧家寻下人问几天前的事，反正当日谁也没看见她下马车的时候里面坐着三个人，只要她不承认，便没人能够证实。

姜嶙阴沉地眯着眼睛，打量片刻才道："你往日见了我怕得像要尿裤子，如今倒是不一样了。"

闻砚桐无言以对。

谁知道这又给了吴玉田挑拨的机会："姜少，你是不知道，他见了池京禧的时候那模样吓得恨不得找地洞钻进去，现在不把你放在眼里了，自然不会怕你。"

闻砚桐简直要气笑了，这吴玉田跟个精神病似的，若不是她现在脖子被人掐着，定然要一拐杖杵死这个人！

姜嵘怒火更甚，想起闻砚桐还搭着傅三小姐这一层关系，便将手抽了出来，对边上围着看热闹的人道："把他架住！"

最跟前的两人上前，一左一右架住了闻砚桐的胳膊，拐杖被摔在了地上。

她扭胳膊挣扎："你们干什么？放开我！"

姜嵘往前走了好几步，从旁人手中接过弓箭，搭上了箭，冲闻砚桐阴冷地笑着："现在你身份跟以前不同了，成了傅三小姐的恩人，我不敢轻易动你。"

闻砚桐听着这些都觉得是废话，不敢动还让人架着她？手里拿着弓箭又是什么意思？

她心里慌张不安："你究竟想如何？"

"别慌，又不是头一次玩。"姜嵘将弓拉开，抬手竟对上了闻砚桐，说道，"若是这一箭射中了你的帽子，我便放你走，若是没射中……"

"没射中……当如何？"闻砚桐自己都没察觉声音里带了些颤抖，死死地盯着指着她的箭。

"没射中就等第二箭喽。"姜嵘哈哈地笑起来。

吴玉田也得意地笑，站在边上说："姜少离得太近了些，以你的箭术，即便是再退五十步，也能射中。"

姜嵘听言便道："你说得倒是有些道理。"

而后又往后退了十数步。

闻砚桐看着这个距离，恐惧瞬间从心底漫出来。若是这个人一失手，箭从她的脑门穿过去怎么办？那还有命活吗？

对于这些公子哥，杀一个平民能有多大罪？家里当官的老爹随便一打点，还不是轻而易举地揭过？

闻砚桐想到此，突然拼命地挣扎起来，一下子将身边的人推倒了一个，又拼了老命地甩开另一人，用夹着木板的腿逃跑。

只是腿骨没长好，猛一使力便疼得撕心裂肺，闻砚桐在疼痛与恐惧的双重压力下，没跑两步便狼狈地摔倒在地。

被她挣脱的人又忙追上来将她架回去。

"没用的废物，连个瘸子都架不住！"姜嵘骂了一句，重新把弓拉满。

有了方才的意外，这次两人将闻砚桐架得结结实实，任她如何挣扎都动弹不得，闻砚桐失声叫道："王侯将相就能草菅人命吗？你们还将不将皇令放眼里了？！"

姜嶙呸了一声："皇令？今日就是天王老子来了，这一箭我也要射！"

"你若是乱动，我射到其他地方可不能怪我了。"姜嶙已然开始瞄准，口中还说着话。

闻砚桐又惊又怕，看见箭头泛着锋利的寒芒，直指她的头颅，慌乱中仍有一丝镇定的情绪，想着等会儿箭射来之后，她便是拼了老命也要往下蹲以保命！

就在姜嶙放箭的一刹那，忽而有一支箭从侧方迅猛地飞来，豁然射中姜嶙的箭，擦着他的左手拇指卡进弓内！

他只听短促的风声呼啸，而后左手猛地痛起来，"嗷"了一声，松了力道将弓箭扔在地上。

定睛一看，卡在弓上的那支箭通体朱红，尾羽雪白，末端还绕着一圈金丝。姜嶙原本带着怒气的脸霎时变得惨白，吓得魂飞魄散。

整个颂海书院的人都知道，这尾端嵌金丝的，是小侯爷独有的羽箭！

所有人同时怔住，对这突然的变故都没反应过来。

闻砚桐的心咚咚咚跳得厉害，不由得喘着粗气朝弓箭飞来的方向看去，就见不远处站着几人。

与先前几次一样，她的目光只锁在一个人身上。

正是面容俊美的池京禧。他一如既往地眉间带着些许倨傲，嘴角挑着讥诮的轻笑，漂亮的眼睛里却尽是寒霜，轻蔑地看着姜嶙。

左手持着那柄华贵的红木弓，表明他就是方才射出那一箭的人。

还没等谁先开口，就忽而有一个人奔跑着冲上来，在众人愣神之际，往姜嶙脸上狠狠砸了一拳！

这一拳打得并不轻，姜嶙被砸蒙了，径直退了好几步，转头一看发现竟是平日性子腼腆的傅子献。

他怒道："你竟敢打我！我好歹已与你姐定亲，也算你名义上的姐夫！"

傅子献看样子是气得不轻，俊秀的脸变得通红，拳头紧握着："我打的就是你！"

姜嶙撸着袖子就要动手："区区一个庶子，反了你了！"

傅子献抬手抵挡，另一只拳头也抬起，摆出要跟他打一场的架势。

而程昕却在此刻沉声道："住手！书院内不得斗殴滋事，你们还将不将皇令放在眼里了？！"

五殿下的话可比闻砚桐的话有分量得多，姜嶙的拳头原本就快挨着傅子献的脸了，这话一出，却硬生生停住。

但是没想到傅子献并没有停，又是一拳砸在姜嶙的另一侧脸上，将他打得头眼昏花，趔趄两步摔了个屁股蹲儿。

其他人见姜嶙摔倒了，忙凑过去扶他，顺道躲在姜嶙身后。

没人架着闻砚桐了，也没有拐杖撑着，她的腿又疼又软，顺着树干往下滑，跌坐在地上。

姜嶙被扶起之后扶着脸气得打磕巴："你、你竟敢……"

傅子献瞥着冷眼，并不理会，转身快步走到闻砚桐身边将她慢慢扶起："你没事吧？有没有受伤？"

闻砚桐心有余悸地摇摇头。

"对不住，我答应过三姐要好好照看你，但是没留意让姜嶙钻了空子。"傅子献愧疚道。

此时听到姜嶙的名字，闻砚桐才知道这个想拿箭射她的究竟是何人。

姜家在朝中的地位也不低，姜嶙的爹是户部尚书，手里是有实权的，所以姜嶙也是个嚣张的主。

闻砚桐犹记得姜尚书与牧杨的爹十分不对付，为了巩固势力，已与傅家十分得宠的嫡二小姐定亲。

这个嫡二小姐，与傅棠欢却非一母所出。

闻砚桐看着傅子献对自己的关心，顿时觉得暖洋洋的，没想到他竟然会为了傅棠欢的嘱托跟人动手。

她勉强抿出一个淡笑："多谢你能这般挂念我，我没事。"

傅子献见她身上确实没外伤，才捡了地上的拐杖递给她。

说话间，池京禧等人已经走近。姜嶙虽然惧怕这三人，但面上还是要装得强硬，顶着两边脸的红肿道："五殿下和小侯爷倒是挺会管闲事。"

程昕对他扬起善意绵绵的笑："你倒是好兴致，武场有草靶不用，在这儿拿人当靶子。"

姜嶙知道他是笑里藏刀，根本不敢放松警惕："我与闻砚桐经常这般玩闹，有什么打紧！"

程昕道："倒是挺别致的玩法，不若我们也来玩两把？"

姜嶙这下才闭了嘴，假装没听见。

池京禧眸光一转，望向吴玉田："你过来。"

吴玉田低着头没敢应这句话。

池京禧不耐地啧了一声："在我面前装聋？是不是还需要人帮你通通耳朵？"

吴玉田当下吓得一个激灵，挪着小步走近池京禧，到了跟前便拿出招牌的谄媚笑容。

正所谓伸手不打笑脸人。

然而还没等到吴玉田一声"小侯爷"从嗓子里出来，就被池京禧当腹一脚，直接踹倒在地，抚着肚子惨号起来。

池京禧揍人真不是一回两回了，众人也都知道，一般这个时候最好就是缩着头别出声，不然小侯爷一个不开心极有可能一并揍了。

这会儿程昕也不说什么皇令的事了，反而给牧杨使了个眼色，让他注意情况拦着点。

池京禧几步走到吴玉田身边，抬脚踩在他肩上，冷笑道："可真能号，吵得我想拔光你一嘴的银牙。"

吴玉田当下咬住了牙，不敢吭声。

闻砚桐重新架上拐杖，就见池京禧凶神恶煞的，这时候倒不觉得他像个坏人了。

"'池京禧'这三个字在你口中倒是挺顺溜的，私下没少喊吧？"池京禧慢悠悠地问道。

"不、不敢。"吴玉田不知是吓得还是疼得，头上冒了汗珠，脸都快皱一起了，"小侯爷，我知道错了，下次再也不敢了。"

"你不敢？"池京禧的脚下得重了些，精致的眉眼染上怒意，是让吴玉田吓破胆的神色，"我坐了谁的车、去了什么地方你都知道得清清楚楚，还有什么是你不敢的？难不成整日派人盯着我？"

吴玉田唯一的侥幸破灭了。不错，即便小侯爷的行程在城中并不难打听，但是这些事私底下说说也就罢了，若是让正主听见，随随便便扣上一个监视的罪名，那是谁都扛不住的。

"我、我是想投小侯爷所好，才费心打听的……"吴玉田哆哆嗦嗦地辩解。

池京禧拎着他的衣领，将他整个从地上拎了起来，半点停顿都没有地一拳打在吴玉田的脸上，发出沉闷的响声。

这一拳把他打得双眼昏花，当即站不住，在地上滚了几圈，低低地惨叫着。

"你这狗东西对想要巴结我的人这般看不起，还说什么要投我所好的屁话，我看你就是骨头痒了！"池京禧还想再打，却被牧杨一个箭步抱住了。

"行了行了禧哥，这都见血了，也差不多了。"牧杨劝道，"他这瘦骨头一把，打着都硌手。"

他的身量与池京禧差不了多少，力气又大，被他抱住之后，池京禧一时间还真没法挣脱。

闻砚桐看着盛怒的池京禧，也知道这位小侯爷并不是在为她出头，而是被吴玉田那种当面恭恭敬敬地叫小侯爷，背后却一口一个"池京禧"的轻蔑态度激怒了。

眼下吴玉田被后来的一拳打得鼻血横流，躺在地上半死不活，不知道是装的还是真的。

不过闻砚桐觉得肯定是装的。

池京禧无奈道："不打了，松开我。"

牧杨这才将他放开，嘀咕道："一个小杂碎也值得你动手……应该打那姓姜的才是。"

姜嶙一听当下瞪大眼睛，恨恨地瞪了牧杨一眼。

池京禧抹了一把指头上沾着的血滴，抬眸看向姜嶙。

姜嶙才十六岁，个头比他们矮了不止一星半点，加之本来就害怕池京禧，不由得被压了气势，撇开视线，捂着被揍了两拳的脸没敢说话。

他先前是挨过池京禧揍的，那拳头可比傅子献的凶多了，打得他牙龈肿了好些天，脸鼓得老高，吃饭都只能用一边轻轻嚼。

池京禧嘲讽的轻笑在空中飘了一圈，姜嶙都没敢接茬，半点反应都没有。

他也意识到这事并不简单。姜家在朝城是个大族，又握着重权，近年慢慢成为皇帝的眼中钉。若是池京禧和程昕将他在书院欺负同窗的事添油加醋地向皇帝状告，则正合了皇帝的心意，皇帝定然会以教子不严的理由打压他爹。

所以这会儿必须要示弱。姜嶙缩着头。

恰在此时，学院钟敲响，远远地传来，打破了僵持的气氛。

程昕便道："走吧，许夫子的课不能缺，否则要被多留一会儿。"

池京禧这才敛了凌厉的眉眼，跟着程昕、牧杨三人转身离开了。

他们走远后，吴玉田才敢放开嗓子嚷。姜嶙摸了摸疼痛的两边脸颊，心头憋着一口闷气，听他叫唤得烦心，便一脚踢在他屁股上。

"你叫什么叫！废物一个！"

此时闻砚桐都走到武场了，方才觉着事情差不多要结束的时候便没敢再继续看热闹，和傅子献一同离开了。

经过这一出惊险，她忽然明白一件事。

身处这个学院，仅仅事事避让、明哲保身是不行的，就算她不去找麻烦，麻烦也会来找她。这里到处都是权贵，她本身就不受待见，身份又卑微，一个不小心便极有可能丧命。

牧杨，傅棠欢，程宵，傅子献，程昕，池京禧。

这些出现在她身边的人，能够给她帮助和庇护。

想避开他们是不可能的事，唯一保全自己的办法，就是与这些人拉近关系，抱上粗壮的大腿，至少让一些杂碎不敢对她动手。

如此想着，闻砚桐抬眼看着从远处慢慢走来的池京禧。

池京禧是最好的人选。

别说是这颂海书院，就是放眼整个朝城，能与池京禧的荣宠比肩的也找不出第二个。

且池京禧本身就是一个特殊的存在。他在大年雪夜降生，国师算出他命上背负着国运，于是让皇帝赐他国字，将他的命与绍京连在一起。

池京禧在千娇万宠中长大，不管捅了多少娄子、惹了多少祸灾，都被轻松揭过，从不受重罚。于是绍京越发繁荣昌盛，天灾越来越少，国土越来越阔——这也是皇帝这般宠他的原因。

闻砚桐暗自思量一番，没注意盯了池京禧太久，等回过神，他都走到跟前了。

池京禧冷漠的眼风一扫，不悦道："看什么看？"

闻砚桐赶紧把头低下，往旁边走了好几步。

娘呀，就这脾气，得拍多少马屁才能抱上大腿？

他生来高傲，脾气也不好，性情又不定，很是讨厌别人谄媚的嘴脸，万一她盲目地巴结，被揍了怎么办啊！

此事不能着急，闻砚桐暗暗想，必须从长计议。且除了池京禧，还有傅棠欢、程宵等人，总有人能帮到她。

牧杨看了一眼缩着脖子溜走的闻砚桐，好笑道："禧哥，你瞧瞧把人吓成什么样子了。"

池京禧轻蔑地皱眉："畏首畏尾，从土洞里扒出来的耗子胆子都比他大。"

"今日你救他一命，这小子竟然连声谢都不知道说。"程昕道。

池京禧嗤笑一声："我又不是为了救他，何需那一声谢。"

"也是，"程昕道，"不过你方才拿箭做赌太欺负人，谁人不知你有一手百步穿杨的箭术？倒是白白浪费了收拾姜家的机会。"

池京禧敛眸："要收拾姜家，机会多的是。"

许映泉慢慢走到武场，子堂的人便站成了整齐的队列，没人再说话。

闻砚桐则远远看了池京禧一眼，结果发现许映泉在盯着她，便慌忙迈动脚步，继续绕着武场走。

一下午倒没给腿锻炼得多好，但是用拐杖的技术熟练了不少。

闻砚桐是真的走累了，寻思着找一个许映泉看不见的死角偷偷歇会儿，谁知刚停下就碰见了赵夫子。

"夫子好。"闻砚桐礼貌地打招呼。

"你的腿不是伤了吗？为何还跑来武场上课？"赵夫子不知道是凑巧路过，还是来武场寻人。

"许夫子说我这腿越休好得越慢，于是叫我多锻炼锻炼。"闻砚桐瘪着嘴，眉毛撇出委屈的形状。

赵夫子见她满头都是细细密密的汗，便道："这许夫子当真以为学生都跟他一样皮糙肉厚吗？万一这一走动伤到骨头该如何是好啊！"

闻砚桐立马赶驴下坡："我的腿好疼啊——"

"你别走了，正好我有事要找你，"赵夫子突然正气凛然，"我去跟许夫子说。"

闻砚桐一听当即乐了，兴颠颠地跟在赵夫子身后，害怕喜悦从眉梢溢出来，她便把头垂得低低的。

赵夫子领着她走到许映泉身边："许夫子，闻砚桐的腿是骨头错位，这先头的几日必须躺在床上好好休养才行，怎么能叫他在这儿走呢？看看把孩子疼成什么样了。"

赵夫子的声音不小，子堂里原本正练平射的众人立即投来视线。

闻砚桐个子不高，又瘦，即便是裹了厚厚的棉袄也没显得臃肿。她额头上冒了细细密密的小汗珠，擦汗的时候还不小心把棉帽蹭歪了，模样看起来有些滑稽。

她装可怜很有一套，睁着大眼睛，巴巴地看着许映泉。

许映泉虽是武将，但身上没有草莽气息，反而像个文人，低沉道："可是他已经在床榻上躺好几日了。"

"你看他这模样也知道他身子骨弱，多躺几日也是应该的。"赵夫子叹道，"眼下我有事与他说，就先带他走了，往后的武学课让他适当锻炼便是。"

许映泉颔首："赵夫子慢走。"

闻砚桐心里都乐开花了，但还是装着难受的模样老老实实地跟许映泉道别，而后才裹上了搭在武器架上的"耗子皮"慢慢离去。

跟着赵夫子出了武场后，闻砚桐的神经都放松了下来，率先开口问道："不知夫子寻学生有何事？"

"你先前想逃出书院，虽然有傅三小姐挡了一下，但还是在册子上记了一笔，若是在季课结束前消除则不会影响你最终的评定。"赵夫子走得很慢。

闻砚桐之前已经听说过这事，但是听赵夫子特地提起来，想必是有其他用意，于是问道："那学生如何才能消除？"

"我翻看了你的入学册，上面写你会弹琴？"赵夫子问。

"我、我不会啊。"她愣愣地答。

赵夫子怪异地看她一眼："那你为何在册子上写你会弹琴？"

闻砚桐心里咯噔一下。她根本不会弹琴，根本没接触过古琴。

她答道："以前是会的，但是入了书院之后便一门心思想着读书，哪还有时间浪费在玩乐上？现在都生疏了。"

赵夫子颇是疑惑："也没见你学问有多好啊，你夏季测验还未及格。"

"……"闻砚桐尴尬一笑，"是学生太过愚钝。"

"原本以为你会古琴，这下可没法了……"赵夫子捻着胡子问道，"你可还会其他乐器？"

闻砚桐的话都快到嘴边了，但还是往回咽了一下，警惕道："夫子是想让学生作何？"

"今年的初雪宴与往年不同，因加进了女学生，书院也添了两名琴师。"赵夫子道，"初雪宴上琴师也会参加，操办一曲琴乐参与宴赛。"

"宴赛？"闻砚桐下意识地重复。

"若是这琴乐在宴赛上拿了名次，你在册子上的那一笔便可消除了。"赵夫子道，"我也是偶然打听到的，本想着让你参与一下，却不承想……"

闻砚桐听明白了，赵夫子这是在给她找方法呢！她急急道："我虽不会古琴，但我会拉奚琴，奚琴可以吧？"

赵夫子迟疑道："这我倒不知，不过我可以问问琴师，若是可以，我再告知你。"

"劳夫子费心了。"闻砚桐感激地冲他作揖。

赵夫子的办事效率着实高，第二日就来告诉她，琴师同意了奚琴的加入，但要先看看她水平如何。

　　闻砚桐高兴得不行，立马托人去街上买了一把奚琴来。

　　奚琴是什么琴呢，其实就是二胡。

第二章

潋滟红装

当赵夫子把闻砚桐领进琴师堂的时候，经过大风大浪的闻砚桐当场就蒙了。

只见那琴堂中坐的全是娇滴滴的小姑娘，听见她进门之后便齐刷刷地朝她看来。

闻砚桐还是记得自己是女扮男装的，当下停住了脚步。

赵夫子察觉她停了，便转头招呼："快进来，停在门外作何？"

闻砚桐这才继续往里走，想起绍京并不是一个讲男女大防的国家，这里虽有男女授受不亲的观念，但思想却没有封建到顽固的地步。

她带着奚琴进堂之后，许多姑娘都投来了好奇的目光，大胆地打量她，倒让她觉得不自在起来。

琴师是个三十余岁的女子，脸上看不出多少岁月的痕迹，仿佛年轻得很，看见奚琴之后便连忙走来接下在手里摆弄，笑着对闻砚桐道："你便是那个会拉奚琴的学生？"

闻砚桐见她嘴边有一颗黑痣，便迅速想起此人的身份来。

这女子名叫花茉，自小便在皇宫里学琴，是御用琴师，每回皇宫有宴总少不了她，偶尔朝城的大官举办宴会也会请她去，身份算得上尊贵。

皇帝亲自下令让颂海书院招收女学生时，顺手将她指来书院教习姑娘们琴技，给了书院莫大的殊荣。

闻砚桐恭恭敬敬地回道："只是略懂一二。"

花茉便拉着她的手："来来来，拉两下让我听听。"

她的力道很轻，闻砚桐顺着走了几步，坐在了椅子上，花茉还贴心地将她的拐杖放在旁边。

闻砚桐接下奚琴轻车熟路地架在腿上，摆弄了两下琴弓，然后收了些许力道，凭借着记忆随便拉了一段。

奚琴与古琴不同，奚琴的琴音绵长而浑厚，拉出的曲子即便不着调，也像是含着深厚的感情。

花茉听了之后相当高兴，连连道："就你了就你了，你加入之后我们的曲子定然可以在宴赛上拿名次！"

闻砚桐没想到这么容易，腼腆地笑了笑："夫子谬赞，不过是些简单曲调。"

"叫什么夫子，我比你们没大几岁，叫我花姐就行。"花茉笑嘻嘻道，"你回去之后把你拿手的几个曲子都练习熟了，过几日拉给我听，我再挑一段加入古琴中。"

闻砚桐没拆穿她三十多岁的事，点头应了。

"那你先听听我们这次古琴的曲子。"花茉很喜欢闻砚桐的性格，兴奋地拍了拍手，对姑娘们道，"来，姑娘们，齐奏一遍试试。"

这些姑娘约莫练习不少时日了，听了花茉的口令之后纷纷把手搁在古琴上准备着，等她一声巴掌落下后，所有琴音同时响起。

古琴的琴音澄澈悠远，这首曲子节奏又缓慢，听起来便令人心旷神怡，莫名地感觉到宁静。

闻砚桐几乎是立即想到了一首与之相配的曲子。

她在听的时候眼睛也随意地观察着弹琴的众姑娘，却意外发现傅棠欢的庶妹，傅诗也在其中。

闻砚桐一见到她，就有些坐不住了，待一曲奏毕后，她便以腿疼为借口，匆忙离开了琴堂。

自古嫡庶有别，傅棠欢与这庶妹的关系处得并不好，两人就算同在书院念书，也很少走在一起。闻砚桐现在与傅棠欢交好，自然要对傅诗多避让些，免得牵扯进她们的后宅之争。

她现在瘸着个腿已经够可怜了，再被算计那真是没地说理去了。

当务之急还是先跟池京禧他们拉近关系。

可是上午的文学课池京禧在甲堂、她在丁堂，下午的武学课又那么多人，根本没有机会跟他搭上话。

然而正当闻砚桐愁着没机会时，机会就送到她面前了。

次日一早，李博远黑着脸进了学堂，书本刚一放下就点了闻砚桐的名，劈头盖脸地骂了一顿，把她批了个狗血喷头。

原因是字写得太丑。

闻砚桐被骂蒙了，低着头不敢说话。

李博远受不了，直言："老夫为师半辈子，头一次看见字写成你这般的学生，简直枉读那么多年的书！"

闻砚桐本以为被骂一顿就过去了，却不想李博远压根没想轻易放过她，气得脸红脖子粗："下午的武学课休要去上！去我的寝房抄文章！"

"啊？！"闻砚桐当即惊愕地失去表情管理。

就这一个字差点把李博远气得厥过去："啊什么啊！我说的你没听见？！"

李博远发怒，整个学堂的人没人敢抬头，生怕被迁怒。傅子献连忙在下面悄悄扯了扯闻砚桐的衣袖。

闻砚桐连忙应道："学生听见了！定会按时去抄文章，还请夫子莫要发怒。"

李博远被顺了一把毛，加上着实骂了许久口有些干，清了清嗓子道："晓得就好，坐下！"

托闻砚桐的福，丁六堂的学生在这日都少上了两刻钟的课。

先前赵夫子就因此事提醒过闻砚桐，但是没办法，字体这种东西也不是一两日就能练成的。她已经尽力把字写得像个字了，却还是把李博远气得不轻。

当日下午，闻砚桐夹着书本和笔墨往李博远的寝房赶，要命的是路上还不敢耽搁，生怕去得迟了又被好一顿骂。

这个李博远，模样看起来挺凶的，实际上还真是凶得吓人。

书院设有夫子寝房院，只要稍一打听就知道。傅子献本想将她送到李博远的寝房门口的，但是碍于要去上武学课，只能送一半的路。

闻砚桐顶着寒风到了李博远的寝房，伸手敲了敲门，扬声喊道："夫子，学生前来抄文章。"

李博远亲自给她开了门，一见她戴了顶棉帽，身上又裹得严严实实，不由得脸又黑了，严厉道："你一个男儿郎，一身铁骨何处去了？总是像个姑娘般娇弱，传出去让人笑话！"

闻砚桐当即把棉帽摘了下来，顶着一头乱发道："夫子教训的是。"

"进来吧。"李博远也没为难她。

许是念及她双手拄着拐杖，李博远亲自关门。进门之后过了一道棉帘便有一段三尺高的阶梯，阶梯下有一双相当精致的银丝锦靴。

闻砚桐一眼扫过去，并没有在意，看见台阶下还摆着几双简易棉鞋，类似棉拖鞋，而后就听李博远对她道："随便穿一双便是。"

还挺讲究。

闻砚桐随意挑了一双棉拖鞋，又过了一道棉帘，屋内的暖气才扑面而来，她冰冷的衣裳和睫毛瞬间沁出湿意。

李博远走在前头，闻砚桐便跟着。

看得出这老头是真的怕冷，每一个房间的门都有厚厚的棉帘。

她跟着李博远进了书房后，惊愕地发现这个十分暖和的房中竟有一个人，此刻正盘腿坐在矮桌前，执笔书写。

听见动静，他也没有抬头，坐得相当端正，俊俏的侧颜引人注目。

"京禧，累了就起来走走，莫要总是坐着。"李博远慈爱道。

闻砚桐这下更惊愕了。

这个慈祥和蔼的老头，真的是今早拍桌骂了她半个时辰的李博远？

池京禧也在李博远的书房里。

他身着暗红色的锦衣，衣领和袖边都压着金丝褶，雪白的狐皮更衬得面容白皙，端足了一副贵气模样，执笔写东西的时候，浑身充满了书卷气息。

他听到李博远的话之后便抬起头，回道："师长莫要总忧心我，若是坐累了，我自会起来活动手脚。"

他面上没什么表情，但是有一双笑眼，不自觉地就会让人感觉在微笑，看起来相当和善。

池京禧出现在这里是闻砚桐做梦都没想到的事，就好像刚打了个哈欠，枕头就送上来一样。

只不过见到池京禧，她难免有些条件反射似的紧张，挤在书房门边上，不敢贸然往前。

李博远对这小侯爷颇是喜爱，笑着道："你自己晓得就好。"说完转眼一看闻砚桐还站在门口，立马又脸一黑："戳在门口做什么？还不赶紧进来！"

闻砚桐特想问问李博远的老家是不是在蜀地，他可能对变脸术有颇深的造诣。

但她不敢说那些俏皮话，小鸡啄米似的点头应着往屋里走了几步，四下看了看，有些手足无措，不知该坐哪儿。

池京禧的斜对面倒是有一个棉垫，不过那距离他太近了，且好像是李博远的位置，她不敢去坐。

李博远从木柜里拿出了两个厚厚的方形棉垫，置放在那个垫子上，对闻砚桐道："你就坐在这里，让京禧监督你练字，若是敢不认真，便让京禧教训你。"

"学生哪敢麻烦小侯爷……"闻砚桐说道。

李博远又瞪眼睛："进了书院便都是同窗！京禧都还没说什么，你倒是先不愿了？你瞧瞧你的字，再看看旁人的，就算是垂髫孩童写得都比你像个字，白长了一双手，夜晚睡觉的时候想着你那字不会生出愧疚之心吗？！"

闻砚桐只说了半句话，李博远就能批出一连串，她哪还敢有半点反驳，忙把头低下："错了错了，学生知道错了，定然会好好练字。"

李博远道："知道就好，还不过来！"

她一蹦一跳地过去，扶着拐杖慢慢坐下，然后又把两个拐杖叠在一起置放在一边，动手解了背来的书本和笔墨。

李博远拿了一根型号较小的毛笔："你用这个。"

这毛笔的笔头看起来很硬，写起来应当更容易上手。

闻砚桐小声道了谢，然后尴尬地发现她没有带砚台来，只带了一块墨。

李博远也发现了，破天荒地没有责怪她，反而是将池京禧手边的砚台往中间拉了些许，而后给她翻开了一本书，说道："就从这章开始抄，抄完一章便拿给京禧看，若是他觉得合格你再往下翻。"

闻砚桐觉得这样不大好，但是又不敢反驳他，只得挠了挠脑袋应了，又偷看池京禧。

他倒是没什么反应，也没有回绝李博远的话，只是专心地抄录着什么东西。

李博远交代完之后，便披着大氅出门了，书房内一时静下来，只剩下闻砚桐和池京禧两人。

池京禧抄得很认真。闻砚桐伸长脖子看了一眼，便见他的字着实好看，颇似瘦金体，板板正正地列在书面上。

闻砚桐是很羡慕字写得好看的人的。

她低头看了看书，就见上面是手抄楷体。闻砚桐也提起笔，思及先前几次都在纸上糊了一大片的墨，这次她下手轻了许多，只蘸了一点点墨，就忙把手收回来。

落笔时由于太过小心谨慎，手竟然发出微微的颤抖，导致她头几个字就写得奇丑无比，横不是横撇不是撇的。

闻砚桐一时又气愤又挫败，在右手背上抽了个响亮的巴掌。

真是的，抖什么抖？！

没承想这一声竟然惊到了专心写字的池京禧，他笔尖一抖，一滴墨就在纸上晕开，形成了黑色的花朵。

他冷漠地抬眼，语气中尽是不善："爪子痒了？"

闻砚桐"咕咚"咽了一口唾液，没敢回应。

幸好池京禧并没有因此发怒，继续动笔。闻砚桐这下老实了不少，抄了两三行后，便觉得胳膊举得酸，手掌写得累，再一看字写得不堪入目，不由得气馁。

她搁了笔，在房中左右张望。

李博远本身在书院的地位就很高，所以他寝房内的陈设很不一般，多的是古典精致的装饰品，但又透着古朴的意味。

房中燃着暖炉和香炉，袅袅白烟升起后融在空中，弥漫着一股淡淡的清香，倒令人十分舒适。

闻砚桐看着看着，目光就移到了池京禧的身上。

思及要与他套近乎的计划，闻砚桐做了几个深呼吸，尽量用着平缓的语气："小、小侯爷。"

闻砚桐真想抽自己一个大嘴巴。出息呢！为什么打磕巴？！

池京禧笔尖一顿，似乎因为她的这一声分了神。

闻砚桐没注意，接着道："你为何没去上武学课？难道也是因为被李夫子留下来练字？"

意料之中的，池京禧并没有搭理她。

闻砚桐倒没觉得多失落，池京禧没有拍笔发怒嫌她吵已经算是好的了。当然她也不会再继续说什么，免得惹池京禧生气。

她又拾起笔，觉得自己的字写得不好一是在于本来就写得不怎么样，二是因为她对毛笔并不熟悉。

若是使得熟练了再写字，想来就不会抖得那么厉害了。

闻砚桐兴致勃勃地拿起笔，在空纸上随意地画起来。起初画得挺大，但是画得多了后，她也能控制笔画粗细、控制笔下的大小了。

池京禧抄得胳膊累了，便想搁笔休息，忽而想到身边安静好一会儿了，便抬头看去，却发现对面坐着的人并没有写字，反倒是画起了奇奇怪怪的图案。

这些日子闻砚桐出现在池京禧眼前的次数不少。

池京禧的记忆力一向好，原本只是记得这个瘦成骨头干的人与程宵有些传言，而现在印象则改变了不少。

胆小、爱哭，总是做一些常人无法理解的事，看起来很蠢实际上的确很蠢，现在又多了一条——字写得丑却丝毫没有上进心。

池京禧的眉眼间不自觉地浮上些许不屑，长臂一伸就将闻砚桐搁在手边的纸拿了过来，倒过来一看反而觉得稀奇了。

是一种他从未见过的图案，像动物，但又有种说不上来的奇怪。

"你画的这是什么？"池京禧面无表情地问。

闻砚桐原本画得专心致志，但察觉到池京禧的动作时就停下了，见他似乎感兴趣，便道："是鸭子。"

"什么？"池京禧俊秀的眉毛微微皱起，将那图画看了又看，"这是鸭子？"

"看不出来吗？"闻砚桐反问。

池京禧还真看不出来。这种东西估计拿给整个绍京的人看，都不会有人认出是鸭子。

但他多看了几眼，发现这只眼睛大大的生物确实有一张扁嘴，倒还真有些鸭子的特征。

"这是我自创的笔法。"闻砚桐解释道，"闻氏笔法。"

池京禧神色古怪地将手中的纸放下，目光一转，又看见她面前画了一半的东西。

他从没有见过这种画法，既是惊奇，又觉荒唐。

闻砚桐见他盯着自己纸上的画，便匆忙掀出空白的书页，对他道："小侯爷定是没见过这种图画，我画给你瞧瞧。"

她将身子整个侧过来，把纸竖着置在中央，笔尖蘸了墨，很快一个丑陋的图案就出现在了纸上。闻砚桐画完之后便道："看，这是丁老头，画得可像？"

池京禧顿了顿："谁是丁老头？"

闻砚桐答："城北的乞丐。"

池京禧又问："你画他做什么？"

闻砚桐答："他长得丑。长得丑的人，容易画。"

池京禧看着纸上的人，突然觉得很魔幻。他抬眼，就见闻砚桐手边的几张纸上，竟然满满的都是大大小小的……丁老头。

他倏尔感觉脑壳有点疼，对某些事怀疑起来——这人竟然也在颂海书院就读？竟然是他的同窗？

这人跟城门边上那个总是吆喝着"公鸡下蛋"的傻子有什么区别？

哦，还是有的，那个傻子不会画。

这人脑袋里装的东西可能跟别人不大一样。别人装的是诗词文章，法规道义。

而闻砚桐……

他疑惑道："你脑子里是不是装满了贴门联时用的糨糊？"

闻砚桐收了纸和笔，端坐回去。不是就不是呗，干吗骂人啊？

像是碰了一鼻子的灰，闻砚桐难免有些不开心，嘴角不知不觉地就撇了下去，带了些怨气。

池京禧看了一眼，冷淡道："你今日是不打算练字了？"

练字肯定是要练的。闻砚桐把画得乱七八糟的几页都折了起来放进怀里，然后重新开始抄文章。

得益于她方才画了不少东西，这会儿用起毛笔来倒没有再颤抖，倒是能把字完整地写下来了，只不过还是不怎么好看。

闻砚桐知道练字是门深学问，不可能一口吃成个胖子。她看着纸上颇是辣眼睛的字体，倒是十分心安理得。不过有了些许进步后，总是很激励人心的，她一口气抄了半篇。

等写到胳膊有些酸痛后她才搁笔，扭了扭肩膀处，打了个大哈欠。这样一动，她就意识到坐得有些久了，腿有些麻。

她只盘了一只腿，受伤的右腿伸得笔直，这样一动反而让她感觉到了不舒服，便想起来走动两步。

她朝池京禧那儿看了一眼，见他正专心抄录，就慢吞吞地爬起来，动作很轻，也没有发出什么惊扰到人的声音。但是这样近的距离，池京禧不可能察觉不到，他又有一瞬分神，导致抄错了字。

池京禧莫名地有些烦躁。

闻砚桐撑着拐杖扭了几下，觉得筋骨都活动了之后，才又慢慢坐下。

跟池京禧在同一个房间和平共处了一个时辰左右，闻砚桐觉得自己挺了不起的，于是从怀里掏出一包临走时带的糕点，打算犒劳一下自己。

这糕点有点像小糍粑，甜甜的，圆球形状，闻砚桐特别爱吃。

她带得不少，放在桌子上后竟然会往下滚。闻砚桐颇是纳闷儿，弯腰把眼睛贴在桌边，才发现这桌子竟然不是平面的，有些斜。

小圆团在桌子上稳不住，闻砚桐总不能用手捧着吃，她的眼睛在桌上看了一圈，发现了个红色的盘子。

两个巴掌大小，红得暗沉，上方还有些许白色细纹，雕刻着精致的花纹。盘子里还有些许碎屑，似乎是李博远用来装小吃的盘子。

闻砚桐喜从心来，伸手把盘子捞到面前，掂了掂觉得还挺沉。她怕这一路揣来的布不干净，直接把小圆团倒进了盘子里。

雪白雪白的圆团在红盘子里滚了滚，倒是相当好看。闻砚桐往嘴里塞了两个，觉得小团子在奢华的盘子里变得更好吃了。

只要在李博远回来之前吃完，他就不会发现她用了这个盘子。而池京禧，他应该不是喜欢告状的人。

闻砚桐想着，便悄悄抬眼去看他，却没想到这一眼竟然与他撞了个正着。

池京禧不知道何时停了笔，面无表情地看着她，眼神很怪异。

闻砚桐迟疑一瞬，试探道："……小侯爷要吃吗？"

池京禧微微偏头，眉间笼着不理解："把东西放在砚台里吃会更香吗？"

"砚、砚台？"闻砚桐惊了，嘴里嚼得稀碎的团子不知是该吐还是该咽，低头仔细把红盘子瞧了个来回，"这是砚台？不是盘子吗？"

砚台不都是黑色的吗？还有红色的？

池京禧原本大概是不想搭理的，但是见闻砚桐那模样实在太蠢，忍不住道："你那芝麻大的脑子稍微转一下也能想到，谁会在书桌上放盘子？"

怎么不会？她就会啊！左手往嘴里塞东西、右手写字，又不耽误！

闻砚桐还是把嘴里的东西咽了下去，但是红砚台里的却不敢再吃了，倒回了锦布里包得严严实实，又塞回了怀中。

这下是真的不敢再整什么幺蛾子了，她老老实实把剩下半篇抄完，检查了一遍，发现这次写的字没有晕出墨迹的情况，也没有糊成一大片，虽然还歪歪扭扭，但已经比先前好很多了。

她吹了吹墨迹，然后轻声喊道："小侯爷。"

池京禧眉尾轻动，闻砚桐便道："李夫子说等我抄完之后给你看看。"

池京禧不明意味地低应一声，闻砚桐还以为他不愿意看，正高兴地准备放下时，却见他写完手头上的一个字后，将笔搁下了。

然后伸手动了动手指，示意她把纸递来。

闻砚桐的高兴情绪还没冒头就被按了回去，她双手将写满了字的纸奉上。

池京禧接过去，看第一眼时，眸中出现短暂的愕然，第二眼便将脸色一沉："这是人写的字？你那双手该不是鸡爪变的吧？"

闻砚桐下意识把两只爪子往回缩。

池京禧讽笑一声，声音带着冷意："就是把鸡喙蘸上墨在纸上啄，也比你写得端正。"

闻砚桐瞬间觉得心脏受到了成吨的伤害，嗫嚅道："那可未必……"

池京禧看她一眼，把纸扔在桌上："重写。"

闻砚桐忙把纸拉回来，动作很迅速地将笔蘸上墨，正准备下笔时，忽然想到了什么，有些怯怯地问："是不是我只要写得比鸡啄得端正，就算合格了？"

池京禧动作一顿，俊俏的脸上彻彻底底地露出了震惊的神色。

闻砚桐见他神色便觉得不妙，忙道："若是要我写成你那样，根本不可能嘛，我的手……我的手前些日子扭伤了，疼得厉害，能写成这样就不错了。"

池京禧讥诮道："方才你端着砚台吃东西的时候怎么不觉得手疼？"

闻砚桐嘟囔："这疼是间歇性的嘛。"

池京禧大概是觉得她烦了，没再理会。闻砚桐拧着眉，苦大仇深地继续写字。

再抄一遍就比方才用的时间短了不少，且看起来要比上一张更整齐了，至少在闻砚桐眼里是这样的。

她再次将纸递给池京禧，巴巴地看着。

池京禧漂亮的双眸里尽是嘲意："你到底知不知道横撇竖钩怎么写？"

"我要是知道，不就能写出来了吗？"闻砚桐碎碎念。

池京禧不跟她废话："重写。"

闻砚桐早就料到会是这样，忙把纸拿了回来，暗道今天这页是翻不过去了。

她慢吞吞地拿起笔，朝池京禧那儿看了看。池京禧做起事来相当认真，至少现在就是这样，坐得很直，脊背笔挺。

坐直的身体看一眼就让人觉得充满朝气和蓬勃的力量，更显端庄。闻砚桐下意识地模仿他，挺直了腰板。

他手边已经放了一沓抄好的纸，上面的字体整齐又分明，不像她的，写出来之后撇捺都糊成一团。

闻砚桐低头看看手边的书，忽而有了别的念头。她往前凑了凑，轻声说："小侯爷，我能不能用你写的来练字？"

池京禧连眼皮都懒得掀："滚开。"

"好吧。"闻砚桐缩回脖子。低头写了几个字之后发现池京禧好像并没有因方才的话生气，不由得胆子又大了些。

"小侯爷，你这字写得真好看。"闻砚桐张口就拍马屁，语气很是认真，"我活这么大，从来没有见过谁的字比得过你。我不想练楷体了，想仿着你的写。"

池京禧没有搭理。

闻砚桐接着道："我这话都是真心的！你手边写了那么多张，就分给我一张吧。"

仍是没反应。闻砚桐等了一会儿，然后试探着伸手，警惕地向他手边的纸摸去："那我就……拿一张了啊？"

闻砚桐的动作很慢，就为了池京禧突然打她手时便于闪躲，但是她却用这样慢的动作真的拿回了一张纸。

池京禧默认了她的行为！

闻砚桐将纸放在手边抚平，仔仔细细看着池京禧落下的每一笔，然后尝试着模仿写出。

比起正楷，闻砚桐更喜欢池京禧写的字，也更有兴趣模仿。但是这字比楷体要难，是以她写起来相当费劲，好不容易练完一篇，又觉得压根不像，便也没给池京禧看，抽了纸重练。

这下闻砚桐是真的安静了，似乎对练字着了迷，一张一张地练下来，竟有些乐此不疲的意味。

约莫认真练了一个时辰，闻砚桐觉得半边身子都麻了，困意渐渐袭上眼睛，她压抑着声音打了个大哈欠。

主要是李博远的书房实在太暖和了。寒冷的冬天里，温暖总是容易催生睡意，闻砚桐也不例外。

原先还因为池京禧在身边而觉得紧张，但是时间一长她的神经就完全放松了。若是池京禧真的凶到对她恶语相向，或是动手打她，那倒是能让她紧绷着意识。

池京禧并没有表现得多可恶，虽然方才说了几句不好听的话，态度也并不和善。这是一种很奇妙的心理状态，就好像你以为一个人是十恶不赦的坏蛋，但是你接触之后却发现他只是凶了些，不大好相处，其他也没什么。

于是闻砚桐在一阵一阵的困意中，迷迷糊糊地打起盹。

先前上课她早就练会了坐着打盹的技能，这会儿悄无声息地在池京禧的眼皮子底下睡觉。

闻砚桐本打算眯一会儿继续写，但是越睡越困，最后干脆趴在桌子上，结果这一睡就睡到李博远回来。

池京禧轻敲了两下桌面，才将她从睡梦中拉出来。闻砚桐慌忙坐起来，一抬眼就看见李博远脸黑得像包青天似的戳在书房门口。

当即把她吓得一个激灵：嚯，完蛋！

闻砚桐刚醒，眼眸里还是迷蒙惺忪，白净的脸上却印出了墨迹。

于是她便顶着这块墨迹又挨了两刻钟的批评，声泪俱下地保证下次再也不会偷懒之后，李博远才堪堪放过她。

然后李博远就拿着她的抄书纸看。

闻砚桐忐忑得厉害，一颗心七上八下的，就怕李博远一个不满意再逮着她批上两刻钟。池京禧仍坐得稳稳当当，似乎根本没听见她挨批一样，但是闻砚桐却看见他神情里的嘲笑。

闻砚桐：我恨！

出乎意料的是，李博远不仅没有责怪，语气还缓和了许多："看得出你练字的时候用了心，不过下笔还是不稳，字都不成形，还需要多练。"

闻砚桐受宠若惊，忙道："夫子所言极是，学生受教，往后定当认认真真练字。"

"不过京禧的字比楷书难度大多了，"李博远看她一眼，"你应该先学楷书。"

闻砚桐看了看池京禧，小声道："学生觉得小侯爷的字比楷书好看，所以才想学。"

"你现在仍是不能控制好下笔的力道，想学他的字着实难了些。"李博远说道。

闻砚桐听李博远的意思，像是说她不该想着一口吃成胖子，于是便顺着他的意道："学生知道了，定会好好练习楷书。"

池京禧笔尖顿住，今日第三次在纸上留下墨迹。他干脆放了笔，对李博远道："师长，估摸着天色也不早了，我今日就先抄到这里，剩下的明日再来抄。"

李博远当即放下闻砚桐的字，走到他身边看了看，笑得五官都舒展开了："没事，抄得也不少了，剩下的我自己抄就行。"

池京禧礼貌一笑，而后起身，走到门旁的架子取下了大氅披在身上，说道："师长莫要抄得太晚，您一把年纪了，当心累着眼睛。"

李博远笑："你小子，总揪着这个不放，我还没老到双眼昏花的地步。"

池京禧笑而不语。

闻砚桐瞧两人的相处方式挺自然，想起池京禧也是被李博远教着长大的，两人的感情自然不一般。

池京禧都要走了，她当然也不会继续留在这儿，便默默地把自己抄的东西收拾好，折起来揣进怀里，撑着桌子慢慢站起。

三人一前一后地到了门口处，一撩帘子出来，闻砚桐才发现天已经完全黑了。

冬日里的天黑得确实早，风也更冷了，刚从温暖的地方出来，她忍不住打战。

正穿鞋时，就听李博远道："京禧啊，闻砚桐腿脚不方便，走夜路不安全，你顺路把他送回去再出书院吧。"

闻砚桐惊了，当即脱口而出："这就不用了吧！"

谁知道这话刚一出口，就被其他两人盯住了。

闻砚桐瞬间发毛。李博远这个眼神她都有点熟悉了，绝对是要骂她的前奏。

她飞快地解释道："天这般黑了，小侯爷走夜路回家也不安全，不敢麻烦他。且这儿离我的寝房也不远，我……"

"闭嘴。"池京禧道。

"好的。"闻砚桐答。

池京禧对李博远道："师长不用担心，我会将他送回寝房的。"

李博远这才笑起来："我教的学生里，就数你最让我省心了，快去吧，路上小心些。"

池京禧颔首："您早点休息，学生告辞。"

说完还瞥了闻砚桐一眼，她立即照葫芦画瓢："学生也告辞。"

李博远叮嘱："回去别忘练字，若是再写成一团墨糊，我定不轻饶你。"

"是是是。"闻砚桐点头如捣蒜。

池京禧转身走了，闻砚桐急忙跟上，隔着不远不近的距离，走出了李博远的寝房。

寒风一过，闻砚桐就挂着拐杖打起哆嗦，恨不得立马飞回自己的寝房，点上热乎乎的暖炉，再好好地吃上一顿。

说起吃，闻砚桐这才觉得肚子饿得厉害。

夜色十分浓重，天上一片黑乎乎的，星星月亮都看不见。路上挂的灯盏散发微弱的光芒，投下柔和的碎影。

池京禧的轿子就停在不远处，旁边候着侍从小厮，见他出来后便立即提着灯笼迎上来行礼。

闻砚桐在旁边站着，打算等他走了再走。

池京禧对其中一名侍卫道："把他送回去。"

这命令没头没脑的，但守在轿子边的一个提灯侍卫站出来，对池京禧应了一声，然后走到闻砚桐身边，低声问道："阁下去往何处？"

闻砚桐没想到池京禧真的会派人送她。今日单独相处一下午，虽然跟池京禧没说上几句话，也算不得博了好感，但能够做到没让他厌恶就已经是成功的第一步了。

她想了想，而后冲池京禧道："今日多谢小侯爷，若是改日有机会，我再给你画些别的……"

"送走。"池京禧打断了她的话。

说完就走上了轿子，放下了厚厚的轿帘。

走得那么急，看来是真的不喜欢。闻砚桐暗叹：丁老头你不行啊丁老头，引不起小侯爷的兴趣。

轿子起了之后，闻砚桐就对身边侍卫说了要去的地方。为了照顾她的腿脚，侍卫走得很慢，而后把她送到了寝房。

侍卫看见亮着灯守着侍女的房屋，不禁有些疑惑："这地方……"

闻砚桐顺着话问："怎么了？"

侍卫迟疑地摇了摇头："无事，阁下进去吧，属下完成任务也要离开了。"

闻砚桐道了谢，然后迫不及待地钻进了房屋里。

屋子里早就点上了暖炉，等了十来分钟，热乎乎的饭菜就送上来了，经历了一下午的折磨，闻砚桐吃得特别香，就差把盘子舔个底朝天了。

最后坐在暖炉旁让侍女换了药，又擦了擦身子，才舒舒服服地躺进暖和的被窝，一梦香甜。

闻砚桐这边睡得舒服，池京禧那边却不怎么安稳。

他梦见了很多丁老头。

围着他喊闻砚桐的名字，然后把闻砚桐喊来了，手里还拿着一支墨笔。之后就见闻砚桐一边往嘴里塞东西吃，一边在地上画画。紧接着，什么赵老头、钱老头、孙老头的都蹦了出来，围着他转圈。这还不算完，等他想要逃走时，就惊愕地看见许多鸭子排着队往树上走，闻砚桐就在旁边得意道："这是我们老家的鸭子，会排队上树……"

池京禧一下子惊醒了，才意识到是做梦。他摸了把汗朝窗外一看，天还没亮。再睡是睡不着了，他唤来了下人伺候洗漱穿衣。

"什么时辰了？"池京禧懒懒地问。

"回小侯爷，未到卯时。"

池京禧揉了揉疲惫的眼睛，因为这个破梦他早醒了半个时辰，以致他一整个上午都是恹恹的，不大精神。程昕看出来了，便笑道："昨晚干吗去了？又不是头一回给师长抄录文章，怎么累成这模样？"

池京禧摆了摆手："没睡好罢了。"

程昕道："是不是梦里私会哪位佳人了？"

池京禧道："佳人没有，老头倒是一大堆。"

程昕惊了。

池京禧颇是疲惫，但是又没法给他说梦到的是丁老头，更没法去解释这个丁老头究竟是什么玩意儿，只好说道："别贫了，找杨儿吃饭去。"

走到丁六堂的时候，就看见牧杨跟闻砚桐头对头，不知道在说什么，傅子献凑在旁边，三人聊得正开心。

程昕在门口叫了一声，三人同时抬头看来。

池京禧猝不及防地对上闻砚桐的视线，脑中顿时又浮现夜里做的梦，有些烦躁地扭开脸。

闻砚桐敏锐地感觉到了池京禧的情绪，不明所以地挠了挠头，跟牧杨道了别。

牧杨出来之后脸上的笑容一直没消退，程昕便问："怎么？什么事让你这么高兴？"

"我今日从闻砚桐那儿学来了一种奇特的画。"牧杨说道。

池京禧眉毛一跳，心头瞬间涌上不祥的预感。

程昕道："是什么，说来听听？"

牧杨还没说就先笑了一会儿，而后伸出手在掌心上比画："你看，是这样的，一个丁老头，借我俩鸡蛋——"

"闭嘴。"池京禧脸色十分不好地扣住牧杨的手腕，"……别再提丁老头了。"

牧杨一脸茫然，程昕便善解人意地笑道："好了，先不提，他现在约莫不想听见关于老头的事。"

牧杨看了看他的脸色，乐了，顺势把话题转走："最近天儿越来越冷了，初雪是不是快要到了？我听说这次初雪宴上会有姑娘们弹琴……"

闻砚桐丝毫不知道自己的丁老头引起的祸端，只觉得今日运气特别好。

上课的时候李博远拿了小木箱，箱子里都是丁六堂学生的名字，他随机抽签喊人起来背书，统共十个人，牧杨和傅子献都被选中了，没有她。

中午的饭是去饭堂吃的，傅子献帮她打饭，她本不好意思让他排长队，结果去了之后才发现她喜欢吃的菜竟然没人排队！

下午的武学课许映泉也没让她再绕圈走，直接批准她回了寝房。

而且听说吴玉田今日在路上摔了一大跤，还扭了腰，走路都要侧着身子走。

哈哈哈！闻砚桐不禁感叹，这一日是走的什么狗屎运！

想着下午没事干，闻砚桐就背着奚琴去了琴堂。花苿看见她之后非常高兴，拉着她，拿出一段乐谱让她琢磨。

闻砚桐会拉奚琴，自然看得懂工尺谱，她坐着研究了会儿琴谱，然后试着拉了一段。

花茉颇是开心，连连称赞，说要将此段加进琴音里。但是闻砚桐觉得这段音与古琴的乐曲不大相配，不如她心里的那段好。

花茉似乎看出她欲言又止，便道："你心里若是有更好的乐段，可以拉出来试试。"

闻砚桐也不废话，当即把她想的那段拉出来。她放慢了节拍后拉出的声音混合着奚琴特有的浑厚绵长，令所有人都沉醉其中。

她只拉了一段，结束的时候花茉都惊呆了，激动地直拍手，当下就定了这段音乐作为古琴的插曲。

琴堂里的姑娘议论纷纷，声音嗡嗡响。其中有一个声音稍大了些，说道："这曲子才好听呢，方才那段欠的火候可不止一星半点的，能力没到位还是莫要出头的好，免得惹人笑话。"

闻砚桐一听就预感不大好，这话阴阳怪气的，显然是有人借着她踩别人。

继而就见傅诗微微一笑，温柔道："没想到闻砚桐能拉出如此天籁之曲，也的确是我对奚琴的了解不够，让大家见笑了。"

闻砚桐看着她貌美的脸，笑意里尽是柔和与赧然，话中既有自谦又有夸赞，心里顿时咯噔一响。

怎么回事？今日的好运这么快就到头了？

就现阶段而言，闻砚桐最不想招惹的就是傅诗。

这个女人看起来倒是挺纯善温柔的，但实际上心思狭隘、手段毒辣。

在还没有抱上池京禧大腿时，若是与傅诗发生什么不好，只怕是要遭殃。

闻砚桐刚想开口缓和一下气氛，学着傅诗自谦两句，就见花茉冷着脸维持了纪律，不痛不痒地批评了几个姑娘的琴技，然后让众人自由练习。

这时候闻砚桐若再说什么反而不好，只好低头拨弄着奚琴，暗道：希望傅诗心眼没小到这种程度。

花茉坐到她身边，低声道："初雪将近了，你不能常来琴堂练习，私下里定要勤奋些。若是在宴赛上拿了名次，你在学册上的那一笔就能消了。"

闻砚桐认真地点点头："学生晓得了，定不负夫子嘱咐。"

这一堂的姑娘，闻砚桐也不好久留，在与花茉聊了些许后，就又背着奚琴离开了。

出琴堂的时候天还没完全黑。

她走了一段，就听见放课钟敲响三声，少年们陆续从武场散开，有些赶往饭堂，有些却要乘着马车离开书院，一时间好不热闹。

傅子献老远就看见了她，赶着步子追上来，笑道："你又去琴堂了？"

闻砚桐道："是呀，我总在房间里闲着，倒不如去练练琴。"

傅子献便道："明日就是休沐了，你可有想要去的地方？"

问完又道："对了，先前三姐还问我你的腿恢复得如何，听说你近日在练奚琴之后，便说要送你一把趁手的琴。"

"这倒不用。"闻砚桐说，"我又不缺那点银两，况且我这把奚琴用着还不错，没必要换，替我谢过傅三小姐的好意。"

傅子献抿嘴，两个酒窝若隐若现："我会把话带到的。"

闻砚桐笑着点点头。

"明日朝城好像有祈雪祭，有没有兴趣去看看？"傅子献见她背着奚琴走得费劲，便顺手将琴拿在自己手里。

闻砚桐愣了一下："祈雪祭啊……"

冬季的初雪对绍京人来说是特殊而神圣的存在。据说是百年之前，绍京被强大的敌国进攻，敌国战士凶猛无比，将安宁数年的绍京之兵打得节节败退，七年内丢了半壁山河，死伤无数，绍京各地都是流离失所、亲友亡故的可怜人。

那是被记录在史册的黑暗七年，江山一度易主，绍京险些被灭国。

嘉晔四十二年，奋力抗敌的绍京人在绝望之际迎来了冬季的第一场雪，是场百年不遇的巨大雪暴。

凶猛的敌军历来生活在气候温和的地带，从未经历过如此严寒的冰雪，即便是想尽了办法取暖，战士也一批一批地被冻死。与之相反，绍京人是习惯了风雪的，绍京的将士一举反攻，将敌军彻底驱逐出了国土。

后来百年，再无敌国能够将绍京的边境突破，也再没有出现过那种凶戾的雪暴。

绍京人认为那场雪暴是上天的恩赐，于是皇帝便将后来每年冬季的初雪定为盛大的节日。若是初雪来得比上一年晚，就要设坛祭祀，祈求初雪降临。

所以祈雪祭在朝城也是个盛大的活动，当日必定是热热闹闹、万人空巷的。

闻砚桐想去。

但是她看了一眼自己还夹着木板的腿，叹了一声道："还是算了，就我这腿，去了万一被挤坏了怎么办？"

"不打紧，可以站远些。"傅子献道，"祭祀的场地足够大，不站前面就挤不到。"

闻砚桐一听，当下高兴道："那太好了，明日什么时候去？"

"要起很早，祭祀卯时正刻就开始，至少要在三刻之前到。"傅子献道，"我若从家中出门来接你，那你要起得更早一些，要在卯时初刻之前起来。"

她掰着手指头算了一下，虽说有些早，但是为了参加这个活动也算值得。她点头："行，那我起来之后便去书院门口等你。"

"不用，我到寝房门口接你就好。"傅子献说道。

闻砚桐笑了笑，觉得这傅子献怎么看怎么可爱："好啊。"

两人说说笑笑，走得很慢，牧杨眼尖看见了，多嘴嘀咕道："傅家庶子倒是跟闻砚桐的关系打得不错，整日都在一起吃饭呢。"

池京禧漫不经心地看了一眼，不置一词。因为没睡好，他一整日都是慵懒模样，天还没黑就有困意，只想早点回去睡觉。

程昕道："傅家人里也就这个是个实心的了。"

牧杨撇嘴，还是挺瞧不起："他说话的声音连蚊子大都没有，跟闻砚桐一起玩倒是合适。"

程昕笑道："这两人看起来胆子小，实际上机灵着呢。"

牧杨没有反驳，因为这位五殿下向来聪明，与他辩驳没有意义。他转头对池京禧道："禧哥，你看那闻砚桐如何？"

池京禧一身懒劲，不想说那么多："不如何，我没那么多闲心思放在废物身上。"他扭了扭肩膀颈子，"明早祈雪祭，早些回去休息吧，免得贪睡误时辰。"

听了他的话牧杨才想起来有这回事。池京禧是特地叮嘱他的，去年的祈雪祭他就是因为误了时辰被牧将军抽了一顿，半边屁股都给抽肿了。

那段时间只能用一半屁股坐，着实惨。

牧杨想起去年的惨状，当即打了一个激灵，信誓旦旦道："今年我绝不可能再误时辰了！"

三人说着便出了书院，牧杨一路上都惦记着这个事，当晚躺进被窝的时候仍念叨着。

可即便是如此，牧杨最终还是睡过了时辰，并且在慌慌张张赶往祭祀场地的路上，撞了傅子献和闻砚桐所坐的马车。

把傅家马车的车轱辘撞裂了。

牧杨因马车的震荡从座上翻下来，瞬间心里一凉，下意识捂住自己的屁股，暗道：这下完了！另一半屁股今年怕是也保不住了！

闻砚桐对祈雪祭很是上心，于是在这日起了个大早，将自己裹得严严实实的，等着傅子献来。

傅子献是庶子，闻砚桐是平民，两人都没有资格参与祭祀，于是就算去迟了也不要紧。

所以马车在路上走得并不急。

只是没想到在街头的拐弯处碰上了个恨不得给马车加风火轮的牧家马车，于是躲闪不及地相撞了。

闻砚桐被人扶下马车，看着破裂的车轮很是无奈，又有些气愤，起了个大早白瞎了！

转头一看，竟然是牧杨从车上下来，她便道："你怎么不给你的马车装上一双翅膀？"

傅子献拉了她一把，极其小动作地摇摇头，示意她不可跟牧杨起冲突。

其实牧杨的脾气并不赖，虽说有点瞧不起总是轻声细语的傅子献，但是平日也没找他麻烦，相反倒是跟闻砚桐相处得不错。

牧杨今日是盛装。他身着一件墨色洒金大氅，金丝走出繁复的纹理，领边和底摆是雪白的毛皮，透着低调的奢华，将牧杨的气质整个提升了，瞧起来倒真像个将军府的嫡少爷。

他原本愁苦着脸，一见到是闻砚桐和傅子献两人，当下气道："哎呀！我要被你们害死了！"

闻砚桐满脸问号："好像是你的马车撞我们的吧？"

"完了完了，这下完了。"牧杨好似根本没听到她说什么，一个劲地打转，着急得不行。

他越想越气，对着驾马的侍从骂道："你个傻脑袋，怎么驾的马车？！"说着伸手要打，却忽然瞥见闻砚桐裹着白纱布的腿，顿时心生一计，双眼"唰"地一亮，"有了有了！"

闻砚桐见他这样十分莫名其妙，皱了皱眉："你在搞什么？"

"来人，快把他抬上车！"牧杨指着闻砚桐吩咐道。

几个侍从正害怕牧杨怪罪，动作自然不敢耽搁，迅速地把闻砚桐左右架起。

"哎哎！你想干什么？抬我上车作何？！"闻砚桐疑惑地嚷嚷道。

傅子献见状自然要阻拦，只是身形刚动，就被牧杨拽着手腕使劲一拉，两三步就将他拽上了车，嘴上道："你们不就是去祈雪祭的吗？正巧我也是。你的马车被我撞坏了，我自然要带你一同过去。"

傅子献张口便要推拒，却没想到牧杨的力气极大，根本不容他挣脱，什么话都没来得及说，就被按在了软绵的座椅上。

牧杨火急火燎地喊道："快驾车！"

闻砚桐一头雾水："你怎么那么着急？"

牧杨急得快着火了，拿起桌子上的茶壶，对着嘴就灌。

傅子献撩起衣袖，看了一眼白皙瘦弱的手腕上印出的红红的手指印，又悄无声息地拉上衣袖，低声道："牧少爷怕是要迟了吧。"

牧杨咽了水，抹了把嘴道："呸呸呸，别说这些不吉利的话。"

闻砚桐微微皱眉，突然想起来，牧杨平日里再怎么像个笨蛋，也改不了他是牧家嫡子的事实，祈雪祭他是要参与其中的。

祈雪祭庄严肃穆，颇受绍京人的重视，参与祭祀的人若是迟到了，可是件不小的事情。

所以牧杨才这样着急。

闻砚桐咕咚咽了一口唾沫，好像隐约猜到牧杨把她搬上马车是为了什么。

马车一路疾驰，半点也没慢下来过，让闻砚桐不禁有些害怕。这种速度若是再撞上什么，可不是裂一个车轮那么简单了。

好在速度快，到底是在祈雪祭开始之前赶到了。

闻砚桐下马车后看见那马的屁股都被抽肿了，暗叹这驾车的人手是真黑。

牧杨也没给她停留的时间，让侍从直接把她架起来奔跑。

祈雪祭的场地正如傅子献说的那般，极其广阔。一下马车就能看见足足有接近百丈宽的阶梯，抬眼往上则是整整一百层梯层，并不高。

还有不少人陆续往上走着，说说笑笑。

牧家侍从有两个在前方开路，将闲杂人赶至一旁，清理出道来。牧杨紧跟其后，三层一步，两腿迈得飞起。闻砚桐落在后面，直接被侍从架起来，压根不用自己动腿。傅子献见这般模样，也只能追赶。

最后则是有两个抱着闻砚桐拐杖的侍从，一行小尾巴似的人往上赶，引得不少人侧目。

牧杨这会儿哪还顾得上这些，真是恨不得飞起来一样，用尽了全力奔跑。

上了阶梯后便是一片相当辽阔的空地，正中间有一座方形大石台，四面都是十级阶梯，石阶之间有雕刻着花纹、图案的扶柱。

石台的中央摆放着一座巨鼎，远远看去上面的镏金好似流动一般，令人震撼。

石台下方四个方向，皆站着身着墨色绣金纹衣裳的官员。

再往后数十丈，就站着无法参与祭祀的人，有些是小官或是高官的庶子，有些则是平民百姓。

牧杨一路直奔着亲爹去了。到了近处的时候下人看见了他，便忙通报给站在一边张望的牧将军，牧将军大喊一声："那逆子在何处？！"

喊声惊动了身边的人，于是他们都朝着牧杨奔来的方向看去。

闻砚桐被颠得头昏眼花，到了近处才被人放下来，拐杖塞进两只手里。她慌了一下，就被傅子献手疾眼快地扶住。

将将站稳，就听见一声熟悉的轻笑："这次倒是没误时辰。"

她抬眼看去，瞬间被惊艳。

池京禧就站在前方。他亦是盛装，身上穿的是祭祀的统一着装，墨一般的黑色，绣着金丝如意纹，大氅的雪白狐皮衬得他面容俊俏精致，眉眼含着轻笑，一双漂亮的笑眼便极其亮眼。他头戴羊脂玉金丝冠，当间嵌着琥珀色玉石，长发束起，偶有碎发被寒风撩起，端的是俊美十足，风流无双。

他的眼眸自然而然地从牧杨身上滑到闻砚桐那儿，眼中缱绻的笑意还未完全散去，卷着冬季清晨的气息便传进了闻砚桐的眼中。

只这一个刹那，闻砚桐心里的钟便"咚"地轻轻敲了一下。

下一刻，池京禧那双漂亮的眼睛里出现了疑惑。

池京禧眼中的疑惑转瞬即逝，视线也根本没有在闻砚桐身上停留。

那牧将军气得吹胡子瞪眼："你个逆子！看来去年的教训没让你长记性！今年还敢如此！"

牧杨哭丧着脸："爹啊，你临走的时候不会叫我一声吗？"

牧将军火了，但是思及四周全是人，左右看了看压着声音道："不孝的东西，你反倒怪起我来了！我还不是想让你多睡会儿！临走安排了三个人喊你还不够？"

牧杨自知理亏，没敢再顶嘴。

牧将军眼睛一扫，看见了他身后挂着拐杖的闻砚桐，再一看她右腿缠着布，当即惊吓道："怎么回事？！你在路上把人撞瘸了？"

084

闻砚桐一看，就知道轮到自己出场了。

她撑着拐杖往前走了两步，先是困难地行了一礼，而后道："见过将军大人。小民名叫闻砚桐，是牧少爷的同窗，也就读于颂海书院。前些日子撞断了腿，今日想来参加祈雪祭却是行路不便，牧少爷好心想帮小民，便延误了时辰，求牧将军莫要责怪牧少爷，都是小民的不是。"

闻砚桐这番话将该说的都说了，反正牧杨把她拽来也是为了这个，眼看着祈雪祭快要开始，想必牧将军也不会多问。

这牧将军本名牧渊，字学文。名字看上去很有文化，但是他在二十岁之前却是斗大的字不识一个的大文盲，后来还是被皇帝按头学字才有了文化。不过他自己最是喜欢念书的学生，尤其是颂海书院的。

于是牧将军对闻砚桐也一下子和颜悦色起来，笑道："你与小杨是同窗，你受伤不便他帮你也是应该的，不必在意。"

"多谢将军宽宏大量，小民感激不尽。"闻砚桐顺势道。

傅子献方才一路跑来喘得急，这会儿缓过来之后也冲牧渊行礼。

牧杨见自己的危机化解了，也知晓祈雪祭快要开始，便对闻砚桐道："你们往后站些，当心人多挤了腿。"

说罢还小声道："这次多谢，算我欠你一个人情。"

牧家嫡少爷的人情，还是挺值钱的。闻砚桐满意一笑，冲他点点头，便行礼告辞："牧将军、小侯爷，小民便先告退了。"

见闻砚桐离开后，牧渊的脸色才骤然一变，点了点牧杨道："不分时间场合地假好心，回去我再收拾你。"

牧杨缩了缩脑袋。假好心到底也是好心，总比睡过了头误时辰的好。

池京禧为他解围："牧叔，祭祀就要开始了，我们还是莫要在此闲聊了。"

牧渊没好气地瞪了牧杨一眼，对上池京禧时却是笑意满面，说道："还是你懂事，我这狗儿子要是有你一半好，我也能省心不少。"

说着两人就往石台处走，牧杨落后半步，也不敢造次。

闻砚桐和傅子献走出了人群包围圈，站得老远老远，才稍微空旷些。只是站在如此偏僻的位置，闻砚桐根本无法看清楚那些人的面容，不免有些遗憾。

远处传来悠悠钟鸣，而后一声极响的传唱："皇上驾到——"

霎时间所有人齐刷刷地跪在地上，同时高呼："吾皇万岁——"

闻砚桐跪得很费劲，只能用半边身子撑着，所有人都低着头，她也不敢抬头看。只听见一串脚步声从前方不远处行过，而后就又听见传唱："平身——"

她这才慢慢站起来，抬头往前面看，就只看见皇帝身着黑金大氅，上绣龙身，貂裘赤红。他头上戴着十分耀眼的冠冕，四周都是侍从太监。

这便是绍京的皇帝，他身边站的是几位皇子。

闻砚桐看不见他长什么模样，但隔了这么远，仍然能够感觉到来自帝王身上的威压。

他站在石台上说了一段话，闻砚桐一个字都没听见，只见他说完之后忽而有四个人走上石台，而后拿了个棒槌似的东西在那方大鼎上敲了一下。

顿时，那悠悠的声响远远传来，而后就响起了歌声，不少百姓都双手合十，真诚祈祷。

后有侍卫捧着一个个托盘，陆续走到身着黑金衣裳的官员面前，盘上放着白瓷碗和锦布包裹着的银针。

"这是干什么？"闻砚桐实在忍不住了，既看不清，又看不懂，只得开口问。

傅子献低声道："集百家之血以祭天，祈初雪降临。身着祭服的都是朝中重要官员和嫡系子孙，是整个绍京的砥柱之血。"

闻砚桐似懂非懂地点头，就看见那些侍卫捧着白瓷碗陆续走到大鼎之前，踩着几级阶梯将瓷碗中的东西倒进了鼎中。

最后又是一段鼓琴交错的乐曲和歌声，待声音停了之后，所有百姓再次下跪。皇帝和官员们则合掌揖礼，共朝大鼎祭拜。

闻砚桐起身时，就看见东方的天际露出了金光，染得半边天都亮了起来，皇帝和众人的身影被金光笼罩，轮廓都变得模糊。

半边金光半边苍蓝，在这无比瑰丽的天空下，绍京依然是国泰民安、锦绣繁华的盛世帝国。

恍惚中，她好像看见了池京禧的背影。

少年的脊背挺直，隐隐蕴含着勃发的朝气。天穹的光落下来，将他身上精致的衣袍照出细碎的光芒，于一众人中显得格外耀眼。

闻砚桐也不知道何以在这群王公贵族中，偏偏就看见了如此遥不可及的池京禧。

祈雪祭的最后，闻砚桐又跪了一次，送走了皇帝及诸位皇子，而后官员陆续离开，百姓也逐渐散去。

闻砚桐和傅子献随着人群慢慢离开，下了石梯之后便被牧杨留下的侍从拦住，请上了马车。

原来是牧杨考虑到两人的马车被撞坏了，便搭着池京禧的马车回去，留下了自己的马车送两人回去。

闻砚桐同傅子献好好道了别，回到寝房就倒头大睡。本来她已经在这些日子里养成了固定的睡觉和起床时间，但是今日猛地一起早，让她又有些不适应。

这一睡就睡到了傍晚时分，饿醒。

她迷迷糊糊地爬起来，扭动睡软了的筋骨，喊人进来。

门口守着的侍女推门而入，先是福身行了一礼，而后说道："门口来了位吴公子，说是要见公子一面。"

闻砚桐的脑子还有些蒙，不过随即想到，吴公子不就是吴玉田吗？

这浑蛋找她干吗？

吴玉田昨日扭了腰这会儿还没好，走路的时候须得侧着身子，他扶着腰在门口等了好一会儿。

闻砚桐慢悠悠地从寝房走出来，坐在书房旁的软椅上，才放吴玉田进来。

彼时吴玉田冻得说话都不怎么利索，指着闻砚桐道："你、你……"

闻砚桐见他舌头好似冻住了，颇为好心地吩咐："给这位吴结巴上一杯热茶。"

吴玉田回骂："你才结巴！"说完就将热茶接下来捧在手里，喝了两口之后浑身才舒坦。

他就这样站着，闻砚桐也没打算请他落座，只道："你找我什么事儿？快说，说完快滚蛋。"

"好你个闻砚桐，以为傍上傅家就万事大吉了？胆子这般大了。"吴玉田冷笑道，"好歹我吴家也是朝中六品官，你一介白衣敢这样对我说话？"

闻砚桐一听，好像有点道理。但她一见吴玉田那副欠打的模样便不想跟他纠缠，不耐烦道："送客！"

那侍女便立即要请吴玉田出去，但是吴玉田却稳稳地站着不动，问道："你一直都住在这儿？"

"干你屁事？"闻砚桐反问。

"你是没能耐住单人寝房的，是不是傅棠欢暗中帮你安排的？"吴玉田仍厚着脸皮问。

闻砚桐暗道：邪了门，往日这样骂他，他早就炸毛了，怎么今日这样能忍？她道："你若再不滚，莫怪我不顾同窗之谊。"

吴玉田见身边的侍女眼神不一般，似乎是个练家子，也不敢再嚣张，一边往外走一边说道："闻砚桐，你别得意，总有你求我的时候。"

"呸！"闻砚桐气骂，"王八羔子！就不该放你进来！"

原以为他是有什么事，现在看不过是问几个无关痛痒的问题然后放些狠话，闻砚桐顿时觉得气得难受，连连骂了好一会儿才消气。

消气之后便觉得更饿了，连忙让侍女准备饭菜。

闻砚桐饱餐一顿后就端着小团子坐在书桌旁练字。

虽然说上回李博远让她练楷书，但是闻砚桐还是有自己的主张，她就是喜欢池京禧的字，所以回来之后就一直比着从池京禧那儿拿来的那张练。

只是时间太短，尚不见什么进步，写出来的字依旧是歪歪扭扭。

她一边吃一边练，不知不觉就写了一个多时辰，写累了就搁下笔，转身寻来奚琴，接着练习。

然后就是用热水擦身子，敷伤换药，最后忙活了好长时间，才又躺进被窝睡觉。

次日一大早，又是一个十分精神的闻砚桐。

她哼着小曲去了学堂，就看见傅子献已经坐在位置上看书了，当下扬起一个笑容走过去："傅子献，你今日来得挺早啊。"

傅子献听见她的声音，抬头笑迎："你也是，往常都是踩着钟响来的，今日怎么提前来了？"

闻砚桐晃着脑袋道："因为昨日参加了祈雪祭，回去之后睡得十分香甜，今日自然而然地醒早了。"

傅子献也笑呵呵道："那看来我带你去参加祭祀倒是立功了。"

闻砚桐忽而发现傅子献今日心情格外好，虽然平日里也是笑着跟她说话，但是今日却能多说两句俏皮话了，不由得道："今儿怎么这么高兴？发生什么好事儿了？"

她落座之后，傅子献便将一方长木盒从书袋里拿出来："这是我爹昨日赏我的墨玉雪纹狼毫。"

到底还是个孩子，得了父亲给的好东西就忍不住想炫耀。傅子献是庶子，自然极少有这样的待遇，所以迫不及待地想跟闻砚桐分享喜悦。

木盒一打开，便是锦布包着的一根通体墨色的毛笔，上方有些许不规律的雪白纹路，光泽温润，一看便是上品。

闻砚桐就是一个大老粗，哪懂这些，只道："恭喜呀，这东西看起来不便宜。"

傅子献笑道："贵不贵的倒无所谓，只是父亲很少单独送我东西，于我来说便是相当珍贵了。"

闻砚桐双眸一软，无奈地叹了口气。傅子献是个小可爱没错，但也是个小可怜。

她道："那你可要好好收着了，免得被人偷去。"

傅子献愣了一下："谁会在书院偷东西啊？"

"我呀！"闻砚桐嘿嘿一笑，"我看你那东西相当漂亮，指不定趁你不注意的时候悄悄偷来呢。"

傅子献双眼一弯笑开了："你若是喜欢，我买根更漂亮的送给你。"

闻砚桐看着他脸上的酒窝，忍不住伸手摸了摸他的脑袋，刚摸两下就被进门而来的牧杨看见，当即喊道："摸啥呢摸啥呢！"

闻砚桐吓了一大跳，看见是牧杨，便十分疑惑："你怎么来了？"

牧杨打了个哈欠走来："这都看不出来？上早课啊！"

"你上早课？"闻砚桐惊了，"太阳莫不是要从西边出来了？"

牧杨气道："你以为我愿意吗？还不是我爹非要我来！还让我连续五日都上早课，一直到下一次休沐！"

闻砚桐明白了，原来是牧渊的惩罚。

此时一旁的傅子献说道："昨日多谢牧少爷送我回府。"

这是傅子献头一次主动跟牧杨说话。或许是身份的原因，往常傅子献见了牧杨都是躲躲闪闪的模样，即便是牧杨冷嘲热讽他也不敢回应。这次主动倒是让牧杨十分意外，他愣了愣道："没事，也是我先撞坏你们马车的。"

傅子献一莞尔，便没再多言，继续低头看书。

早课对于牧杨而言就是煎熬，他用手撑着脸打盹，口水擦了好几遍，一响起下课的钟声就飞奔出学堂，找池京禧他们去了。

一连三日，闻砚桐都能看见准时在早课钟敲响时踏进门的牧杨，只是有些遗憾的是，没能够看见池京禧。

他旷了三日的武学课，似乎都在帮李博远抄录东西。

第四日一早，闻砚桐一边起身，一边思索着今日能不能看见池京禧，唤了人进来伺候。

门口的侍女听见声音便推门而入，寒风一并被带进来，闻砚桐却在侍女身后瞧见了一片茫白。

她蒙了，问道："下雪了？"

侍女笑吟吟道："是呀，初雪总算来了。"

闻砚桐惊诧，忙拄着拐杖走到门边。只见外面的地已经被薄薄的雪覆盖一层，漫天都飘着细碎的雪花。

前几日才办的祈雪祭，今天就下雪了！这是什么玄学？

或许改日可以去庙里拜拜，祈祷这右腿早点好，闻砚桐如是想。

朝城这场突然而降的初雪，让所有人都陷入了有神明庇佑绍京的梦中，热热闹闹地庆祝起来。

颂海书院准备已久的初雪宴也终于要召开。

闻砚桐早就做足了准备，就等着上台拉一段然后下来，把册子上那一笔记过抹了。

只是没想到，当晚她被叫去练琴时，被花茉带来的一个消息惊掉了下巴。

"啥玩意儿？！让我穿女子的衣裙上台？"闻砚桐瞪大了眼睛，满脸的不可置信，拍了拍自己梆硬的胸膛，"我可是个男子啊！"

事情是这样的。

颂海书院每年的初雪宴都会有翰林院的学士来督查记录，同时作为宴赛的评判人之一。

只是今年来的几个人中，有个非常古板的老学士，据说一直不大赞成皇帝发布的男女共读书院的新令，且平日里最爱做的事就是揪别人的小辫子上奏给皇帝。

说白了就是特爱告状。

奈何他口才极好，一点小毛病都能被他扯成大错，加之在朝堂为官大半生，没人想去招惹他。而这次他拿着笔墨而来，就是为了找出男女共读的不良之处，再写个千字上奏给皇帝，劝他收回新令。

原本是没有什么的，但是坏就坏在闻砚桐这个节目是唯一一个男女同奏，为了避免节外生枝，上头打算取消闻砚桐的参赛资格。可花茉不愿意，想让闻砚桐穿上女子的衣裳瞒天过海，这样一来倒是极为难闻砚桐了。倒不是她不愿穿裙子，只是万一穿上后被人看出端倪怎么办？她本身就有鬼，亏心得很，根本不敢冒险。

但是花茉道："若是你不穿，那书院只能取消你的参赛资格了，这事我也做不得主。"

闻砚桐愁苦着脸："这都是什么事儿啊！"

花茉只当她自尊心强，摸了摸她的脑袋："无事，反正只是一会儿的时间，不会叫人发现的。你也准备了许久，就盼着这个机会将功补过了，可不要放弃。"

不穿就不能参加宴赛，那准备的这些时日等于白瞎，且那一笔记过还不知道该如何。闻砚桐左右为难了许久，最后还是勉强点头答应了。

初雪降临的第二日，书院停课，初雪宴轰轰烈烈地开幕了。

颂海书院在未时敞开三面大门，迎接朝城内身份顶尖的小姐少爷，将人引进书院东北角那座巨大的圆顶大殿里。

那是书院专门为举办宴赛或是其他活动建造的大殿，长宽百十丈，三层楼高，其中八根浇了铁浆的大柱子，表面上都是精雕细琢的花纹和镏金图案，可谓是气派十足。

亦被称为八柱殿。

申时书院闭门，八柱殿正门关闭，所有人陆续落座。

原本殿中分三个大区，最左侧坐着书院的夫子和翰林院来的各个官员，系白座蓝纹；中间以黑座为底金纹为缀，是有身份的贵族弟子的座位；最右侧的则是平民所坐，灰座无纹。

本没有男女之分，但书院进了女学生之后，中间那排最宽敞的座位就成了所有男学生的座位，右侧的所有座也变成了妃座金纹。

三大块颜色极其分明，一眼看去都坐得整整齐齐。

正前方则是一丈之高的表演台，周边有一圈雕花柱，吊顶的灯笼早早点上，照得整个大殿金碧辉煌，据说有两百多盏。

池京禧作为书院里最不能招惹的第一人，自然是要坐在中间黑座的首排。但他似乎还未到，所以位子空着，只有程昕，还有笑嘻嘻地正在跟程昕唠嗑的程宵。

其实闻砚桐也发现了，程宵好像颇为亲近程昕。

宫廷那点事在皇城脚下捂不住，贵妃的母族一心想扳倒皇后，将程昕兄长的太子之位夺下来给程宵，按理说五殿下跟七殿下这俩兄弟就算没有斗个你死我活，也不该这般亲密。

可眼下看着，程宵像是很黏这个五皇兄，嘴上一直不停地说着，程昕倒是一副敷衍应对的样子。

就算如此，也没能消减程宵的热情。

闻砚桐觉得颇是奇怪，正想得出神时，花茉提了一把她的衣领："别在这儿偷看了，快跟我来。"

闻砚桐一头雾水地跟在花茉身后，从八柱殿的侧门出来，然后穿过一排斜檐长廊，进了一间房。

屋中装潢很是华丽，还点了暖炉，与外面的严寒形成对比。花茉解下身上的包裹，拿出一套衣裳："这是我以前穿的衣裳，绣花是出自宫里顶尖绣娘的，是御赐的宝贝，只可惜我现在手脚长开穿不上了，我瞧着你胳膊腿长度差不多，穿上试试。"

她把衣裳放在桌子上，而后把包裹里的东西都拿出来："你换完衣裳就用这些脂粉随便抹抹，万万不可叫那些人看出你是个穿裙子的男儿郎，否则这一状告上去便十分麻烦。"

闻砚桐打眼一看，都是黛笔、胭脂之类女子化妆用的东西，看得出是花茉的私人物品。她颇是感动，没想到花茉竟这般帮她，就因为喜欢她这一手拉奚琴的本事。

"这房间是给那几个贵公子准备的休息间，但不会有人来的，你换完之后就在这里待着，什么地方也别去，等快要上场时我便来叫你。"花茉叮嘱道，"知道了吗？"

闻砚桐老老实实地点头："知道了，夫子放心去吧。"

闻砚桐当然不可能出去找死，她自个儿知道分寸。

花茉舒了一口气，然后拍了拍她的肩膀才离去。闻砚桐见她走了，便动作迅速地拿着衣裳坐到软榻上更换。

花茉的这套衣裳是当年一展琴技换得龙颜大悦后得的赏赐，不论是衣料还是绣纹都是宫里上好的。

上衣是两件式，里面是雪白的夹棉薄袄，宽大的两袖罩着一层极其细腻的墨纱，洒金的衣袖在光的照耀下仿佛流动一般；外面套着一件绣着墨线的暗红色棉坎肩，袖口裹着一圈洁白的兔毛。

下面则是长及脚踝的半身裙，与衣袖一样是里面白色、外面罩着墨纱，层层叠叠的褶子十分柔软，正巧能把闻砚桐绑着木板的腿遮住。

闻砚桐把头发放下来，取了一根红白相间的长丝带混着头发随意在右侧编了个辫子，又擦去粗粗的眉毛，好好画了一双细眉，如此再一看，终于有了姑娘的样子。

她这些日子被好生养着，身上长了不少肉，原本干成一把骨头的模样也渐渐圆润。而这身体的底子本来就好，皮肤细腻白皙，一双眼睛又大又亮，睫毛密长，像天然的眼线。

她擦了些粟米做的香粉，又用红胭脂点在嘴唇上，稍加装饰就显得相当精致，乍一看就完全没法跟先前那个闻砚桐联系到一起了。

闻砚桐自个儿乐了一会儿，就把东西都收拾好，然后靠在软椅上等着花茉来喊她。

自己待着难免会无聊，闻砚桐便在房中打转，东瞅瞅西看看，正在研究那些装饰物时，就听见门口响起了脚步声。

想来是花茉来寻她了。闻砚桐放下手中的东西，拄着拐杖朝门口迎去，方走两步，门一下子被推开了。

她满面笑意地看去，正要说话，却在看清楚来人之后脸色一变，惊慌失措地转身扭头，想把自己的脸藏起来。

心中大呼完蛋！

她以为来的是花茉，根本没想到来的是其他人！

但见门口站着身着滚雪细纱衣袍的池京禧，手上保持着一个推门的姿势，看见屋里有人，俊俏的眉毛便皱起来，视线从她的衣衫往下滑，落在她手边的拐杖上。

闻砚桐惊得脑子乱成一团，低着头把脸藏进头发中，生怕被池京禧瞧见。但是方才池京禧开门的时候，那一眼对视是实打实的，就算再遮掩也没用。

闻砚桐慌了神，本能地觉得尽快离开池京禧的视线范围为好，便立即草草冲池京禧行了一礼，飞快地往外走。

刚走两步，池京禧身旁的随从便飞奔而来，嘴上还喊着："小侯爷！这雪天地滑，您可要走慢些啊！"

谁知一来见到闻砚桐，话音立即收住了，而后转为严厉的语气："你是什么人？胆敢在小侯爷的房中鬼鬼祟祟！"

闻砚桐的脑子极速转动，撒谎道："……奴婢是、是来给闻公子拿拐的，他的拐急着用，奴婢现在就送去。"

那随从抬头看了看池京禧，想从他的表情上看出点什么意思，却见他神色沉着，似乎不悦有人出现在他的专属休息间里。

随从赶忙把路让开："赶紧走赶紧走！"

闻砚桐松了口气，连忙要走。

但是挤到门边正要跨过的时候，后领子突然一紧，池京禧的声音便从上方响起："你在这房里做什么？"

不知是不是因为离得太近，闻砚桐能清楚地感受到他话中的危险，她又把那口刚松的气提回嗓子眼。

"奴，奴婢是……"

池京禧的手突然一用力，打断了她的话，将她往后拉了两步，推在了门上，冷声道："站好。"

闻砚桐只好贴着门板站，也不敢再说什么，只一个劲地低头看地，心乱如麻。

池京禧竟然！看出来了！这下怎么办？！要怎么糊弄他？千万不能让他把她女扮男装的事告知皇帝，届时她就是有八张嘴也没法为自己脱罪！

池京禧的眼风扫了下随从，随从连忙回神，冲身后的人招手，不多时便进门两个人，手上捧着锦绣华服。

随从关上门后，房间里骤然变得极其安静，随后响起了窸窸窣窣的声响。闻砚桐悄悄抬眼偷看，就看见那些随从动作很轻地解开池京禧的外衣，露出里面雪白的金丝夹袄。闻砚桐的眸光极慢地往上，却不巧被池京禧逮了个正着，她又飞快地垂下眼。

随从分工给池京禧换上了一件淡黄色的衣袍，金丝绣的如意纹滚边，缀了华贵貂皮的衣摆。头顶上的玉冠，乌黑的长发，领口的玉扣，腰间的佩环，池京禧今日从头到脚都是十分柔和的颜色，竟把人衬得和善起来。

随从将换下的衣裳捧在手里请示："小侯爷，这衣裳……"

池京禧嫌恶地皱眉："扔了。"

随从应声，三人便退至一旁，静等其他吩咐。

而后很快地，又有人在门口喊道："小侯爷。"

池京禧一抬眉，身边的随从就极快地走上前开门，带着一个黑脸随从进来，而后朝池京禧行了一礼："都查到了，是傅家的四小姐，原名傅诗，现下在书院就读，还有一个一母同胞的弟弟，都是出自傅丞相侧门抬进府的妾室。"

闻砚桐惊诧无比，没想到池京禧竟然会对傅诗感兴趣，这会儿怎么调查起傅诗的身世来了？正是疑惑时，却听池京禧从嗓中挤出淡淡的长音，并没说什么。

那黑脸随从则继续道："傅诗的娘是礼部钱侍郎家出的庶女，颇得傅丞相的喜爱。她弟年岁十五，就读朝城东街的青云书院。还有一个与她同父异母的庶弟，名为傅子献，也在颂海就读，同闻砚桐关系交好。"

闻砚桐听到自己的名字，霎时间瞪大眼睛，暗骇这池京禧到底对傅诗起了什么兴趣，难不成想把人家的祖宗十八代查个底朝天？

池京禧那捉摸不透的眸光轻放在闻砚桐身上，低低道："傅子献？"

黑脸随从听见他的声音，微不可察地松了一口气，应道："属下一时只查到这些。"

池京禧抬了下手示意他退下。

闻砚桐被罚站了会儿，听了随从报的话之后，越发忐忑起来。她咕咚咕咚咽了好几口唾沫，怎么也没想到糊弄的话，就听见池京禧沉着声道："你在这房里做什么？"

与方才那句一字不差。闻砚桐几乎是立即感受到了池京禧作为上位者的压迫力，他显然心情不愉，不想听谎话。

闻砚桐在他不耐烦之前，说了实话："换衣裳。"

池京禧将她从头看到尾："哪儿来的？"

衣料是宫里特供，绣花也是宫里独有的样式。池京禧经常进宫，也没少拿宫里的赏赐，一眼就能看出这衣裳是闻砚桐这种平民不可能有的。

闻砚桐忽然意识到，池京禧似乎只看出来她穿了女装，但并没有意识到她平时是女扮男装的，于是答道："……是教琴的花夫子给的。"

"为何在这里换？"

"我看这里没人，所以才来的。"闻砚桐指了指桌上的包裹，"我没动房中的东西，换完了就要走的，小侯爷莫要怪罪……"

池京禧眸色暗沉沉的，什么都没说，反而走到桌边坐下了，身边的随从极有眼色地上前用手背试了试茶壶的温度。

茶自然是凉的，随从连忙拎出去换上热水。池京禧从书架上取下了一本书，坐在软椅上。

他就当闻砚桐不存在似的，自顾自地看起书来。闻砚桐知道他是存心的，也不敢再走，只好贴着门板站着。

池京禧来的时候心情就不好，这可以明显地看出。但是这会儿他脸色更沉了，长长的睫毛垂着，眸光轻轻在书页上打转，让人难以琢磨他在想什么。闻砚桐开始还没想明白，但是余光瞥见自己的拐杖后，一下子出了一身的冷汗。这才猛然明白，自己方才的谎话实在太过敷衍。

她手里的拐是挂着而不是拿着，池京禧不是傻子，自然一眼看出她瘸着一条腿的走路姿势，只是方才那个瞬间太过着急，以致闻砚桐竟然忽略了这一点。

她把池京禧当成了傻子！同样地，在池京禧眼里，她也是个傻子。

房中静得厉害，什么声音都没有。

她悄悄抬头看了池京禧一眼，就发现他似乎并没有翻开书，而是在书的封面上看着什么东西。

闻砚桐心里咯噔一下，当即开口："小侯爷，我知道错了，您大人不记小人过，别跟我计较行不行？"

池京禧将书往桌上一扔，拿起一个茶杯，懒洋洋地靠在软椅上，目光在杯沿打转："错哪儿了？"

"我不该装成婢女骗您。"闻砚桐老老实实，全部交供。

池京禧的手指细长，白皙漂亮，柔软的指腹在深色的杯沿上揉了一下，而后指腹上就出现了胭红色，没回应闻砚桐的话。

"还有……"闻砚桐的语气拖得缓慢，"我不该撒谎说没动过屋里的东西。书架上的书和桌上的水，还有软椅，我……我都动过。"

池京禧听完之后，才将杯子重重放在桌上，发出"咚"一声响，把闻砚桐吓得眼皮子一跳。

书本的封面上，有闻砚桐抹过香粉后的手指留下的痕迹；杯沿上也有她唇上胭脂的红痕；软椅则更要命。

方才被闻砚桐躺过，脸上手上的脂粉气息难免沾染上去，这些都瞒不过池京禧，他看一眼就知道闻砚桐在撒谎。可是闻砚桐原本只想扯个谎赶快逃离房间，哪会想到被池京禧罚站啊！

现在只怕是真的激怒了池京禧，万一他突然动手打她怎么办？先前一脚就把一个大男生踹得往后翻两个滚，闻砚桐可不想挨那一脚。

虽然她在胸口垫了不少东西，梆硬梆硬的，可要是被池京禧一脚踹凹了……

闻砚桐越想越觉得恐怖，低着脑袋呜呜咽咽地哭起来。

池京禧俊秀的眉毛拧起，转头看来："你哼唧什么？"

"……我不想挨揍。"闻砚桐哭得稀里哗啦，"不要打我，我腿疼，呜呜呜。"

池京禧原本没想揍她，但看见一个"大小伙子"这样哭，便忍不住手痒了。

可思及闻砚桐瘸着一条腿，又瘦弱矮小，揍两拳恐怕人就没了，于是没好气道："我何时说要揍你了？"

闻砚桐一听这话，立马收声了。她没有演员那样说哭就哭的本领，方才不过是干号而已。

池京禧瞧着她的模样，不屑道："一个大男人还搽脂抹粉，穿女子的衣裙，倒不如直接送进宫去做太监，为何留在这儿念书？"

"这话不对……"闻砚桐小声反驳。

池京禧横她一眼。

她顶着压力，还是说出来："太监也不喜欢穿女子的衣裙啊……"

这话倒是真的。

池京禧无从反驳，气得好一会儿没说话，而后才道："分堂测验你的明文是书院最后一名，字写得不如狗爪子挠的整齐，怎么还有脸留在书院？"

这个闻砚桐就必须要杠一下了："我已经在练了。先前拿的小侯爷的那张纸被我裱在书桌上，天天在练呢！"

池京禧气道："一会儿吃一会儿睡，你能练成个什么？"

"一日练一点，日积月累总会有成效的。"闻砚桐给自己打气。

"日积月累？你是打算练到胡子花白？"

"只要能把字练到小侯爷的两三分，费多少时间我都愿意。"闻砚桐如是说道。

池京禧一下子噎住了。若是闻砚桐单纯跟他抬杠，他还有黑脸的理由，可坏就坏在她一边杠一边还捧着他，实在是让他没法接话。

池京禧沉吟半晌，最后还是将话题绕回原点，恼怒道："闻砚桐你好大的胆子！敢撒谎糊弄我！"

闻砚桐："……"这算耍赖吗？

见闻砚桐又低下头摆出认错的模样，池京禧哼了一声，说道："这是最后一次，下次若再被我发现你故意撒谎，我就把你那口银牙敲掉两颗，看你怎么骗人。"

闻砚桐当下明白池京禧已经不打算追究了，立即应道："是是是。"

池京禧站起身，走到闻砚桐面前。相较于方才进门时的低气压，这会儿他的情绪明显好了不少，走到她身边时停了一停："以后少出现在我面前碍眼。"

闻砚桐没应，心道：这话我可不答应，不往你面前凑我怎么抱大腿？

池京禧说完便出门了，留下闻砚桐一人在房中，她这才彻底放松下来，长长地松了一口气。

池京禧的段位着实是高啊！总感觉他暴戾凶狠，差点让人忘了这人头脑不是一般的聪明。

其实方才闻砚桐的谎话很容易被识破，只要稍微细心一点就行。可池京禧的恐怖之处在于他脑子的思考和反应速度都极快，甚至有可能在闻砚桐撒谎之前就已经有了答案。

所以在闻砚桐刚说出谎话的时候，他就已经知道她在骗人了。

闻砚桐抹了一把额边细细密密的汗，暗叹下回若是再对上池京禧，要打起一万分的精神和警惕才行。

他与书院的那些夫子完全不是一个等级的。

赵夫子多好糊弄啊，随便哭个几声，说啥都信了。

闻砚桐叹气，这时候竟然念起赵夫子的好来了。

正想着，花茉从门外慌慌张张地进来，刚进门就被贴着门边站的闻砚桐吓了一个哆嗦，捂着心口后退好些步："我的娘呀！"

闻砚桐一脸迷茫："怎么了，花夫子？"

花茉揉了揉受惊的心口："好端端的怎么站在这儿？！"

闻砚桐想说并不是好端端的，而是差点被池京禧端了，但嘴唇动了动最后还是没说，只道："罚站。"

花茉听后瞪着眼睛道："小侯爷来过了？"

闻砚桐也惊道："你知道他要来？"

花茉便连忙解释："我起初是不知道的，先前听赵夫子说这些休息间很少有人来，小侯爷更是从不踏足这些地方，所以才想把你安排在这儿。"

"那他今儿怎么就来了呢？"闻砚桐纳闷儿。

花茉道："我也是刚刚才听说的，说是傅家四小姐不小心跌到小侯爷身上去了，脸上的香粉蹭到衣裳上，留了脂粉味，小侯爷便当下命人拿新衣来此处换。"

闻砚桐想到方才池京禧进来的时候脸色不大好看，换了件淡黄色的衣裳才出去，想来花茉听到的应当不假，便气道："傅诗走路劈叉吗？怎么会摔到别人身上去？还是小侯爷身上！"

花茉也叹道："都是些小姑娘的手段，着实叫人笑话。"

闻砚桐气得用拐敲了两下地面，心说：怎么那么倒霉，这破事也能栽到我身上来！

花茉拍了拍她的肩膀："好了，先别想那么多，快到咱们登台了，先去准备着吧。"

当下最重要的事还是先完成宴赛，闻砚桐分得出轻重缓急，便二话不说跟着花茉前往八柱殿。

去的时候就看见一群打扮得花枝招展的姑娘聚在房中，有的在试琴，有的却叽叽喳喳地聊天。

唯独那傅诗坐在角落里擦拭琴弦，动作轻柔，仿佛与其他人隔绝一般。

闻砚桐盲猜这傅诗参与不了聊天是因为这些姑娘都在笑话她摔到池京禧身上一事。

开玩笑，池京禧的脾气再怎么不好，那也是地位显赫的小侯爷，正儿八经的玉面少年，朝城不知道多少贵族姑娘盼着嫁给他。

傅诗这般贸然动手，可不就是惹众怒吗？

闻砚桐选择无视，刚进门，就被屋中的姑娘们盯着看，引起一阵惊呼。

她低着头遮遮掩掩，这副别扭的模样让人以为是不好意思露面。花茉颇是贴心地为她解围，带她去了角落，去了之后她才看见那桌上竟然摆着两把奚琴。

有一把是闻砚桐自己使唤人随便买的，平日里不怎么爱惜，琴杆都捏得有些黑乎乎的了；另一把却是无比崭新的，红木琴身，蛇皮琴面，一看就是名贵东西。

闻砚桐惊了，正想问，花茉就走过来道："这是一个叫傅子献的学生送来的，指名给你。"

闻砚桐先是讶异，而后了然，这八成是傅棠欢送的。她一直以为是闻砚桐挡了马车才使马车没撞墙上，心里存着对闻砚桐救命的感激。

虽然闻砚桐解释过她只是为了逃跑，但傅棠欢的心眼还是实，总往她这儿送东西。

闻砚桐摸了摸红木奚琴，心里激动得很，用琴弓试了两下，当下就抱着琴不撒手，直接给抱到台上去了。

上台之前，傅诗不知道从哪儿摸过来，站到她身边，突然探手摸了一下红木奚琴。

闻砚桐狐疑地看她一眼，下意识地把奚琴往后挪了挪。

"这是三姐送你的？"傅诗弯眸笑道。

"不是啊。"闻砚桐说道，"是傅子献给我的，他刚才送过来时你没瞧见吗？"

傅诗笑容不改："我也才来没一会儿。"

可不嘛，尽想着怎么往池京禧身上摔了，自然没时间来那么早。

闻砚桐垂下眼睑，心中腹诽。

"你要带这把新琴上台？"傅诗见她回应冷淡，也没有识趣离开，反而是继续找话。

闻砚桐看她一眼，知道她还有下半句。

果然，傅诗朝那把旧琴指了一下，说道："那把琴你平日里练得习惯了，临了上台换新琴，不会觉得手生吗？"

闻砚桐听后思索了一下，没想明白她什么意思，于是假笑道："没关系，东西自然是越贵重的越好，你瞧这琴一看就不是凡货，既然要上台，自然要用好的东西。"

傅诗眼中闪过鄙夷，又冲她笑了笑，也没再说什么便转身离去了。闻砚桐瞅着她的背影，直觉此事不简单。

但是没等她细细琢磨，就到了登台时间。花茉收了她的拐，亲自把人扶上去。

表演的台子足够阔，距离观众席也不近，闻砚桐上去之后只觉得下面坐了黑压压一片，不仔细看都看不清楚脸。

她被花茉安排到了中间的位置，剩下的姑娘排成梯形，左右对称，前后错开，每个人都能被观众看见。

花茉暗地里捏了捏她的手腕，低声道："认真些，成败在此一举了。"

闻砚桐本来没啥情绪，让她这一提，竟然还有些紧张了。

她揉了揉手心里的汗，冲花茉点点头。

不只是闻砚桐，台上的其他姑娘也紧张得很，有的甚至打起哆嗦。她还看见其中一个姑娘的手抖得跟筛糠似的，忍不住笑了。

笑过之后心情稍微缓解了些，摸着上好的奚琴，闻砚桐心里才有了些底气。

花茉藏在台侧，眼睛紧紧盯着台下首座的几个翰林院来的人，心里无比忐忑。

那坐在当中的老头，就是害闻砚桐穿女装的源头。他先前听了些风声，说是古琴演奏中男女混合，这才收拾了笔墨来找碴。他睁着一双精亮的眼睛在台上众姑娘中仔细地瞧来瞧去，愣是没看见男儿郎的影子。

台上的灯又亮起四盏，将整个台子照得无比富丽。闻砚桐身上所穿的洒金墨纱衣裙在光芒下闪着璀璨的细光，只要她一动作，那细光就如同缓缓流动一般。

古琴的声音同时响起，安详的乐曲在大殿内流淌，原本吵闹的殿堂慢慢安静下来，琴音也越发响亮清脆。

琴弦发出的声音纯粹，这支曲子又是以慢调为主，给人一种娓娓道来的感觉，很容易让人心里平静。

曲子演奏至一半时，所有姑娘同时收手，古琴的音突兀地停下，大殿内猛地安静下来。台下的众人愣住，没想到结束得这么突然。

闻砚桐垂着眼看着手里的红木奚琴，指尖在琴杆上轻敲，默默在心里数着节拍，花茉也在后面紧张地盯着看。

两人心里的节拍一致，花茉在最后一个节拍落下的时候拍了一掌，害怕闻砚桐漏拍。但那一掌的声音还没落下，闻砚桐就已抬起琴弓，上好的弓弦相触，当下发出了醇厚的声音。

奚琴的声音里蕴含的感情要比古琴深厚得多，更何况这首曲子本身就蕴含着很深的情感，琴音中夹杂的苍茫和悠远瞬间让殿内响起惊呼声。

闻砚桐拉得很认真，耳边都是琴声，没有听见台下此起彼伏的夸赞。

大殿里特地设有传声装置，将琴音一层层扩散出去，所有人都听得清清楚楚。

牧杨惊得倒吸一大口凉气："想不到咱们书院还有人能将奚琴拉得如此好听。"

程昕笑眯眯道："你不觉得眼熟吗？"

牧杨听后仔细瞧了瞧："别说，还真有点眼熟，这人是谁呀？"

"就是教你画丁老头的那个矮子。"池京禧双手抱胸，虽说对闻砚桐没啥好印象，但还是中肯道，"这手琴技确实不错，总算有一头能入眼了。"

牧杨霍然瞪大眼睛，使劲眨了眨："我没听错吧，这是闻砚桐？"

程昕敲了一下他的脑袋："声音小些。"

牧杨捂着脑袋，压低声音："他怎么会穿成这样……"

池京禧的眸光在那双洒金墨纱的袖子上流转，说道："这个矮子的确鬼头鬼脑的，行为难以让人理解。"

程昕朝旁边的座席转头，看了眼沉醉在琴声中的几位翰林院官员，低低道："或许也是无奈之举。"

闻砚桐的一段独奏落了尾音时，其他姑娘们的琴音又立即接上。最后一段是联合起来的乐曲，古琴与奚琴交错，成了跌宕起伏的关键点，在最是精彩的地方落幕，成为众人的意犹未尽。

台下爆发哄然的掌声和喝彩，姑娘们红面难掩，情绪高涨，一一下台。花茉连忙上去将闻砚桐扶了下来，把红木琴接下，将拐还给了她。

花茉一个劲地夸赞，让闻砚桐连道谢的机会都没有，她挠挠头自谦："花夫子编的古琴曲也是极好听。"

花茉相当开心，还想拉着闻砚桐聊，却忽然听见房中响起姑娘的惊呼声，两人同时看去，就见有个姑娘动作粗鲁地扒拉着桌上的东西，将东西扫落了一地，周遭人都退到一边。其中有个姑娘道："澜澜姐，你先别着急，当心磕碰着了。"

被叫作澜澜姐的姑娘语气却极不好："又不是你丢了东西，自然不着急！"

花茉见状，当下走过去道："怎么了？丢了什么东西？"

闻砚桐伸长脖子看热闹。被叫作澜澜姐的姑娘脾气似乎很泼辣，对着花茉道："上台前我将镯子放在桌角，刚下来就发现不见了，定是有人把我的镯子偷走了！没想到书院也有手脚不干净的人！"

花茉道："你莫着急，先告诉我你那镯子是什么模样。"

"白玉镯，上面有金黄细纹，用红布包着。"

花夫子想了想道："你先将这房中细细找一遍，我将此事上报给书院，若真是被人偷拿了去，定会狠狠处置。"

"若是抓住了，还请夫子将人直接交给我爹处置，正巧我爹也是刑部的，有的是手段叫那人不敢再偷东西！"女子狠厉道。

闻砚桐撇撇嘴，猜到了这人的身份，应当是刑部尚书的庶女，名叫王澜。这姑娘是家里唯一的女孩，是以就算是庶出，也相当受宠，脾气有些骄纵。

"会不会是傅诗拿的？我方才回屋的时候就看见她离开……"有人低低道。

王澜当下叫道："傅诗？她平日就看不惯我，难不成真是她拿了我的东西？！"

花茉听后脸色变得很严厉，凶道："无凭无据，谁准你们空口怀疑的？！"

怀疑傅诗的姑娘当下脸色难看地闭上嘴。

房内的其他姑娘也纷纷帮忙找，花茉则是提了包裹来递给闻砚桐，说道："你先去将衣裳换了，然后直接去殿里坐着就行，初雪宴的最后是要点卯记录的，你莫要缺席。"

闻砚桐接过包裹应了之后，便不再凑这个热闹，转身从侧门出去，而后进了殿旁的休息间。

只是这次她不敢再进池京禧的屋子了，而是挑了个连灯都没点的屋子，里面一片昏暗，又没有暖炉，她忍着寒冷飞快地把衣裳换好，用沾水的锦布把脸上的妆全抹了。

闻砚桐把包裹系在拐杖上，正打算走，忽而听到一声响亮的耳光。她听得真真切切，当下转了脚步，朝窗边走去。休息间后面是一片小林子，平日里无人去那种地方，但是她方才听见了大耳刮子的声音，就说明有人在那处闹事。

她走到窗边，就听见了傅诗的声音，语气中带着令人厌恶的倨傲："不是你的东西你别想，拿出来！"

闻砚桐心头一跳，悄悄把窗子推开一条缝，用一只眼睛偷看。

就看见傅子献低着头站在傅诗对面，递出一个墨黑的长盒。他的脸正对着闻砚桐，让她得以看见脸上醒目的红印。

傅诗在打傅子献？！闻砚桐一下子惊了，呼吸一滞。

傅子献在傅家是个极其不得宠的孩子，他的娘亲是个地位低下的通房，生他的时候难产而死。他在丞相府里一直是个可有可无的存在，所以前些日子，他说得了父亲的赏赐时，闻砚桐还小小地疑惑了一下。只是没想到，傅诗竟然敢在书院对傅子献动手，且看傅子献的模样，也不是被她欺负这一两回了。

傅诗将长盒抢在手中，冷笑道："这支笔本就是父亲要赏给昱儿的！若不是你那日乘着牧家的马车回来，谁会多看你一眼？竟还不知大小地抢昱儿的东西！"

傅子献仍低着头，任由傅诗羞辱。闻砚桐看着极其心疼，但也知道这是傅家的家事，且她是一个平民，根本没有权利去管。

她转身，动作极轻地离开，没有去大殿，而是又回到了房中。房中王澜仍然在找那个丢失的镯子，寻不到让她颇是着急上火。

闻砚桐拄着拐杖从她身边经过，颇像是自言自语："奇怪，傅诗走得那么着急，是要去做什么呢？"

王澜听见，猛然停了动作拽住闻砚桐的拐杖："你说什么？！"

闻砚桐佯装害怕，瑟缩了下脖子，打着磕巴道："我、我方才看见傅诗拿着什么东西，去了后面的小林子，可能，可能是要埋什么吧。"

王澜再没问什么，当即气冲冲地夺门而出，后面几个姑娘也跟着追去。闻砚桐跟着走出侧门，就见几个姑娘往小林子的方向去，她扭了个身，走去了大殿。大殿里坐了很多人，但是池京禧等人在中间首位，很容易就能找到。

她顶着众人的目光快速走到首位边上，喊道："牧杨。"

牧杨正跟程昕讨论着什么，一听声音立马扭过头，看见是闻砚桐，脸上的笑容一下子绽开："你今日……"

闻砚桐打断他的话："你不是一直想知道我当时怎么射中靶心的吗？我想起来秘诀了。"

此话一出，牧杨一下子愣了，双眼噌地亮起。一旁的池京禧也抬眼，目光中带着怀疑地朝她看去。

牧杨对此非常感兴趣，拿这个钓他是一钓一个准。

他问道："是什么？你快说！"

闻砚桐看了看周围的人，池京禧打量的目光让她极是忐忑，便飞快道："你想知道就跟我来，我只告诉你一个人。"

她转身快速走了几步，又回头道："过了这村儿就没这店了。"

这一句真是把牧杨吃得死死的，当下迈开长腿去追她，路过池京禧的时候被一把拽住："你当真相信？"

"总归也没什么损失。"牧杨道，"我去去就回，你们先看。"

说完就迫不及待地跟着闻砚桐出去了。池京禧朝两人离开的方向看了看，眸光笼着暗色，若有所思。

程昕瞧出了他的心思，说道："牧杨也不是傻子，不必担心了。"

"那个矮子颇是狡猾。"池京禧道。

"他翻不出什么浪花，若是真做了什么，我们再收拾他。"程昕道。

池京禧的手指在座椅靠背上轻轻点着，最后还是赞同了程昕的话："也是。"

牧杨跟着闻砚桐出来之后，一直在问闻砚桐关于射箭的问题，但是她却没理会，一双拐杖抢得飞快。

"哎呀，你个瘸子走那么快作何？"牧杨急眼了，"这地上都是雪，你也不怕把另一条腿也摔瘸。"

闻砚桐没好气地瞥他一眼："你说话还能不能再好听一点？"

牧杨道："你喊我出来不就是要说射箭的事吗？倒是说啊，拄着拐杖想去哪儿啊？"

"我这是机密知不知道？"闻砚桐道，"既然我要传授给你，自然要找个无人的地方，不能让第二个人听见。"

牧杨恍然大悟，了然地点点头，这下安静了，跟在她后面，一路从大殿侧门出去，走到了休息间外的林子里。

闻砚桐还一直怕赶不上，谁知道赶到的时间却是正好，刚走过去就看见几个姑娘聚在林子里争执。

"我说了我没有拿你的东西，休要无理取闹！"傅诗厉声道。

"到底有没有拿你自己说了不算，可得让我好好搜搜才行！"王澜的声音比她还凶，"你不敢让我搜，就是心虚！"

傅诗怒道："我清白之身凭何叫你搜？让开！"

王澜道："今日我若不搜，便断不会让开！"

王澜眼尖，看见傅诗宽袖后面藏着东西，便一个箭步冲上前，把那墨黑的长盒抢夺过来。

就是这个，小澜澜，冲呀！

长盒打开，王澜朝里面看了一眼，撇了撇嘴后扔在地上："想来你也不会藏在这么醒目的地方。"

盒子里的东西滚出来，是傅子献先前给闻砚桐看的墨玉雪纹狼毫。闻砚桐还记得当时傅子献拿着它的时候双眼都是喜悦，没承想扭个脸被傅诗抢走了。

闻砚桐气得脸都青了。

牧杨在边上拉了她一把："走吧，没什么好看的。"

闻砚桐拂开他的手，往前走了几步，好似路过一般叫道："哟，这儿怎么这么热闹啊！"

几个姑娘同时回头看去，闻砚桐也就顺势往前走，笑呵呵道："看来我来得挺是时候，什么热闹事儿？能带我一个吗？"

王澜见了她，语气稍缓和一些："闻砚桐，你别掺和这事。"

"我就随便看看。"闻砚桐语气十分随意，走到了王澜身边，低头一瞧，夸张地张大嘴巴道，"呀！这不是傅子献的狼毫吗？怎么会在这儿啊？"

傅诗飞快地蹲身，将狼毫装进长盒里藏在袖中："你看错了。"

闻砚桐道："我怎么可能看错呢？他天天都在用，我就跟他同桌，瞧得清清楚楚。"

"跟你有何关系？"傅诗厌恶地瞪她。

闻砚桐勾起一个冷笑，并没有跟她争论，而是转身喊道："牧少爷，你快来看看，这个是不是傅子献的狼毫，傅姑娘说我看错了。"

牧杨被她一喊，自然也藏不住，主动从树后面走出来。

几个姑娘当下就变了脸色，与看见闻砚桐时完全不一样，聚集到一起看着牧杨走来。

他俊俏的脸上端着敷衍的笑，几步就走到了闻砚桐身边，十分配合道："在哪儿呢？我瞧瞧。"

"被傅姑娘藏起来了。"闻砚桐和善道，"傅姑娘，可否拿出来让牧少爷看看呢？"

"这笔都是父亲赏的，所以都很相像……"傅诗神色软化，委屈巴巴地看着闻砚桐道，"为何今日一个两个都要怀疑我偷东西，我明明没有……"

不好意思小姐，没用。闻砚桐暗道：我不吃这套。

她仍旧笑道："傅姑娘莫担心，若不是你做的，自会有人还你清白。"

傅诗暗自咬牙，心知若是拿出来看，这支狼毫准会被拿走，于是梗着脖子，还想辩驳。

却见闻砚桐突然看向她身后，惊讶道："小侯爷，你何时来了？"

众人一听池京禧来了，当下都扭头看去，闻砚桐便趁机使一招猴子偷桃，把长盒抢了过来。

傅诗转头见身后是空的，才知上当，但已是来不及反应手掌就一空，再转头时，闻砚桐已将盒子拿走打开。

她将狼毫递给牧杨："你看是不是？"

牧杨一连好几日都看见傅子献用这支墨玉雪纹狼毫，即便是他观察不留心，也眼熟这支笔的模样，当下道："确实。"

继而他像是想到什么，脸色一沉："你这个做姐姐的倒是有趣，一支笔都跟弟弟抢？"

傅诗一下子慌了："我没有……这是子献送我的！"

"送你？"牧杨眉峰微扬，俊秀的眉眼染上冷意，拿过闻砚桐手上的笔，笔头的墨迹已经干透，散发着墨香，他冷笑，"用过的笔？哪怕是庶子，也没穷到连一根狼毫都买不起的地步吧？"

傅诗忙道："是因为我跟他说过喜欢这支。"

"怕不是你喜欢吧？"闻砚桐冷冷道，"莫不是在府里蛮横习惯了，在书院也难改恶习，傅子献是你随便能欺负的人吗？"

"他如今不仅仅是你弟弟，也是牧少爷的朋友，"她转头看了牧杨一眼，脸不红心不跳道，"对不对？"

牧杨就是再笨，也看出闻砚桐是拿他当刀子使，替傅子献出头。思及傅子献平日里唯唯诺诺的模样，他鬼使神差地应道："不错，你想抢他的东西，还须问问我同不同意。"

闻砚桐听到这句话，才算松了一大口气。

她一介平民，没有资格过问傅家的事，但是牧杨身份不同，他可以为傅子献出头，以一个朋友的身份。

闻砚桐把雪纹狼毫放进长盒中，对傅诗温和一笑："下次若是看中什么东西了，要自己问爹娘要哦，千万别再抢弟弟的了，否则……"

她上前一步，压低了声音："会让人笑话的。"

傅诗笼在袖中的双拳紧握，纵使气得脸色极黑，一口银牙几乎咬碎，也说不出什么话来驳牧杨的面子，只好忍着气看着闻砚桐一瘸一拐地离开。

牧杨看了傅诗一眼，打鼻子里挤出一声冷哼，也跟在闻砚桐身后离开，余下一众姑娘面面相觑。

沉默地走了一段路后，牧杨说道："现在你总能告诉我射箭的秘术了吧？"

闻砚桐惊了一跳，没想到牧杨还惦记这事，她道："这事就这么重要吗？"

"我很好奇。"牧杨坦白道，"你这看起来连弓都不一定能拉开的人，是怎么射中靶心的？"

闻砚桐默默道："你看人倒是挺准的。"

"那你倒是快说呀！"牧杨气道，"说了我便不追究你方才利用我的事。"

闻砚桐道："好好好，我说。"

牧杨一喜，当下做出洗耳恭听的样子，就听闻砚桐道："多读书，多睡觉。"

牧杨神色极其复杂："你逗我玩？"

"不不不。"闻砚桐忙摆手，糊弄道，"我只是方才想起，我的秘术只适合我这种矮子来练，你个儿高，须得找升级版的秘术才行。"

牧杨被蒙得一头雾水："什、什么……升级版？"

"傅子献手里就有升级版秘术，"闻砚桐道，"你可以问他要。"

"他？他箭术有什么了得的？"牧杨不以为然。

"你不知道吗？"闻砚桐佯装诧异，"傅子献在武学测验时也射中靶心了啊，而且是两箭中靶心呢。"

"竟有此事？"牧杨大惊失色。

"骗你做什么，你随便打听去。"她道。

牧杨若有所思没应答，闻砚桐把装着墨玉狼毫的长盒给他："这个你拿着，顺便还给傅子献，他承你人情定然会将秘术教给你。"

牧杨拿了木盒，跟闻砚桐一起回到大殿中，刚走过去就见傅子献坐在座位上冲他招手："闻砚桐快来这里！我给你占了位子。"

闻砚桐没想到他人在这儿，走过去不动声色地问道："你何时来的？"

傅子献眼眸一弯，笑着说："我一直都在这里啊。"

闻砚桐仔细看了看他的脸，白皙的脸上巴掌印倒不是很显，加之傅子献有意侧脸遮掩，所以看不大清楚。

她正要坐，屁股还没挨着座椅，就被牧杨一把拎起："咱俩换个位子，我有事跟他说。"

闻砚桐左右看看，发现座位已经坐满，还有不少人站在后面。

她又往前看了眼，想到池京禧那凶巴巴的模样，下意识要拒绝，却又想到方才能拿回这支笔全靠牧杨，便说道："那你说快点啊。"

牧杨摆手赶她走，傅子献不明所以，巴巴地看着闻砚桐慢慢离去，走到首位。

闻砚桐小心翼翼地越过池京禧，也没敢与周围人对视，厚着脸皮想在他身边落座。

池京禧的眸色覆着墨，手肘撑着头，浑身散发着懒意，将她鼠头鼠脑的模样看了个彻底，低低道："站住。"

闻砚桐当下停住了脚步，扬起一个大大的笑容："小侯爷可有事？"

池京禧不动声色地问道："牧杨去何处了？"

"他在后面坐着呢，要跟我换位子，说是有事跟傅子献说。"闻砚桐忙回答。

"你先过来坐吧，莫要挡住后面的人了。"程昕和善地冲她招手。

闻砚桐如蒙大赦，飞快地在池京禧和程昕中间落座，把两根拐竖在左手边，想用此隔开池京禧。

"把这两根破木棍拿走。"池京禧说道。

闻砚桐只好老老实实地把拐放在地上，佯装认真地看着台上的表演，也不敢东张西望。

这时，程宵主动搭话："你的腿如何了？"

闻砚桐笑着道："好许多了，现在走起路来不怎么疼了。"

"你好生休养，说不定再过些时日就能拆板了。"程宵道。

闻砚桐道："那就借七殿下吉言了。"

程昕看着她，抿着笑说道："你奚琴倒是拉得不错，没看出来你还藏着这一手。"

"啊……"闻砚桐讶异道，"没想到竟然被你们看出来了。"

程昕倒没说是如何看出的，只道："你也很适合穿衣裙。"

闻砚桐心中咯噔一响，不知道他是有心试探，还是无心之言，只打着哈哈道："五殿下说笑了，我堂堂一个男儿，怎么会适合穿姑娘的衣裙？"

程昕也没有争论，又笑着转头去看台上的演出。

但闻砚桐总觉得他笑里藏着深意，心里有些发毛，正焦急牧杨为何还不回来时，台上忽然响起一声唢呐的声响，把闻砚桐吓了一个激灵。

唢呐的声音大，穿透力极强，在八柱殿这种设有传声装置的大殿里，竟有种"魔音穿脑"的功效。闻砚桐不禁把五官皱成一团，捂住了耳朵。

池京禧也颇是嫌弃，拧紧了眉毛。

这个唢呐是作为宴赛的最后一个节目登场的，没想到效果不佳，台下的观众纷纷咧嘴，台上的人也没办法中途停下，只好硬着头皮演完。

宴赛节目结束后，便是投票环节。除了有资格评选节目的夫子与翰林院官员，男学生和女学生也各有十个人有投票资格。

人选是提早定下的，节目一结束，便有人捧着墨笔与纸来到首位。

闻砚桐左右看看，发现她周围的人竟然都有评选的资格，思及自己也参加了宴赛，便想为自己拉一票。

她伸头看了看程昕的纸，便见他和程宵都在纸上写了古琴，心中一喜，当下谢道："多谢两位殿下，这一票值千金啊。"

程昕回道："公正评价，古琴那个节目的确是我今晚看的最好的一个。"

闻砚桐连连道谢，扭头偷偷去看池京禧的纸，却见那纸上还是空白。

她清了清嗓子，低声道："小侯爷，你还没写是因为不知选哪个吗？"

池京禧目不斜视，看着空白的纸若有所思。

闻砚桐见他没反应，便往他身边靠近一点，说道："今儿晚上精彩的节目真多啊，哈哈哈。"

池京禧皱眉看她，似乎想看她又整什么幺蛾子。

闻砚桐笑道："那个提线木偶就挺不错，演得多逼真啊。"

池京禧面上不显，脑子却不由自主地回忆起那个节目来，等反应过来时才发现思想又被闻砚桐带偏了。

他道："闭嘴。"

闻砚桐立马闭上嘴，却没有坐回去。

池京禧细长的手捏着墨笔，却迟迟不在纸上下笔，闻砚桐忍不住又道："姑娘们弹的古琴也挺悦耳……"

话音还没落，就见池京禧笔尖一动，在纸上留下了墨迹。

闻砚桐满怀希冀地伸长脖子，却发现池京禧写的竟是"唢呐"二字。

闻砚桐：刚才那个快把眉毛拧成一条的是谁？是谁！

"做人不能太违心呀……"闻砚桐假装不在意地感慨道。

池京禧侧目朝她看来："你这是在说我违心？"

"岂敢岂敢。"闻砚桐连忙讨好地笑笑。

池京禧脸色一黑，抬手就把纸揉成一团，抽了一张新纸。

最后那场唢呐，他的确觉得非常聒噪，嫌弃的表情都挂在脸上了。听了闻砚桐的质疑后，他索性随便换个节目，以证自己不违心而为。

哪知道正要下笔，就听见身边传来了轻哼声，池京禧笔尖一顿，下意识地将声音收进耳朵里。

听了两句，他就辨认出闻砚桐在哼她在台上拉的奚琴曲。

平心而论，今晚的节目中，也就古琴与奚琴交合的那首曲子给人留下了极深的印象。

但是池京禧想起闻砚桐那个狡猾模样，又把手中还没写字的纸揉碎了。

闻砚桐见他连续揉了两张纸，叹道："小侯爷，你要写便好好写呀，为何浪费纸张呢？"

池京禧眸光沉沉的："你在教训我？"

闻砚桐笑道："不是不是，只是觉得你的字那么好看，若是不想要可以给我，揉成废纸多可惜啊。"

池京禧把笔一撂，推手让书院小厮退下："不写了，拿走。"

那小厮见池京禧脸色不大好看，也不敢多留，当下捧着托盘要走，却不想被闻砚桐叫住。

"等等！"闻砚桐忙站起来，拐都没拿，一瘸一拐地追去，低声道，"既然有人不投票，那就把资格让给我吧，别白瞎了这个机会。"

小厮不敢擅自做主，请示一般看向池京禧。

池京禧的眉毛又拧起来："你又盘算什么？"

闻砚桐转头看他："我问他要小侯爷揉的纸团呢，带回去好好观摩。"

脸皮厚吃块肉，脸皮薄吃不着。

好似一早就猜到她打什么主意一样，池京禧举起左手，指尖正捏着一个纸团。

闻砚桐一看就知道自己的心思被看破了，只好放弃代表池京禧的那可贵的一票，讪笑着回到座位："原来小侯爷自己拿着呢。"

池京禧没说话，却破天荒地勾起一个笑容。他缓缓将纸团展开，里面却是一片空白。

闻砚桐傻眼。

池京禧看了她的表情后，双眸都溢上了耍人之后的笑意，把白纸给了她："拿回去好好观摩吧。"

最好是晚上梦到白纸排队上树，池京禧如此诅咒地想。

闻砚桐愣愣地收下纸，见池京禧唇边弯着微笑，正看着台上唱票。

她便转头朝站在程昕身边的小厮要了一支墨笔，飞快地写上"古琴"二字，再折上给了小厮，说道："小侯爷的票，仔细收好。"

小厮亲眼看见池京禧把票给她，便不疑有他，拿着票送去了台上。

闻砚桐拾起拐杖逃离现场。

程昕见她离开，坐到池京禧身边问道："你为何要把票让给闻砚桐投？"

池京禧疑惑道："我何时让给他了？"

"他方才用你给的纸投了一票给自己，交给收票的小厮时，说是你让投的。"程昕已隐约猜到来龙去脉，笑道，"没想到你也有被摆一道的时候啊，禧子。"

禧子：……大意了。

闻砚桐跑到牧杨身边，用拐杖碰了碰他的脚："我要求换回座位。"

牧杨似乎正跟傅子献聊得开心，头也不回地挥手道："一边去，我待会儿就说完了。"

"日子还长，什么时候说不成啊！"闻砚桐道，"快点回去，小侯爷有事寻你。"

牧杨转头看他，眉毛紧拧着，一副苦大仇深的模样："你真烦人。"

"我烦人？"闻砚桐惊道，"我好心告诉你傅子献射艺了得……你竟然还说我烦人，真是白眼狼！你知不知道为了能让你讨教射箭秘术，我顶着多大的压力坐在那边，没想到你……"

牧杨受不了她这般啰唆，加之傅子献也在旁边劝他先回去，他只好飞快地离开了，把闻砚桐的声音抛在身后。

闻砚桐松了一大口气，刚坐下就变成瘫坐的姿势："今天也是辛苦的一天呢。"

傅子献握着长盒，有些激动地看着闻砚桐，似乎有什么话想说，但好几次开口都没好意思说出来。

闻砚桐知晓他要说什么，微笑着拍了拍他的肩膀："你不用说，我都知道。"

"傅子献，快点长大吧。"她道。

她只能对傅诗小小惩戒，却依然改变不了傅子献在家里受欺负的现状，除非傅子献真正成长起来，能够保护自己。

闻砚桐看着腼腆的少年，心中暗叹。

宴赛最后的名次公布，闻砚桐参与的古琴奏曲拔得头筹，摘下宴赛的冠军。闻砚桐松了一口气，早知道这么稳当，就不用费力争池京禧那一票了。

宴赛的最后，夫子们歌颂了初雪对绍京的非凡意义，又逐个儿点卯，才彻底结束。

出殿时天完全黑透了，雪好似鹅毛一般漫天都是，暖黄的灯笼成为黑夜唯一的点缀。

初雪宴圆满结束，闻砚桐回去之后舒舒服服地泡了个热水澡，在大雪纷飞之时钻进了暖和的被窝。

宴赛上的名次让闻砚桐被记的那一笔成功抹掉了。她的腿也渐渐长好，甚至不用拐杖也能行走；课堂上也不会总是犯困，能将夫子讲的东西听进耳朵里了。

字也越来越像样，仿佛一切都在慢慢变好。

可就在闻砚桐拆木板的那日，却发生了一件了不得的事——书院的报晓鸡，无惰。

被人宰了。

一时间，所有人都怀疑到了曾经半夜爬起来想杀鸡的闻砚桐身上。

事情要从前一日的下午开始说起。

自初雪宴已过半月，转眼就进了腊月。朝城的雪下下停停，因为路滑，闻砚桐的武学课也彻底休了，夫子让她专心养腿。

整日除了喝煲的各种骨头汤，就是不断在房中尝试不用拐杖走路。

起初还是很费劲的，闻砚桐差点跌跤，但是习惯之后，走路也变得简单了，更主要的原因是腿在活动的时候不会那么疼了，这就意味着她终于可以拆去腿上的木板了。

休养的这段时间里，闻砚桐是彻底将她那干骨头一样的身材养没了，脸变得白白嫩嫩的，头发也变得黑亮，逐渐显出美人的味道来。

这日休沐，傅子献前来寻她。

两人在前一天约好了一同去医堂拆木板。其实闻砚桐觉得这木板自个儿都能拆，没必要再去医堂跑一趟，但是傅子献却坚持去，称骨头还没完全长好，需要用草药做后续调理。

闻砚桐拗不过他，只好答应了。

好在傅棠欢知道此事后便跟着过来了，暗中照应闻砚桐。

说起傅棠欢，闻砚桐也有好些日子没见她了。先前她在城中被袭的事闹得动静颇大，甚至惊动了皇帝。只是那些山匪都是从外地请来的亡命之徒，当日除了被程宵带人杀死的，其他人都逃走了。

根本无迹可寻。

傅棠欢自个儿心里清楚有人害她，也隐约能猜到是傅诗，但是这种事没有确凿的证据，她自然不可能抖出来。就算是找到证据了，傅诗照样能撇干净，大部分事其实都是傅诗的娘在背后出主意。

傅棠欢只得将这口气先忍下。

看见闻砚桐之后，她十分开心，两人在医堂叙了好一会儿。她将傅子献支开之后，才让医师给闻砚桐号脉。

闻砚桐身上没什么大毛病，就是体寒气虚，长期营养不良，最重要的还是要好好调养。

闻砚桐知道这是在书院长期受欺压导致的，加之她自己心理也有些问题，以致到最后几乎到了厌食的地步。

闻砚桐立马道："有什么药尽管给我拣。"

那医师也不含糊，当下给抓了好几大包，让闻砚桐满载而归。虽说看见这些草药她就觉得喉咙到肠子都是苦的，但是为了自己的身体，再苦也得吃。

木板拆了之后，闻砚桐感觉整个右腿轻松了许多，走路虽然还是一瘸一拐的，但好歹不用总是拄着俩拐杖了。

闻砚桐心里高兴，请傅棠欢姐弟俩好好吃了一顿，然后才被送回书院。

就在傅子献送闻砚桐回去的路上，不巧碰见了李博远。

那李博远本是背对着两人走在前面，闻砚桐一眼就认出这黑老头的背影，正要拉着傅子献换路，却突然听身边的少年大声喊道："李夫子！"

闻砚桐猛地抽了一大口凉气，口腔、肺里都感觉凉飕飕的。

……大意了！

傅子献向来克己守礼，即便是远远看见李博远，也要跟人打招呼。

李博远听见声音后便停下脚步回头看，就见傅子献扶着瘸腿的闻砚桐走到跟前。

傅子献恭敬作揖："学生给夫子问好。"

闻砚桐跟着照做。李博远向来喜欢守礼节的学生，是以对傅子献的印象颇好，难得露出笑容："天都快黑了，为何还在书院中？"

傅子献答："学生带闻砚桐去拆腿上的木板，这才将人送回来。"

李博远看向闻砚桐，看了看她的腿，说道："闻砚桐，近日可有好好练字啊？"

"有的有的。"闻砚桐道，"谨记夫子叮嘱，学生不敢偷懒。"

"嗯——"李博远拖长了音，想了一会儿，而后道，"那我今日便看看你这些日子练得如何了，跟我来。"

完了……

闻砚桐欲哭无泪。上回被李博远揪到寝房，待了一个下午才出来，这回又不知要抄到何时。她看了傅子献一眼：你小子真厉害，无声无息之间害人性命！

傅子献以为她担心草药，便好心道："你无须担心，这些东西我帮你送到寝房去。"

"我真是太谢谢你了。"闻砚桐生无可恋道。

傅子献却只以为她感激之情浓盛，颇是不好意思地笑了，道了别之后就带着闻砚桐的草药离开，而闻砚桐则被李博远再一次带去了寝房。路上李博远走得非常慢，倒没让闻砚桐着急追赶。

天越来越冷了，闻砚桐因为体寒的关系，即便穿得非常厚实，手也冻得冰凉，而为了保持身体的平衡，她不能把手揣在袖子里取暖。

到了李博远的寝房之后，闻砚桐轻车熟路地进屋脱鞋，忽然发现边上摆着一双锦靴。她心念一动，有些疑惑地换了鞋朝书房走去，撩开棉帘一看，池京禧果然坐在屋中。他正好面对着书房的门，闻砚桐刚探一个头进来，就被他发现了。

闻砚桐双眸一亮，好似放出精光，高兴道："小侯爷，原来你也在啊！"

池京禧却皱眉：这瘸子怎么又来了？

闻砚桐足足有半个月没见着池京禧了。颂海书院不小，两人的文学班又隔了很远，池京禧平常不在书院吃饭睡觉，上课的时候来，上完课就走。乍一看见池京禧的俊脸，闻砚桐还是有点高兴的。最起码，她不用一个人面对李博远了。闻砚桐进书房之后，就脱了大氅，挂在门边的衣架上，旁边挂的就是池京禧的。池京禧今日穿的大氅是雪白色的，上面覆着的毛鲜亮光滑，一看就非常柔软。闻砚桐悄悄伸手摸了一把，暗自撇嘴。她能摸出池京禧的大氅是狐毛做的。实际上她的大氅也是狐毛，但是与这件相比，差得不是一星半点。果然是王公贵族，身上的东西都是平民用金子都买不到的。

闻砚桐把大氅挂好之后，跑到池京禧对面坐下，笑嘻嘻地主动搭话："小侯爷，你今儿又来给李夫子抄录文章吗？"

池京禧没搭理。

她见人没理她，就探出半个身子，伸长了脖子看池京禧纸上的字。字一如既往写得板板正正，每一笔都将力道控制得极好。但这样一来，闻砚桐的脑袋就把桌上的烛光挡住了，在池京禧的纸上投下一大片阴影。

"啊，真好看哪！"闻砚桐飞快地夸赞了一句，不等池京禧开口就赶紧把脖子缩了回去。正好李博远也进门，给闻砚桐拿了纸笔，随手在书架上抽了一本书，说道："闻砚桐，你开课测验明文没有合格，我先前看了你的考卷，字写得一塌糊涂，根本无法入眼，能看清的几句话也是十足的白话，什么含义都没有，这般下去你别说参加科举了，就连结课考试都无法通过。"

绍京是个极度注重文学的帝国，甚至有些罢黜百家、独尊儒术的意思，早在很久之前就有完整的考试体系。绍京内满五岁的男孩必须要进学堂念书识字，最低要念满六年，通过结课考试才算结束。而朝城内的公子哥则要求更高，学习年份更久。像程昕、池京禧这种，一面在学堂学习，一面还要学着处理朝堂之事，为将来执政做准备。就算书院里的人不参加科举，也必须通过最后的结课考试，尤其是颂海书院这种闻名全国的高等学堂。

李博远看了闻砚桐一眼，深深地叹了口气："你去年的文章虽说也不怎么好，但至少没有你现在的差，为何越学越倒退了呢？"

闻砚桐自是无言以对，低着头假装悔过的模样。

李博远把书搁在她手边："这本书里收录了近年科举状元的文章，你多学习学习。"

闻砚桐道了谢，拿起笔便开始抄文章。她的脑子并不笨，在学习这方面虽算不上特别有天分，但也不差，加上她最近也在读文章，所以有些句子、用词都熟悉，抄的同时也能在脑子里过一遍。

李博远坐在一旁的高桌上，池京禧和闻砚桐则坐在矮桌，房内一时间静下来。

闻砚桐的注意力并不专注。她抄了好一会儿，觉得手累之后，注意力就有些分散了。

她抬头看了池京禧一眼。对面的人从进门到现在一句话都没说，专心致志地抄录文章，做起事来相当认真。也只有在这个时候，闻砚桐才觉得池京禧有勤奋学生的模样。这人在朝城的名气大，并非因为长得好看、地位很高，而是池京禧本身的实力条件就过硬。他文能挥笔成章，武能一箭穿杨，唯一一点就是脾气不怎么好，不爱给人面子。

闻砚桐没留意时间，盯得有些久了，惹了池京禧不快。

"你在看什么？"池京禧停笔质问。

闻砚桐一下子回过神，对池京禧道："我在想，小侯爷坐了这么长时间都没动，会不会觉得手酸腿麻？"

池京禧冷冷地嗤笑："操的心可真多。"

"我这也是关心你嘛。"闻砚桐低声道，"我就坐了这么一会儿，已经觉得腿没知觉了。"

池京禧还没说话，就听李博远道："你站起来走走，让腿通通血。"

闻砚桐应了声，然后撑着桌子慢慢爬起来，刚要走动，就见李博远走到她身边，俯身将她的纸拿了起来。

"嗯？"李博远从鼻子里挤出一声疑惑，盯着她的字看了看，"我不是让你练楷书吗？"

闻砚桐身子一僵，忘了这些日子她都是模仿池京禧的字，虽然没学到字中的风骨，但模样却好歹学了三四分。

"我、我真的很喜欢小侯爷的字……"闻砚桐低低道。

池京禧听见她低声细语，笔尖一顿，在纸上留下了墨迹。他想起上一次在纸上留下的三片墨迹，便皱着眉将笔放下了，轻轻闭眼让眼睛休息会儿。

李博远将她的字来回看了一遍，说道："看得出你近日有好好练字，只是京禧的字非一日而成，你若是想练好，只怕要费很大功夫。"

闻砚桐连忙点头。

"你这字只学了皮，骨头没学，这样练下去只怕四不像……"李博远看了一眼闭目休息的池京禧，说道："京禧，你休息会儿，教闻砚桐如何写笔画。"

池京禧睁开眼，脸上有着浓浓的不情愿，平日里不会违背师长的他也忍不住道："……笔画还是自己琢磨更有效用吧。"

李博远说道："的确，书法需要自个儿领悟。但是闻砚桐脑子不大灵光，让他领悟不知要等到猴年马月去，既然他喜欢你的字，你多少教给他一点儿，把他领进门。"

脑子不大灵光的闻砚桐吸了吸鼻子，愣愣地看着池京禧。

池京禧不好再推托，只好重新抽了一张空白纸，将先前抄录的文章放至一边。闻砚桐见状，十分有眼色地坐到池京禧的旁边，隔着不远不近的距离，乖巧地等他提笔。

李博远笑着将闻砚桐的纸放到池京禧手边："你看看他的字。"

池京禧将纸拿起来，一眼看去，倒有些惊讶。先前看闻砚桐的字，歪歪扭扭无法入眼，但隔了半个月再看，竟然也像模像样，而且真是模仿的他的，从一些横撇竖钩中能够看出。

池京禧耐着性子将她的字看了一遍，找出其中一些写得不好看的字，将结构一一拆开，放到闻砚桐面前："自个儿看看跟你写的有什么不一样。"

闻砚桐小心翼翼地伸头看，但是来来回回看了好几遍，都没能发现其中的不同，只好摇摇头。

池京禧眉毛一动，好似要发怒。闻砚桐忙朝李博远看了一眼，意有所指的目光似乎在告诉池京禧——

你可不能骂人啊，老师在呢！

池京禧又将那口气咽了下去，手指点着其中的"横竖钩"结构："这里，仔细看。"

　　闻砚桐见他有气不能发的模样颇是好笑，装作仔细端详，最后还是摇头："看不出来。"

　　"你眼睛……"池京禧张口就要骂，出口的一瞬间却硬生生拐了个弯，"大得跟鹅蛋似的，怎么能看不见呢？"

　　那是人的眼睛吗？！

　　闻砚桐道："小侯爷的比喻手法还挺别具一格。"

　　池京禧的手指在纸上连续点了好几下，充分透露出他的不耐，声音里充满威胁："你要是再不好好看，我能让这句比喻变成真的。"

　　"真的吗？"闻砚桐惊讶地倒抽一口气，转头就喊李博远："李夫子，小侯爷说他能把人的眼睛变成鹅蛋那么大，好神奇！"

　　李博远转头看来，满眼的讶异："当真？京禧，你竟有这能耐？"

　　池京禧气到闭眼，努力平息怒火，转头对李博远笑道："有的，其实办法很简单。"

　　"那你说说。"李博远颇感兴趣。

　　"只需打一拳，就能肿成鹅蛋那般大小了。"池京禧说道。

　　哦，妈呀。

　　李博远听后大笑："你啊你，真是难得看见你说笑的一面，还以为你长大后越发严肃了。"

　　闻砚桐骇然：李夫子，您好好听听，这是说笑吗？

　　池京禧转头，声音压得极低："听见了吗？小瘸子。"

　　闻砚桐忙把头点得跟小鸡啄米一样，趴在纸上认真看，而后指着一处道："我看出来了，就是这里，多了一笔。"

　　池京禧道："不错，这叫点画。只有点画写得漂亮，笔势才会出来。"

　　闻砚桐将他拆分的笔画一一看过："每个结构的点画都不一样。"

　　池京禧道："每种字的点画都差不多，但细节之处又不一样，所以就有了大相径庭的字体。若你把点画练好，字就成形了。"

　　闻砚桐当真是受教了，惊讶道："原来如此。"

　　池京禧嫌弃道："这种知识，五岁孩童入书院的时候就已经教过。"

　　闻砚桐佯装生气："没想到我以前的夫子竟这般不负责任！"

　　"嗯，京禧说得不错。"李博远在一旁道，"你就比着他拆出来的结构练，多练练自然就知道点画在何处了。"

闻砚桐道:"多谢小侯爷不吝教导。"

池京禧没理她,估计方才是被气着了,现在还没消气。闻砚桐乖乖拿起笔,认认真真地临摹池京禧写出的笔画。

这种办法确实更有功效,闻砚桐将一张纸练得满满当当,多少琢磨出了点画的位置,而且发现池京禧写字有个习惯。

他的笔画结构不是闭合的,而是有一种肆意在其中,闻砚桐隐约感觉到这是他所说的笔势。

她看着池京禧的字,一笔一画地模仿,模样相当认真。

她越写越往池京禧那儿凑近,一直到肩膀快挨到池京禧的肩膀时,被他用笔端顶住肩头,一抬眼,就是池京禧冷漠的脸:"上那边去。"

闻砚桐只好又挪开。她搁下笔,扬着纸对李博远喊道:"李夫子,您快来帮我看看我练得如何。"

李博远见闻砚桐突然上进,心中也欣喜,当下就起身走来,接过她的纸。

"不错不错。"他头一回夸奖闻砚桐,笑着对她道,"这字要比先前的整齐了。"

闻砚桐嘿嘿笑起来:"都是小侯爷教得好,能得小侯爷指导属实是我的幸运。"

池京禧不咸不淡道:"不敢当。"

李博远笑得一脸慈祥,看着池京禧的目光满是赞许。

正在这时,闻砚桐打了一个哈欠,双眸都蓄上了眼泪,李博远和池京禧同时一愣。

李博远"哎哟"一声:"坏了!写得太入神,忘记时辰了!"

池京禧也停笔,站起身:"学生今日就抄到这里,明日再来继续抄。"

李博远面露急色:"这不成,都这般晚了,你还是在书院歇一夜吧。"

池京禧道:"无事,近日无雪,路上马车好行,很快就能回府。"

李博远也不强求,知道若要让小侯爷在书院歇息,恐怕要调动大批侍卫来,于是道:"明日你若是起不来就不必来上课了,我给你特批。"

池京禧道:"多谢夫子。"

闻砚桐站起身,跟在池京禧身后离开。

两人站到门口,像上一回道别一样,李博远道:"你们路上小心些,更深露重,地上湿滑,千万别摔着了。"

闻砚桐打着哆嗦:"晓、晓得了……"

李博远见闻砚桐没拿拐,便没像上次那样特意嘱咐池京禧把人送回去。而池京禧也没提这茬，告别李博远之后，就自个儿坐上马车离去了。

　　闻砚桐提着李博远给的灯盏，轻哼一声，不送就不送。开始的时候还有些冷，但是路走到一半时，身上就发热了，手脚也暖和起来。她回到寝房脱了衣裳，用热水烫了脚，然后好好睡了一觉。

第三章

瑞雪丰年

第二日一早，她的房门就被敲响了，侍女直接走到她床头喊她。

　　闻砚桐迷迷糊糊醒来，就见侍女面色焦急道："傅公子在外面等着，说是有大事。"

　　傅子献不是咋咋呼呼的人，他说有大事，那就是大事。闻砚桐一下子清醒了，匆忙披上衣裳洗漱一下，就出门见他。傅子献的鼻子冻得通红，见了闻砚桐之后便道："你昨夜去何处了？"

　　闻砚桐愣了愣："去李夫子的寝房练字了呀。"

　　傅子献急急道："后来呢？后来去了何处？"

　　"后来……就回来睡觉了，哪儿也没去。"闻砚桐疑惑道，"怎么了？发生什么事了？"

　　傅子献长长松了一口气，而后说道："你先跟我来，路上我们再说。"

　　闻砚桐便不明所以地跟着他走，只听他说道："书院的报晓鸡今早被人发现死在窝边，下人说昨夜后半夜见到你在附近出没，所以大家都怀疑那只鸡是你杀的。"

　　"什么！"闻砚桐失声叫道，"哪个浑蛋敢污蔑我？！"

　　傅子献道："无事，只要你向书院说明你昨日在李夫子那里，就不会有人怀疑你了。"

　　闻砚桐沉吟片刻，而后道："待会儿到了那边你别说话，不要牵扯进来。"

　　傅子献只以为她要亲自解释，便答应了。

　　两人一路赶到鸡窝附近，老远就看见那周围聚着一大批人，里里外外地将鸡窝圈住。

　　除了学生，还有几个夫子。有人眼尖，看见闻砚桐来，当即便叫道："罪魁祸首来了！"

　　这一声便将众人的注意力拉到闻砚桐身上。所有人一同看来，开始低声议论，怀疑的目光在她身上打转。

闻砚桐皮笑肉不笑："这话不对吧？我这才刚来，怎么就成罪魁祸首了？"

她走到人群里，众人自动往后避让，好似不大想跟她接触。这倒给她让出一条道来，让她得以走到鸡窝边上。

就见无惰的尸体被扔在窝边，两只鸡爪子翘得老高；鸡身上沾了很多血，经过了大半夜早已冻得硬邦邦的；鸡头连着脖子被斩断，随意地撂在旁边。

狗东西，你终于归西了！闻砚桐心中长叹。看这模样，似乎也是某人受够了这只鸡的荼毒，忍耐到了极点才杀了泄愤的。

"闻砚桐，有人说昨夜只看见你在这附近乱转，你还说不是你杀的？"有人站出来质问她。

闻砚桐抬起眼皮看他一眼："我起夜，不可以？"

"就算是起夜，时间哪会这么赶巧？"那人道，"你分明就是狡辩！"

闻砚桐翻一个白眼，没有搭理他，觉得跟一个完全不脸熟的人争吵就是浪费口舌。她走到鸡的旁边，蹲下身细看，却发现这只鸡的眼睛是闭着的，半个身子都泡在了血中，血液早已凝结，呈一片暗色。她的目光在周围转了一圈，只看见了纷乱的脚印和晨霜。

"他不说话了，就是心虚。"

"肯定是他，前些日子他就想杀这只鸡，现在看来是死性不改。"

"这可是院长的鸡啊，他竟然敢下手……"

这只鸡不仅有名字，而且有一个在鸡窝中算是豪宅的住房，原因不仅仅是这只鸡是院长亲自带来的，还有一个则是无惰每日卯时准时打鸣，有时候准确到跟朝城的晨钟同时响起。

这才是无惰珍贵的缘由。这只鸡在书院的地位不低，侧面代表了莘莘学子的勤奋自检。偷偷把鸡杀了，要背负的罪名可不止一两个，所以傅子献才说是一件大事。总之，院长不会轻易放过罪魁祸首。

周围的人议论纷纷，指责声此起彼伏，好似想给闻砚桐施加压力，逼着她认罪一般。傅子献在一旁听得拳头紧握，想站出来为闻砚桐说公道话，却想起自己答应过不在这儿说话，不卷入这件事，只好强忍下出头的念头。

闻砚桐仿佛充耳不闻，低头细细地查看。

随后又有人赶来，众人又跟着看去，就见几位夫子脚步匆匆而来，其中就有赵夫子。后来的这几位夫子都是书院中有些威望的，赵夫子算是其中分量最小的了。赵夫子本名赵钰，金榜状元出身，曾官居六品，在朝中干了大半辈子，后来自请来书院教书。

他一见闻砚桐站在无惰的尸体旁，就立马几个大步上前，将她从地上拽起，低声问："你又在干什么？"

"夫子，我正研究这鸡是怎么死的呢。"闻砚桐说道。

赵钰将她往后推了两步："你先往后站站。"

那几个夫子中，有个叫孙述的，乃是前任礼部尚书，卸任后被皇帝指来管理书院，在书院有绝对的话语权。他往那儿一站，周遭的学生自动退开。

他看了地上的鸡一眼，沉声道："这是谁做的？"

马上就有人站出来告状："是闻砚桐，他昨夜偷偷杀了鸡。"

闻砚桐立即反驳："鸡不是我杀的！大家都是文人，说话要讲究证据的，你凭什么空口诬赖？"

孙述转头看向她，那双眼睛沉淀了朝廷的钩心斗角、尔虞我诈，光是这样扫一眼，就令人心头一沉，不自觉感受到压迫。

"你就是闻砚桐？"孙述问。

闻砚桐作揖："正是学生。"

"你倒是挺出名。"孙述的语气平稳，听不出是嘲讽还是调侃，闻砚桐不敢随意接话。

周遭一群人死死地盯着看热闹，大气不敢出一个。

正是安静时，牧杨却不知从哪儿蹿出来，愣着头问道："哪儿呢哪儿呢？鸡死哪儿去了？"

他拨开人群，一眼就看见地上的鸡尸体，咧嘴一乐："哟，这死法可真不一般啊！"

四周一片死寂，唯独牧杨乐呵呵的声音极其突兀，偏偏还没人敢说什么。闻砚桐朝他使了个眼神，让他赶快闭嘴别乐了。

牧杨却没看懂，上来拍了拍她的肩膀："是你杀的吗？你这手法可以啊！"

闻砚桐眼睛一瞪："你说啥呢！"

"哎呀，开个玩笑。"牧杨笑道，"我自然知道不是你杀的。"

他的目光朝周围转一圈，笑容中忽然浮上冷意，说道："不会真有傻子怀疑是你杀的吧？"

闻砚桐松了一口气，听出来牧杨这是在为她出头，不由得心中一暖。牧杨虽然憨，却有情有义。

"牧杨。"孙述出声制止。

牧杨看见他，倒没多害怕，笑着行礼："方才没看见孙夫子，是学生失礼。"

孙述也没有追究，只板着一张脸，问先前状告闻砚桐那人："你说是闻砚桐所为，可有依据？"

那人有些忌惮牧杨，几次朝他看了看，欲言又止。孙述看出来，便道："说，一切有我做主。"

"是……是昨夜守夜的下人说看见闻砚桐后半夜在此地乱窜，那时候大家都在睡觉，只有他一人……"

孙述问道："昨日守夜的下人是谁？"

人群中有一个年纪较大的男子站出来，说道："昨夜是小人守后半夜的班。"

"他说的都属实？"孙述问那守夜下人。

下人道："确有此事。"

众人又低低地议论起来，孙述便看向闻砚桐："你对此有什么想说的？"

闻砚桐道："我想问他几个问题。"

孙述道："你问。"

她便对那下人道："你昨夜什么时候看见我的？"

"丑时末刻，将近寅时。"下人回答。

"黑灯瞎火，你确定你看见的人是我？"她又问。

"我看得真切，书院中只有你一人腿脚不便。"下人便道，"身着白氅衣，提着黄灯笼。"

闻砚桐点头："是我不错。"

话音一落，便有人急着跳出来："果然是你！"

闻砚桐瞅他一眼："着什么急？我还没问完呢。"

她继续道："你为什么会在那个时间看见我？你平日在这一片守夜？"

"并非，小人那时正好来接替守夜，便在这附近的茅房如厕，刚出来就看见了你。"下人答。

"最后一个问题。"闻砚桐道，"你说你看见我在这附近乱窜，当真如此？"

下人前几个问题答得流畅，但在回答最后一个问题时却像卡住一般，闻砚桐趁他沉默的时候突然厉声道："书院夫子皆在，你若敢说谎做伪证，仔细你的小命！"

下人身子一僵："并不，我只是看见你提着灯笼从那边走过去，乱窜什么的都是那些学生擅自加的。"

闻砚桐满意地点头，对孙述道："孙夫子，我问完了。"

"那你现在有什么想说的？"孙述问。

闻砚桐道："学生惭愧，昨夜我因为字太丑在李夫子那儿练字，一直到丑时才回来，是以那人看见我的时候，我正赶回寝房，并未来到这片地方，也没有碰过这只鸡。"

"剩下的时间，我都在房中睡觉，一直到今早被人叫醒，来到这里就莫名被泼上了杀鸡的脏水。"闻砚桐道，"学生着实冤枉。"

"不可能！李夫子怎么会留人那么长时间？"有人质疑。

"此事我不敢撒谎，若是不信，可询问李夫子。"闻砚桐坦坦荡荡。

"难怪禧哥今日没来上课，"牧杨了然道，"原来是昨儿回去太晚了。"

"不错，昨日小侯爷也在，若是你们不信，也可以找小侯爷核实。"闻砚桐说这话的时候甚至有一些小得意。

这盆脏水泼得简直太是时候，若是搁在平常任何一个夜晚，闻砚桐自个儿在寝房中睡觉，根本找不出足以摆脱嫌疑的证据，但是恰恰就在她去练字的这一晚。如此一来，李博远和池京禧都可以成为她的证人，且是没人敢质疑的证人。

一把池京禧搬出来，就不敢有人再争辩她前半夜的事了，于是又有人道："或许你后半夜行凶。"

闻砚桐嗤笑一声，看傻子似的看着那人："你是想诬陷我想疯了吧？这后半夜有人守夜，我一个瘸子，如何在黑夜大摇大摆过来杀鸡？"

"那若是你提着灯笼来的呢？"又有人追问。

闻砚桐这回都不屑回答了，那守夜的下人道："小人在此处守夜，方圆之处若是有灯光出现，小人必定会发现。"

"听清楚了吗？"闻砚桐看着那人问道，"还有什么理由？"

她已将众人的疑问一一解答，若是还有人不相信，则应该去寻李博远或是池京禧核实，无论如何，也没有理由一个劲地认定杀鸡的人是她了。

孙述看了看众人，说道："无惰乃是书院莘莘学子勤学的象征，如今它被人恶意杀死，实乃一桩令人不齿的罪事，即日起书院下人早晚两次点卯，不得有一人离开，我等定要彻查此事。"

闻砚桐惊讶，没想到书院竟真的因为一只鸡大费周章，她暗自庆幸当初那一刀没能剁下去。

孙述下完令之后就离开了。夫子们相继离开，赵钰似乎想对闻砚桐说些什么，但思及那么多人在场，还是先离开了。

学生一哄而散，没了看热闹的兴致。闻砚桐见先前不断质疑她的人要走，便出声喊道："你站住！"

那学生本不想搭理，却见牧杨两三步上前将人按住："想上哪儿去啊？方才你嘴皮子挺溜啊，让我看看你这一排牙长得如何。"说着就要去掰扯人家的嘴巴。

牧杨跟池京禧玩得时间长了，脾气也有几分相似，搁这儿一戳，身上的痞气就出来了。那人吓得不敢动弹，连连求饶："牧少爷饶了我吧，我不过也是受人所托……"

闻砚桐走上前去，站在那人对面，只可惜她矮了一头，完全没有气势。

她道："我知道，是吴玉田吧？肯定是他指使你一个劲地诬赖我。"

那人瞬间就把吴玉田卖了："是是是，吴玉田早就记恨你了，听说了今早的事之后，就指使我多诬赖你两句，这并非我本意……"

"你不必跟我狡辩那么多，我也不想听。"闻砚桐说道，"你回去告诉吴玉田，我已经知道杀鸡的人是谁了，让他走夜路的时候小心点。"

那人现在是刀架在脖子上，自然说什么话都应着，忙不迭地点头。

闻砚桐举起一个紧握的拳头："你看看我手心里有什么东西。"

那人不明所以，低头凑到她拳头边，睁一只眼闭一只眼地往里看。

闻砚桐另一只手扬起，抡一个大圆，抡足了力气，一巴掌打在那人的侧脸，骂道："吃我一个大嘴巴子！让你空口造谣！"

闻砚桐的巴掌其实没有那么重，但是特别响亮，一下子把那人打蒙圈了。

就连傅子献和牧杨也吓了一跳。

"哼。"闻砚桐心想，惹不起吴玉田一个七品小官，我还能惹不起你？

挨了一巴掌的人什么话都没说，捂着闻砚桐留下的掌印逃得飞快。

傅子献走到她身边，叹道："幸好你昨夜在李夫子那里，否则还真不一定能洗脱嫌疑。"

这话倒是真的，只能说想陷害她的人时机不凑巧，运气站在了她这一边。

闻砚桐道："杀鸡的凶手就藏在书院里，孙夫子封锁了书院，没有人能够逃走，找出凶手是迟早的事。"

傅子献道："只可惜了无惰，那么勤勤恳恳地为我们报晓，却落得这个下场。"

牧杨在一旁听得莫名其妙，挠了挠脑袋。往常听见傅子献说这种话的时候，牧杨肯定是要冷嘲热讽一番的，他向来看不起唯唯诺诺的傅子献。

只是这次却破天荒道："啊，没错，这鸡是挺可怜的，对吧，闻砚桐？"

话尾处还带上了闻砚桐，似乎也想让她一起回应傅子献的话。

闻砚桐用古怪的眼神看了看牧杨。可怜一只鸡？怎么可能？若不是条件不允许，她恐怕要立地生火，架上一口锅，还是一边烧水一边流口水的那种。闻砚桐没搭理他，转身赶去了学堂。

报晓鸡被人所害，孙述召集了所有夫子开会，学生便趁机跑去鸡窝看热闹，于是早课就这样耽搁了。闻砚桐一整个上午都有些心不在焉，脑子一遍遍回想早上在鸡窝附近看见的场景，总觉得有不对劲的地方。

雪停了好几日，下午的武学课恢复了正常，拆了木板的闻砚桐便没有了休假的理由，只好也跟着去。腊月的寒风不是一般的冷，只要站在屋子外，就能感觉露在外面的皮肤如针扎一般冰冷，冻得闻砚桐满脸通红，头皮发麻。

许映泉看不得大男子裹得跟个球似的，说既不方便行动，也将体质捂得柔弱了，是以每回上武学课，子堂的学生都要先绕武场跑个几圈，把身子跑热了再上课。闻砚桐作为子堂里唯一的例外，出门前里三层外三层裹得密不透风，走路都觉得颇累。她出现在许映泉的视线里时，成功接收到了许映泉迷惑的眼神。

"许夫子，今日寒风格外冷啊。"闻砚桐晃着身子走到他身边，用熟络的语气打招呼。

"半月不见，你这腿如何了？"许映泉问道。

"可疼可疼了！"闻砚桐道，"我原本以为拆了木板会好些，没想到拆了木板后走路越发疼了，走个十来步都要打摆子呢！"

许映泉叹了一口气："你的身体着实太弱，可见平日很少锻炼。"

闻砚桐道："夫子说的是，这回我吃了身体差的亏，日后必定好好锻炼。"

他道："一会儿跑操的时候你就在武场边等着，等跑完再归队，今日练平射，应当不大影响。"

闻砚桐点头应了声，便乖乖地走到一边站着去。

她是害怕路上耽搁迟到，所以提早来了。揣着手等了十几分钟，子堂的人陆续来到武场。

闻砚桐的眼睛四处瞭着，忽而看见池京禧等人走来。

牧杨走近了之后看见闻砚桐就开始笑，笑得前俯后仰，说道："打远处看还以为是只成了精的肥鹅呢！你今日怎么穿成这模样？"

"你不觉得很冷吗？"闻砚桐缩着脖子，看了看池京禧等人。他们连大氅都没穿，上衣是颜色浅淡的短袄，下面穿着宽松的裤子，手腕和脚踝都用绸带扎起来了，十分方便行动。

闻砚桐发现池京禧的衣裳上大都绣着如意纹，看起来吉祥极了，相当衬他的名字。

他目不斜视地从闻砚桐前方走过，正在低声跟程昕说些什么。

程昕懊恼道："怎么回事？闻砚桐不是连着休了半月的假吗？怎么偏偏今儿就来了？你是不是偷偷跟他说什么了？"

池京禧哼笑："愿赌服输，可不能小人之心啊。"

程昕"哎呀"了一声，叹道："我的牛角弓还没焐热呢，就要送给你了。"

池京禧双眸弯了弯，脸上的笑意浓郁，引得周围的人都侧目。

闻砚桐站在边上看着子堂的人一圈一圈地跑着，转头问道："许夫子，咱们子堂里谁的开课测验成绩最好啊？"

许映泉正好无事，便搭了她的闲话："池京禧，三箭中靶心。"

闻砚桐小小地抽一口凉气，表示震惊："那谁最差呢？"

许映泉面无表情地想了想："应当是你。"

"为啥？"她道，"我不是也中了一箭靶心吗？牧杨连一箭都没中呢，我不比他强？"

"你的确是一箭中了靶心，"许映泉道，"但是你前两箭未中靶，且从距离上看，你是唯一一个将箭射到脚边的人，所以最差的应该是你。"

闻砚桐恍然大悟。

跑圈停下以后，许映泉给了些许时间让他们做休整，同时让闻砚桐入了队。

这是她参加武学课以来第一次入子堂的队伍，本来是要站在最后的，但是她个子着实矮，刚走一半就被许映泉喊了回来："你站前面。"

第一排的人自觉地腾出一个位置，正好让闻砚桐站在第一排的首位。

许映泉道："今日练习平射，有随堂小测，两两分组练习，最后测验。"

闻砚桐骇然，怎么还有测验？她现在一听这俩字头都大了。

牧杨问道："如何分组？自由结合吗？"

许映泉不知道从哪儿变出来一个小木盒，盒子上面开了一个洞，说道："随机分。"

而后就是排着队上前抽签。子堂的人正巧是双数，所以两两结合便不会有人落单。

闻砚桐特想跟傅子献一组。她知道自己几斤几两，莫说是靶心了，能把箭射出去就万事大吉了。若是跟别人分一组肯定遭嫌弃，唯有跟傅子献一组才好。

她不断地碎碎念着，走到许映泉面前时，问道："夫子，若是抽到了不想同组的人，可以交换吗？"

这问题一出，许多人都看过来。显然这也是他们想问的问题。

"不可以。"许映泉冷酷地拒绝。

闻砚桐苦着脸把手伸进木盒里抽了一张，拿到一边偷偷打开，是一个看不懂的字。

她身后忽然伸来一只手，将纸拿走倒了过来，喊道："是七！跟禧哥是同一个数字！"

闻砚桐心里咯噔一响，抬头就看见不远处的池京禧往这边看，脸色不太好。

她双眼一抹黑，险些自掐人中。

"嘤……"天亡我矣！

闻砚桐想到自己的箭术，当机立断地对牧杨道："你跟谁一组？咱俩换换？"

牧杨疑惑道："许夫子不让私下交换的啊。"

"哎呀，平日怎么没见你那么听夫子的话？"闻砚桐急了，低低道，"你禧哥射箭那么厉害，你跟他一起练习，保不准能学到什么诀窍。"

牧杨看了一眼许映泉，发现他没往这边看，才将手里的纸递了出去，不过他不大赞同闻砚桐的话："我跟禧哥一块儿长起来的，有什么诀窍我早学来了，他那是天赋。"

"天赋什么呀？勤能补拙不知道吗？"闻砚桐一边说一边跟他做交换。

只是没想到突然伸来的一只手将闻砚桐的纸猛地抽走。

闻砚桐正要责怪，转头一看竟是池京禧不知道什么时候走来了，把她吓得一激灵。

池京禧个子很高，表情也很凶，浑身都散发着不善的气息。他垂眸看了看纸上的数字，冷声道："小瘸子，你这是在嫌弃我？"

池京禧原本也是很不开心跟闻砚桐抽到一组的，但是见她着急要跟牧杨换号，他就更不开心了。

这两箭都空靶的瘸子竟然敢先嫌弃起他来了？

闻砚桐讪笑着摆手："不是不是，小侯爷误会了，我怕拖你后腿。"

池京禧冷冷地嗤笑一声："可真谦卑呢。"

闻砚桐低着头不说话。这种情况，还是乖乖装成缩头王八最好。

牧杨见气氛不怎么好，便在中间充当和事佬："禧哥，许夫子说练习开始了，还是莫要在这儿浪费时间了。"

池京禧将纸握成团，扔到闻砚桐身上，被她手疾眼快一把接住，就听他冷声道："跟过来。"

完了完了，这下完了，闻砚桐暗骂：这小子的脾气真不是一般的大。

池京禧停在了一个人形草靶面前。那个位置正好在武器架旁，取东西都方便。

闻砚桐走过去时，池京禧正将一支箭架在弓上，眸光盯着草靶，然后缓缓拉开弓。

先前她就注意到了，池京禧手里的弓相当漂亮，暗沉的红木好似打了光蜡一般亮得通透，弓身雕刻了极其细致的花纹，一眼看去就知道是做工了不得的上品。

他的手臂很有力量，轻轻松松地就将弓拉开，动作定格之后纹丝不动。这几个动作看起来简单，但是闻砚桐却清楚没有看上去那么容易。

先前她一拉弓，手臂就因为用力而抖个不停，加之没有东西抵着，双手要持平在空中停顿而且稳住是件很难的事。

池京禧的动作停顿了十几秒，瞄准人形草靶后，手指一松，尾端嵌着金丝的箭便飒然离去，"咚"的一声钉在了人形草靶的头颅处。

这一箭干脆利落，相当漂亮。

池京禧又射了两箭，速度都比第一次快，厉害的是，这三支箭都在同一个位置。

闻砚桐简直惊了，愣愣地看着那三支羽箭，尾端上的金丝在阳光的照耀下闪烁光芒。

池京禧放下弓，侧头看她："拿弓。"

闻砚桐听闻就走到武器架前，结果眼睛一扫，却发现这架子上根本没有弓，只有箭，她一时犯难了。

学生都不愿意用书院里的弓，但凡进颂海书院读书的，就没有贫困户，所以大家更喜欢用自个儿买的弓，不仅好看，也更顺手。久而久之，书院就把架子上的弓全撤了。

闻砚桐自打上武学课以来一直都是在旁边看热闹，根本没想到这一茬，今日也是空手而来。

她自然不可能在架子上找到她的弓。

池京禧在边上站着看，见她对武器架发愣，便开口道："戳在那儿干什么？"

闻砚桐幽幽地转身："我没有弓。"

他脸色一臭："你的弓呢？"

"我不知道今日是平射课，所以就没带弓来。"闻砚桐小声道。

池京禧朝别处看了一眼，所有人都开始练习了，但他的队友连弓都没有。他的脾气又开始翻滚，但还是强压着，站着沉默了一会儿后，没好气道："滚过来，用我的弓练习。"

沉默期间，闻砚桐一直忐忑，听了他的话才猛然松了口气，走到他边上接过了红木弓，碎碎念道："小侯爷你可真是个好人。"

"闭嘴。"

弓是用上好的木料做的，入手颇有分量，弓身处还有池京禧掌心残留的温度，闻砚桐握住之后心便一沉。

这玩意儿……比当初武学测验的弓要重啊。

池京禧身后跟随的小厮跑过去将箭都捡了回来，重新递到闻砚桐面前。

闻砚桐左右摆了摆弓，然后抽了一支箭，学着池京禧方才的模样架在弓上，然后慢慢抬起。

池京禧做得无比轻松的一个动作在她这儿就是要了命的难，只要将弓拉到一个位置，她的双臂就开始打摆子，抖个不停。

池京禧眉头一皱，发觉此事并不简单，于是问道："你没吃饭？力气上哪儿去了？"

闻砚桐撇着眉道："小侯爷，你这弓有点沉啊。"

他道："连把弓都拉不动，你这两条爪子有什么用？"

"手臂又不是天生用来射箭的。"闻砚桐低声反驳，"拿筷子我还是拿得动的。"

"说得挺有道理。"池京禧冷笑着道，"你今日要是不把箭射出去，明儿就接着拄拐杖走路吧。"

闻砚桐"咕咚"咽一口唾沫，扬起假笑："小侯爷可真会说笑。"

说完她就立即把弓举起，猛地一口气使劲一拉，拉了个半满弦。只是还不等她去瞄准，手就不自觉地抖得厉害，她的手指感觉到羽箭要脱位，也管不了那么多，只好赶快松手。

可羽箭还是脱了位，擦了弓弦的边，被弹出去两米左右时就滚落在了地上。池京禧看着落在眼前的箭，双眸浮出愕然。

闻砚桐挠了挠头，见池京禧脸色着实不妙，便道："好歹……射出去了是不是？"

池京禧沉着脸色，让人看不穿在想什么，身边站着的小厮都深深埋头。闻砚桐觉得这种沉默颇是恐怖，便又开口打哈哈："这弓果然不是一般人能用的，看来也只有小侯爷这样厉害的人才能驾驭得了它。"

池京禧只觉身心俱疲。

这瘸子铁定是抱着把他后腿扯断的心思来的。

方才在她交换号牌的时候，他就不应该手贱去阻止。

池京禧看了看自己的右手，有一股想抽两巴掌的冲动。

闻砚桐见他一直不说话，有些害怕："小侯爷，您那么宽宏大量，不会怪我吧？我已经把箭射出去了，你就放过我的右腿吧……"

池京禧转眼看她。

这瘸子又矮又瘦，弱得连弓都拉不开，是那种一拳下去绝对直接倒地上爬不起来的人，还是算了。

他扭过头扬声喊道："杨儿。"

牧杨就在隔壁，听闻转身看来。池京禧冲他招手："把你的弓拿来。"

他带着弓走来："怎么了，禧哥？"

"把你的弓给瘸子用。"他道。

"我就一把弓。"牧杨道。

"你用我的。"他道。

牧杨垂涎池京禧的这把红木弓也不是一日两日了，当下乐呵呵地把弓从闻砚桐那儿接过，瞥眼看见落在前面不远处的箭，笑着拍了拍闻砚桐："我听说过，你前两箭都是不中靶的，高手啊。"

闻砚桐道："行了，别取笑我了。"

话刚说完，就在弓入手的一瞬脸色一僵，她悄悄看了池京禧一眼，欲言又止。

池京禧察觉了她的小动作，冷着脸道："说。"

"……这弓也好沉。"她道。

跟那把红木弓根本没差好吗？！

池京禧闭了闭眼，深吸了一口气，对牧杨道："去给他找一把轻点的弓。"

牧杨也怕怀里抱着的红木弓被拿走，便屁颠屁颠地跑回去，把他同伴的弓抢下来，在手里掂了掂，然后才奔来递给闻砚桐。

这次的弓很轻，甚至比她武学测验拿的那把都轻，如此一番折腾之后闻砚桐才满意地露出微笑。

牧杨抱着红木弓回去练习，他队友两手空空，眼巴巴看着牧杨。

不等池京禧开口催，闻砚桐就自觉架上箭。跟上一次一样，箭总是想脱弦，且她以为自己的力道足够了，但射出去之后就只飞了一半的距离，然后没劲了，斜插入地。

池京禧似乎早就料到，一脸冷漠。

闻砚桐呆呆地站着，吸一吸快要冻住的鼻子。

"拉弓。"池京禧的声音已经趋于平淡了，听不出里面有怒气。

她听言便拉弓上箭，正在拉弦的时候，余光看见池京禧抽了一支羽箭伸来，吓得她本能地紧闭上眼。

嘴里的话还没来得及吐出，就觉得下巴一痒，而后一股力道将她的下巴往上抬。

她睁眼一看，就见池京禧正捏着精铁箭头那段，箭尾的羽毛从她的下巴伸到背后，在腰上、肘上、腿上落下了力道。

"腰背挺直，左肩对准目标靶，两脚开立与肩同宽，身体微微向前倾。"池京禧点了点她的肩，"整天跟个王八似的缩着头。"

闻砚桐听了他的话，把姿势调整好。

"三指扣弦。"池京禧又用羽毛戳了一下她的手，"指头别翘起来。"

闻砚桐忙收回手指。

"举弓时左臂下沉，肘往内，用左手虎口推弓。"他敲着闻砚桐的右臂，"别抬那么高。"

说着就看见她扣弦的手指不对，池京禧"啧"了一声上前，把她的无名指和食指掰开，不耐烦道："但凡你脑子里装点糨糊以外的东西，都不至于蠢成这模样。"

池京禧的手相当暖和，指尖都散发着热意，与闻砚桐冰凉的手形成强烈对比。他的手指一触上来，闻砚桐就清晰地感受到柔软的指腹传来的热量。

她溜了个号："小侯爷，我瞧你穿得挺单薄，为何手那么暖和？"

池京禧笑道："冷啊？没事，若是这箭你再射到半道上，我就把你揍得浑身发热，到那时就暖和了。"

魔鬼，简直是魔鬼。闻砚桐挤出一个难看的笑："不用了不用了，冷点挺好的，人更精神。"

池京禧没再搭理她，说道："开弓。"

她依言左右手同时使力，将弓箭拉开，就听池京禧道："眼睛、箭头，还有你要射中的地方连成一条线，看好了就立即放开。"

闻砚桐沉气凝神，紧紧盯着草靶，将所有的注意力都放在上面。她松手之后，弓箭飞速离弦，带起了一阵微弱的风声，而后疾速地射向草靶。

池京禧的目光随着箭，眼看着箭接近草靶，然后擦着草靶的肩往后飞去，直到箭上的力道耗尽，掉落在地上。

他皱着眉转头看向闻砚桐。

闻砚桐忙道："如果我说，我是故意瞄准草靶身后的……你会信吗？"

现在说啥都没用了，闻砚桐干脆丢了弓抱着自己的右腿，哼哼唧唧："哎哟，我的腿啊———使劲就疼，钻心地疼，要命地疼！"

"闭嘴！"池京禧用羽箭在闻砚桐胳膊上抽了一下。

闻砚桐忙闭嘴，揉了揉胳膊。穿得厚，打得不疼，哈哈哈。

"继续练。"池京禧道。

她忙架弓继续练。池京禧走到一边站着看，生气的神色过了好一会儿才平静。

池京禧十分郁闷，他的前半生中，从来没有出现过这么难搞的货色。接下来的时间里，闻砚桐就一直练习射箭，只有在池京禧跟牧杨他们离开的时候才休息一小会儿。

许映泉见她这样刻苦勤奋，还颇是欣慰地拍了拍她的肩："看来你是真的很仰慕小侯爷。"

闻砚桐满脸疑惑，是不是有什么误会？

一下午的时间，闻砚桐都在射箭中度过，跟在池京禧身边的小厮也遭了罪，来来回回给闻砚桐捡箭，捡到后来他都累得受不了，悄悄对闻砚桐道："你是不是傻？速度放慢些，就不会那么累了。"

闻砚桐一拍大腿："哇！你好聪明！"

一直到许映泉扬声说结束训练，闻砚桐才解脱。

许映泉命下人将草靶摆好，每一个草靶上穿了六个草球。两人一组，每人三箭，只要中了三个草球就算合格。

射箭分两批，闻砚桐自然是第一批上去的。

她站在位置上之后发现，这个草靶要比练习时候的草靶距离更远一些，且那草球也就枣子般大小，风一吹还会微微晃荡。

这不是为难人吗？！

闻砚桐硬着头皮弯弓搭箭。

战绩斐然，三箭皆空。

她转头，对池京禧扬起一个不好意思的笑容：大兄弟，靠你了。

池京禧面无表情。

牧杨下来之后瞪大了眼，对程昕道："你当初说他中了靶心这事儿该不是唬我的吧？"

程昕无奈道："确有此事。不过闻砚桐的射术是真的很差，他射箭的时候两臂都跟摇大旗似的，我也没想明白最后一箭怎么中靶心了。"

池京禧道："瞎猫碰上死耗子。"

草球一个没射中的有好些个，但是三箭一箭都没中靶的，只有闻砚桐。

她把弓还给了别人，自我安慰道："我已经努力过了。"

第二批人上去后，周围明显安静了许多。不仅仅是因为池京禧和程昕上去了，也是因为傅子献在其中。

武学考试两箭中靶心的，子堂中只有傅子献一人。

随着许映泉的一声令下，第二批人一同发箭。闻砚桐目光紧盯着池京禧，见他动作不徐不疾，三箭接连而发，稳稳地射中了草靶上的草球，不由得惊叹。

另一边，牧杨早就想看傅子献射箭了，眼睛恨不得黏在傅子献的箭上。三箭皆中草球之后，他甚至比傅子献的队友都高兴，要不是程昕把他按住，他恐怕要飞上去把傅子献扛下来，逼问射箭的秘术。

第一批人草球没射中的不少，也包括闻砚桐，但是那些人中，测验合格的却只有闻砚桐。

池京禧凭着一己之力，把拖着后腿的闻砚桐拉到了及格线。

闻砚桐本想道谢，但见池京禧不待见的模样，最终还是算了。

武学课散了之后，闻砚桐的两条胳膊又酸又疼，但是思及她能够把箭射出去了，心里又不免开心。

学会射箭总是好的，累点倒无所谓。

吃完了饭之后，闻砚桐并没有直接回寝房，而是奔着书院的下人区去了。

无惙鸡可以白死，但她不能白白被陷害。这次的事明摆着就是冲着她来的，若是她轻松揭过，那藏身在幕后的人下一次还是会变着法地陷害她。

必须找出背后的人。

虽然她隐隐猜到是谁了，但是还需要确凿的证据才行。

闻砚桐在去的路上，遇见了有一段日子没见的张介然。

张介然十分刻苦用功，睡得比狗晚起得比鸡早。闻砚桐跟他住一间寝房的时候，晚上闭眼前他在抄文章，早上睁眼时他在默背。

他如今在甲一堂，跟池京禧他们是一个学堂，不知近日怎么样。

闻砚桐主动上前打招呼："然儿！"

张介然一听见这声音立马就停住了脚步，转头看见她，露出一个笑脸："闻兄，许久不见，近来可好？"

"闻兄什么的就算了，你直接叫我砚桐就好。"闻砚桐一听见"闻兄"两字，就觉得别扭。

张介然点点头，说道："你的腿如何了？"

"这几天好多了，也不怎么疼了。"闻砚桐笑道，"你在这儿干吗呢？"

"背书。"张介然扬了扬手上的书本，"这里清静。"

闻砚桐再次感叹，张介然果然是永远都在学习。

他反问："你来这里做什么？"

闻砚桐道："我今早被一个下人诬陷杀了报晓鸡，越想越气，感觉还是咽不下这口气，所以来找他理论，问问他是何居心！"

张介然愣了一下，说道："此事我也有听闻。"

"你接着背书吧，我去找他。"闻砚桐知道时间宝贵，便不耽搁他的时间了。

谁知张介然道："我知道他住在哪里，同你一起去吧。"

闻砚桐愣了愣："你不背书了吗？"

"无碍，反正也背得差不多了。"张介然合上书，对她道，"跟我来。"

闻砚桐便跟在他身后进了下人区。书院中大都是朝城的官宦子弟，是以也需要很多下人来打杂。所有下人都住在这个下人区，别名：一隅院。

这个地方很少有学生会来，所以张介然才说这附近清静。

他们进了院子之后，就有不少下人投来目光，其中还有人认识张介然，笑着打招呼："张公子来了啊。"

张介然很有礼节地点头笑笑，问道："周伯在吗？"

"在屋里呢，应该正在吃饭。"有人答道。

张介然谢过之后，便轻车熟路地带闻砚桐去找他口中的周伯。

让闻砚桐讶异的是，张介然竟然认识那下人，似乎还经常来这个一隅院。

但是他们过去的时候却没寻到人，周伯的房屋是空的，两人等了一会儿，闻砚桐受不了寒冷，还是决定先走。

张介然在路上道："周伯年逾五十，无妻无子，孤家寡人一个，为人敦厚。他今早定然不是故意要诬陷你的，你还是莫要因此事生气了。"

"你是如何认识他的？"闻砚桐问。

"刚来颂海书院的时候，书院不让带下人进来，是周伯帮我搬的行李。"张介然道，"他是个好人。"

闻砚桐听闻便陷入了沉思。

张介然说道："改日我可以陪你去问问周伯那夜的情况，你千万莫要骂他。"

闻砚桐笑了："我像是脾气那么暴躁的人吗？"

两人最后道别，闻砚桐答应了若是去一隅院就去找他，暂做约定。

随后两日，闻砚桐一直想着张介然的话，对周伯的事耿耿于怀。本想要再去一趟的，但是天又飘起了雪，行路不便，闻砚桐害怕跌倒，又掏出了两根大拐杖，是以一直没时间去找周伯。

这日大雪纷飞，雪凝成块，砸在人身上都有了分量，一刻不停歇地下着。

闻砚桐下了文学课就在屋中睡觉，一觉睡了一个时辰，醒来之后觉得饿了，便叫来了侍女。

侍女这次端进来的饭并不丰盛，说道："闻公子，外面大雪封路，加之侍卫重重把守，奴婢们没法出去买饭，这些你就先将就吧。"

闻砚桐倒不在意吃什么，只是问道："侍卫把守？书院的侍卫何时管得那么严了？"

"是因为暴雪不停，大路全封，书院里的人都没法回家。小侯爷和两位殿下今晚都要在书院歇下，书院就将所有下人调动，严守各处。"

闻砚桐心念一动：池京禧要在书院留宿了？

暴雪不停，朝城所有的路都被大雪封住，在漫天飘雪的恶劣环境下也没法出来清扫，所以朝城的所有店铺都关了门，大家回家避寒去了。

池京禧等一干贵族子弟，平日里都是下课回家的，但是雪自早上下到夜晚，雪层足足到膝盖，所有人都被困在了书院。

闻砚桐嚼着干饼，问道："那书院的寝房够吗？"

侍女道："奴婢听说这些王公贵族的子弟平日即便不住在书院，书院也是会为他们准备好寝房的，平日里也都有打扫，应当可以直接入住。"

闻砚桐一阵唏嘘，这待遇也太好了吧。

她朝外面看了一眼，天色已经开始变暗，有些阴沉沉的。闻砚桐觉得这种天气最适合在被窝里躺着，于是她加快了速度吃完了手头的东西，又钻到被窝里。

她从书架上抽了一本讲神怪故事的书，在床边点了一盏灯，窗子上都封了厚厚的棉帘，外面呼啸的寒风也吹不进来，有股莫名的舒适。

她看了半个时辰左右，忽而发觉两手冰凉，藏在被窝的双腿也有些冷，便喊侍女："为何这样冷啊？"

侍女走到暖炉旁掀开一看，叫了一声："不好，没炭了！"

闻砚桐掀被下床，走过去一看，果然见那暖炉已经熄灭了，里面的炭烧得干干净净，看样子是熄灭有一会儿了。

她心中一凉，打了个哆嗦："这可怎么办？还没入夜呢。"

那侍女也是一脸为难："这可如何是好，现下书院守备森严，又大雪封路，根本无法再出去买炭火……"

闻砚桐见她为难，心知现在也没有其他办法，只好道："无事无事，我去被窝里躺着，总不至于冻死。"

怕被窝凉了，她快步走到床边，而后有些不放心地叮嘱道："你们若是冷了，就去柜子里拿两件我的衣裳，千万别冻坏了。"

侍女感激道谢，说道："咱们的柴火还剩不少，公子不如泡个热水澡，把身子暖热再睡。"

闻砚桐第一反应就是拒绝："算了算了。"

这天已经够冷了，再让她脱衣服洗澡，万一洗到一半被冻硬了怎么办？

她把自己缩成一团，试图留住被窝里稀少的暖意。但由于平日里彻夜都点着暖炉，她的被子并不厚，如今暖炉一熄，再碰上这种暴雪天，冻得她在床上直打抖。

闭着眼睛躺了一会儿，她的右腿逐渐疼起来，这才意识到腿还没长好，不能受冻，万一留病根可糟了。

她忙爬起来："快快快，烧热水，越热越好！我要泡个热水澡。"

另一边，傅子献把抄录的文章收拾整齐，搓了搓有些冻僵的手，抬目看向身边的牧杨，疑惑道："牧少爷为何还留在学堂？这个时候不是该回家了吗？"

"你不也在这儿？"牧杨低头写写画画，不以为然地回答。

"余下的疑点文章，抄完了也不用再带回去，所以我就留了一会儿把它抄完。"傅子献看他十分认真，有些讶异，问道，"牧少爷也在抄文章吗？"

"谁抄那玩意儿？"牧杨收笔，得意一笑，把纸扬起来给他看，"怎么样，画得好看不？"

傅子献定睛一看，竟是满篇同样大小的丁老头，不由得嘴角一抽，将话题转移："牧少爷可是在等小侯爷他们？李夫子或许会把人留得很晚，你还是先回吧。"

"不啊。"牧杨把纸卷起来，说道，"我在等你呢。这大雪把朝城的路都封了，我们今夜回不了家，只能等雪停了才行……"

"什么？！"傅子献的脸色猛然一变，"你、你们今晚都要留宿书院？这么说，小侯爷也会留下？"

牧杨一脸莫名："怎么？"

"糟了糟了……"傅子献喃喃自语，匆忙把手头上的书本收拾了一下，忙披上大氅大步出了学堂。

牧杨见他脸色难看，行事又这样慌张，也赶紧跟了上去，喊道："外面下着大雪呢！"

池京禧和程昕正在李博远的寝房坐着，一人抄文章，另一人看书，房中一片寂静。

李博远起身撩开棉帘，往外看了一眼，说道："时辰差不多了，瞅着天也快黑了，你们快些回去吧。"

池京禧听言放笔，起身笑道："夫子的屋中这样暖和，我都不想出去了。"

程昕也乐道："那干脆在这儿打地铺睡。"

"那可不成！"李博远道，"我这小破房子可不敢留你们二位。"

"夫子这说的是什么话？皇兄你都留过，如何不能留我们了？"程昕道。

"留太子殿下那是因为当时在皇宫，能一样吗？"李博远下逐客令，"赶紧赶紧，趁着天没黑透快点回寝房去。"

程昕笑着摇头，同池京禧一起穿好大氅，离开李博远的寝房。

大雪肆虐，池京禧一出门，侍卫就迎上来为他撑伞。寝房门前的路也被清扫过，雪层厚及脚踝，但不影响走路。

两人站在门口向李博远道了别，正往外走时，突然蹿出来一个人，拦住了他们的去路，嘴上喊道："小侯爷！请留步！"

那人冻得直打哆嗦，脸颊红得厉害，伞上落了一层厚雪，打湿的裘衣都结上了冰晶，可见在雪地里站了有一会儿了。

他几个大步跑到池京禧面前，途中还险些滑跤，走到跟前后把捂着脸的棉帽解开，一口白气呼出："可算等到二位了。"

池京禧定睛一看，这不是前些日子揍过的人吗？好像是个叫吴玉田的家伙。

他皱眉："拦路做什么，还不让开？"

"小侯爷，我是有事要禀你的。"吴玉田一边打哆嗦一边道，"你晓得丁六堂的那个瘸子闻砚桐吧？"

池京禧道："他的事我没兴趣知道。"

说着便抬步要走，吴玉田在后面追撵："等等，等等，不是他的事，是你的事。那闻砚桐把小侯爷你的寝房占了……"

话一出，池京禧和程昕都停住，程昕讶异地笑了起来："你说什么？闻砚桐占了京禧的寝房？"

"是是是。"吴玉田道，"那瘸子原本是跟一个姓张的在同一间寝房的，但是自打他腿瘸了后，就搬到独寝院了，先前我去看了看，发现他住的正是小侯爷的寝房。"

程昕一下子笑出声，对脸黑得如锅底的池京禧道："走，先去瞧瞧是不是真的。"

吴玉田一喜，连忙献殷勤："我给二位带路。"

"那倒不必。"程昕道，"瞧着天怪冷的，你赶紧回去吧。"

吴玉田听出程昕是不想让他跟去，只好作罢，暗道这状已经告上了，至于结果如何，明天一早就能知道。

只是可惜看不见闻砚桐痛哭流涕的模样了。吴玉田低叹一声，遗憾离去。

而池京禧也黑着脸朝寝房去，程昕走在他身边，身后是一众侍卫。

闻砚桐对此完全不知情，正舒舒服服地泡在热水里。

浴房的门窗都用极厚的棉帘遮挡，整个浴房被热气熏得雾腾腾的，十分暖和。闻砚桐将长发用布包住，泡在水中轻捏自己的右腿，感觉全身的血液都流动了。

果然是听人劝吃饱饭，这样泡一泡热水澡就舒服多了。

澡池要从外面添火，闻砚桐不想让侍女总往外跑，于是泡了一会儿便要起身。喊了两声都没有人应，她以为是棉帘减弱了声音，便自个儿从池子里站起来。

脱水的一刹那，所有寒气都向她袭来，她一点时间都不敢耽搁，忙扯过布巾擦身，再裹上厚厚的棉衣。

穿上鞋子后，她就扯去了头上包着的布，将长发放了下来。闻砚桐简单擦了擦后脖子沾湿的碎发，裹上棉被就出了浴房。

出来之后才发现，原本应该站在门前的两个侍女不见了。

"人上哪儿去了？"她疑惑地嘟囔了一句。

闻砚桐推开了进入正堂的门，撩开厚厚的棉帘，然后被吓得差点翻跟头，脱口叫道："妈呀！"

原本空旷的房间此刻却站了不少人。侍卫和随从排列两边，皆低着头。她那本该守门的两个侍女此刻却跪在中央，微微打战。

两人的前方站着一个背对正门的人，身着杏黄色大氅，雪白的领子，金丝的衣摆。闻砚桐一看见那上面绣的如意纹，当下双腿一软，险些也跟着跪下了。

池京禧为什么会出现在这里，还带了这么多人？！

众人都听见了闻砚桐发出的动静，但都不敢动弹。池京禧缓缓转身，一见闻砚桐身上披了整整一条棉被，不由得小惊了一下，开头第一句要说什么都给忘了。

闻砚桐茫然道："都这个时辰了，小侯爷来此有何贵干？"

池京禧好看的眉眼一沉，冷声道："这话应该我问你才是。身上的肉没几两，胆子倒是挺肥。"

闻砚桐吸了吸鼻子："这话什么意思呀……能说得明白点不？"

"谁准你在这里的？"池京禧质问道。

"我住这里啊！"她答。

池京禧眸色一沉："我看你是脑子不大清醒了。"

他扬声道："把他扔出去冻上一冻，什么时候想清楚了什么时候再放进来。"

两边的侍卫当下要上前，左右架着闻砚桐。

闻砚桐裹紧了棉被不依，叫喊道："小侯爷，有什么话咱们好好说啊！外面那么冷，会死人的！"

她提高嗓门："发生什么事了？发生什么事了！我就洗了个澡啊！"

池京禧扬手，两个侍卫便停住动作。

他道："你什么时候住进来的？"

闻砚桐隐约察觉了不对劲，忙答："上次腿被撞瘸之后。我在两人寝房行动多有不便，瞧着这里没人住，便擅自做主搬了进来……难不成，难不成……"

"没错。"程昕从一旁的书房走出来，手里还拿着一本书，笑道，"这原是京禧的寝房，只是一直没住了，没想到让你悄无声息地钻了进来。"

闻砚桐心中"咯噔"一响，暗道果然如此！池京禧虽脾气坏，但不会无缘无故找人麻烦。

先前傅棠欢给她安排单人寝房时，恐怕也是料定池京禧不可能会住书院，所以才放心地让她住进来。只是没想到这场大雪来得突然，才导致了现在的情况。

这就尴尬了。

闻砚桐哼哼唧唧道："我也不知道这是小侯爷的寝房……要不我现在搬出去……"

"外面下着大雪，走路都费劲，还是莫要搬来搬去的，不若跟池京禧住一晚。"程昕温和道。

池京禧皱眉："我为什么要跟这个瘸子一起住？"

"那你想怎么办？真把他撵出去？"程昕道，"外面那么冷，真把他冻死了，还是个麻烦事。"

池京禧侧目，向闻砚桐看来。

她刚洗完澡，皮肤被雾气熏得白皙，大大的眼睛衬得脸庞清秀。对上池京禧的视线后，她十分上道地瘪嘴："小侯爷心地那么好，定然不会看着我冻死的，哪怕我是一个不受待见、脑子里装糨糊、连个弓都拿不起来的瘸子。"

池京禧完全没想到她会说出这番话，一下子愣住了，就连程昕也失笑。

池京禧突然被戴上"心地那么好"的帽子，一下子沉默了。

正当房内安静时，突然有人推门而入，带进来一股冷风。

众人同时看去，就见傅子献喘着气出现，头发衣服上全是雪碴儿，一进来就极快地化成水。

他看了看池京禧，便连忙道："小侯爷，此事闻砚桐并不知情，还望小侯爷莫要怪罪！"

池京禧双眸一眯："这么说来，是你将他安排进来的？"

傅子献正要说话，闻砚桐却道："跟他没关系！是我自个儿挑选寝房的时候，看见这座寝房奢华大气、瓦罩金光，一看就是一间极其有祥运的房子，所以才选的，哪知道竟是小侯爷的房。果然这房子不一般，我自住进来以后……"

这马屁眼看着就要拍起来，池京禧却沉着脸色："闭嘴。"

闻砚桐瞬间降低声音，嘀嘀咕咕的却还是把话说完了："就好运不断，想来是沾了小侯爷的福分。"

傅子献道："小侯爷莫生气，我现在就带闻砚桐走。"

说着便要去拉闻砚桐："你暂且跟我同寝吧。"

正巧收伞进来的牧杨听见了，疑惑地挑眉："跟你同寝？你自个儿都住的两人寝，让闻砚桐睡哪儿？"

傅子献一下子愣住，这才想起，他是丞相府的庶子，是没有独寝的。

牧杨道："你跟陈家的庶子一个寝房，我都打听过了。"

闻砚桐忍不住问："你打听这干什么？"

"这你甭管。"牧杨转头对傅子献道，"闻砚桐住了禧哥的房，就是禧哥的人了，要打要骂都不关你事，你还是好好操心一下你自己吧。今晚的炭火不够用，你们两人寝的炭火最多烧一个时辰……"

"哇——"闻砚桐惊叹，"这逻辑好厉害，这么说前两天你吃了我的零食，就是我的人了？"

"书院或许还有空房，总比让闻砚桐打扰了小侯爷强。"傅子献道。

"就几个指甲大小的团子，还想收买我？哪有这么便宜的事！"牧杨一个人跟两个人辩论，"哪还有什么空房？今日书院的人都在，根本空不出房间来。"

"你当时吃得咽不下去的时候可不是这么说的！"闻砚桐道。

"我记得书院还有几个空余的休息间……"

"那些休息间都隔了老远，你们还没走到就被雪埋了。"

池京禧见三人你一言我一语地争吵起来，脸色一黑，拍桌不耐烦道："都给我出去！"

片刻后房内就变得极其安静。牧杨和傅子献两人是被侍卫强行推出去的，程昕也道别离开，两个侍女被撵去继续守门，一干侍卫也守在了门外。

闻砚桐站在暖炉旁，身上还裹着棉被，浑身都暖洋洋的。池京禧站在软榻旁没动，手里翻着一本书，她也不敢乱动。只有清理地板的下人清扫过来时，她才挪动一两步。

池京禧到底还是把她留下了。他手里的书是程昕从书房带出来的，临走时特意交到池京禧手上让他看。

闻砚桐等了一会儿，见他还没动静，就慢慢走到他身边，问道："小侯爷，你在看什么书呢？"

池京禧的眉眼很是平静，既没有生气，也没有笑意，完全看不透在想什么。

闻砚桐踮起脚伸长脖子看，映入眼帘的是满篇的"池京禧"三个字。

她心里一惊，猛地出手，在池京禧都没反应过来的时候把书抢了下来，后退几步，梗着脖子道："你怎么能偷看别人的东西呢！"

这本书是她闲来无事时用来练字的，上面写了很多名字，其中写得最多的就是池京禧。

她顿时心惊胆战，暗道这本书的最后有一个名字绝对不能让池京禧看见。

池京禧见她反应强烈，不咸不淡地瞥她一眼，也没追究，只吩咐了下人去烧水，便转身去了书房。

他刚进书房，第一眼就看见了桌子上摆的几个盘子，盘子里还有吃剩下的东西。

"闻砚桐！"他叫道。

闻砚桐抱着书，连忙走了进去："怎么了？"

池京禧点着桌上的几盘吃的："谁准你在书桌上摆吃食的？"

"就……读书读到一半肚子饿了，不想浪费时间，所以一边吃一边读。"闻砚桐挠着头解释。

"读书当专心致志，你这般一心二用，知识何以入脑？学问何以入心？"池京禧气道。

闻砚桐想了想，便搬出这两日才从书上看见的一句话："少年易老学难成，一寸光阴不可轻。"

池京禧听后脸色黢黑，冷笑道："学问不错，既然你这么爱学习，那今日便将这句话抄个一百遍。"

闻砚桐双眼一黑。

一百遍？！要了老命了！

他使唤下人道："把桌子收拾干净。"

不一会儿的工夫，桌面就被收拾得干干净净，露出了一张贴在桌上的纸，纸上是池京禧端正的字。

这是闻砚桐第一次去李博远寝房练字时，从池京禧手里顺出来的那张纸，正如她所言，这张纸被她裱起来贴在桌上了。

池京禧看见的时候愣了一下，随后视线一转，就看见这张纸四周一圈空白的边框被画满了小小的鸭子。

简直荒唐。

思及那个鸭子排队上树的噩梦，池京禧咬牙，将纸撕了下来，握成了团扔在地上："以后不准让我看见你再画这些东西。"

闻砚桐走过去，把纸团捡起来，说道："小侯爷，你若是不喜欢，也别拿这纸出气啊，我裱得多好看哪。"

池京禧哼了一声道："我的东西，我想怎么扔就怎么扔。"

"才不是呢。这纸你给了我，就是我的东西了。"闻砚桐说。

"我什么时候说送给你了？"池京禧拧眉。

"可我拿的时候你也没说不行啊。"闻砚桐说，"默许也是许呀。"

池京禧辩不过闻砚桐，气得往椅子上一坐，暗自想了会儿，发现没有可以反驳的话，于是叫道："递把椅子上来。"

他气着对闻砚桐道："你就坐我对面，我今日就盯着你抄完那一百遍。"

闻砚桐当下后悔，想抽自己嘴巴子。嘴上赢有个屁用啊！

她磨磨蹭蹭地坐在了池京禧对面，捏着笔沉默了一会儿，而后抬头对池京禧软声道："小侯爷，你不要生气嘛。你若是不喜欢，我还会画别的东西。

"青蛙行不行？"

闻砚桐最后也没能给池京禧画青蛙，反而是抄了半个时辰的"少年易老学难成，一寸光阴不可轻"。

闻砚桐越抄越累，半个身子几乎伏在桌子上，搁下笔扭了扭手腕，哀号道："我知道错了，小侯爷，别让我抄了，我的手真的好累啊——"

池京禧听到声，视线从书本中抬起，看了她一眼："错在何处？说来我听听。"

"我不该在书桌上放吃的，一边吃东西一边写字是不对的，我下次再也不会了。"闻砚桐侧脸贴在桌子旁，蔫声蔫气道。

她自言自语："我为什么要说这句话啊，就不应该卖弄我的学问……"

闻砚桐写的速度慢，半个时辰也就抄了几页，但她总是写这一句话，写得都快吐了。

池京禧的情绪明显进入了缓和状态，见她这样也没有冷脸责怪，低头看书道："不过才写几张就哭天抢地地喊累。"

这是默许了。闻砚桐心中一喜，扬起手上的纸，说道："小侯爷你看，我这字跟你的有几分像？"

"不到一分。"池京禧头也不抬。

"你都没看。"闻砚桐道，"李夫子还说我的字学了你三分呢！"

"他什么时候说这话了？"池京禧皱眉。

"他说我学了皮，没学到骨。"闻砚桐说，"三分皮七分骨，我可不就是学了三分吗？"

他没再接话。

闻砚桐有些无聊，却又不敢频繁地去烦池京禧，于是起身走去了正堂。

书房只有一个小暖炉，并不是很暖和，方才写字写得她两手冰冷，于是她跑到正堂的大暖炉边上坐着。

托池京禧的福，原本她以为没了炭火要抗冻一宿，但是没想到这位小侯爷一来就带了满屋子的暖和，这下就算是打地铺也不会觉得冷了。

闻砚桐在暖炉旁坐了一会儿，便想再回到书房跟池京禧说会儿话。其实时间还早，加上闻砚桐上午下了课之后就回来睡觉了，这会儿精力还算充足。

思及书房的温度有些低，她便想将暖炉移到书房去。

想着便做。闻砚桐在暖炉边上摆了好几个姿势，一边要注意自己的右腿，一边还要找个容易使力的地方，扭了老半天。

等她俯下身，铆足了力气去推，暖炉在地上被猛地推出一段距离后，发出了刺耳的声响，惊得正在看书的池京禧思绪猛断。

他侧头，对身后的小厮道："去看看他在做什么。"

小厮领命出去时，就见闻砚桐使劲推着暖炉，连忙上前，语气很凶地喊道："你干什么干什么？！当心打翻了炉子，炭火翻出来！"

闻砚桐停住了："我怕小侯爷在书房冷。"

小厮将她推开，语气嫌恶道："用得着你操心这个吗？"

闻砚桐往后跟跄两步，当下反推了一把，气道："不操心就不操心，干吗推人啊！欺负我是个瘸子是吧？"

"倒是第一次见你这种没脸没皮的人，占了我们主子的屋子还一副主人的姿态。"小厮对闻砚桐翻了个大白眼，"主子应该直接把你扔雪地里，让你好好受受风寒，把脑仁冻清醒了，明白自己的身份。"

闻砚桐被这个一口利牙的小厮气着了："我在书院也算是小侯爷的同窗，你又是什么东西？凭什么教训我？"

"差了一整个书院的同窗？"小厮直白而夸张地嘲笑。

甲一堂和丁六堂可不就是差着一整个书院吗？

闻砚桐瞧着他的脸是越看越讨厌，忍不住要撸袖子跟他一决雌雄。但是想到他是池京禧的下人，打狗还要看主人呢，更何况她现在还是寄人篱下的状态。

她不再与小厮比嗓门，冷嘲热讽道："就算差了再多我也在颂海书院，你能耐你倒是花金子进来啊。"

小厮被堵得哑口无言。确实，哪怕闻砚桐身份再低微，但人家手里有大把大把的金子，照样可以做人上人。而他们这些小厮，无非是家境普通或者贫寒，然后签卖身契谋生路。

这小厮觉得自己被羞辱了，气得满脸通红地回了书房。

池京禧没抬头，也没看见小厮脸上什么表情，只是问道："他在做何？"

"回小侯爷，那瘸子说书房太冷，想把正堂的大暖炉移到书房，这样才暖和。"小厮回道。

池京禧一愣："那暖炉那么大，他自己搬？"

"奴才去的时候就看见他在推那个暖炉。"小厮压低声道，"分明是个瘸子，还不老实。"

"你去了有一会儿，跟他说了什么？"池京禧的语气没有起伏，状似随意。

"我让他安静些，莫吵到主子看书，谁知那瘸子却说在书院中他的身份与主子你平起平坐，没必要对主子低头。这里分明是主子的寝房，他却当成自己家。"小厮话中满是责备。

池京禧听后却一点反应都没有，漂亮的眉眼淡淡的，许是有些困倦，还藏着一股懒洋洋在其中："就说了这些吗？"

"奴才说了他两句，他便骂奴才家贫，不配教训他。奴才顾及他是主子的同窗，不敢再多说，只好进来了。"小厮低下眉眼，委委屈屈道。

池京禧将书翻页，声线慵懒："你已经说得够多了。"

"主子留着这不识好歹的人做什么？干脆赶出去，让他晓得自己的位置。"小厮见池京禧没什么情绪，便在旁煽风点火。

"倒是个好主意。"池京禧指尖摩挲着书页。

小厮听后高兴至极，忙迫不及待道："那奴才去传话。"

谁知池京禧却道："我瞧着外面的守卫还有个空缺，你去给补上吧。"

"啊？"小厮一下子傻眼了，而后脸上浮现惊恐的神色，当下双膝一弯跪了下来，自扇巴掌道，"奴才错了，奴才错了！求主子饶了奴才吧！外面天寒地冻，奴才出去肯定是要冻死的！"

池京禧道："知道错哪儿了？"

"奴才不该夸大其词编谎骗主子，奴才该死！下次不会犯了！"小厮学着方才闻砚桐向池京禧认错的模样，乞求池京禧的原谅。

但池京禧听了之后只淡声"嗯"了一下，便道："出去吧。"

小厮知道这是再没有回转的余地，强忍着惧意和愤然从地上爬起来，退出了书房。

他一出门便看见闻砚桐站在门口听墙脚，闻砚桐看见小厮脸上扇的巴掌印，没忍住出口嘲讽："哟，怎么刚进去一会儿就涂上胭脂了？还怪好看的。"

小厮怨毒地瞪她一眼，不敢再造次，闷声不吭地走出去。

闻砚桐岂能轻易放过他，就跟在他屁股后面低声道："活该，活该，让你嘴贱。"

那小厮即便是气得发抖，也不敢说什么，双耳堵实了之后站到外面，扛着风雪跟侍卫一起守门。

闻砚桐虽不知池京禧为何罚他，却觉得十分解气，瞬间身心都舒畅了。她忍着笑回到书房，见池京禧正专心看书，便轻手轻脚地在他对面落座。

池京禧现在似乎有些习惯了闻砚桐待在身边，也不似第一次那样排斥了，听见她进来便问道："怎么没把暖炉搬进来？"

闻砚桐摇摇头："那玩意儿太沉了，我吃奶的劲儿都使上了才挪动一点点，累得我腿疼。"

池京禧道："既然觉得书房冷，还坐这儿做什么？"

有点像逐客令。

闻砚桐咂巴咂巴嘴，说道："难得跟小侯爷说上几句话，我自然要珍惜这个机会。"

池京禧眼帘轻抬，看了她一眼："你也就奉承人的时候，嘴里说出的话能听。"

闻砚桐姑且当作夸奖，笑嘻嘻道："小侯爷，你那么聪明，定然没人因为你的过错责怪过你吧？"

她拿起手边的笔，在纸上随意地画着，状似随意道："我不一样，我从小就很笨，为了不让我爹娘失望，什么事都想尽力做到最好，只可惜我也从来没有让我爹娘骄傲过。

"我爹年轻的时候家里特别穷，连张像样的床都没有，都是睡在漏风的茅草屋和草铺上，他那时候最大的愿望就是科举封官，能像人们口中说的那样，寒门出贵子。"闻砚桐的声音里夹杂着叹息。

"只可惜因为太穷，连书都念不起，能识几个字已经顶天了。后来他经商赚银子，生活渐渐好起来，也买得起书了，却因为年纪过大，记性不好，落了三次榜，连个童生都没考上。"

她看了一眼池京禧，见他低眸看书，面色平静，什么反应都没有，也不知道是不是在听。但他没有说"闭嘴"，闻砚桐便继续往下说："我进颂海书院读书，就是想弥补我爹当年的遗憾，哪怕我只是考个合格回家也行。"

颂海书院作为皇族直属书院，是个在科举体制外的特殊存在。其中的学生也可以去参加科举，但是科举的制度烦琐，要从下面一层层往上考。而颂海书院每三年都会组织一场汇总考试，地点在皇宫，由礼部亲自监考，等同于殿试的规格。

若是考中了，便直接成为进士，可以再参加殿试往上考；若是没中，则分为合格和不合格两种。合格就类似成为秀才，不合格就啥也不是，最多能把在颂海书院念过书的这段往事拿出来吹一吹。

闻砚桐的意思，就是拿个秀才回家。

她长叹一口气："却是没想到我不仅脑子笨，运气也不怎么好，之前撞瘸了腿，前两日还被诬陷杀了鸡，这会儿书院还流传那只鸡是我偷偷杀的呢。"

"小侯爷，孙夫子有没有找你问我的事？"闻砚桐试探地问道。

池京禧静了许久的眼眸微微一动，指尖挑起久未翻页的书，翻了个面道："没有。"

闻砚桐双肩一塌，瘪着嘴道："是不是孙夫子不相信我的证词？万一他们还怀疑我，把我逐出书院该怎么办？"

池京禧便道："那不是正合你意？"

"那是我以前糊涂，颂海书院这样好的师资条件，绍京再找不到第二个。"闻砚桐低低道，"我也不想辜负我爹的期望。"

对面沉默了一会儿。

就在闻砚桐以为池京禧不会理会的时候，却听他平静的声音传来："你若是不想让人怀疑你，找出凶手就是了。"

闻砚桐心中一喜，继续愁眉苦脸："可是我根本不知道如何去找凶手啊。"

池京禧道："怀疑所有露出端倪的人，足够找出一个杀鸡的凶手了。"

闻砚桐知晓她方才的那番话已经让池京禧对她有了一分的兴趣。这一分虽然极少，但已经足够了，因为她有九分的主动。

她把半个身子趴在桌子上，往池京禧那儿凑了一点，说道："我现在就怀疑当夜守夜的人，无缘无故，上来就指认杀鸡的人是我，若非我有李夫子的证明，他也不会改口。"

"小侯爷你那么聪明，能不能告诉我，我这个怀疑对不对？"她道。

池京禧垂着的眼睫毛轻轻扇动，说道："错了。"

闻砚桐惊讶："你想都没想就说我怀疑错了吗？"

他有些漫不经心："除了你，就是那守夜的下人嫌疑最大。"

闻砚桐心中一惊，瞬间如醍醐灌顶，整个脑子都清明了起来。

是啊！这么简单的道理她怎么没想到？！

报晓鸡被非正常谋杀，嫌疑最大的自当是曾经半夜起来杀鸡的闻砚桐，但是她的嫌疑一排除，排第二的就是那个守夜的下人。他当时那么着急地指认闻砚桐，就是想找出凶手证明自己的清白。

但是闻砚桐拿出了铁证，周伯就是最大的嫌疑人，所以现在根本不必去问周伯，因为他比任何人都想找出真正的杀鸡凶手。

这桩嫁祸其实很低级，不稳定性太强，且凶手只杀了鸡，其他的什么都没做，哪怕是把杀鸡的刀藏进她的寝房，也足以伪造罪证。

即便那日夜晚她没有去李夫子的寝房，也没有确凿的证据能指认她杀了鸡。所以幕后的黑手恐怕并不是想借这件事来整垮她，而是给她制造麻烦，或者搞臭她的名声。

不过说实话，她的名声已经够臭了。

周伯但凡有点脑子，都不会用这样一件指认不稳定的谋杀来冒险，所以周伯的嫌疑从一开始就要被排除。

但先前闻砚桐的思想钻进了一个死角，她认为周伯一个劲地诬陷她必定居心不良，加之他又是在夜晚唯一能够接触鸡的人，所以她才怀疑。

闻砚桐愣了愣，赶忙问："那是谁杀的呢？若不是守夜的人杀的，便定是有人在上下夜换守的时间里杀的。我先前问过，两人的交接时间不得超过一刻，谁能在这一刻里悄无声息地把鸡杀了？"

池京禧沉吟一瞬，问道："现场周围什么样？说来我听听。"

她回忆了下，把自己当时注意到的东西都说了出来："鸡头连着脖子连根切断，扔在鸡身旁边，流了很多血，都被冻住了。"

"鸡窝有血吗？"他问。

闻砚桐皱着眉，而后摇摇头："没有，周围都没有血。"

池京禧的指尖在书册上轻点两下，轻描淡写道："你日后去饭堂吃饭，多留意'千丝万缕'那道菜，就能找到凶手了。"

"啊？"闻砚桐惊得不轻，怎么就突然扯到吃上面去了？

她拿不准池京禧的意思，问道："小侯爷是饿了吗？要不我喊人送些吃的进来？"

"凶手在膳房，是个厨子。"他道。

闻砚桐惊讶。

她求知若渴地问："为啥呀？"

其实她也想到了一点。首先，那只鸡是在昏迷的状态下被杀的，因为畜生警觉性很高，若是想一刀杀之又不让其发出声音，只能把鸡药晕。且那只鸡周围都没有血迹，也足以证明杀鸡人是将鸡从鸡窝拿出放在地上，再一刀砍断鸡脖子，所以血只凝在尸体那一块。

她第二个怀疑的是给鸡喂食的人。

但是没想到池京禧直接跳过了怀疑的步骤，给了一个完全不着边际的答案。

池京禧看她满脸迷茫，不明深意地笑了一下："等你看了饭堂的那道菜之后就明白了，若还是不明白……"

"再来问你？"她疑惑地接话。

"就写一封退院请奏书呈给院长。"他合上书，放在桌子上站起身，"理由就是脑子太蠢，拿合格也没希望，趁早回去吧。"

说完就走出了书房。

闻砚桐看着他离开，不由得低声骂骂咧咧。

不过随即想明白，她离真相已经很近了。池京禧已经说出了凶手的身份和找出凶手的办法，余下的一点就要看看她能不能将其中的联系找出来。

池京禧那么聪明，方才的话肯定不是在瞎说，他定然是想到了闻砚桐没想到的东西，从而推测出了凶手的身份。

但是他懒得解释，那么剩下的这点，就需要闻砚桐自己去发现。

如此一想，闻砚桐又高兴起来。原本她还陷在思想的死角里，反复地琢磨和怀疑，根本无从下手。但是跟池京禧这样一聊，感觉瞬间就通透了。

难怪人都喜欢跟聪明的人交朋友。

她乐呵呵地出了书房，就见池京禧正动身解衣裳，脱下来一件后就扔到了旁边的软榻上。

闻砚桐走过去，将他的衣裳抱起来："这是我晚上睡觉的地方。"

池京禧看着她将衣裳拿到屏风上挂着，又脱了两件直接挂在了上面，说道："你若是在我睡觉的时候发出声音，我便将你赶出去。"

"明白明白。"闻砚桐忙答道。

那张软榻就在屏风后面，平日里傅子献来这里午睡的时候会睡在那儿，并不宽敞，但是闻砚桐上去睡也足够了。

池京禧躺上床之后就闭眼睡觉，由于外面的雪太大，运不来新的被褥，所以他盖的是闻砚桐夜夜抱着睡觉的被子。

而闻砚桐则盖着以前在两人寝时的被子。

被窝里尽是药草的味道，一方面是闻砚桐喜欢在睡前喝中药；另一方面是先前一段时间被鸡叫折磨得厉害，导致她睡眠不稳，专门去药堂抓了安神的药草。

这种味道并不浓，池京禧闻了之后反而觉得很放松，自然而然地对被窝没有多少排斥。

闻砚桐慢悠悠地熄灭了房内所有的灯，才躺到软榻上，舒舒服服地闭上眼准备睡觉。

之前跟张介然同寝，睡觉前往他的房间看一眼，灯是亮着的，醒来后再看一眼，灯还是亮着的，虽然没什么交集，但好歹让闻砚桐有些心安。

只是现在她才发现，那时候那种淡淡的心安，远及不上池京禧在旁边的心安来得强烈。

尽管池京禧与她非亲非故，但他睡在这个房中，却让闻砚桐心中充满了饱胀感，隐约有了一种有树可依的错觉。

池京禧这样厉害，脑子聪明，学识渊博，武功高强，权势滔天，若是真能依靠上他，在学院还不是横着走？

闻砚桐想着想着，慢慢有了困意，打了个哈欠逐渐睡去。

本以为这一觉会睡到天亮，但没想到半夜被冻醒了。

她睁眼一看，屋中还燃着微弱的灯，空气中却泛着冷意。闻砚桐轻手轻脚地下床，走到暖炉旁边，却见炉中的炭火又熄灭了。

之前都是守夜的侍女半夜进来加炭，但是今夜池京禧在这里，她们恐怕不敢进来，而池京禧又把小厮调出去守门了，所以没人加炭。

闻砚桐烦躁地叹了一声，想起池京禧身上盖的被子单薄，便拿了屏风上挂着的大氅和自己的大氅，走到床边。

他似乎也因为寒冷睡得不安稳，身体蜷着，露出精致的侧脸，睡梦中的五官极其宁静。她将两件大氅叠一块，轻轻压在了池京禧的身上。

又拽了屏风上池京禧的两件单衣，铺在自己的被子上，把身体蜷成一团，鼻腔里都是池京禧的气息，似乎温暖了不少，她深吸一口安然睡去。

第二日醒来，便头昏脑涨，得了风寒。

闻砚桐吸着两个完全被堵住的鼻子，气急败坏地将池京禧的单衣扔在地上。

温暖个屁！

闻砚桐才刚把衣裳掼地上，就用余光看见了池京禧站在书房门边。

她姿势都没换，又立即伸手把衣裳捞了回来，还用手拍了拍，假装自言自语："奇怪，这衣裳怎么掉地上了？"

池京禧看了她一眼，抬步走到正堂，拿起大氅披上。

"小侯爷要出去吗？"闻砚桐问道。

她的鼻子堵塞得厉害，嗓子也有些喑哑，一开口就能听出染了风寒。

池京禧先是沉默了一会儿，而后问道："你昨日半夜起来过？"

闻砚桐挠了挠头："昨夜的炭火熄了，我起来看看。"

他将大氅上的扣子一一系好，而后似乎想问什么，但最终还是没问，掀开棉帘走了。

门关处只守着一个侍女，见了他立即把头低下，战战兢兢地将他的棉靴递到脚边。

池京禧换好鞋子，说道："烧些热水进去，让他喝了。"

侍女忙应，恭恭敬敬地送走了池京禧。

外面的雪依旧在下，不过雪势要比昨日小一些。书院里的雪层不断被清扫，踩上去仍然没过脚背，走起来嘎吱嘎吱响。

程昕等池京禧好一会儿了，听到他的侍卫来敲门后就立即出来，笑眯眯道："昨夜睡得如何？"

池京禧很是随意："与往常一样。"

程昕道："那你为何一大早罚走一个侍女？"

"伺候不周，留着也没用。"池京禧道。

程昕忍不住笑出声："这好歹也是闻砚桐的人，你说罚走就罚走了，可有问过人家？"

"他住我寝房的时候也没问过我啊。"池京禧道。

"这我查过了，"程昕说道，"先前闻砚桐撞瘸腿的时候，傅棠欢为了让他方便养伤，就给安排了独寝和下人，有的夫子也知情，他自个儿的确不知道这房子是你的。"

池京禧微微眯眼："傅家的那两姐弟是不是过于亲近小瘸子了？"

程昕笑而不语，两人聊了些其他话，去了李博远的寝房。

闻砚桐自池京禧走后就放松了不少，头疼得厉害，浑身没有力气。

她重新躺下，意识昏昏沉沉。

发烧也不是什么大毛病，喝一杯热水，再捂一身汗，也就差不多能退烧了。只是闻砚桐才洗了澡，不想再出一身汗，也没力气再折腾。

但她刚躺下没一会儿，侍女就送了热水进来，轻手轻脚地走到她身边，低声唤道："闻公子，闻公子……"

闻砚桐迷迷糊糊睁开眼："什么事？"

"小侯爷吩咐奴婢送来热水，说是让你喝了。"侍女说道。

闻砚桐一听是池京禧让送的，当下脑子清醒了些，慢慢地坐起身接过了杯盏。

侍女看了看她的模样，说道："公子怕是染了风寒，不若奴婢去抓一服草药吧？"

"不必。"闻砚桐烫得舌头发麻，挥了挥手道，"外面雪路难行，别给你冻坏了。"

侍女叹道："公子真是个好心肠的人。"

闻砚桐小口小口地喝着热水，见侍女一脸愁容，不由得觉得疑惑，便问道："你怎么了？为何这般郁郁？"

那侍女瞅了瞅闻砚桐，模样很是胆怯，只道："奴婢没事。"

"你快说，我现在不舒服，喝了这水想再睡一会儿，别耽搁时间。"闻砚桐有气无力道。

"荷莺昨夜当值不当被小侯爷罚了，让她搬离这里，去书院的下人院暂住。"婢女红着眼眶道，"眼下寒雪天气，下人院即便是有空房，也都没收拾，更没有暖炉，荷莺去了定会被活活冻死的。"

荷莺就是昨夜守后半夜的侍女。面前这个名叫茉鹇，两人都是从傅棠欢的手下拨过来的，平日里伺候得很妥帖，闻砚桐倒是挺喜欢的。

一听说荷莺被罚了，闻砚桐惊诧不已："何时的事？"

"就在今早。"茉鹇说道。

闻砚桐了然，想来是因为昨夜没有加炭，才惹了池京禧不豫。只不过他今早怪罪的时候，她竟然一点动静都没听到。

她问道："荷莺此时在何处？"

"正在收拾东西。"茉鹇说道。

"你先叫她留下。"闻砚桐道，"告诉她我没有怪罪她，待小侯爷走了就让她继续回来当值。"

"可小侯爷的侍卫正盯着她收拾呢。"茉鹇道。

啊呀，这个池京禧，找起事来倒是一套一套的。

闻砚桐喝了热水，掀被下榻，披上了大氅，指着桌上的几块咸糕点，说道："把糕点带几块，倒一杯热茶，随我去看看。"

外面风雪肆虐，闻砚桐一出门，脑仁立马冻清醒了，跟在茉鹇身后。

这独寝都是给王公贵族准备的，是以后边都有供下人住的小房，两个侍女就住在小房子里。

此刻小房子外站了一个侍卫，正板着脸守在门边。

闻砚桐走了过去，吸了吸鼻子："小侯爷让你守在这儿的？"

侍卫看她一眼，回道："正是，小侯爷要属下盯着此女子搬去下人院。"

闻砚桐笑了笑，摆了摆手说道："这位大哥，天气怪冷的，喝一口热乎的暖暖身子。"

茉鹂忙把热茶往上递，侍卫却没有伸手接："不必。"

闻砚桐便伸手探了一下侍卫的手，"哎哟"惊叫了一声："小手冰凉！可千万别冻坏了，快喝吧，这是刚烧的热茶，小侯爷又不在，没人发现的。"

侍卫没想到她突然动手，下意识地要把手往后缩，却被闻砚桐一把抓住，拿过茉鹂的糕点就塞到他手中："赶紧吃点，昨日那么冷的天守夜，我心里实在过意不去。"

侍卫一头雾水："又不是在为你守夜。"

"都一样都一样。"闻砚桐笑眯眯道，"昨日小侯爷身边的小厮可有冻坏？"

侍卫愣了一愣，答道："没有。"

"那就好。"闻砚桐佯装松一口气的模样，"昨夜他跟我争执了两句，小侯爷非要将他罚出来，幸好没冻坏。"

实际上她心中暗骂，竟然没把那小王八羔子冻病！

侍卫听她一言，眼神当下变了，悄无声息地握住了闻砚桐递来的糕点，笑容微扬："我道他怎么惹小侯爷不高兴了呢。"

闻砚桐说道："没事便好。近日天气寒冷，大哥你也要注意保暖，这地儿就不用守了，赶快回屋暖和暖和吧。你瞧我，都给冻病了。"

侍卫状似为难地朝屋内看了一眼："可是小侯爷的吩咐……"

"你甭担心。"闻砚桐挥了挥手，说道，"这事我会说给小侯爷的，他也不是苛刻的主子。"

侍卫也不想担这份苦差事，当下笑着道："那就多有麻烦闻公子了。"

"无事。"闻砚桐侧头看向茉鹂，"把茶水给这位侍卫大哥。"

茉鹂听言再次将茶水递上，这回侍卫倒是欣然接下，冲闻砚桐道了谢，然后转身离去了。

两人进了屋子后，荷莺正一边哭一边收拾东西，茉鹂叫了她一声。

她一转头见是闻砚桐，忙哭着上来请罪。

闻砚桐用手虚抬了一下："没事了，别哭，你这两日就好好在屋子里待着，尽量少在外走动，千万别让小侯爷看见你。"

荷莺连连哭谢。闻砚桐头晕得厉害，方才又受了凉风，这会儿身上更难受了，随便叮嘱了几句，就连忙回了自个儿屋子里。

中午的时候，茱鹂来问她吃什么，闻砚桐却一点胃口都没有，摆手拒了，窝在一方小小的软榻上，睡了个天昏地暗。

池京禧从李博远那儿回来的时候，天将将黑，寒风刺骨。

他刚走到门口，侍卫便上前来，低声禀道："小侯爷，今早的那个侍女被闻公子拦下了，没让搬走。"

池京禧面色不改："他今日一直都在房中？可有去什么地方？"

侍卫道："上午那会儿出来跟您指去看着侍女搬走的侍卫说了一会儿话，送了一杯热茶和几块糕点，然后就回来了，再没出来过。"

池京禧低应一声，抬步要走，侍卫却道："不过……"

"说。"他道。

"闻公子今日一天好似没吃东西。"侍卫道。

池京禧侧目："为何没吃？"

"想来是因为染了风寒。"侍卫答，"那侍女先前托我们出去买些治风寒的药草。"

池京禧敛眸。

侍卫便趁机道："小侯爷，风寒具有传染性，不如让闻公子去别地睡吧，万一传染给您……"

池京禧道："无碍，我倒没弱到会感染风寒的地步。"

他说完就抬步进了房屋，茱鹂正巧从里面出来，看见池京禧立即退至一边贴着墙站，低低行礼："小侯爷。"

池京禧换了鞋子，抖落身上的雪碴儿，撩开棉帘进屋。

屋中厚厚的棉帘都放了下来，只左右点了两盏灯，柔和的光芒略显昏暗。正堂的大暖炉烧得正旺，屋内十分缓和，瞬间就将池京禧身上的寒气融化，变成细密的水珠。

他脱下了厚重的大氅，随手搭在椅子上，在屋中看了一圈，往屏风处走去。

路过桌子时往盘子上扫了一眼，果然盘子空了，还缺了一个杯子。

闻砚桐把被子裹得很紧，身上盖了好几件厚衣裳，半个头露在外面，闭着的眼睛尽显安宁。

她似乎睡得很香，什么动静都听不见。

池京禧站在软榻边，撩开了被子的一角，伸手探在闻砚桐的后颈，炙热的温度瞬间与他冰冷的手形成强烈的对比。

闻砚桐被突如其来的冰冷惊醒，猛地缩了脖子，却没想到就此把池京禧的手夹住了，这下凉到透心，她"咿咿呀呀"地叫了起来："好冰！好冰啊！"

一边说一边把池京禧的手夹得更紧。

池京禧一下把手抽出来，低声道："起来，别睡了。"

闻砚桐烧得厉害，这会儿有些神志不清了，听出池京禧的声音，以为是他故意把冰凉的手伸进来的，便满是怨气道："小侯爷怎么能拿我来暖手呢？太过分了！"

池京禧道："能听出来是我，倒还没烧成傻子。"

闻砚桐又嘀嘀咕咕了一句什么，伸手把被子捞回来盖在身上，继续蜷着睡。她现在就是感觉很冷，腿脚都是冰凉的，希望身上能再暖和一点。

池京禧一把将被子掀到软榻的靠背上，抓着她的胳膊，轻轻松松就把人拎起来坐着。闻砚桐的身子软绵绵的，一点力气都没有，骨头像被软化了一样，又要往下倒，他便将闻砚桐扭了个方向，让她靠着软榻的靠背："再睡你的命就没了。"

闻砚桐难受地皱眉，也不知道有没有听明白池京禧的话。

他道："你坐好，不准再盖棉被了，把身上的热先散散。"

闻砚桐重重地点了下头，好似在答应池京禧的话。

他等了一会儿，见闻砚桐没有要动的意思，就转身去了门口，唤来了守在门边的侍从："外面雪路可行吗？"

侍从不明所以，以为池京禧现在想回去，只道："马车不可行，走路能行，但耗费时间。"

"你去买些治风寒的草药来。"池京禧吩咐道，"买回来之后尽快熬煮，然后端进来。"

侍从领命，飞快离去。

他又传了一人，说道："你去让膳房做些清淡汤饭，趁热端来。"

他又吩咐了两人烧开水，这才进屋。哪想到走进去一看，闻砚桐又把自个儿裹成蚕蛹，头都缩进被子里了。池京禧走过去再次把被子掀开，卷了卷扔到床榻上，对闻砚桐道："起来。"

闻砚桐开始哼哼唧唧，十分不情愿："为什么要折磨我——"

她身上的温度已经到了烫手的地步，池京禧见她真要被烧成个傻子，便强硬地将她拉起来，唤了守门的侍女进来。

茉鹂一进来，就见闻砚桐满脸红得厉害，软着脊椎歪在软榻上。池京禧道："把他的棉衣脱两件。"

闻砚桐为了御寒，在身上穿了两件厚棉衣，把整个身子的温度捂得相当高。

茉鹂立马走上前去低声道："闻公子，奴婢给你脱两件。"说着便上手解她的衣扣。

闻砚桐有气无力地睁眼看她，似乎清醒了些："什么时辰了？"

茉鹂道："酉时了。"

闻砚桐又问："小侯爷回来了吗？"

茉鹂看了一眼站在闻砚桐斜后方的池京禧，忙答："回来了。"

闻砚桐十分配合地让她把棉衣脱了，扭着脖子东张西望："人呢？在哪儿？"

池京禧往前走了两步，问道："清醒些了？"

闻砚桐看了看他，高烧下的她反应很慢，双眸要很努力地去看才能集中精神，于是跟池京禧对视了好一会儿。奇怪的是，以往耐心不怎么足的池京禧，今日竟没有黑着脸责怪她，倒是像等她说什么一样。

闻砚桐慢吞吞道："那把门关上吧，我们要睡觉了。"

敢情还是要睡觉。

茉鹂道："公子你都睡一天了，可不能再睡了！"

闻砚桐道："我好累。"

明明一天都在床上躺着，闻砚桐却觉得四肢乏力，疲惫不堪，连眼皮子都十分沉重。

茉鹂往她头上探了探，惊呼："竟然这般热了！这下可怎么办？！"

池京禧见她情况不容乐观，便道："你把壶中的水倒入盆里，用棉布沾湿，给他脖子胳膊都擦一擦。"

现在药还没买回来，只能暂时用这种方法给闻砚桐降温。

茉鹂听了命令，连忙提壶找盆。失去了支撑力量的闻砚桐又要往下倒，四仰八叉地躺在软榻上，双眼一闭啥也不管。茉鹂动作飞快地沾湿了棉布，搬了个椅子到床榻旁，把水盆放在上面，拧干了棉布扶起闻砚桐。壶中的水是茉鹂在早上倒进去的热水，在屋中置了一天，虽然凉了，但好歹是在室内，不那么冰冷。可饶是如此，闻砚桐也有些受不了这个凉意，刚被擦了一下就扭着闪躲，用手推拒，哼哼着让茉鹂走开。茉鹂一个人扶不住，闻砚桐一下子就挣脱了，往软榻下翻。池京禧手疾眼快地把她捞住，拎回了软榻上。他干脆挨着闻砚桐坐下来，阻止她继续东倒西歪："动作快点。"

茉鹂不敢耽搁，只好飞快地在闻砚桐的脸上、脖子上擦拭，凉得她双眉紧拧，哇哇乱叫："拿走拿走！太凉了！"

池京禧将她的两个手腕叠在一起捏着，限制她的挣扎。

一番动作下来，池京禧竟觉得身上发热，隐隐有出汗的趋势。闻砚桐脸上的红晕也淡了一些，温度没有先前那样惊人了。

"继续擦。"池京禧不让茉鹂停。

闻砚桐身上的中药味比被褥里的还要浓，尤其是发间。她身材娇小，池京禧轻而易举就能给她制住。只是她的头不断地扭着，药草的味道便隐隐传进池京禧的鼻子里。

最后不知道怎么的，闻砚桐竟然伸脚踢翻了搁在椅子上的水盆，大部分水都倒在了软榻上。

池京禧下意识地把她往后拉了一段距离，冷水只打湿了她的脚背。

茉鹂惊呼一声，连忙去捡盆。周遭已经被凉水溅得一塌糊涂，盆里更是一点都不剩。茉鹂吓坏了，退到一边不敢说话。

闻砚桐好似隐约意识到自己闯祸了，呆呆地坐着，也不再挣扎。

池京禧没好气地看了闻砚桐一眼，见她呆得像个傻子，也说不出什么责怪的话，只对茉鹂道："赶紧收拾。"

茉鹂忙上前，先把闻砚桐的脚背擦了擦，然后又将软榻上的水用棉布吸了吸，最后才将地上的水擦尽。

软榻足足有一大片浸了凉水，完全不能再睡，池京禧看着闯祸之后装傻的闻砚桐，一时觉得头疼。这瘸子病了之后比醒着更折腾人。

闻砚桐在上面坐了一会儿，脚有好几次都触及了那块湿了的地方，本能地想离开。于是她下了软榻，连鞋子都没穿，赤着脚走向床榻。

池京禧发觉她的意图，把她拽住："你又要做什么？"

"放开我！"闻砚桐一把拂开他，有些凶地说道，"又想干什么啊？！"

池京禧又是生气又是纳闷儿："怎么你还生气了？"

闻砚桐捂着头："我的头好疼，不要跟我说话。"

池京禧道："你去椅子上坐着，等会儿吃饭。"

闻砚桐道："我不，我要睡觉。"

"你是想饿死，还是想病死？"池京禧忍着怒气道，"不准再睡了。"

闻砚桐"啧"了一声："你怎么那么婆婆妈妈？走开啊！"

池京禧闭了闭眼睛，咬牙道："你说我什么？"

"婆婆妈妈！听不清楚吗？"闻砚桐狗胆包天地重复喊道。

两分钟后。

闻砚桐一手捂着脑袋，一手抠着身下的毛垫，坐在椅子上乖巧地问："饭什么时候来呀？"

茉鹂低声回道："公子再等一会儿，应该快了。"

闻砚桐的头挨了池京禧一下，变得老实无比，她点了点头，吸着鼻子等着。池京禧黑着脸站在边上，一同等着汤饭送来。

没过一会儿饭就来了，茉鹂接过后递到闻砚桐面前。下人以为是做给池京禧的，里面加的东西相当丰盛，是十足的佳肴，但闻砚桐却没什么胃口。

她看了看池京禧："我不想吃……"

池京禧在桌边，屈起两根手指，在桌子上轻慢地敲着，眸光平静地看着闻砚桐："你说什么？"

闻砚桐想起这两根手指就是方才在她脑袋上留下重创的利器，不由得"咕咚"咽了一口唾沫，捧着热腾腾的汤饭放在桌子上，小口小口地吃着。

闻砚桐病得不轻，头晕眼花，又没什么胃口，所以吃得很慢，也尝不出什么味道。

池京禧道："快点吃！"

闻砚桐找借口："这筷子不好夹汤饭。"

池京禧对病人的纵容超乎想象，当下吩咐茉鹂："拿汤匙来。"

茉鹂领命，很快就递上一把汤匙。闻砚桐没了借口，只好在池京禧的注视下硬吃了半碗。

然后热腾腾的药就送上来了。闻砚桐又把药喝了，身体才好受些。

池京禧见她脸色好些了后，便让人把东西都收拾下去。

闻砚桐自以为折磨结束了，便喊道："我要睡觉，让我躺着吧，我撑不住了——"

池京禧没有回应，转头看了眼被闻砚桐踢翻了水盆打湿一半的软榻，缓缓地皱起眉头，似有些犯难。

夜色浓重，颂海书院各处的灯相继熄灭，只余下了点灯夜读的学子。

池京禧坐在书房里，看书看得久了，眼睛有些疲惫。他合上书揉了揉眼睛，打算睡觉。

身边站着的茉鹂立即撩开了棉帘。

池京禧站在书房门口，见床榻上一片寂静，问道："他睡了？"

"回小侯爷，闻公子半个时辰前就睡着了，许是药性发作。"茉鹂低低回道。

池京禧随手拿起大氅往外走，站在门关处喊来侍卫："牧杨那边如何说？"

侍卫答道："牧少爷说他屋中有傅家庶子，恐怕没地方让小侯爷睡。"

池京禧皱眉，抬步出了房间，却发现雪不知道何时停了。

他走到牧杨的房外，让人上前敲了门。

大半夜的，牧杨还精神得很，一个劲地钻研射箭技巧，拉着困得东倒西歪的傅子献不肯罢休，见到池京禧来了才暂且放过他。

他走出来道："禧哥，你怎么来了？"

池京禧问道："傅家庶子怎么在你房中？他自己不是有房间？"

牧杨耸了耸肩："我想讨教他射中靶心的诀窍，所以把他喊来了。他那寝房的炭火根本不够烧，万一冻病多不好，所以我干脆让他住我这里。"

池京禧嘴唇一动，刚想反驳炭火不够烧怎么可能会冻病，但当下想到他的床上还躺着一个烧得神志不清的病人。

他这才话头一转，说道："让他去我房中睡，我今夜跟你一起睡。"

牧杨疑惑地问道："怎么了？闻砚桐又惹你生气了？"

"他得了风寒，"池京禧皱眉道，"又踢翻了水盆、打湿了软榻，现在在床上睡着。"

牧杨当下明白。池京禧是不喜跟不熟悉的人同床共枕的，所以宁愿来跟他挤一个屋子。

牧杨刚想答应，但又好似突然想起来什么似的，回头看了一眼打瞌睡的傅子献，而后道："禧哥你看，雪停了。"

池京禧不明所以地回头看了一眼："那又如何？"

"现在雪一停，明日一大早就会有人开始清扫街上的雪，咱们就可以回府了，今晚是住这儿的最后一夜。"牧杨笑道，"你就再忍耐一下吧。"

池京禧有些不可置信地看着他。

牧杨便道："禧哥，闻砚桐这人其实挺好玩儿的，他睡觉还会说梦话呢，你今夜可以听听。"

"你……"

"我不跟你说了啊！我还等着练平射呢！"牧杨后退一步，匆匆将门关上，声音从屋里传出来，"明儿一早再见！"

池京禧看着面前关上的门，气得不轻。打小一起长大的兄弟，竟然会为了射箭把他抛弃。

他暗暗记下这一笔，一路气着回了屋中。

池京禧命人烧了热水，泡了个澡后才准备熄灯睡觉。

他自十岁那年离开安淮侯府，不远万里来到朝城，一直都住在皇帝御赐的小侯府中，从未跟谁同床睡觉过。

不过好在闻砚桐是个平民，富商之子，倒让池京禧心中的硌硬少了不少，加之与这人还算有交集，并没有抗拒到完全不能接受的程度。

闻砚桐睡觉喜欢靠着墙，卷着自己的那一床被褥睡姿很端正，床榻空出来一大片，池京禧就躺进了另一床被褥中。

他刚坐到床上，正整理被子时，手腕猛地一热。池京禧侧目看去，就见闻砚桐不知何时睁开了眼睛。

眼眸中尽是惺忪睡意，好似强撑起眼皮一样，迷蒙地看着池京禧。她掌心的温度滚烫，即便是池京禧身上并不凉，也能清晰地感知到那股热度。

池京禧抖了抖手腕，没把她的手抖掉，低声问："干什么？"

"小侯爷，"闻砚桐的嗓子哑得厉害，对他道，"荷莺昨夜不是故意不添炭火的，她以为你的小厮在房中守着，所以才没进来添。"

房中相当安静，昏暗的灯光映在了闻砚桐半睁着的眼眸里，竟有些熠熠发亮。池京禧想了想，意识到她说的荷莺是昨夜守夜的侍女。

便道："怎么？"

"你不要怪罪她。"闻砚桐说道。

池京禧便道："你不是已经把人拦下了吗？"

闻砚桐听闻便收回了手，声音越来越低，喃喃道："你不责怪就好，凶起来怪吓人的。"

她把手缩回被子里，又把自己卷成蚕蛹，安心地闭上眼睛继续睡。

池京禧低眸看了她一眼，把手边的被子铺好，才躺下要睡。闭上眼睛时耳边传来另一个人的呼吸声，让他心中难免生出异样。

只是跟昨夜比，那股药草味更浓郁一些，几乎缠住了池京禧的全身，轻轻一吸便是满腔药香。

正如牧杨所说，等这一夜过去就好了。

池京禧在药香中意识逐渐模糊，正要入睡时，突然听到耳边传来呓语。

他微微皱眉，扭头一看，就见闻砚桐还是睡得香甜，但是嘴唇却微微嗫动着，好似在喊某个人。

他忍了忍，决定无视。

但头刚扭回来，就听闻砚桐一直不间断地嘟囔着什么话，好像没有要停的意思。这样吵闹，池京禧根本无法入眠，他转头拧了一把闻砚桐的脸："醒醒……"

闻砚桐感觉到了疼痛，挣扎了一下，从池京禧手下挣脱，然后往下缩了缩，说道："当心我揍你。"

池京禧气笑了。又瘦又矮的，能揍得动谁啊？

不过倒是有些用，闻砚桐安静了一会儿，就在池京禧再次快要入睡的时候，她又开始嘀咕了。

池京禧想到了曾经在书上看到的：若是有人说梦话，就掐住那人两手的虎口，掐一会儿就不会再说了。

他便伸手探进闻砚桐的被窝，寻找她的手臂。两只手一只放在身侧，一只置在脖子处，池京禧把滚烫的两只手都找到，按住虎口一掐。

闻砚桐当即叫了一声，一下子惊醒了，瞪眼看着池京禧。

池京禧见她醒了，忙把她的手丢一边，咳了声警告道："你老实点，不准再说梦话了。"

闻砚桐意识模糊，瘪着嘴揉了揉两只手，嘟囔了一句什么后背过身去睡，倒没什么动静。

自此，一整夜闻砚桐便十分安静，半点动静都没了。

她睡了很长时间，几乎把身上的骨头都睡软了，醒来的时候满目迷茫。随后意识慢慢清醒，她想到了昨日生病后池京禧的照顾，便忍不住侧目看去。池京禧还在睡，似乎是累到了，俊俏的面容笼着宁静，长长的睫毛如墨染的一样，在白皙的皮肤上很是明显。闻砚桐认真瞧了瞧，暗道：这池京禧真的是长了一张令人心动的脸。

经过一夜的休息，她的高烧已经退了，只是身上难免会有些地方因为躺得太久微微疼痛。闻砚桐本想在被窝里再躺一会儿，但不想池京禧一大早看见她不高兴，就轻手轻脚地想跨过他下床。只是没想到池京禧的身量很长，闻砚桐低估了他的身高，一不小心踩在他的腿上，当下从床榻上跌落下来，摔了个屁股蹲儿。闻砚桐"哎哟"两声，揉着屁股正要站起，就见池京禧醒了，皱着眉从床上坐起，双眸还带着未褪尽的睡意，一股慵懒。

闻砚桐从地上爬起来，披上了厚厚的棉衣，对他笑道："小侯爷醒了？睡得如何？"

池京禧刚醒，浑身一点攻击力都没有，充满了纯良无害。他微微皱眉，低声道："头疼。"

闻砚桐一听他这声音就愣了。怎么跟她昨日早上一样，鼻塞声哑，还头疼。

"小侯爷，"闻砚桐走近，伸手往他头上探，"你该不是生病了吧？"

若是平日里的池京禧，定不会让她靠近的。但或许是这会儿他刚醒，或者是病了反应慢，竟让闻砚桐摸上了额头。

"有点发热，应该也是染风寒了。"闻砚桐说道，"谁让你昨夜不好好睡觉，还偷袭我，这下被我传染了吧……"

池京禧看她一眼，下意识地解释："那是因为你说梦话。"

"我说梦话你直接喊醒我啊，干吗掐我？！"闻砚桐叹道，按着他的肩膀，"你先躺下，用被子盖好，我传人给你煮药。"

池京禧拂开她的手："无碍。"

"不行！"闻砚桐强硬道，"你若不吃，就会跟我昨日一样了，病得分不清东南西北。"

她为池京禧盖好了被子，便出门吩咐了茉鹂煎两份治风寒的药来，再送上两份清淡些的咸粥。

进门之后就看见池京禧闭着眼睛，不知道是在睡觉还是因为头疼闭眼休息。她拿了衣裳去屏风后穿好，又叫人添了炭火。

正好热水也送进来了，茉鹂将壶灌满，又倒了些在盆中让闻砚桐洗漱。

闻砚桐先倒了水端去给池京禧喝。

池京禧生病的时候没什么脾气，浑身都透着一股懒散，应是对闻砚桐脸色最好的一回了。他喝了两口开水，问道："什么时辰了？"

"寅时。"闻砚桐道，"外面雪停了。"

池京禧又问："路扫开了吗？"

"应该扫开了。"闻砚桐便道，"小侯爷要回家去吗？"

池京禧垂下眸，把杯中的水喝完，疲惫地叹息一声："嗯，要回家。"

闻砚桐把杯子接过来，说道："喝了药再回吧，不然路上灌了寒风会加重病势。"

池京禧倒没说不愿意，闻砚桐便放了杯子去洗漱。洗完脸闭着眼睛摸索着找毛巾的时候，忽而有人拿了毛巾递过来，她擦了擦脸，一睁眼发现是穿戴好的池京禧。

"怎么起来了？"闻砚桐讶异道。

池京禧墨眸沉了沉，问道："池单礼是谁？"

闻砚桐当即惊得魂飞魄散，手一抖险些暴露自己的情绪，连忙用棉布覆上脸，遮住自己的失态。池京禧也颇有耐心，站在边上等了一会儿，看着她磨磨蹭蹭地擦完了脸。

闻砚桐打哈哈道："不认识，没听过，小侯爷你怎么突然问我这个？这人是你亲戚吗？"

"你昨夜说梦话，喊了好几次这个名字。"池京禧道。

"你听错了吧？"闻砚桐道，"我根本不知道这个人是谁。"

她把棉布扔进水盆里，怕池京禧再追问，就忙高声把茉鹂喊进来："再打些热水送进来，小侯爷要洗漱。"

池京禧见她不说，也没有继续追问，待水送进来后简单洗漱了下，正好药和粥一块送来了。两碗中药摆在桌上，味道十分浓郁，将闻砚桐的眼睛熏得难受。她拿了其中一碗，叹道："自从来了这地方之后，药就没停过。"中药放到温凉，闻砚桐捏着鼻子闭着眼睛喝了，刚把碗放下，就见池京禧跟喝水似的把药喝完。她简单吃了两口粥之后，或许是确实没什么胃口，便扔一边了。没过一会儿，牧杨就找来了，站在门外面叫喊。池京禧穿上了大氅，离开了寝房。

三日的鹅毛暴雪终于过去，天空放晴。朝城的钟在卯时第一下敲响的时候，就有人拿了扫帚上街扫雪清理；官府又用酬金雇用朝城的平民百姓，鼓动众人纷纷上街清理。一个时辰左右，大街小巷的路差不多都通了，雪被一车一车运到了城外堆积起来，就等着太阳出来后慢慢融化。

被困在颂海书院的众官员之子也得以还家。

闻砚桐站在门边，冲离开的池京禧挥别："小侯爷，回家后千万莫忘记吃药。"

池京禧倒没什么反应，倒是牧杨回头给了她一个大大的笑容，学着她的模样告别。

第二日，书院正常上课。闻砚桐打听了一下，池京禧没来，恐怕是没听叮嘱，回去也没好好吃药才加重了病情。

当日中午，闻砚桐拉着傅子献去了饭堂，站在池京禧所说的那道菜面前。

那道菜叫千丝万缕，实际上就是烤好的鸡摆在盘子中，然后用刀片成一条条的鸡肉丝，再淋上酱料。

闻砚桐不知道池京禧是怎么知道这里有这道菜的，她凑过去认真瞧了瞧，忽而发现了端倪。

这其实是一个很容易发现的问题，难怪池京禧说看不出来就可以写退学申请了。

因为颂海书院里的学生都娇贵，不吃鸡头和鸡脖子，所以这些膳房的人在片肉丝下来的时候，不动鸡脖子上的肉。

闻砚桐看了看摆在旁边被片得只剩下骨架的鸡身。鸡脖子是被从当间一刀切断的，片鸡肉的大婶就用手拎着那一段鸡脖，手法娴熟地下刀。

看到这里，她终于明白池京禧为何一下就确定凶手是膳房的了。

因为用刀的习惯。

正常人若是杀鸡，下刀的位置肯定很随意，但凶手必然是某个经常在鸡脖子根部下刀的厨师，所以他的一刀就跟平时一样，下意识切去了学生们不吃的鸡头和鸡脖子。

所以那日看到的无惰，鸡脖子连着头连根从鸡身上被剁下来，就是因为那厨师嫌夜间太冷，又害怕被人发现，在紧张心理下的本能一刀。

闻砚桐心中暗喜，察觉出自己离真相越来越近了。

她便沉住气，连续好几日都吃这一道菜，吃到傅子献看见鸡肉就觉得难受。

终于在第五日，让她看见了盘子上没有脖子的鸡身，与无惰的尸体一模一样。

那切丝的大婶似乎很讨厌这样切鸡脖子的人，恨声骂道："又是这个老冯，每回都要占这一点便宜，真不知道多吃那几块鸡脖子能填饱几个肚子！"

闻砚桐好事地问道："怎么了啊大婶，这鸡切得不漂亮吗？"

"漂亮什么啊！"这几日闻砚桐经常跟她搭话聊天，那大婶都认识她了，自然而然道，"膳房的其他师傅在切鸡脖子的时候，都知道留一段，我们片丝的时候拿着才方便。就只有一个非要占这点便宜，把鸡脖子连根切下，唉……"

闻砚桐附和道："这点便宜都占，太不是个东西了……"

"可不是嘛，难怪一把年纪了还没娶到媳妇……"

闻砚桐心下了然，草草吃完了晚饭，便跑去了膳房，旁敲侧击地询问了没有讨媳妇的老冯，结果得知膳房的老冯只有一个，便放心地问了老冯的住处。

结果寻去了一隅院才得知，这个老冯出去找乐子了。

闻砚桐多问了几句："冯厨子能出去找什么乐子？"

旁人叹道："那谁知道？他向来穷得厉害，手里但凡有一点银子都吃喝玩乐了。近日总念叨着琴墨楼的小燕，约莫是去那处了吧。"

"琴墨楼？"闻砚桐纳闷儿，"他去那地方作何？"

一个厨子，去琴墨楼干啥？这名字一听就不是一个粗人能去的地方。

谁知道那人笑道："还能去干啥？琴墨楼可是我们朝城出了名的温柔乡啊！"

闻砚桐一听便懂了，暗道这朝城真是邪了门，一个饭馆起名像青楼，青楼起名又这般文雅。

不过随即她便反应过来，这个老冯有可能是去消灭证据了。

青楼是什么地方？典型的销金窟啊！这老冯极有可能是得了幕后黑手给的银票，怕查到头上暴露了，便想尽快把银票花出去。若是银票的面额较大，去青楼这种地方则是花得最快！

闻砚桐扯了傅子献一把："快快快，咱们快走！"

傅子献不明所以，两人一路从书院走到门外，用傅子献的玉牌出了书院，上了马车。

闻砚桐急急道："去琴墨楼，越快越好！"

傅子献就在后补充一句："还是别太快，地上滑，当心出事。"

闻砚桐没异议，马车便启程，沿着小路进了朝城的大路，去往琴墨楼。

傅子献道："我们为何要去琴墨楼啊？"

"去拿一个很重要的东西，"闻砚桐道，"但愿能赶得上。"

赶到琴墨楼的时候，天已经完全黑了。这座三层高的楼相当富丽堂皇，屋檐下挂满了五颜六色的印花灯笼，门口还站着漂亮的姑娘招揽客人。只是寒冬腊雪的天气，姑娘的脸和手都冻得通红。

闻砚桐下了马车就要往里进，却被傅子献拦住。他双耳通红，不知是冻的还是其他原因，磕磕巴巴道："咱们、咱们不能去这种地方……"

"没事，我就是拿个东西。要不你在门口等我，我一会儿就出来。"闻砚桐拍拍他的手，安慰道。

"不行，书院明令禁止的。"傅子献道。

"我很快出来。"闻砚桐压根不听，一边说一边往里进。

傅子献急得在门口打转，最后还是不放心她一个人进去，也硬着头皮跟进去了。

街的另一边，站着池京禧和牧杨等人。几人目睹马车从面前驶过，然后闻砚桐和傅子献从上面下来，两人说了两句，傅子献要拦，却没拦住闻砚桐，两人一前一后进了琴墨楼。

牧杨愣愣地说道："这两个兔崽子，胆子可真大啊……"

闻砚桐进了青楼之后，老鸨正好在门口会客，见了她就立即笑嘻嘻地凑上来，也不管闻砚桐年龄小，拉着她就往里走。

闻砚桐哪有时间跟她扯皮，当下开门见山："你们这儿是不是有个叫小燕的姑娘？"

老鸨便道："燕儿啊，真不巧，她今日被点了卯，正接客呢，不若公子换个？我们楼里什么样的姑娘都有。"

闻砚桐一喜，便道："点了小燕的人，是不是姓冯？"

老鸨一听，当下脸色就变了。她看出闻砚桐不是来销金的，而是打探消息的。老鸨是个聪明女子，自然知道这种客人招待了最容易惹祸上身，便道："这我可不清楚，公子还是莫要瞎打听了。"

闻砚桐二话不说从袖子里拿出一张大银票："是不是姓冯？"

老鸨见钱眼开，一边收下银票，一边笑得甜腻："是是是，据说是颂海书院的厨子，他最喜欢楼里的小燕，还说要为她赎身呢。"

闻砚桐松了口气，又拿出了两张银票，对老鸨扬了扬："把那姓冯的今日给你的银票给我，这两张就是你的了。"

老鸨一听，脸色又变了。

她道："不成不成，公子千万别把祸引到我身上，我不过是一个小小青楼老鸨而已。"

闻砚桐又掏出一张："我再加一张。"

"再加两张也不成。"

"三张！"闻砚桐把银票都拿出来，"过了这村可没这店了。"

哪知道老鸨也是知道这些事不能沾惹的，即便是眼睛都馋红了，也硬着嘴道："公子还是看看我们楼里的其他姑娘吧……"

她说着就要走，还暗中给旁边的姑娘使了个眼色。

闻砚桐哪能轻易让她离开，忙要追赶。

刚迈脚，就被旁边的姑娘伸出脚绊倒，闻砚桐慌张中本能地伸手一捞，谁知竟扯住了老鸨的衣裳，将她的外衣刺啦一声扯破了，整个人也摔在了地上。

她手忙脚乱地从地上爬起来，就听见老鸨尖着嗓音喊道："非礼呀——！"

她眼睛一瞪，摆手道："误会误会！"

老鸨显然是老手，一招手，青楼的护院就从后门拥了进来，她喊道："给我把这小子抓住！"

闻砚桐心知老鸨是眼馋她手里的银票了，暗道失策。傅子献的侍从才四个，根本打不过这些护院，且若是真闹起来了，傅子献的名声也不好听。

她倒无所谓，不过一个富商之子，但傅子献不行，虽是庶子，但好歹也是个丞相之子。

微微一思量，闻砚桐便拔腿往外跑，先溜再说。

护院见她要溜，纷纷往这边聚拢，拨开了楼中的客人加快速度围过来；而被几个姑娘团团围住的傅子献也看见了闻砚桐这边的事，匆忙推开身边的姑娘。

唯一的好处是闻砚桐离门并不远，虽然瘸着腿，但跑起来速度也不慢。

傅子献被吓得脸都白了，见她一手拎着一块鲜艳的衣料，一手捏着银票，急急问："发生什么事了？"

"别问！快跑！"闻砚桐一矮身，从人群中钻了出来。

她心中暗骂，不是说青楼的老鸨都见钱眼开吗？！这老鸨分明是见钱眼红，要杀人啊！

琴墨楼门口那一段堆着雪，极其滑，闻砚桐跑出来的时候打了一个大趔趄，险些当场下叉，幸好稳住了。

而傅子献不知道是太害怕了，还是没稳住，一出门就摔了个四仰八叉，从三级阶梯上滑下来。闻砚桐见状忙转了个头去扶他，就这样一耽搁，青楼里的护院已经追了出来。守在马车边的四个侍从见主子被追，立即围上来，当下抽了腰间的刀挡在傅子献面前。青楼的护院人多，并不惧怕，将马车带人团团围住。老鸨便从人群中走出来，立在那三层台阶之上，居高临下地对闻砚桐道："非礼了老娘还想走？今日把你身上的银票都留下，否则你的另一条腿也要瘸。"

闻砚桐脸色很难看。太大意了，吃了没有经验的亏！原以为要了银票就能走，却不想这老鸨竟如此难缠。

"这是干吗呢，这么热闹？"旁边突然传来看热闹一般的声音。

众人一同回头看去，就见了揣着手的牧杨。池京禧在他旁边，俊俏的眉眼笼着淡色，完全像个路过的人一样。但此时他却站在不远处，静静地看着被围住的闻砚桐。

今日还没有冷到寒风刺骨的地步，是以池京禧并没有披大氅。他一袭杏黄色的棉袍，上面绣着银丝花纹，从领口蔓延到袖口再到衣摆，繁复又精致。这个温柔的颜色让池京禧俊俏的眉眼也显得柔和了许多，乍一看竟还带着淡淡笑意。

闻砚桐当下双眸发亮，扬手挥了挥喊道："小侯爷小侯爷！你们怎么在这儿？真是巧啊！"

她一边说一边往他们那处去，撞开了围着她的护院走到他们跟前，笑着道："是不是因为明日休沐，所以你们在街上玩呢？"

牧杨摇头笑道："没你们玩得开心。真是看不出来呀闻砚桐，没想到你竟好这口。"

闻砚桐听言第一个反应是疑惑，但随后猛然察觉自己手上还拽着方才从老鸨身上扯下来的布料，当下极其嫌恶地扔到了一边："误会误会，我可以解释。"

傅子献方才那一跤摔得结结实实，走来的时候有些瘸拐的模样，对闻砚桐问道："到底发生什么事了啊？"

闻砚桐一下转到池京禧身边，指着老鸨便告状："小侯爷你快看看，皇城之中天子脚下，这女人竟明目张胆欺负我一个瘸子，抢我的银两，还扬言要把我另一条腿打断！太不将王法放在眼里了！"

这老鸨在方才闻砚桐喊那一声"小侯爷"的时候就慌了神。虽说她平日里没什么机会见到这位大名鼎鼎的小侯爷，但见来的这两人衣着华贵，气质非凡，也能看得出并非常人，更何况后面还跟着佩着利剑的侍卫。

老鸨见惯了大人物，眼睛毒得很。她看到闻砚桐的时候就已经看出这人最多是个有钱人家的公子哥，跟权贵不沾边，所以才敢叫人围住她。只是千算万算也没算到，这人还跟小侯爷有关系。这下可是捅了马蜂窝，麻烦大了！

老鸨吓出了一身汗，忙赔笑道："这位公子，瞧您说的，都是误会，我不过是想多留您一会儿呢，想来是表达的方式不对，让您会错了意。"

闻砚桐冷哼了一声："你方才可不是这样说的。"

她悄悄扯了一把池京禧的衣袖，低声道："小侯爷，我已经找到了杀鸡的凶手，但是证据在这个女人的手里……"

池京禧的眸子如墨染一般黑得深沉，看了看面露怯色的老鸨："抓起来，押送官府。"

他身后的侍卫立马走上前，直接将护院和老鸨都押住。方才无比神气的老鸨当下就跪在了地上："小侯爷饶命！我下次再也不敢了！"

池京禧不为所动，眸中透着一股子懒意："又不取你性命，何必求着饶命？"

老鸨便哭喊着自扇巴掌道："是我不该，是我不该！小侯爷您大人有大量，千万莫要将我送去官府，好歹给条生路吧！"

琴墨楼是朝城里的老楼了，但这老鸨却是个新老鸨。若是东家知道她惹了池京禧，不用等到第二日，这女人就会被赶出琴墨楼。而进了官府之后会有记录在册，底子不干净，日后若是寻夫家都是难事。更重要的是，池京禧若是将人安排进去了，估计一年半载都出不来。

闻砚桐了然，难怪这老鸨哭天抢地这般惨烈，想来是怕极了进牢房。她见这老鸨六神无主地求来求去，便故意清了清嗓子在边上提醒。

那老鸨脑子通透得很，立即明白闻砚桐才是祸灾的源头，就忙去求她："这位公子，你先前要的东西我都给你，烦请你帮我给小侯爷求个情。"

闻砚桐心中一喜，便又转头对池京禧小声道："小侯爷，这人说要把东西给我了，不如先把东西拿下来再送去官府吧。"

牧杨在旁边听到后十分惊诧，不由得叹道："你这人可真损。"

闻砚桐瞪他一眼，压低声音道："我怎么了？我又没答应她向小侯爷求情。她这般欺负人，活该被送去官府好好查办。"

池京禧颔首："把东西拿出来。"

老鸨忙从袖子里掏出一大把银票，然后统统递给了侍卫："都给您。"

侍卫把银票递上来，闻砚桐接下了，一张一张地翻看，最后在一众银票中找出一张右下角印着"吴氏存银"的银票。

她反反复复翻了几遍，就只有这一张，便扬给老鸨看："是不是这张？"

老鸨细细看了下："不错不错，正是吴氏的银票！"

书院里姓吴且跟她有过节的，能有几个？

闻砚桐咬着牙恨声道："好你个吴玉田，果然是你！"

池京禧见她找出了银票，便道："押走。"

老鸨一下子傻眼了，挣扎着喊道："等等！不是说要替我求情的吗？！我都已经把东西给你了！"

闻砚桐装作无奈地耸肩："我已经给你求过情了呀，但是小侯爷铁面无私，不接受我的求情，你安心去吧。"

老鸨被拖下去之后，琴墨楼里的姑娘都躲在门里面不敢再出来。闻砚桐见东西已拿到手，也没必要再进去，便转头对池京禧道谢："今夜多谢小侯爷施以援手，砚桐感激不尽。"

池京禧便道："如何报答？"

闻砚桐迷茫地看着他："报……报答？要不……我请你们吃顿饭？"

本是抱着试探的心理问的，按照以往池京禧的脾性，自然是一口回绝了。

但没想到他却应了："可以。"

这还是那个见到她就把眉毛拧成一条，恨不得把路绕着走的池京禧吗？

闻砚桐心中讶异，但面上不敢显露，只道："那小侯爷想去什么地方吃？"

"去朔月酒楼，"池京禧道，"就在前面。"

牧杨很快地接话："这不大好吧……"

闻砚桐望向他："怎么了？如何不好？"

牧杨笑了一下，看了看池京禧，见池京禧半点反应都没有，只好硬着头皮道："那地方费银子，我怕你身上带的不太够。"

闻砚桐"嗤"了一声，扬起手中大把的银票："甭担心，就算是四个你，今日也能喂得饱饱的。"

存在感极低的傅子献便道："确实不大好吧……如若误了时辰，回去的时候书院闭门了怎么办？"

他刚说完，池京禧淡然的目光就扫了过来，好似带着压迫力，警告他别坏自己的事。傅子献当即闭嘴了，缩了缩脖子，没再说什么。

闻砚桐倒是认真考虑了下："确实，要不还是改日吧，反正明日休沐，明日也行的。"

"就今日。吃完后我派人把你送回去，不会被关在门外的。"权势滔天的池京禧如是说道。

既然他这般坚持，闻砚桐也不好再拒，便应了："行啊，咱们一起去吧。"

傅子献道："那我……我就先回府了……"

"别呀，闻砚桐都去了，你也一起吧。"牧杨道，"人多热闹。"

傅子献道："我不能归家太晚，否则父亲会责怪。"

这是借口，闻砚桐一听就听出来了。傅丞相没那么多时间去责怪一个不起眼的庶子归家晚的事，倒是后院的姨娘或者是兄弟姐妹会嘲讽几句。不过傅子献摆明了不想去，闻砚桐也不好强求，正要帮他说两句，却听池京禧道："一起去。"

闻砚桐有些惊悚地看了池京禧一眼，顿时有些后悔答应他去朔月酒楼了。不正常，太不正常了！池京禧肯定憋着什么点子，难怪牧杨方才听见说要去朔月酒楼时，神色有些怪异呢。只是话都说到这份上了，闻砚桐不可能再翻脸说不去，且以池京禧的性子，就算她不去，也会被人架着去。真是的，不知不觉竟落到了池京禧的陷阱里！

傅子献听到池京禧开口之后，就不敢再说要回家，只好跟在后面一同往朔月酒楼去。闻砚桐默默把银票折起来揣在怀中，两手往袖子里一抄，缩着脖子跟在两人后面。

朔月酒楼与琴墨楼隔得并不远，就在斜对面，走几步路就到了。

这酒楼的装潢要比琴墨楼气派得多，清一色的红灯笼，墨绿色的瓦顶，雕着各种各样花纹瑞兽的柱子、屋檐，门口还坐着两尊比闻砚桐都要高的石兽像，整个看起来相当大气。

门口立着四个半大的少年，两男两女，见到池京禧后立马弯身行礼："见过小侯爷。"

声音一响，里面的人就立即把朱红的棉帘撩起来。

池京禧显然是这里的常客了，目不斜视地走进楼中，将闻砚桐和傅子献两个生人带进了酒楼。

入眼便是两根大柱子，一根刻着长着长长尾羽的鸟，看样子不像凤凰；另一根刻着狐狸似的兽，眼睛处镶嵌着玲珑剔透的琉璃石，相当耀眼。屋内极其暖和。里面的下人站位也井然有序，看见池京禧后，两个站位最靠里的人便迎上来，半弯着腰将池京禧往楼上引。

闻砚桐不敢吱声。这酒楼跟脆香楼完全不同，脆香楼虽然排场也大，但是很热闹，里面什么样的人都有，大堂内十分吵闹。但是这里不同，这里的大堂根本没摆桌椅，所有客人都是往楼上请的，所以楼内相当安静，空中还弥漫着上好的香烧出来的味道，让没怎么见过世面的闻砚桐有些紧张。

二楼是弯弯曲曲的走廊，其中有各种各样的雅间，每个房间都隔得很远。前面带路的人直接将他们引到了最里面的雅间。

门一推开，里面说笑的声音就隐隐传了出来，有人便喊道："哟，你们俩总算到了！"

闻砚桐跟在牧杨身后进去，先是往里探了一个头，结果就对上了一桌子陌生人的诧异目光，于是她又立马把头缩了回来。

池京禧果然憋着坏点子！带她吃鸿门宴来了！

朝城里大大小小的酒楼远近闻名，数不胜数，但其中只有朔月楼最是特殊。

因为这座酒楼是不接待平民的，哪怕再有钱，家中无官职的人还是没有资格进入。

除非被人带来，就比如闻砚桐。

她站在门口鬼头鬼脑，让傅子献也不由自主地跟着紧张起来，小声道："怎么了？为何不进去？"

闻砚桐扭头道："里面的人我不认识。"

傅子献道："许是小侯爷的朋友吧……"

"站在门口干什么？"牧杨招呼门口窃窃私语的二人，"快进来。"

闻砚桐硬着头皮进了房间，粗略地扫了一眼，就看见座上有五个陌生男子，个个锦衣华服，模样俊俏。

程昕也在其中，笑着道："京禧怎么把他俩带来了？"

闻砚桐在牧杨的指引下背着门坐了下来，左边是池京禧，右边是傅子献。她干笑道："方才在路边遇到了小侯爷，得了小侯爷出手相救，本想请他吃一顿答谢的，却不想小侯爷已经约了人。"

她说着眼睛往桌上一扫，都是些零零散散的零嘴小菜，看样子是还没开始吃。不过一大桌子老爷们，桌上只摆了一个雕花瓷壶，装的是不是酒还不好说。

这些人聚会不喝酒吗？

坐在上首的男子笑容温和，无奈地瞥了池京禧一眼："小禧是特意将你们带来的，无妨，坐着一起吃吧。"

池京禧便道："都是书院的同窗。"

几个人顿时笑开了，其中有人便道："还真没想到有朝一日小侯爷能带着同窗来这里。"

上位的男子便道："同窗啊，一个学堂的吗？"

闻砚桐侧头看了傅子献一眼，本想让他回答，却没想到这人满脸通红，紧张得不行，两只藏在桌布下的手都绞在一起了，估计一开口就打磕巴。

她颇是不好意思地龇牙笑："小侯爷在甲一，我们在丁六。"

桌上静了一刻，几人似乎都在这一瞬卡壳，不知道说什么，程昕便解围道："别看这两人文学不行，武学还是相当厉害的。"

牧杨嚼着花生米跟着附和："是是是，傅子献的箭术很是了得，在书院也就禧哥比他强了。"

几人像同时松了一口气般，纷纷道还真瞧不出来。

傅子献羞赧得想钻桌底下，连自谦的话都不敢说。闻砚桐见他不大对劲，暗地里掐了他一把。傅子献惊得大腿一抖，忙道："过奖过奖，不过是准头高了些而已，书院中还是有很多厉害的人的……"

上位的男子便道："你是傅家的人？傅丞相的儿子？"

傅子献连忙道："是。"

"我跟傅丞相打过几回交道，没想到威严的丞相还有个这般容易害羞的儿子。"他笑道。

傅子献更是大气都不敢出了，低着头不说话。

闻砚桐抬头看了一眼，见这男子面容温和，鼻尖有一颗小黑痣，衬得眉眼十分秀丽。她心中暗惊，正疑惑时，就听见程昕说道："二哥，傅子献性子腼腆，你可别再吓他了，否则杨儿不愿意了。"

"是啊涉昭哥，他胆子小，别把他吓坏了。"牧杨跟着道。

闻砚桐这下明白为何傅子献这样紧张害怕了。因为对面上首坐着的温和男子，正是当今太子。

程昕的嫡亲哥哥——程延川，字涉昭。

闻砚桐突然意识到，这可能不是一场普通的聚会，既然太子都坐在这儿了，那剩下的几个人身份定然都不一般。

程延川脾气极好，当下哈哈笑了，连道了几声好，又转过头来问闻砚桐："这位小公子呢？也没人给我介绍。"

"这是闻砚桐，家中人并无官职，是安城一富商之子。"池京禧简略地将她介绍了。

几人脸上都出现迷茫的神色，显然并不认识闻砚桐。

池京禧便补充一句："就是前段日子被傅家马车撞瘸腿的那个。"

"噢，原来如此。"程延川了然。

等等，这玩意儿难道成她的专属标签了？

程延川道："既然小禧将你们带来，那就都是朋友，你们也莫要拘谨。"

闻砚桐连连点头。能不拘谨吗？看看傅子献，四肢都快拘成一坨了。

"喻霖啊，小禧今日怎么这般不开心，是不是有什么心事？"程延川转头去问身边的人。

闻砚桐也随即投去目光，就见此人的眼睛与池京禧有几分相像，笑起来时双眼眯成一条缝："这我哪知道？也不知这小子脑袋里成天想什么，反正尽憋着坏主意。"

这是池京禧同父异母的哥哥，池仲简，字喻霖。

侯府的孩子不少，但是嫡出的就只有池京禧一个。池仲简因为母亲死得早，被安淮侯夫人带着长大，所以池京禧跟他的关系特别好。

闻砚桐只认出了两个人，就已经知道这场宴会的目的是什么了。这里的人都是太子一党，私下开会呢！

　　估计是有什么事想商量，但是池京禧这人不知道为什么把他们两个外人带来了，这算是彻底砸了这次的聚会。有他俩在，这些人只能东扯西聊，说一些鸡毛蒜皮的小事。

　　闻砚桐没忍住朝池京禧看了一眼：好狠的手段，自己人也要这样对付吗？

　　池京禧听了池仲简的话，微微勾唇笑了，却并没有反驳。

　　就这么坐着听他们聊了一会儿，闻砚桐默默把桌上不认识的两个人的身份记了下来。

　　其中有个跟太子关系极好的，名唤江暮声，其父亲是中书令，是朝中唯一能够与傅丞相分权的文臣。

　　另一人则是年轻的状元郎，皇帝钦点的中书侍郎。

　　别看这一桌人围在一起说说笑笑，相互打趣，毫无架子，实则都出自京城内数一数二的显赫世家。

　　几人刚聊了一会儿，忽而有人敲门，外面通报道："主子，傅丞相和中书令等大人到门外了。"

　　闻砚桐心下一惊，抬眼看去，桌上的几个人脸色同时一变，显然是都没料到这个时候丞相和中书令会找来。

　　程延川温笑道："快请进来。"

　　门一开，所有人同时站起来，面向着门处。

　　几个人先后走进雅间内，为首的就是傅子献的爹，傅盛，他带着几人对程延川行了简便礼："臣等见过太子殿下。"

　　程延川笑得如沐春风："各位大人不必拘礼，没想到能在此处见到几位。"

　　傅盛也道："着实是巧，方才进门的时候听说太子殿下也在，臣等便过来见礼。"

　　江暮声和傅子献低头，冲来人低喊道："父亲。"

　　中书令江邬是江暮声的爹，看见江暮声后，脸色十分不好看，沉声道："这个时间跟太子殿下在这里作何？"

　　程延川答道："皇弟和小禧还有杨儿明日休沐，所以我才想喊他们出来吃个饭，再一起玩玩。"

　　傅盛便道："朝城里玩乐的地方不少，朔月楼未免太过冷清，不够热闹，太子殿下不怕玩得不尽兴吗？"

他压根没看傅子献，傅子献也识趣地站到边上。

程延川回道："正好我们人多，足够热闹了。小禧今日带来的同窗是个极有趣的人，逗得我们捧腹大笑呢。"

他冲闻砚桐招手："来，跟各位大人见个礼。"

闻砚桐会意，瘸着腿上前道："见过各位大人。草民今日得见各位朝廷栋梁，实乃三生有幸，估摸着今晚回去会高兴得一宿睡不着。"

几个大官一听她自称草民，便也知道了她的身份。江邬松了一口气，脸色缓和了许多，笑道："小侯爷这同窗倒是个嘴甜的孩子。"

傅盛脸色很臭，也不再多说，跟程延川随意寒暄了一两句，便告辞离去。江邬临走前拍了拍江暮声的肩："早些回家，别玩得太晚。"

几人离开后，余下的众人皆是笑而不语，慢慢回到座位上。

傅盛和江邬几人的出现，让桌上的众人都明白了池京禧今日带两个外人来的用意。

原本闻砚桐只以为他是单纯地要搞砸这个密会，但是池京禧毕竟是池京禧，他不会做那么无聊的事。

他恐怕是提前得知了，或是察觉了傅盛那边的动向，在去聚会的路上拉来了闻砚桐和傅子献，让聚会正常进行，然后引来傅盛等人，结果他们进门一看，还有个平民在里面，于是这笔太子结党营私的状就告不成了。

朝堂之上的尔虞我诈，就在这平静下轻描淡写地掀开了一角，让闻砚桐窥得。

同样是碍于闻砚桐和傅子献在场，几人也不好明着聊，于是闲扯了几句，便散宴了。

出了朔月楼之后，闻砚桐战战兢兢地向太子等人行礼道别，最后坐上池京禧的马车回了书院。

次日一早，闻砚桐就去找了赵钰，把冯厨子是杀鸡凶手的推断告诉了他。赵钰一听觉得有些道理，于是立即告知了孙述，而后派人去查。

结果巧的是老冯昨夜睡在琴墨楼的软玉温香中没回书院，缺了点卯。孙述查到端倪之后，就派人从他的房中搜出了一盒白花花的银锭子，然后初步给冯厨子定了罪。

这一盒银锭子是闻砚桐藏进去的。

冯厨子回到书院后立即被抓了起来，一番拷打之后全都招了，他承认是自己杀了鸡，于是被没收所有财产送去了官府。

不过冯厨子没把吴玉田供出来。他不是傻子，即便被送到官府，也只是杀一只鸡的罪名，最多就是被赶出书院，再不济随便被安上个罪名也就在牢房蹲个十天半月。可若是把吴玉田供出来，即便是区区一个七品官，也足够把他弄死在牢里。

闻砚桐也没把吴玉田的事告诉夫子。杀一只鸡的罪名根本不可能彻底扳倒吴玉田，顶多让他受到书院的重罚，但是闻砚桐想要的是把他彻底赶出书院，这样就不必再被他暗地陷害。

她把那张银票收好，开始盘算着什么罪名能让一个七品官的儿子被赶出书院，遭人唾弃。

无惰鸡的事水落石出后，书院里再也没有人议论闻砚桐的是非。每日上午文学课下午武学课，下雪就停课，如此过了十来天，书院突然传来了新的消息。

闻砚桐一大早就觉得特别热闹，好像所有人都很兴奋似的，不断议论着什么，但是她又听不分明到底在议论什么事。

她坐着等了一会儿，下了早课后傅子献和牧杨同时踏进学堂，她便迫不及待地问："你们有没有觉得今天的书院特别热闹？"

傅子献搓了搓冻红的手，哈了口气道："或许是因为扫雪节要到了吧。"

"扫雪节？"闻砚桐惊诧，"这么快吗？"

扫雪节是颂海书院特有的节日，每年冬季快要过年时，颂海书院的学生都会被分配到朝城外的寺庙扫雪，除旧迎新，为新年祈福。

朝城外有四条主要的大路，分别在正东、正西、正南、正北四个方向，每条大路旁都有一座供佛庙宇，被称为"四海升平"。

傅子献道："每回的扫雪日都是由礼部官员来分配人员的，据说因为这回增加了女学生，所有人都要用抽签的形式来决定去哪座庙扫雪，真希望不要去念安寺。"

他口中的念安寺就是四座庙中的"四"。这座庙是四座庙中最不受欢迎的，平日里香火极少极少。据说是因为曾经有一个怀孕的妇女去庙中祈求丈夫外出经商能够平安回来，结果丈夫路遇劫匪，身首分离，死得颇惨。这个妇女可能是受了刺激之后脑子不大正常，觉得都是庙里神佛的错，于是为了报复，在一个黑夜吊死在了神像面前。

消息传开之后，很多人都不敢再去那座庙了。不知道是不是有人故意想败坏那座庙的名声，后来相继有三个人在庙中自尽，怎么溜进去的到现在还是个谜。自那以后，念安寺就很少有人再去，还传言庙里夜间有女人和孩子哭的声音，于是也被人称作"鬼庙"。

皇帝本想拆了那座庙重新盖，但是国师没让，说这庙败了更好，只要香火不断，放在那儿能压住朝城的风水，所以念安寺即便是名声臭到这种地步，也仍然供着香火。

闻砚桐倒不是在意那些，她在意的是，若是去了寺庙扫雪祈福，她会被安排与谁住一间寝房，又如何小心翼翼地守好她女扮男装的秘密。

第四章

悄动春心

一般来说，书院的扫雪节一到，就意味着快要休年假了。

朝城的书院跟其他地方的书院上课时间有些不一样，因为开春二月左右会有考试，四面八方的学子都会上京赶考，那段时间朝城里的人会特别多，也很混杂。

为了那些个公子哥的安全，考试月朝城的书院都会放假。

闻砚桐倒是很期待休年假的，因为她想回去看看爹娘。

当初进颂海书院登记信息的时候，闻砚桐留了个心眼，写的是闻家远房亲戚的名字的住址。这家中就剩一个脑子不大清楚的老妇人，别人问她什么都会回答"是"。

老妇人的儿子死得早，儿媳妇偷偷跑了，留下个儿子是老妇人自个儿养大的，年龄跟闻砚桐正好相同。只是她那孙子不学好，长大了之后跑出去就再也没有回来过。

当初颂海书院的人对着地址去核查信息的时候，所有人都以为老妇人的孙子没有死，还傍上了朝城的权贵，跑去书院读书了，所以在这种两头迷糊的情况下，闻砚桐的信息安全过关了。

闻砚桐在去年休假的时候回过家，但是没敢说自己女扮男装在书院里读书，而是说在朝城的绣学坊学刺绣，闻衾也就同意她来朝城了。

只是朝城与安城之间隔了千山万水，路途遥远，今年因扫雪节耽搁，怕是无法在年前赶回家了。闻砚桐叹了一口气，洋洋洒洒地写下了对父母的思念以及自己在朝城过得很好，还有年前无法回家的缘由，整整两张纸，给家中送了一封信。

书院连续几日都沉浸在扫雪节的氛围里，闻砚桐觉得很大一部分原因是女学生的参加，毕竟有了那些漂漂亮亮的姑娘，男孩子做什么事都会充满干劲。

或许是前几天池京禧住这里的时候没被闻砚桐惹生气，他走之后也没命人把闻砚桐赶走，那么如此一来，闻砚桐倒成了小侯爷本人同意住在这间寝房的人了。

这夜闻砚桐回了寝房之后，在暖炉旁边泡脚。正是惬意时，瞥见了一边墙上挂着的奚琴，才想起这把琴有些日子没碰了。

自从傅棠欢送来新琴之后，闻砚桐就一直用新的奚琴做消遣，那把黑乎乎的奚琴她自个儿都有些嫌弃，所以一直没碰。

不过好歹是她自己花银子买的，也不便宜，到底不忍心看着那琴布满灰尘，她泡完脚之后就把琴取了下来。

她随手用一块绢布把琴擦了擦，将上面的灰尘都抹干净，心血来潮地拿起琴弓，想拉一两段。

哪知道这琴弓刚碰上琴弦，还没怎么使力，琴弦就铮然一声断了，抽到她的指头，传来轻微的痛楚。

闻砚桐惊了一下："不就半个多月没碰你吗，跟我闹脾气？"

统共两根弦，还断了一根。

她把琴弓放下细细去看，发现琴弦是从中间部分断的，既不是两端，也不是她下琴弓的地方，她隐约感到有些蹊跷。

细细查看之下才发现，琴弦上有磨损的痕迹，像是有人用钝刀在上面磨过一样，是有人故意在琴弦上做了手脚。

闻砚桐瞬间想到当日祈雪祭上台之前，傅诗曾特地跑来跟她搭话，当时她只感觉莫名其妙，但现在却意识到，傅诗当时很有可能是在劝她拿旧琴。

因为她知道旧琴的琴弦上被做了手脚，或者说，就是她亲自动的手！

傅诗是想让她在表演上出丑，然后无法参与演出。只是这蛇蝎女人千算万算也没想到，傅棠欢会在演出之前送一把新的琴来。

而闻砚桐也因为喜新厌旧的心理，拿了那把新琴上台，所以傅诗的计谋在悄无声息间就失败了。后来这段时日因为闻砚桐没有碰旧琴，所以一直不知道傅诗曾这样陷害过她。

果然是个睚眦必报、心狠手辣的女人，这才多大岁数，就存着这样坏的心思。况且自己与她也没有什么明仇，不过是被人借着踩了她一回，竟然就这样算计到自己头上来了。

闻砚桐坐着生了会儿气，暗道：必须找个机会狠狠给傅诗个教训才行。这口气她死活咽不下，以致第二日去上课，脸色还是奇臭无比，就连平日里喜欢烦她的牧杨见她脸色不好看，也没怎么敢招嫌。

课间，牧杨转头对二人说道："三天后就是扫雪节了，禧哥他们已经抽完签，很快就轮到我们了。"

闻砚桐被吸引了注意力，暂时不气了，好奇地问道："小侯爷他们抽中的是哪座庙啊？"

牧杨道："禧哥和仟远哥都是念安寺。"

闻砚桐愣了一下，随后想到他口中的"仟远"是程昕的字。程昕今年二月就满十八岁[1]，冠了字。

闻砚桐叹道："小侯爷和五殿下也是有些倒霉。"

牧杨不以为意道："倒霉什么呀，念安寺是四座寺庙中最大的一座了，去了那里就不必跟别人挤一间房睡，要是能自己选择，我肯定要去念安寺的。"

闻砚桐先前不知有这回事，立即心念一动，随即说："即便是再小的寺庙，也不会让小侯爷和五殿下跟别人挤一间的。"

哪怕是别人四五个人睡一间，池京禧他们照样是单人间，这就是权贵的力量。

牧杨了然地点头："这倒也是，不过话说回来，你们想去哪座寺庙？"

傅子献道："这又不能自己选。"

"不能选你想想还不行吗？"牧杨说，"总有一个你希望去的地方吧？"

"我想去念安寺。"闻砚桐乐道，"念安寺宽敞，可以不必与别人挤着睡觉。"

这样，她就不必睁眼闭眼都小心翼翼的，忧虑自己女扮男装的秘密被人发现。

傅子献便道："我倒是挺想去守业寺看看的。"

守业寺是这四座庙中香火最旺的寺庙，来自五湖四海的有钱人最喜欢往守业寺添香火钱，而且皇帝三年一次的祭祀也会在守业寺举办。因为傅子献从来没有去过守业寺，所以他想看看皇帝举办祈福祭祀的寺庙。

牧杨听后点了点头，说道："那这样，到时候你们若是没抽到自己想去的地方，我们就去找人换了。"

"这能换吗？"傅子献迟疑道，"不是说会当场记录名字吗？"

"在他们记录之前换了不就可以了？"牧杨嫌弃道，"真是笨。"

闻砚桐暗惊：你还好意思嫌别人笨？瞅你那憨样。

三人刚讨论完，上课时礼部的官员就来了，总共四个人。

---

[1] 古代男子二十岁取字，本书作者私设为十八岁。

两人捧着木箱，两人拿着书笔，一边抽签一边记录，几乎不给人调换的时间。

闻砚桐三人都是坐在角落的，等木箱捧过来的时候，学堂的人都记录得差不多了，一直嗡嗡作响。

牧杨一抽，抽到了念安寺。

闻砚桐瞥见，立即露出了羡慕的神色，心想，这念安寺的签子似乎挺多，或许她也能摸一个出来。

很快木箱就摆在她面前，闻砚桐搓了搓手掌，满怀期待地伸进去摸，握住了一个字条后拿出来。

刚一展开，牧杨和傅子献的脑袋就同时凑了过来，把礼部官员的视线挡了个结结实实。

纸上写着：慈居寺。

四座寺庙中唯——座需要爬山的寺庙。闻砚桐惊叹："我也太倒霉了吧！"

牧杨一看感觉不行，就把纸抢过去揉成一团扔回了箱子里。

那礼部官员是个小年轻，头一次碰到这种情况，眼睛一瞪："你！"

身后记录的人拉了他一把，点了点本子上牧杨的名字，示意他莫要冲动。

牧杨也十分给面子地解释道："我朋友是个瘸子，不能爬山，再换个地儿吧。"

闻砚桐也赶忙点头附和，故意露出了自己瘸着的腿，摆出可怜的神色。

礼部官员面露难色，似乎还想说什么，牧杨就摆摆手，自个儿伸进木箱子里捏了个字条出来："我给你抽，我手气好。"

一抽还抽了两个，美其名曰："正好把傅子献的也一并抽了。"

他把两个字条展开，都是念安寺。

牧杨的手气也是奇妙，一连抽了几个，都是念安寺。

不过这下算是合了闻砚桐的心意，一直担忧的事此刻也放下了，暗暗松了口气。

傅子献脸色一白，当下把头摇得跟拨浪鼓似的："不行不行，我要自己抽。"

牧杨却道："瞧我手气多好。你自己抽，哪能抽到念安寺？就这了！"

他指挥礼部的官员："赶快记上。"

"不成！念安寺、念安寺……"傅子献也不知道想说什么，硬生生把脸憋红了，做最后的挣扎，"我不想去那儿。"

"你放心吧，有我在呢。"牧杨知晓他是怕念安寺闹鬼的传闻，便绕到他和闻砚桐身后，揽住两人的肩膀，信誓旦旦道，"保管鬼不敢敲我们的门！"

闻砚桐一抖肩，把他的手抖掉。

丁六堂抽完签之后，整个书院的抽签流程就结束了，所有学生和夫子都开始准备起来，也简单收拾下自己的东西。

扫雪节会持续三日，夫子们也要跟着一起去，所以到时候颂海书院除了一些下人在，基本上就是空的了。

闻砚桐回去简单收拾了下，包裹里带得最多的就是棉衣，各种各样的棉衣。最后思索了下，光是保暖还不行，又带了把小刀和几个新的火折子。

好在最近已经停药了，倒不用带着一堆草药出门。

她高高兴兴地把东西都整理好之后，就等着扫雪节的到来。

扫雪节是腊月十日清早出门，十三日傍晚回来，满打满算的四日。其后便是十六日放假，过完年正月十六日开课，一直到二月初一再放假。

朝城的所有书院都是这样。定下这个休假日期的皇帝的初衷是希望各地有名望的富商或是官员都来朝城过年，想让绍京的皇都变得热热闹闹的。

后来这休假日期也一直没改，所以书院中有些家住得很远的学生要么留在朝城过年，要么让爹娘都来朝城过年。

不得不说这鬼点子还挺损的。

十日一大早，书院门口的大路上就停了一辆又一辆的马车，站着不少侍卫维持秩序，书院中的人排着队地上马车。

这是颂海书院从车行里包的马车，每辆马车最多坐八个人。

像池京禧和牧杨他们就直接从家里出发，等出了城门之后，在去往念安寺的那条大路上才有可能与他们碰见，不过这还要看缘分。

闻砚桐正在排队的时候，张介然突然从一边出现，轻轻拍了拍她的肩膀，示意她出队。

闻砚桐犹豫了下，还是拨开人群走了出去，问道："怎么了？"

张介然道："你不必排队上马车，小侯爷派了马车来接你。"

"小侯爷？"闻砚桐惊了，使劲掏了掏耳朵，"接我？我没听错吧？"

张介然点头。

还不等闻砚桐继续震惊，就听见一阵骚乱，紧接着四个侍卫拂开人群走到闻砚桐面前，打头的那个就是先前被她用一杯热水和几块糕点收买的人。

他对闻砚桐行了个小礼，说道："闻公子，我家主子念你腿脚不便，特地派了马车接你去念安寺。"

这事竟然是真的？！

闻砚桐看见周围的人都跟她的神色一样，充满惊讶，显然没人想到小侯爷会整这出。

张介然道："快去吧，免了排队就能先一步到念安寺，到了之后也可以多读一会儿书。"

闻砚桐暗道：你以为我跟你一样是个念书狂魔吗？

她便问那侍卫："我可以带朋友一起去吗？"

那侍卫客气应道："这是自然。"

闻砚桐便把张介然拉上了马车。

侯府的马车与平常的马车很不一样，即便是跟牧杨的相比，区别也是很大的。首先马车中央的那张桌子上，就有一个明晃晃的烫金大字："池"。

张介然约莫这辈子都没坐过王族的马车，有些激动，书都看不进去了，呆坐着发愣。

闻砚桐问道："你怎么知道小侯爷派了马车来接我？"

许是因为激动，张介然语速快了不少，把事情粗略解释了一遍。

大概意思就是牧杨昨日在文学课放学的时候去甲一堂找池京禧和程昕，当时两人正坐在位子上聊天，人已经走得差不多了，好学的张介然自然是多留了一会儿。

牧杨说闻砚桐腿瘸，到时候去挤马车肯定不方便，但是牧渊这些日子对他管教得紧，分不出多余的马车去接闻砚桐，所以想让池京禧想想办法。

程昕也附和，说池京禧先前利用了闻砚桐和傅子献，这时候合该补偿。

于是池京禧欣然答应了。

程昕知道张介然跟闻砚桐关系不错，便让张介然在那日去转达。

所以侯府的马车今早就来了书院，这便是事情的来龙去脉。

闻砚桐听了心中一暖，没想到牧杨平日里瞧着五大三粗的，心倒是挺细。而且这事儿办得太漂亮了，简直一脚把她踹到了池京禧的大腿边上，现在就差她伸手抱住了。

张介然道："闻兄，有一件事我一直想问问，希望没有冒犯。"

闻砚桐微笑："闻兄不会觉得被冒犯的，你问吧。"

张介然便道："去年你一直想与七殿下结交，书院中总有很多人说些不好听的话；今年你与小侯爷等人走得这般近，只怕又有人乱嚼是非……"

闻砚桐还以为他是觉得自己巴结权贵不好，要劝说一番，却没想到张介然接下来道："你听到这些议论时，是如何应付的？"

闻砚桐愣了一下，还真没想到他会问这个。张介然似乎也觉得不大好意思，脸色微微泛红。他和傅子献一样爱脸红，但他模样俊秀，皮肤白皙，红起来时十分明显，跟喝酒上头一样。

见闻砚桐没回答，他立马退缩了，摆手道："算了算了，闻兄你就当我没问吧。"

闻砚桐意识到他可能遇到类似问题了，便神色严肃道："贤兄，你听我一言。"

张介然认真地看着她。

"那些在背后乱嚼舌根的都是长舌妇托生转世，这种人见到了千万不要姑息，一定要想办法给他一个教训，让他不敢再乱说。"闻砚桐道，"最好是神不知鬼不觉，让他觉得是上天对他乱嚼舌根的惩罚，如此才能解气。"

张介然听得一愣一愣的："如此不太好吧？"

"有何不好？"闻砚桐哼了声，"我想与小侯爷结交，是因为敬仰小侯爷的文武才情，君子爱才求贤这不是很正常的事吗？那些背后议论我的，都是眼酸。"

张介然重重地点头："言之有理。听闻兄一席话，竟让我豁然开朗，多谢闻兄！"

"能为贤兄解忧我也很开心。"闻砚桐道，"若是你不叫我闻兄，我就更开心了。"

两人"兄"来"兄"去，又聊了一会儿其他的话，闻砚桐就生了困意，连打了几个大哈欠。

今日起来得早，所以这会儿在马车上困得不行，张介然便很有眼色地劝她睡会儿，自己拿了书出来看。

闻砚桐躺在软裘上睡得四仰八叉，一直到了寺庙前才被叫醒。

池京禧派来的马车让闻砚桐走在了书院队伍的前头，还有侍卫帮忙提包裹。

念安寺的规模非常大，里面供奉神像的屋子有三十三个，僧寮有一百多间，空房不知多少，统共经历过四次扩建。这里除了来的人少之外，庙中的僧人也不多。

闻砚桐和张介然在门口登记完名字后，被分了房间牌。这寺庙的房子多归多，但还是要两人一间的。

两人被小沙弥带路，过了三道大拱门之后，在分岔路口往左，小沙弥道："往右是贵院女施主所住之地，两位公子莫要去，否则会被侍卫扣押。"

走过抄手游廊，过了一片被雪覆盖的树林后，就到了他们所住的房区。映入眼帘的是两座一人高的大钟，钟上刻满了经文，但是两面钟都落在地上，想来轻易敲不响。

钟是分置在一道花形石门两边的，过了石门后，就能看见一排排房屋。池京禧与程昕就站在空地上，仰头看着牧杨往墙头上爬。

小沙弥见了忙叫道："施主！莫要翻墙！当心受伤啊！"

这一嗓子把几人都喊得回过头来，牧杨便从墙上跳下来，拍了拍手上的灰尘，笑道："你们来得挺快啊。"

张介然一见几人，便有些胆怯地小声对小沙弥道："你是不是带错路了？我们不应该来这儿。"

闻砚桐道："怎么了？"

"这是权贵院，不是我们能住的。"他说道。

牧杨一边走来一边说："没错，是我故意跟门口人打的招呼，让他们把闻砚桐分来这里的，反正这里房间也多。"

闻砚桐的眼睛笑成一条缝："真没看出来你这么讲义气啊。"

"那当然，我向来讲义气。"他揽住闻砚桐的脖子，说道，"来，快跟禧哥道谢。"

闻砚桐被带着走到了池京禧面前，看着他俊俏的模样，当下就咧开嘴笑："小侯爷，多谢您今早派来的马车，真是解了我好大的麻烦呢！我太感激你、太崇拜你了，书院上哪儿能找到比你心肠还好的人……"

这番油腻的发言引起了池京禧的不适，他扬了扬手道："闭嘴。"

闻砚桐听话地闭上嘴。

程昕笑了会儿，而后道："没看出来闻砚桐竟这般油嘴滑舌。"

池京禧轻哼了声："他嘴巴利索着呢。"

闻砚桐便道："我这都是出自真心的。"

池京禧见侍卫还抱着包裹站在后面，便吩咐："去屋里把东西放好。"

闻砚桐道了"告辞"，便和张介然回了房间，把自己的东西都收拾好。她见天色还早，小沙弥也没啥安排，就想先吃点东西睡一会儿。

睡了没一会儿，书院的人陆续到了，屋子外边就热闹起来，小沙弥也敲开了她的房门，让屋中一个睡觉一个看书的人去庙中转转，熟悉地形。

闻砚桐正好也睡足了，就裹着棉衣出了门，和张介然一同去了人比较多的地方。

那地方有一座较大的神像屋，屋子前有七层斜面石阶分两边，中间一大块地是平斜面，结了厚冰，好多人在上面溜着玩。

闻砚桐一眼就看见吴玉田也站在人群中，正跟旁人说着话，她忽然心生一计，先给这小王八一个小教训。

"张兄，帮我个忙。"闻砚桐戳了戳身边的张介然。

她自个儿爬上了七级阶梯，走到中间的斜面上方。她老家不是南方的，一到冬天就下雪，然后路上结冰，所以她每年都要打出溜玩。

闻砚桐知道什么姿势比较能稳住，在上面摩拳擦掌摆好姿势后，看着张介然把吴玉田叫到斜梯下方站着，便狞笑一声。

姓吴的，今天就把你铲得你爹娘都不认识你！

她把脚往前一伸，就飞快地踩着厚冰，顺着斜坡往下滑，左脚往前伸直。这种速度不管撞上谁的脚，都会百分之百被铲倒，没有例外。

闻砚桐以前经常用这招铲人。

谁知道快靠近的时候，吴玉田不知道突然被谁喊了一嗓子，径直离开了。闻砚桐大惊，想要停下已是不可能，张介然来不及闪躲，被撞到了脚尖，然后整个人摔在地上。

这还没完，闻砚桐没能停下，顺着坡往下滑，慌张之下姿势保持不住，一个屁股蹲儿摔在了地上，惊恐地大叫："让开啊！都让开！"

声音淹没在人群中，路过的池京禧听见了声音，停顿了几秒，就见闻砚桐坐在地上飞奔而来。池京禧本是可以闪躲的，但不知道想了什么，错过了闪躲时间，被闻砚桐整个撞上。

于是小侯爷也百分之百、没有例外地被铲倒了。

摔下来的时候他整个压在闻砚桐身上，头磕在她的侧脸，撞得闻砚桐的头磕在地上，发出"咚"的一声脆响。

闻砚桐两眼一黑。

真是要命！

池京禧压下来的那一瞬间，闻砚桐险些被压岔气儿，下意识地把身上的人抱了个满怀。

周围人都吓了一跳，纷纷退后几步空出一个包围圈，站在边上看热闹。

牧杨见状慌忙上前，弯身去扶，哪知道跑得太急，脚下一滑，人也没站稳，当下摔在了池京禧身上。

把闻砚桐压得惨叫一声，脸瞬间涨红，抬起拳头捶牧杨："起开起开！我要被压死了！"

这声音听着像是马上就要断气一样，池京禧怕真把她脆弱的身子板压坏了，便用两臂撑在闻砚桐身侧，硬生生将牧杨身上的压力撑了起来。

闻砚桐猛地吸了一口气，凉气钻到肺腑之中，呛得她连续咳了好几声。

牧杨也飞快地爬起来，羞愧地一边拉池京禧，一边笑道："失误失误，方才是失误。"

三人都站起来之后，池京禧臭着脸拂去身上的雪碴："你就是这样报答我的？"

闻砚桐立马上手为他拍身上的雪，赔笑道："小侯爷，实在对不住，这地太滑了，我没留意从上边摔了下来，您没事儿吧？有没有摔疼啊？"

池京禧没好气地回道："托你在下面垫着的福，倒没怎么摔到。"

闻砚桐忙道："没摔着就好，没摔着就好。"

说完她就转身跑了，等池京禧反应过来，人已经跑到老远，去扶还在地上坐着的张介然了。

闻砚桐可一直惦记着方才在路途中不小心被铲倒的张介然，那可是结结实实摔了一跤，想来摔得不轻。

她跑过去的时候，张介然还坐在地上发愣，她吓了一跳忙去扶："张兄，你没事儿吧？没给摔傻吧？"

张介然摇摇头："无事。"

好在他身上穿得厚，倒没摔得多疼，只是一时没爬起来。闻砚桐把人扶起来之后殷勤地帮他掸去灰尘："对不住，方才误伤了你。"

张介然连连摆手："没事没事，闻兄莫要在意。"

闻砚桐便笑道："你不怪我就好……"

两人说着便笑了起来，池京禧在一旁看着，脸色越来越臭，沉声道："这瘸子眼睛不好使吗？难不成我还没那个姓张的金贵？"

牧杨在一旁劝道："禧哥，你别计较那么多了，方才你可是跌在闻砚桐身上呢，没砸到他的腿吧？"

池京禧哼了一声："我哪儿知道！"

牧杨便道："他这腿刚好没几天，走路也不显瘸了，你若是再给砸坏了，又该休养好几日了。"

池京禧烦躁地皱眉："行了，你别啰唆了，没砸到。"

说完抬步就走，周遭看热闹的人自动把路让开，正巧碰上了迎面走来的程昕。

"方才听说你被撞倒了，谁撞的？抓起来好好教训一顿。"程昕头一句便道。

池京禧道："是小瘸子撞的，人已经走了。"

程昕了然："原来是他，那应当是无意之举。"

牧杨道："这里的路很滑，我方才还摔了一跤呢，走路小心些。"

程昕道："既然如此，那别在这里了，去东侧院吧，那处的雪多，好多人在那边做雪像。"

牧杨欣然答应，表示十分愿意去凑这个热闹。池京禧倒是有些兴致缺缺，想回房去。

牧杨卖力地劝："吃过午饭就开始扫雪了，扫完雪还要诵读经文，也只有这会儿能玩，禧哥你应该珍惜这点时间。"

池京禧拗不过他，只好跟着一起去。

东侧院是念安寺中最大的一处院子，其中有很多地方的雪层连踩都没被踩过，不一会儿就聚集了很多人在其中玩闹。

闻砚桐和张介然去的时候，就看见了傅棠欢和傅子献姐弟俩还有程宵，三人一块堆雪人。

傅棠欢今日穿得十分漂亮，雪白的宽袖棉袄，外搭一件妃色的半袖棉衣，料子上用三色丝线绣着精致的花纹，下配一件妃色细纱长裙，站在雪色之中相当亮眼。

与之相比，傅子献就显得普通了许多，拢着暗色的棉长衫，笑意缠绵。

程宵模样上自是非常出挑的，只是他一边看着傅棠欢一边笑，无端有几分傻气。

闻砚桐相当高兴地跟三人打招呼，撸起袖子加入其中，说道："我堆雪人最拿手了！"

池京禧几人到的时候，就看到他们几人各自忙活着堆雪像。

牧杨喊了一声，立即加入进去。

池京禧就在闻砚桐边上不远处停下，静静看着。

闻砚桐瞧见了他，自然要没话找话聊，笑道："小侯爷，你有没有听说过念安寺的传闻啊？"

池京禧自小在朝城长大，身边又有牧杨这样嘴碎的人，当然是听说过的，他看了闻砚桐一眼："听过，如何？"

"你不害怕吗？"闻砚桐问。

池京禧嘴角一翘，勾起一个讥笑："不过都是故弄玄虚。"

但不会空穴来风。若是"闹鬼"一事当真为假，那念安寺又为何一直有诡异的传闻？

事出必有因，闻砚桐觉得，念安寺内，怕是另有乾坤。只盼没什么危险就好，她的小身板可经受不住那些折腾。

她越想越远，缩着脖子发呆。池京禧见她半天没动静，忍不住转头看了一眼。

闻砚桐今日穿的衣裳颜色很浅，是很亮很亮的芽黄，有点像小鸡崽的颜色。

她为了脖子不灌风，并没有像其他人一样直接将头发束起，而是扎了个小团顶在头上，用一根雪白的玉簪固定。方才摔跤时发上沾了不少雪，这会儿都被暖化，打湿了些许发丝。

伙食好起来之后，闻砚桐也渐渐被养出了肉，不再似以前那般瘦弱得吓人，脸色白皙，眉眼清亮，生出了一股子秀气。

池京禧这才发现，小瘸子好像已经不是记忆中的那个小瘸子了。

大约是被盯得有些久了，闻砚桐有所察觉，便疑惑地转头看他："小侯爷，我身上可是有什么不妥之处？"

池京禧点漆般的黑眸一动，不动声色道："我在想你为何生得那么矮。"

闻砚桐看了看自己与他的身高差距，豁达一笑："还长呢，不着急。"

池京禧扭回头，淡然道："傅子献与你同岁。"

闻砚桐挠了挠头："傅三小姐比我还大呢，不还是跟我差不多高？"

"你跟一个姑娘比？"池京禧反问。

闻砚桐闭嘴了，差点忘了她现在是一个大老爷们儿。

几人在雪地上玩了许久，直到寺里传来了钟响声。庙中的屋子可能都设有某种传声装置，钟声在周围蔓延开，层层传递，让人在寺中的各个角落都能听得清楚。

牧杨便道："这是提醒我们要去吃饭了。"

闻砚桐闹了好一会儿，这时候也饿了，正要与池京禧他们道别时，却突然瞥见傅诗正缓缓走来。

傅诗只要出现在她视线之内，永远都是一副弱不禁风的温婉模样，这让闻砚桐很讨厌。

她的眸光停顿了一瞬，说道："三小姐，你的妹妹来找你了。"

几人听了她的话，同时顺着她的目光看去，都看见了款款而来的傅诗，一时间心思各异。

傅诗见众人都注意到了她，也出声唤道："三姐姐。"

傅棠欢扬起一个笑容："怎么这时候来找我？"

"我方才在那边听说你跟六弟在此处玩呢，所以便想来看看。"傅诗微微一笑，有些娇嗔道，"怎么不叫上我？"

待她走近了，闻砚桐才发现这姑娘是认真妆点过的，红唇上抹了胭脂，明艳动人。

怕不是听说傅棠欢跟傅子献在这儿玩，而是听说池京禧和两位皇子都在才来的吧，呸！

闻砚桐自打知道她存心想陷害自己之后，一点好脸色都不想给她了，于是眉毛一撇，整张脸都带着明晃晃的不待见。

她对傅子献和张介然道："咱们去吃饭吧？不然待会儿人多了，饭不够吃。"

张介然便道："无须担心，斋饭都是按份做好的，不会不够吃。"

傅子献似乎察觉到了闻砚桐的情绪，便道："现在去将将好。"

闻砚桐高兴点头："对对对。"

牧杨看了看她："一起去？跟着我们，可以吃到更多好吃的东西。"

闻砚桐当然是乐意的，但是害怕池京禧他们不同意。若是她自己，她还可以死皮赖脸，凭着三寸不烂之舌跟过去，但是现在她身边毕竟还有傅子献和张介然。

她悄悄看了池京禧一眼，想揣度他的心思。

却没想到被池京禧逮了个正着："贼头贼脑的干什么？"

闻砚桐咧嘴一笑，问道："小侯爷去吃饭吗？"

"我是铁打的身子，不用吃饭。"池京禧淡声道。

知道他这是说反话，闻砚桐便哈哈一笑，连道几声"说笑"，才拉着牧杨要走："走吧走吧，我还没吃过寺庙的斋饭呢。"

程昕疑惑道："你去年没有参加扫雪节？"

闻砚桐愣了一下，找补道："我是说，我没吃过念安寺的斋饭，想来跟其他寺庙不一样。"

牧杨便道："我也没吃过，正好今日来尝一尝。"

几人说着要离开，傅诗一看当下就急了，忙出声喊道："六弟！"

傅子献不明所以地回头看她，在外人面前到底是给了傅诗面子，低声问："四姐可是有什么事？"

几人都看着她，她才知道自己方才有些失态，就又换上一副笑脸，温声问："我这才刚来，你就要走了吗？不若再陪姐姐玩一会儿吧。"

傅子献一时有些为难，不知该如何回应。

闻砚桐拂了他一把：没用的东西，给老子让开！

"还是算了吧，我们方才玩了好一会儿，这时候都饿了，没什么力气继续玩。再者说四小姐裹得这样严实，想来是极怕冷的，哪能让你用双手去揉雪呢？"闻砚桐不温不热地说道。

傅诗忙从披风下探出双手，笑道："怎么会呢？我最喜欢揉雪了。"

闻砚桐看一眼她的双手，惊讶道："呀，四小姐的这双手可真漂亮，就适合在琴弦上做文章，怎么能泡在雪堆里呢？当心把手泡烂了，不管是弹琴还是打人，可就不大好使了。"

她话里夹着刺，在场的几人都听得出来，不由得朝闻砚桐侧目。

傅诗的脸色更是难看至极，似乎听出了闻砚桐话中暗含的警告，咬着牙强作笑脸道："你这说的是什么话？"

"四小姐明白的。"闻砚桐冲她弯眸一笑。

傅诗被气得脸色铁青，笑容有些维持不住，看起来十分怪异。

闻砚桐见自己的目的达到了，也不再与她多言，

她说完就拉了傅子献一把："走吧，子献弟弟。"

闻砚桐跟个斗胜的大公鸡似的，昂首挺胸好不得意，看着池京禧等人还没走，便高兴地凑上去："吃饭的地方在哪儿呢？"

程宵道："跟着我吧，我知道在哪儿。"

几人便一起离开，只余下傅诗和傅棠欢。

傅棠欢也不想跟傅诗一起吃饭，转身要走："四妹自个儿玩吧，我去找姜家小姐了。"

傅诗扑了个空，气得直跺脚，又在原地站了好一会儿才自己离开。

闻砚桐那边，一路上都很自然。池京禧跟程昕两人聊着天，程宵在一边旁听；牧杨则是跟在闻砚桐左右，似乎有什么话想问。

对于方才闻砚桐说的话，几人都听出了端倪。

聪明人喜欢自己琢磨，比如池京禧、程昕，两人就好像完全没看见一样直

接把这事略过，但是心里早就把事儿琢磨透了。

但是还有稍微笨一点的，比如牧杨，他不仅琢磨不出来，还总是着急地想知道答案，于是总想亲自去问闻砚桐。

当然还有完全不知情，也不好奇的人，比如张介然。他这会儿正忐忑呢，因为第一次跟贵族和高官之子一起吃饭。

闻砚桐看出牧杨的不安分，便主动跟张介然搭话，不给他提问的机会："张兄，你去年是在哪个庙中扫雪的？"

张介然转头回道："也是在念安寺。"

她惊讶了一下："去年在这里住得如何？斋饭好吃吗？"

张介然便如实回答："斋饭倒是没什么可挑剔之处，不过住的……"

闻砚桐顿时来了兴趣："怎么了？是不是没睡好？"

"夜里……闹得有些厉害，所以没怎么休息。"张介然低声说道。

闻砚桐兴奋得摩拳擦掌："闹什么？仔细说来我听听。"

张介然有些怯怯地抬头看了程昕一眼，小声说："还是回去再跟你说吧，这里有些不合适。"

她点点头。

在一边偷听的牧杨倒是急了，按住张介然的肩膀："有什么不合适在这儿说的？"

张介然被吓了一大跳，急急道："无事无事！"

牧杨不依不饶："我方才明明听见你说有事的……"

闻砚桐扒拉他一下："你干吗为难张兄？"

牧杨道："我也想听。"

"那你晚上来找我们不就是了？"闻砚桐道，"反正我们的屋子隔得又不远。"

牧杨一听觉得有点道理，便没有继续追问张介然。

几人一路去了念安寺的斋饭房，足足有十个大房间，里面都摆放了桌椅。

不过到了之后闻砚桐才知道，池京禧他们是有一个单独房间的，并且那个房间门口早就站满了侍卫，看到池京禧等人出现，齐齐行礼。

房内极其暖和，进门一张大地毯，吸走了每个人鞋底沾的雪。屋中点了好几盏灯，即便是窗子都被棉帘遮上，室内也十分亮堂。

桌边的椅子都是带靠的，原本只摆了四张，但是侍卫见又添了三个人，于是从旁边的备用椅子里搬出了三张。

闻砚桐暗叹，难怪牧杨说跟着他们会有好吃的，这完完全全就是单独给这几个大少爷开小灶啊！

虽然皇令说王侯皇嗣进入颂海书院，就都是书院的学生，当一视同仁，但实际上这种情况下，皇子还是皇子，小侯爷还是小侯爷，终是跟平常人不同。

闻砚桐又是羡慕又是忌妒，嘴忍不住一撇。

谁知道这小动作还是被池京禧发现了，他道："怎么？叫你来这儿吃饭还惹你不高兴了？"

闻砚桐的嘴立马扭了个圈，扬起笑的弧度："我高兴都来不及呢，哪还会生气？小侯爷误会了。"

程昕就笑着说："那你就多吃点。"

就这么一会儿的工夫，滚烫的菜就端上来了，足足有十道菜外加两份汤，房间内瞬间飘满香味。

接下来就是正常流程，侍卫上来验菜。

菜验完之后，仍是由桌上地位最高的程昕动第一筷，而后这顿饭才开始。

闻砚桐到底饿了，就算没有肉，吃得也挺香。大约吃了个半饱的时候，闻砚桐才发现张介然和傅子献都很是拘谨，很少吃菜，只一个劲地吃米饭。

闻砚桐暗叹一声，心想下回可不能再跟池京禧这几个人一起吃饭了，她那俩小伙伴指定吃不饱。

而且总是公筷私筷来回切换，吃顿饭可真够费劲的。

几个人的教养极好，一旦动筷子便不轻易开口说话，于是一顿饭在沉默中吃完了。

张介然先前跟闻砚桐说过，午饭过后才真正开始扫雪，扫完雪还要去庙堂里默诵经文祈福。

第一日祈祷国运昌盛，第二日祈祷风调雨顺，第三日就是为自己和家人祈祷。

闻砚桐吃饱之后在房中转了转，没过多久，寺中再次传来了钟响，而后就有僧人拿着锣轻敲，走过便喊着让人去东侧院集合。

去的时候，书院的夫子早就站在那七级阶梯上等着了，见人来得差不多后，就有模有样地说了一下扫雪节的意义和做法，按学堂分配扫雪区域。

闻砚桐所在的丁六堂被分到了一个几乎没人去过的院子，雪层极厚。

她拎着手里的铁锹长叹一口气：还是免不了干苦力。正往里进的时候，赵钰一把将她拉住，低声道："你的腿刚好没多久，干活的时候莫要太卖力，随意做做样子便是，免得又把腿别坏了。"

闻砚桐十分感动，连忙点头。其实不用赵钰说，她自己也知道，傻子才会卖力干活呢。结果一转头，就看见傅子献相当认真地铲雪。

闻砚桐走到他边上，挖两铲子歇一会儿，偷懒偷得很有技术含量。不过没一会儿，她就看见吴玉田也在不远处偷懒，还跟旁边人唠嗑，样子很得意。

闻砚桐自是看不惯他得意，想着先前他还用杀鸡的事陷害她，心里就更不舒服了，拎着铁锹走到他身边，铲了满满一铁锹的雪，然后使劲扬在了吴玉田的身上，把他的头和脸弄得全是雪碴。

吴玉田大叫了一声。

闻砚桐立马丢下铁锹上前："哟，真对不住，没看见吴公子在边上呢！"

她拽着吴玉田的衣领用力抖了抖，雪碴就顺着他的脖子往衣裳里掉落，冰得吴玉田大叫几声，一看是闻砚桐当下就要推她。

好在闻砚桐早有准备，往旁边一闪，顺道在脚下绊了吴玉田一下，顺着他的后背一推，吴玉田整个就栽进了雪地里。

这下可是如了闻砚桐的意了！她立马蹲下用膝盖压住他的肩膀，把雪抱起来埋在吴玉田身上，瞬间就把他埋住了，趁机还抓了两把雪往他衣领里塞。

冻死你！

吴玉田被冰得哇哇大叫，还不忘骂闻砚桐，挣扎着要爬起来。可闻砚桐不给他机会，趁他大叫的时候就往他嘴里扔雪，让他吃了满嘴的冰凉。

最后还是赵钰看见了，匆忙赶来，闻砚桐被傅子献拉开。

吴玉田气疯了，从雪里爬起来就破口大骂，谁知道李博远就站在边上，当下给了他一脚："读书文人，口中竟如此不干不净地辱骂同窗，学问都学到狗肚子里去了？！"

吴玉田被吓了个魂飞魄散，立马认错，还状告闻砚桐的罪行。

闻砚桐撇着眉毛装无辜："我方才是被吴玉田不小心绊倒的，我也不想压在他身上啊。"

吴玉田被她这副无辜样气得肝疼，一蹦三尺高："他这是装的！装的！他还往我脖子里塞雪……"

李博远当头一巴掌："给我闭嘴！老实扫雪，再敢闹事我罚你扫到入夜！"

吴玉田委委屈屈地闭嘴了。

闻砚桐自然也少不了一顿批，但是有赵钰在旁边说话，好歹没挨李博远的巴掌。

扫雪的时光过得很快。其实本来就不长，到底都是些金贵的公子哥，说是扫雪，不过是小小锻炼一下，也没人敢让他们一直干活，剩下的时间都是去庙堂里默诵经文了。

闻砚桐在默诵的时候一直打瞌睡，困得眼睛都睁不开。池京禧他们都在别的庙堂，牧杨下午扫雪的时候就擅自跑去跟着池京禧一起了，这会儿也没在，压根见不着面，没有她感兴趣的事，困意自然就涌上来了。

等默诵完，闻砚桐的瞌睡也打完了。晚上的风很冷，她和傅子献草草吃完饭，各自回房了。

张介然已经在房中看书，闻砚桐没有打扰他，自己去打了热水房烧的热水简单擦洗一下，然后才回房中。

两人间就是左右各一个小房，中间的房摆了桌椅之类的。闻砚桐把桌椅挪开，又取了备用的棉被铺在干净的地上，把张介然喊来坐。

白天的事，她还等着好好问问呢。

张介然合了书本，走到棉被旁脱鞋坐下，说道："闻兄为何要在地上铺棉被？"

"这样才有氛围嘛。"闻砚桐道。

张介然似懂非懂地点点头："闻兄想知道什么？"

闻砚桐道："自然是你去年在念安寺没有睡好的原因啊。"

张介然便说："此事倒是说来话长，因有一年之久，有些事我大概忘了，不过尚记得一点，能与闻兄说上一二。"

"那你快说。"闻砚桐催着道。

张介然沉默了一会儿，似乎在想着从何说起，正要开口的时候，闻砚桐却打断了他："等我一下。"

她起身，跑去了床边抱起自己的被子，然后扔到张介然身边，又把小暖炉往两人身边挪了挪，说道："盖着吧，这暖炉不够暖和，别冻着了。"

张介然摇头："闻兄身子弱，你盖着吧。"

闻砚桐也不强求，把棉被裹在自己身上，刚坐好，又像突然想到什么似的，让张介然再等一会儿。

这回她直接穿鞋出门了，没过多久，再回来时就把傅子献带来了，笑着道："人多热闹嘛。"

傅子献一脸茫然，他洗完了手脚正准备睡觉，就被闻砚桐拉来了。

闻砚桐把他按在棉被上坐下。棉被其实并不大，坐三个人也就刚刚好，再多的空隙就没了。

闻砚桐准备好，正要让张介然开始说时，突然响起了敲门声。

三人同时看向房门，闻砚桐便道："是谁啊？已经睡觉了，没事就离开吧！"

下一刻，门外响起牧杨的声音："你睡那么早？骗谁呢！"

闻砚桐心道这家伙果然来了，于是又跑过去给他开门，结果开门一看，发现不止牧杨一个人。

他还带来了池京禧、程昕和程宵。

那么问题来了。

只有一床棉被，不够坐，怎么办？

闻砚桐一下子愣住了。

牧杨当下十分不客气地进来，说道："禧哥说念安寺不可能真的有鬼，所以我就把他拉来了。闻砚桐，你今日就要负责说服禧哥。"

闻砚桐道："凭什么要我说服啊？我自个儿都不相信念安寺真的闹鬼。"

她看池京禧还在外面站着，便立马热情道："小侯爷快进来吧，外面怪冷的，当心冻着了。"

池京禧既然被拽来了，自然不会在门口转头回去，于是跟着进了门，当下就看见牧杨已经挤在了棉被上，他轻笑一声："你的花招倒是挺多。"

闻砚桐又把两位皇子招呼进来，转头一看，自己的位置已经被牧杨占了，她连忙走过去："这是我的位置，你起开。"

牧杨把闻砚桐的棉被顺势往身上一裹："现在是我的位置了。"

闻砚桐哪里乐意，上前拽自己的被子，牧杨便与她拉扯起来。只是她的力气实在不敌牧杨，拽了好些下牧杨都纹丝不动，气得她高高地撸起袖子。

正要再动手时，张介然便站起身道："闻兄你坐我这里吧，我去将另一床备用棉被取出来。"

张介然穿鞋走去，将棉被取出来之后拼接在一起，但仍旧是不够坐。

傅子献道："我也去拿。"

原本一直装乌龟的牧杨这才有了动静，把傅子献拦住，说道："这么麻烦干什么？让门口的侍从去拿几床来就是。"

说着他便起身去门口，闻砚桐逮准了机会钻回自己的位置，抱着棉被裹成一团，挤到了里面。

没等一会儿，侍卫就送来了棉被和暖炉，原本有些冷的房间瞬间热乎起来，几个人也在棉被上落座。

闻砚桐灭了灯，取了一盏铜丝灯盏置在正中央，柔和的橘色光线映照在每个人的脸上。

程宵有些迷茫地问她："你为何要把灯灭了？"

闻砚桐道："你不懂，这样才有气氛。"

"什么气氛？"牧杨问。

闻砚桐也不解释，只是摆了摆手，对张介然道："你开始说吧，去年在念安寺遇到的事。"

张介然微微点头："去年来念安寺的时候，住在白身院，头一日入夜时，我就听见了女子的哭声，很小的声音，断断续续的，好似就在身边一样……"

牧杨咳了一声，将所有人的目光吸引到他身上。

"你干什么？"闻砚桐问。

牧杨便对张介然道："你实话实说，不准故弄玄虚啊！"

张介然得了警告，忙点头："自是不敢作假的。"

程昕便道："你安分些，仔细听着便是。"

牧杨不吵了之后，张介然便继续道："声音持续了很长时间，所以我一直睡得不大安稳。"

"什么时辰开始的？"闻砚桐道。

"我不知道。"张介然道，"念安寺在朝城外，报时钟的声音传不过来，而寺庙中又没有报时，所以我并不知道是什么时候开始的。"

他又道："后来停了一段时间后，就听见了尖叫的声音，我们忙出去看，就见有个同窗坐在地上，嘴里叫着有鬼，引来了许多人。

"夫子来了之后，人群才慢慢散去，那之后怪声音才没有，直到寅时过半我才入睡，辰时便响了晨起钟，所以第一日我睡得并不踏实。"

几人听后一阵沉默，闻砚桐又问："第二夜呢？"

"第二夜就闹得更厉害了，的确是有小孩和女子的哭声隐隐约约地传来，白身院的很多人都睡得不安稳。后来又响起了哭喊之声，夹杂着凄厉的惨叫，夫子带着学生们一起去探查，还引出了寺中的僧人，结果却是什么都没找到。"

张介然道："第二夜我只睡了一个时辰，其间还听见了有人敲我的门，但是由于当时有些害怕，并没有去开门，所以记得颇是清楚。还有人称在庙中看见了上吊的女子，这些就不知是真是假了。"

牧杨搓了搓手臂："竟有此事，幸好我去年去的是福乐寺。"

池京禧沉吟片刻，而后问道："你第一夜入睡的时候，如何知道是寅时？"

张介然忙回答："我听见了鸡鸣之声，所以隐约猜测是寅时过半。"

池京禧眸光沉沉，如点了墨一般黑得厉害，不知道在想什么。

程宵疑惑道："这世上真的有鬼存在吗？"

闻砚桐道："怎么说呢，信则有不信则无吧，这种事谁也说不准。"

牧杨撇嘴："肯定是没有的。"

闻砚桐笑了笑："你别着急肯定，我给你讲个故事，你就知道了。"

说着，她朝池京禧看了一眼。方才落座的时候，她故意挤到池京禧的身边，一来是怕傅子献跟他坐一起会拘谨，二来也是她自己的惯性。

好些个朋友坐在一起的时候，人们都愿意跟比较喜欢的朋友坐在一起。

池京禧察觉到她带着询问的目光，便淡声道："说啊，我还能拦着你不成？"

闻砚桐笑嘻嘻道："小侯爷不用拦着我，若是不想听，只管说一声闭嘴就是。"

反正他经常这样。

程昕催促道："别跟京禧贫嘴了，快些说。"

这些个公子哥，从没有在夜里跟别人坐在棉被上听故事的习惯，不免都觉得新奇。

闻砚桐也不磨叽，将声音放低，慢慢道："这个故事是我太爷爷讲给我听的，发生在我的老家，很多年前的事了，当时我太爷爷才九岁……"

"那还真是很多年前啊……"牧杨忍不住感叹。

"你闭嘴。"闻砚桐道，"别在我讲故事的时候打断我。"

牧杨乖乖闭嘴。

闻砚桐用了鬼故事一贯的开头，就是让听的人下意识认为这是一个真的故事。

"我太爷爷说，以前他的邻居有个考了秀才的儿子，在老家一带十分有名气。因为我家乡地方小，能出一个秀才已是十分厉害了，所以方圆几里的人都对那个秀才赞誉有加。"

"不过一个秀才。"牧杨撇嘴。

闻砚桐气道："你还听不听？"

"好好好，你继续说。"牧杨忙道。

"那秀才也觉得自个儿了不起，整日被人请去吃酒玩乐，还娶了当地一个家底殷实的姑娘为妻，也不用心学习，以致后来数年都落榜，到了而立过半还只是个秀才。后来那姑娘为了让他走上正道，总是在他出去玩乐的时候跟去大喊大闹，将他逼回家。久而久之，也就没人再敢喊他出去花天酒地了。

"可那秀才却因此怀恨在心，觉得自己的妻子不但年老色衰而且整日无理取闹，害得他丢尽了颜面，心里总算计着除掉他的妻子。"

牧杨"啧啧"两声，但没有出声打断闻砚桐的话。

一圈人都听得极其认真，盯着闻砚桐看。

"然后某一天，那秀才将妻子骗去了山上……"闻砚桐放缓语速，"把她从山崖上推了下去。妻子跌落山崖，当场就摔死了。"

"这畜生也太不是个东西了！"牧杨忍不住骂道。

"是吧，可恨的是这秀才回去之后说他妻子是自己摔死的，周围的人都相信了，就连女子的娘家人也宽慰秀才，让他莫要伤心，尽早另娶。"闻砚桐道。

牧杨气得厉害："怎会有如此令人作呕的人！"

程昕摇头叹息："这样的人多了去了，不过是你我都没遇到而已。"

程宵也道："只可惜了那女子，嫁了个这样猪狗不如的东西。"

闻砚桐点头："这天下的女子，若是嫁得好，后半生也算是无忧；可若是嫁得不好，日子就苦了。"

末了还要搭上池京禧，问道："对吧，小侯爷？"

池京禧抬起眼皮看了她一眼："我如何知道？我又不是女子。"

闻砚桐一噎，便道："你读那么多书，也算见多识广，这怎么能不知道呢？"

"我读的书都是文学礼法，传世之道，又没有去研究女子嫁得如何会有什么样的结果。"池京禧不咸不淡道，"你的故事讲完了？"

"还没还没。"闻砚桐这才想起自己有些跑题了，立即将话题拉回，继续道，"怪事就是从女子死后开始的。"

故事自这开始，便有了阴森之意，闻砚桐故意用语气营造气氛，低低道："秀才心虚，怕女子的怨魂找上门来，便佯装先把她的尸体埋进土里，然后趁夜黑风高时挖出来一把火烧了个干净，化作一堆黑灰。

"谁知道第二日夜里，男子在睡觉的时候，就听见房中响起脚步声，在床榻前徘徊，来来回回地走……"

"等等！"牧杨突然出声打断，把闻砚桐吓了一个激灵，差点跳起来。

周围的人也都被吓了一跳。

她恼了，伸手去掐牧杨："你又干什么又干什么？！"

牧杨匆忙挡下她的手，有些慌张地问："我怎么觉着你这故事有点不对味啊？那脚步声是不是秀才妻子的？她不是死了吗？"

"你能不能闭上嘴安心听故事？"闻砚桐气得蹬了他两脚。

牧杨便喊道："能能能！别蹬我……"

闻砚桐又把脚缩回棉被中，顺了顺气儿。

程昕便道："杨儿，你要是害怕就先回去吧，你方才那一嗓子把我们都吓到了。"

牧杨梗着脖子："我哪儿害怕了？我就是确认一下！"

程宵道："还说不害怕呢，你看看你脸都吓白了。傅子献比你还小一岁，都没害怕，你倒先怕起来了。"

牧杨闻言立马搓了搓脸颊，转头见傅子献只是怯怯的，并没有想象中的反应大，便纳闷儿道："这故事闻砚桐是不是跟你讲过？"

傅子献摇头："没有。"

邪了门了，牧杨暗自腹诽。

闻砚桐清了清嗓子，把牧杨打散的气氛重新拢起来，慢声道："男子听到那脚步声之后意识已是有些清醒，但无论如何也睁不开眼睛，只觉得有什么黏住了眼睛一样，不过那脚步声只在周围徘徊了半夜，快到天亮的时候就消失了。

"后来秀才醒来之后，就问身边睡着的美人夜晚有没有听到脚步声，美人便说没有，秀才对此事耿耿于怀。哪知道后来一连几日，他都能在夜间听见自己房中有脚步声，十分清楚。他不堪其扰，跑去给妻子烧了很多纸钱，并乞求她原谅自己，可当日夜晚……"

闻砚桐转了个头，见牧杨强作镇定地坐着，脸上绷得紧紧的，有些好笑。

她没忍住笑了一下，几人便立马催促："笑什么啊，快说啊！"

闻砚桐立马收了笑，继续道："当日夜晚，脚步声还是在房中响起，并且这次还在他的床头停住了。这次男子被吓得魂飞魄散，想挣扎着起来，却没有半点力气。

"而后秀才就感觉脖子凉凉的，似乎有一双柔软的手抚摩了上来，然后猛地一拍！"

"啊！"牧杨惊叫一声。

闻砚桐猝不及防地又被吓了一跳，转身捶打牧杨："抱着你的棉被滚出去！"

牧杨委屈道："我错了我错了，不要赶我出去！"

闻砚桐见他竟然被吓成这模样，无奈道："先前也不知道是谁在学堂信誓旦旦地保证鬼不敢敲我们的门的？"

牧杨咽了一口唾沫，厚着脸皮道："谁说的？我怎么不知道？"

闻砚桐朝他伸出手，暗示道："你要是害怕，就拉住身边的人，不要再一惊一乍地大喊大叫了，知道吗？"

牧杨可怜兮兮地点头，转头握住了傅子献的手。

闻砚桐气得牙根痒，把手收了回来。

这个家伙，吓死你才好。

程宵听言觉得这方法不错，拉住了程昕的手："皇兄，咱们拉一起，就不害怕了。"

程宵另一边坐的是张介然，闻砚桐顺势把目光投过去的时候，就见张介然吓得脸色煞白，一点血色都没了。

闻砚桐暗惊，方才没注意这个，没想到他比牧杨还害怕，便招呼道："子献，你把张兄的手拉着吧，瞧着他挺害怕的。"

傅子献转头看了一眼，便主动拉住了张介然的手，另一边程宵也主动拉住他，于是几个人手拉手连成了半个圈。

闻砚桐转头问池京禧："小侯爷，你害怕吗？"

池京禧觉得这个问题十分幼稚，于是反问道："你看我像害怕的样子吗？"

哪知道闻砚桐立马点头："我瞧着小侯爷挺害怕的，不如拉着我的手吧，我传递给你勇敢的力量！"

说着就从棉被里伸出手去拉池京禧的衣袖，可只碰到他衣袖上的狐皮，柔软的毛就从指间溜走了。池京禧将手往后一缩，不屑道："你那丁点大的勇敢我不需要。"

闻砚桐计划落空，撇了撇嘴："丁点大总比没有好。"

程昕无奈地笑了："京禧自然是不怕这些的，又不是孩子了。"

除了池京禧，也就程昕还面色如常了，两个人简直完美表现了少年无畏无惧的朝气。

闻砚桐把手揣回棉被，说道："故事还剩最后一点了，我一口气讲完。"

几人又安静下来。

闻砚桐便酝酿了一下，提了一口气加快语速："秀才就好像被掐住了脖子一样，那力气巨大无比，让他难以呼吸！他使劲地挣扎却半点用处都没有，正是窒息的时候，就听一声鸡叫传来，脖子上的力道瞬间就消失了，秀才缓了一口气，活了下来。

"秀才害怕至极，赶了十几里路去了隔壁县城，找到十分闻名的瞎子半仙，把这情况说给他听。那半仙便说他这是被恶鬼缠上了，今天是恶鬼的头七，必定要回来带走他的命。

"秀才一听，自是吓得半死，忙问用什么方法可以抵挡，半仙就问他那女子是如何死的。秀才却没脸说出实情，只道女子是病死的，自家穷，没银子救她，所以她才可能怀恨在心。他编得合情合理，半仙便信了，就给他画了一道符，让他今夜回家，入夜之后拿着符藏到床底下，说那恶鬼不能弯腰，如此便找不到他，只要等着天亮，往后就无事了。

"秀才依言回家，入夜之后就藏到了床底下。等到后半夜，那女鬼果然来了，只听房中响起了'咚咚咚'的声音，离床榻越来越近。"

牧杨听得紧张极了，咽了口唾沫。

闻砚桐便道："那秀才原以为万无一失，却没想到那声音停在了床边，好似就在他耳边一样，之后很长时间都没有动静。他以为那恶鬼走了，便壮着胆子转头看去，你们猜他看见了什么？"

"看见了什么？"牧杨颤着声接道。

"他看见了一张倒着的脸，头上流的血把地面都染红了，眼睛正死死地盯着他！恶鬼看见秀才转脸，面容瞬间变得狰狞无比，嘶喊一声——"闻砚桐张开双手猛地叫道，"负心狗，拿命来！"

"啊——"牧杨惨叫一声，下意识一脚踹在闻砚桐的肩上，一下子就把她踹翻过去。

闻砚桐一个跟头翻在了池京禧的身上，脑袋磕在他怀中，连带着池京禧一并被撞倒。

她起初蒙了一下，反应过来后吓得不轻，怕惹怒了池京禧，立马从他身上爬起来，慌张道："小侯爷，没撞疼你吧？实在对不住，牧杨突然踹我，我自个儿也没反应过来。"

池京禧见她这谄媚模样，便道："行了，没说怪你，别做出这副样子。"

闻砚桐悄悄瞪了牧杨一眼，重新坐下来，心中暗骂不止。

程昕挥了挥手："兄弟，吓傻了？"

闻砚桐一见他这样，忙拍了拍他的肩膀："不是吧？这个故事是编的，又不是真的，你怎么吓成这样？"

牧杨愣愣道："不是你太爷爷讲给你听的吗？"

"那只是故事的一部分，我连我太爷爷长啥模样都不知道，怎么可能听他讲故事？"闻砚桐道。

牧杨一听是假故事，这才长舒了一口气："我就觉得这故事不可能是真的……"

闻砚桐嘲笑了一声，没再出声取笑他。

"最后结果如何？"程昕问道。

"秀才自然是死了。他种下恶果，又怎会落得个好下场？"闻砚桐道。

程昕听后反而叹息一声："确实只是个故事。"

众人各有叹息，心思各异。

闻砚桐掰了掰手指，见周围寂静下来，便问道："你们没有听过什么故事吗？说出来跟大家分享分享啊。"

结果几人一一摇头。

闻砚桐叹气，这群没童年的家伙。

她道："那我再给你们讲一个吧，讲个不那么吓人的。"

没人提出异议，程宵甚至觉得颇有意思，催道："快说快说。"

牧杨有些不放心："确定是不那么吓人的吧？"

"是！"闻砚桐拍胸脯保证，"别担心，我不会骗你的。"

闻砚桐决定拿出自己压箱底的故事。

开头便是一句："休沐日，几个同窗好友坐在家中喝酒玩乐，正是开心的时候，房中突然响起了敲门声。"

"咚咚咚——"敲门声压着她的话音适时响起。

房中几人同时一愣，转头朝门看去。

"是谁？"闻砚桐扬声问。

然而等了一会儿，房外却没有声音回应，只是敲门声再次响起。

"咚咚咚——"

这种情况很奇怪。

因为门外本有侍卫守着，若是有什么人来，定然会是侍卫代为通报，但是门外的人敲门却不发出声音，显然不是侍卫。

闻砚桐意识到这一点时，池京禧和程昕已经缓缓站起来。牧杨还沉浸在方才的故事中，胆子全被吓没了，这会儿缩着脖子推了傅子献一把："你们出去看看……"

闻砚桐也跟着站起来。

池京禧走在最前头，他的脚步很轻，几乎没发出声音，房中一时静悄悄的。他微微侧头，耳朵在听门外的动静。

习武之人要比寻常人的听力灵敏一些。闻砚桐大气也不敢出，就等着池京禧的命令。

不过片刻，池京禧的动作一下子松懈下来，快步走到门边，快速将门拉开。

程昕紧随其后，两人走到门外时同时停了下来，看向同一个地方。

闻砚桐就在两人后面，跟着跑过去之后，才赫然发现不远处的檐下好似挂了个人，上半身隐在檐下的黑暗中，惨白的衣袍飘落下来，随风飘动。

这一幕若是让牧杨看见，定然一嗓子"嗷"出来了。

闻砚桐起初只是惊了一下，随后立即发现了奇怪之处：这吊着的人似乎太轻了，风一吹就摆，好似没什么重量。

显然这只是挂了件衣裳而已。但是由于光线过暗，乍一看还以为是个人在这里悬梁。

吓唬人的小把戏。

闻砚桐走到衣袍下边，想伸手将衣裳拽下来，却不想自个儿的高度不够，踮着脚伸长了手，也只够让指尖触到衣摆。

她有些尴尬地咳了咳，说道："这个定然是方才来敲门的人挂上去的，他听见了我们出来的动静，就跑了。"

池京禧走到她身边，抬手一扯，就将衣袍整个扯了下来，衣袍的上头果然系了细麻绳。

闻砚桐也摸上去，将衣袍展开，发现这衣裳不是寺庙僧人的款式，她凑上去闻了闻，怪异地皱起眉。

池京禧抬眸，与程昕对望了一眼。

不多时，屋里的几个人也相继出来，牧杨看了看池京禧手上的白衣，拧眉道："门口的几个侍卫哪儿去了？"

傅子献和张介然都怯怯地站在房中，不知道发生了什么事。

没多会儿，就有两个侍卫从一旁赶来，看见门口站着人，忙上来跪下请罪："属下失职！"

程昕倒没急着发怒，问道："去何处了？"

"方才听见了旁边有人经过的动静，来来回回，很是刻意，侍卫长便派出属下两人前去探查。"侍卫道，"方才去什么都没看见，于是又立即赶回来了。"

程昕道："那留守在门处的两人去了何处？"

侍卫道："属下不知。"

闻砚桐迷茫了。这不可能啊，剩下的这两人若是有什么事要去探查，那必然是要先跟程昕等人通报的，不会就这样一声不吭地离开，门前一个守着的人都没有。

除非是发生了什么特殊情况，让两个侍卫来不及请示屋中的人就离开。

闻砚桐朝池京禧看了一眼，小声问道："小侯爷，现在怎么办？"

池京禧将手中的衣袍塞给她，说道："回到屋子里，不管听到什么声音都不要出门。"

"这个念安寺，是不是真的……"

"鬼倒没有，"池京禧俊俏的眉眼沉着夜色，凝重得很，"但可能有匪。"

闻砚桐听了吓一跳，不自觉地声音更低了："你怎么知道？"

程昕两三步走来，问道："此事要不要禀告父皇？"

"只是猜测，空口无凭的，不宜惊动圣上。"池京禧道。

说实话，匪可比鬼可怕多了，那都是实实在在拿刀杀人的亡命之徒。只是闻砚桐也完全没想到，竟然会有匪在念安寺中。

几人被这突然出现的敲门声敲散了兴致，各自回了屋子里。程昕派人加强了权贵院的守卫，同时派人去寻失踪的那两个侍从。

只是毕竟入夜了，尚不知实情如何，事情不宜闹得太厉害，是以没多少人知道这事。

闻砚桐钻回被窝之后，久久睡不着，一直琢磨着池京禧的话。

他是怎么看出寺中有匪的？

这门口挂的东西，完全可以理解为谁的恶作剧，门口的侍卫也有可能是玩忽职守。权贵院有那么多守卫，若是真有匪，那又是如何在那么多侍卫的眼皮子底下将那件白袍挂在屋檐下的？

这完全没法解释啊！

闻砚桐觉得自己脑子虽不算特别聪明，但好歹也是中等聪明，为啥一点端倪都看不出来，完全摸不到池京禧和程昕的思维逻辑？

琢磨琢磨，夜就深了，四周一片寂静，床头的灯也逐渐暗了下来。

闻砚桐原本打算放弃了，想着还是明日再厚着脸皮去问问吧，正要睡觉时，忽而听见房中有声响。

这声响极其近，几乎就在她的床榻边响起，让她猛的一下精神了，睁着眼睛看去。

睡觉的这个小房间很窄，只够摆一方榻和一张小桌子，连门都没有，只有一道棉帘遮着。

所以这种窄小的空间里，一旦有什么声音，就极其明显，以至于闻砚桐一下子就察觉到了。

她轻轻撑起上半身，就听见那声音是从床尾下传来的，窸窸窣窣，像衣裳摩擦着地面的声音。

难不成……床底下有人？！

闻砚桐意识到之后，头皮整个发麻，慌张地朝四周看，寻找趁手的武器，但是房中啥都没有，一穷二白。

正当她着急的时候，忽而有个人从床榻下钻了出来，露出一个头，闻砚桐被吓得都窒息了。

床底下还真藏了个人！

那人穿得很厚，爬出来时应该很是费劲，背着床头坐在地上喘息。闻砚桐吓得一动不敢动，慢慢往被子里缩。

这人坐了一会儿，而后才慢慢站起来，转头一看才发现床上还躺着个人，露着半个贼脑袋，睁着圆溜溜的大眼睛。

与此同时，闻砚桐也看清楚了这人的模样。

是个唇红齿白的少年，模样有十六七岁，脸上蹭了不少灰，显得脏兮兮的，不知道是因为穿得太厚还是本来就胖，臃肿得很。

谁知道他见到闻砚桐之后自个儿没绷住，下意识大叫了一声，往后退了两步，一屁股坐地上去了，还带响的。

怎么，你还被吓到了？

闻砚桐被他的叫声吓了一跳，忙坐起来下床要跑，却被那少年一个跃身而起撞回了床榻上。

另一个房间的张介然听见了声音，下床寻来，站在棉帘外担心道："闻兄，你怎么了？方才是你的叫声吗？"

闻砚桐刚要张口叫喊，一柄刀就顶在她的脖子边，冰凉的刀尖触及皮肤的那一刻，闻砚桐就快要出口的喊声瞬间停住了。

那少年瞪她，好似威胁。

闻砚桐便道："没事没事，我方才睡觉的时候不小心滚下了床，张兄莫要担心，赶紧回去睡觉吧。"

张介然半点疑心没有，只道："那闻兄小心些。"

他走了之后，少年便低声道："你是谁？为何会在这房中？"

闻砚桐忍不住翻白眼，暗道：你突然从我床底下钻出来，还问我是谁？

但是她不敢多说，只道："我是颂海书院的学生，这是我扫雪暂住的房间。"

少年左思右想，最后拎起闻砚桐的脖子："到床下面去！"

闻砚桐依言下床，举着双手道："这位贤弟，你我素不相识，也无冤无仇，还是放我一条生路吧。"

"少废话！钻进去！"少年用刀尖戳了闻砚桐的脖子一下。

闻砚桐吃痛低呼一声，抬手一摸，却发现没有流血。她顿时明白，这刀是钝刀。

既然刀不能伤人，那她有没有可能打败这个少年呢？

闻砚桐暗自盘算着，但见这少年体形彪壮，想来没那么容易对付，为了避免挨揍，闻砚桐决定还是算了。

她低声说道："我能不能穿上衣裳？这样很冷。"

少年瞥她一眼。

她指了指椅子上搭的衣裳道："就在那儿。"

少年见她模样懦弱，终是妥协了，恶声恶气道："动作快点！"

闻砚桐便上前，把衣裳一层层全都裹在了身上，暗道这下完蛋了，这时候大家都在睡觉，谁能猜到她闻砚桐的床下面爬出来个死胖子？

衣裳穿好后，她才慢吞吞地往床榻下面爬，爬慢了屁股上还挨了一脚，爬进去之后才发现床底下另有乾坤。

原来床下面有一张黑布掩着，黑布下则是一道地下暗道，阶梯一直向下，下面似乎是个密室。

少年在后面催促，她只好硬着头皮往下走。不过这下她总算知道，那少年方才之所以累得那么厉害，是因为这密道又矮又窄，走起来颇是费劲。

她要把腰弯得很低才能下去，而且楼梯很陡，一不小心就会踩空。

下了楼梯之后，就出现一道石门，石门两边的墙壁上挂着烛灯。少年走到门边，拿出个类似钥匙的东西，插在门上转动，然后石门便悄无声息地打开了。

闻砚桐无不惊叹，朝里一看，竟是一条长长的走道，走道的两侧都有着同样大小的门洞，不知道通往哪一方。

很快她便意识到，这座念安寺的地下，可能藏着一个迷宫似的密室，而池京禧所说的匪，应当就藏在这个密室里。

少年在后面推她，厉声道："往前走！"

闻砚桐缩了缩脖子，转头赔笑，忙听他的话继续往前走。她隐约猜到这少年是想带她去见同伴，然后商量如何处置她。毕竟她住在权贵院，虽说是个实打实的平民，但是这些人又不知道。

或许这才是让少年忌惮的原因。

闻砚桐心想，待会儿别人要问起来，她得编一个厉害的身份才行。

果不其然，这想法刚落下，那少年就问："你叫什么名字？"

闻砚桐便道："我乃当今五皇子程昕……"

话还没说完，就被少年一把按在了墙上，胳膊被往后一扭："狗皇子！拿命来！"

"等等等等！我还没说完呢！"闻砚桐连忙喊道，"我是程昕的好朋友牧杨……"

却见少年恨声道："竟然是牧狗贼的儿子！今日便是你的死期！"

"不是不是！"闻砚桐嘶声叫喊，"我是牧杨的结拜兄弟！"

少年更气了："原来是大名鼎鼎的小侯爷，今日你可算是落我手里了，我定要将你千刀万剐！"

大哥，你咋能恨这么多人？

闻砚桐欲哭无泪，祭出最后一招来："我不是小侯爷，我是牧杨刚结拜的兄弟，我叫傅子献！"

没想到偏偏傅子献这个名字最管用，少年一下子松了手，半信半疑道："你是傅丞相的儿子？"

闻砚桐见有门，忙不迭点头："是是是，但是我是庶子，所以不大出名，你应该没听说过我吧？"

少年皱着眉打量她："的确是没听说过……"

闻砚桐道："我虽说是庶子，但到底也是丞相的儿子，你饶我一命，我便给你白银千两，而且绝不向官府告发你。"

少年仍是绷着脸："这事我说了不算，要把你带去给媛姐，看她如何处置你。"

"你若是杀了我，我爹肯定不会放任不管，届时你们藏身的地方定然会被找到，得不偿失啊……"闻砚桐还想劝说。

少年却拿出钝刀戳了下她的腰："再废话我现在就先赏你一刀。"

闻砚桐不屑地撇撇嘴：你这破刀能不能割破皮还真不一定呢！

但是为了自己的安全考虑，闻砚桐还是选择了闭嘴。

少年带着她东转西拐，绕了很多个圈，一路上完全不给闻砚桐说话的机会，一听到她发出声音就拿钝刀戳她。

其间闻砚桐打了两个喷嚏，也被戳了。

她眼睛一瞪，不可置信道："我打喷嚏又不是自己想打，这你都戳？！"

少年也有些愧疚："抱歉，不小心顺手了。"

倒霉孩子，你怎么不顺手把自个儿戳死呢？闻砚桐暗骂。

闻砚桐觉得总跟着他这么走不行，完全不知道要被带到谁跟前，万一他口中的媛姐是个脸上几道疤、身上肌肉壮实、膀大腰粗杀人如麻的女疯子怎么办？

见到自己之后也不管是丞相之子还是皇子，一刀杀了，那岂不是白白送了性命？

这可不成！

闻砚桐一直留心着周围的道路，随后发现有一段路的墙边，地上的泥土都是黏稠状态，好像是上面的雪化了之后流下来的水融入了那些泥巴里。

她觉得这是个好机会，走到一处门洞前时，立马假摔，趴在地上。

少年没察觉不对劲，说道："走个平地你都能摔？"

闻砚桐抠了一大把淤泥，哼哼唧唧道："我起不来了，麻烦这位贤弟帮忙扶我一把……"

"摔一下就起不来，真不知道你长两条腿干什么用的！"少年很是不耐烦，没有戒心地走到她边上，蹲身去抓她的手臂。

正是这时，闻砚桐猛然而起，将手里满满一大把淤泥以迅雷不及掩耳之势狠狠糊在了少年的脸上，发出"啪"的一声脆响——

"给你养老送终用的！"闻砚桐厉声骂道，还怕淤泥不大均匀，使劲在他脸上糊了几把。

少年眼睛里进了淤泥，惨叫一声把闻砚桐推了一个跟头，然后用手去揉，待到他忍着疼痛睁眼时，面前的人已然不见踪影，不知道钻入哪个门洞中了。

闻砚桐跑得飞快，心跳急促得厉害，生怕慢了一点而被人追赶上。但她的腿毕竟没有好全，方才情急之下的一阵狂奔，立即引出了疼痛，她扶着墙速度渐渐慢了下来。

也不知道跑到什么地方了，周围一片漆黑，身后隐隐传来了脚步声。

她吓得魂飞魄散，也不敢再慢，奋力往前跑，但是身后的脚步声依旧越来越近，她转头也只能看见一片黑暗。

慌不择路时，脚下突然不知道被什么一绊，她整个人都要往前栽去，加之身后人的逼近，让她心态有些崩，当下叫喊出声。

但是声音刚出，她的腰就被人往后一捞，强大的力气硬生生将她往前摔的身子捞了回去，同时一只温暖的手捂上了她的嘴，抑制了她的喊声。

闻砚桐吓得疯狂挣扎，在急促的呼吸与擂鼓般的心跳之间听见一个熟悉的声音在耳边响起："别动，是我。"

闻砚桐在听到声音的一刹那，整个身子放松了下来，也不再挣扎。

是池京禧。

在这伸手不见五指的漆黑地道之中，危险和恐惧都是不言而喻的，稍有不慎就有挨刀子的风险。

但是在听到了池京禧的声音后，闻砚桐原本惊慌失措的情绪却一下子软化了。

她十分明确地知道，若是现在站在她身后捂着她的嘴的是牧杨、傅子献，或是其他任何一个人，她都不会在这么短的时间内放下恐惧。

除非是池京禧。

察觉到闻砚桐没有挣扎之后，池京禧将手上的力道慢慢放了一些，拉着她轻轻地往后挪动。

闻砚桐的口鼻得到解放，忙不迭地深呼吸，喘息的声音过于大了，又被池京禧捂住。正当她想把自己的鼻子解放出来的时候，忽而听见地道里又传来了脚步声。

圈在腰上的臂膀又加重了力道，池京禧几乎将她整个人都捂在怀中，轻浅到听不见的呼吸就在她头顶，灼热的气息从耳边擦过。闻砚桐的心又提起来，侧了侧头，下意识往他怀里钻得更深一些，把脸埋在他的衣襟上减弱自己的呼吸声。

池京禧似乎又觉得她离得太近了，捏着她的脸往外拉。闻砚桐听那脚步声越来越近，急惶惶地朝这边赶来，她害怕得不行，暗中跟池京禧较劲。

他越是往外推，她就越是往里钻。

脚步声落到跟前时，池京禧怕闹出动静，也不再动。闻砚桐也停下了，只听那声音贴着她的后脑勺而过，还带起了一股轻微的凉风，一下子就跑了过去。

那个人丝毫没有发现两人站在边上。

听见声音越来越远，闻砚桐长长舒了一口气，正要说话时，就被池京禧推了一把肩膀，后退了两步。

闻砚桐又立马黏上去，低声哼哼："这里好黑呀，小侯爷可不能推我，万一我摔倒了怎么办？"

池京禧的眼前是一片黑暗，但也能想象得到闻砚桐说这话时的神情，定然是撇着嘴，秀气的眉眼中带着不高兴，埋怨似的。

他的喉头滚了滚，沉声吐出两个字："站好。"

闻砚桐依言站好，手却不着痕迹地抓着池京禧的衣袖，握了满手的狐毛。池京禧一动，就能感觉到衣袖的拉扯。

刚才看到她手上沾了不少淤泥，现在又抓着他的衣摆，池京禧的眉头没忍住抽了抽。

闻砚桐乖巧地跟在他身后，小声问道："小侯爷，你怎么知道我在这里啊？"

池京禧没有解释，只道："噤声。"

闻砚桐也不敢再乱说话，怕周围又有人来，于是连呼吸都放轻了，跟着池京禧在地洞中走着。由于太过黑暗，两人的速度都不快。

但显然池京禧对这地下迷宫竟是有些熟悉的，他有条不紊地带着闻砚桐拐了几个弯，脚步渐渐慢下来，最后停下道："这里安全。"

闻砚桐松了一口气，左右看看，发现还是没有光，不由得有些怀疑："你如何知道这里安全？"

池京禧没理会她的质疑，而是道："你为何会在这里？"

闻砚桐嘟囔："小侯爷还没回答我的问题呢。"

池京禧又不出声了。这样黑的地方，他一不出声，闻砚桐就觉得像自己一个人站在这里一样，于是问道："我可以在这里点火吗？"

"你有火？"

"身上有两个火折子。"闻砚桐道。这是她临行前闲着没事揣兜里的，总觉得会派上用场。

池京禧便道："拿出来。"

闻砚桐慌忙将两个火折子拿出来，摸索着池京禧的手，递给他一个。将盖拔开之后，她轻轻一吹，小小的火苗就露出头，给无尽的黑暗添了一抹光亮。

亮光瞬间就将池京禧的轮廓描绘了出来，虽然清晰度不高，但好歹能看见他那双漂亮又深沉的眼睛。闻砚桐有些高兴，说道："小侯爷，你怎么不给我解释一下啊？好歹说两句解决我的疑惑啊！"

池京禧并没有吹燃手上的火折子，而是将闻砚桐手中的拿了过来，伸到墙壁上，沿着墙走了几步。

闻砚桐就在他身后紧紧跟着。他停下时，手指点在墙上，闻砚桐才发现那墙上刻着一只巴掌大小的老虎，十分不起眼的模样。

池京禧道："这里是寅虎道，是那些人不常来的地方，所以这里应当算安全。"

"你如何知道？"闻砚桐一脸迷惑。

池京禧也不像来过这里的样子啊，怎么把地道摸得这么熟悉？

他拿出一张叠起来的纸，递到闻砚桐手上："这是地图。"

闻砚桐惊了一下，忙接过来展开，凑到火光下一看——啥也看不懂。

她迷茫地眨眨眼，只觉得上面的条条线线令人眼花缭乱。她看了池京禧一眼，不着痕迹地将纸对折，问道："小侯爷如何进了这地道之中？"

池京禧似乎早就料到她看不懂："寅虎道靠近地下密室的自毁装置，所以平日很少有人来，除非出了什么大情况，那些人需要自毁出逃，才会来这里。"

"你怎么知道这些？"

"逼问的。"池京禧道。

闻砚桐一再追问，池京禧不堪其扰，用简单的几句话说了当时的情况。

其实他跟闻砚桐的遭遇差不多，也是睡觉的时候有人突然从床底下钻出来。

听到这闻砚桐就忍不住想吐槽一句了：密室里的这些个人难道都是蟑螂精吗，就喜欢从别人床底下钻出来？

但是惊醒了池京禧之后，那人就没有什么好下场了，被池京禧揍了一顿。

揍人这一段池京禧没有细说，只是说："我将其制服，让他不能动弹。"

闻砚桐本以为池京禧找了什么东西把那人绑住了，但是后来才知道，他直接将那人的手脚拧得错位，是真的让他完全无法动弹。

他从那人的口中逼问出了地道的主要结构，才得知这里面有个自毁装置，意识到不能贸然派侍卫进来。若是打草惊蛇让他们启动了自毁装置，那么就完全不知道这藏在念安寺地下的组织究竟有何目的了。

于是池京禧略一思量，自己带着地图下来了。

闻砚桐与他有同样的境遇，用了不同的应对方法，但结果竟然是相同的。

闻砚桐听后有些生气："你怎么能这么冒险？完全不在乎自己的安全吗？这下面这样危险，再怎么也要让侍卫下来探路啊！"

池京禧一抬眸："你这是在教训我？"

闻砚桐听他语气不善，怵了一下，但还是难得硬气了一回："你不该被教训吗？怎么能行事这么鲁莽？"

池京禧低眸看着她，一动不动，不一会儿就将她盯得心虚了。

而后他突然脚步一动，往前走来，闻砚桐连忙后退，缩着脖子暗道"不好"，池京禧该不是被说怒了，要揍她吧？

池京禧一步步向前走，闻砚桐就只能脚后跟往后挪着后退，直到后背撞到了墙上，才退无可退。

她余光瞥见池京禧抬起手，慌得不行。

完蛋了，不知道她现在跪下来抱着池京禧的腿道歉能不能换得原谅，实在不行，她也不是不愿意喊他一声爹的。

池京禧的手落下的一瞬间，闻砚桐的双膝一软，眼看就要跪，却发现他的手径直掠过她的头，按在了墙壁上的某处。

闻砚桐的膝盖立马绷直了。

她微不可察地松了一口气，贴着墙往旁边挪了挪，虚惊一场。

池京禧见她吓成这样，从低沉的嗓子里挤出一声低低的哼笑，夹杂着些许嘲笑。

闻砚桐听了气得牙痒痒，这才明白池京禧是故意吓唬她的！

池京禧摸到了墙面上的一个机关，拿火折子凑近看了看，发现机关是先前那人描述的方形印花，便试探着按了进去。

随后墙壁上响起了齿轮和锁链转动的声音，发出微微的震动，然后面前的墙开了一条缝隙，竟向一旁缓缓拉开。

闻砚桐原本以为石门机关启动之后速度会很快，然后会发出很大的声响，但是亲眼看见时才发现，这速度不仅慢而且声音很小。

门开之后，池京禧走进去，在火折子照映出的微弱光线下，就看见面前几步远的地方，还有一堵墙。

这堵墙上的门很是明显，有些一眼就能看见的缝隙，门上还有朱红色的刺目痕迹，似乎标志着这面墙不可碰触。

池京禧淡声道："找到了。"

闻砚桐站到他身边，轻声说："这就是那个自毁装置？"

"门里就是他们在地下密室藏的东西。"池京禧将火折子递给她，自己摸出了一把钥匙，往门边走去。

闻砚桐忙跟过去照明，同时明白，他所说的自毁装置其实不是毁灭整个地下密室的装置，而是毁了这门里东西的装置。

走到墙边后，闻砚桐明显闻到了一股怪异的味道，像是蜡油火药混合散发出的气息，虽然她不知道是什么，但是一闻就知道这玩意儿用火一点就着。

池京禧的目光往下，然后在门边的左下角蹲了下来，闻砚桐也赶忙蹲下，就看见左下角有一方十分不明显的钥匙孔印。

他破天荒地解释道："这个钥匙孔连接着墙头上面的机关，若是打开机关，墙里面就会被上面流下的火蜡布满，门后的所有东西就会被火烧得一干二净。"

闻砚桐恍然大悟地点点头，顺口问道："但是你怎么想毁了这个装置呢？"

池京禧用看傻子的眼神看了她一眼，然后将钥匙插进去，只入了一小半，然后用力往旁一撇，钥匙就硬生生被池京禧掰断，卡在了里面。

果真简单。

闻砚桐不好意思地挠挠头："其实我方才就想到了，不过是顺嘴一问而已。"

池京禧不与她废话，起身道："走。"

闻砚桐忙应了一声，紧随着池京禧的脚步，谁知道刚要踏出门时，忽而有一柄利刃从旁处刺来，直指池京禧的脖子！

池京禧反应非常迅速，头往后一仰，刹那间躲过利刃；手腕一翻敲击在那人的手上，只听一声脆响，刀刃瞬间就脱了手。

他用脚尖一挑，刀就被踢到闻砚桐的脚边："捡着！"

闻砚桐被吓得不轻，慌慌张张地要去捡刀，快要碰到时，忽而有一只脚踩在刀柄上。

她下意识抬头，就见有个人高举着刀，似要对着她的头颅劈下。她当下被吓得魂飞魄散，一声喊叫脱口而出。

池京禧脚尖一旋，转了个身凌厉出脚，踢中那人的侧腹。只听一声惨叫，那人被径直踢飞，摔至一旁。

他扯着闻砚桐的肩膀，一下子就将人提了起来，同时将刀挑起，塞到闻砚桐的手中，抢下了她手中的火折子。

闻砚桐哪见过这种场面，早就慌得不行了，那锋利的刀刃折射着微光，在她看来是要命的威胁，脑子木成一片。

就这一会儿的空当，又有人持刀从她背后砍来。池京禧侧脸，余光瞥见之后，顺手按住闻砚桐的脖子，将她的身子往下压，同时手肘往后一击，正中那人的脸。

又是一声惨叫，那人捂着脸往后退了好几步。

闻砚桐亲眼看见池京禧这一肘子下去，好似把人的鼻子撞得稀碎，那人捂着脸惨叫的模样好不凄惨，瞬间没了还手的能力。

池京禧趁着这个时间，将门边墙壁上挂着的虎头灯点着了，周围总算亮堂了些。闻砚桐放眼看去，才发现这一会儿的工夫就来了十来个人，手里都提着刀。

方才电光石火之间，身边就已经躺下三个了。池京禧虽然厉害，但是一个人跟十几个人打能有多大的胜算？

更何况他身边还带着一个拖油瓶。

池京禧见她拿着刀的手抖得厉害，没好气地在她头上敲了一下。闻砚桐吃痛低呼，就听他道："蠢货，刀好好拿着，谁靠近你，你就砍谁。"

"可是我……我从没砍过人啊！"闻砚桐颤颤巍巍道。

池京禧沉吟一瞬："就像你砍无惰鸡那样。"

闻砚桐眼睛一瞪，这人怎么能跟鸡一样呢？

杀鸡是为了吃，可是杀人呢？杀人是犯法的呀！闻砚桐一时半会儿无论如何也迈不过这个坎儿，面对这些暴徒吓得两腿打战。

就这么一会儿的工夫，周边的人再次杀上来，面目狰狞恐怖，手中的刀半点不留情面，冲着肚子、脖子、头颅砍来，只要中一刀，不是被开膛破肚，就是被劈开头盖骨。

闻砚桐哪能应付得了？

池京禧身子一旋，弯出一个柔软的弧度躲开刀刃，从袖中翻出一把巴掌长的短刀，刀锋一转，还没看清楚是怎么出手的，就把人的喉咙割破了。但是即便他速度再快，喷溅出来的血还是染红了他精致华贵的外袍，点滴洒在了光洁的下巴上。他的动作没有丝毫停顿，行云流水般转身，刀柄磕在另一人的侧颈上，一下就将下颌骨敲出清脆的响声，再往腹上补一脚，将人直接踹飞。

十来个人将走道站得很满，池京禧刚打倒一人，后面的人就补了上来，几乎没有任何空隙。池京禧余光瞥见闻砚桐离得越来越远，心中着急起来。那些人见池京禧不好对付，大都去帮忙了，但也有少部分挤不到前面，自然是要去收拾闻砚桐的。

但见正面有一人持刀砍来，闻砚桐惊叫一声，凭着本能横刀抵挡，那人的刀就砍在了刀刃上。巨大的力道震得刀刃嗡嗡作响，她的手臂也阵阵发麻。

另一人见状便要砍她手臂，闻砚桐吓得丢了刀缩回手，就见那人一刀砍在她面前那人的脸上，刀刃从鼻子向左边耳根划过，当下把脸削成了两半。

闻砚桐惊吓得后退了几步。后方一人见自家兄弟有失误，忙要补上来继续攻击闻砚桐，却不想那个脸被削了的人因剧痛而慌乱地挥舞大刀，一刀从后面那人的脖子斜砍进去，那人当下没防备，倒在地上，捂着脖子抽搐了一会儿，就死在了闻砚桐跟前。

血腥味犹如铁锈一般，在空气中弥漫，黏稠地包裹着闻砚桐的鼻子。

先前失手砍到自己兄弟那人提着刀再次朝她冲来，谁知道路上不知踩了什么，脚下一绊，整个人往下跌去，刀就横在脖子前，这一摔，人就没了。

有人看见三个人都倒在了她面前，忙补上空缺，奔来对她攻击，却不想池京禧那边有个人被踢了肩膀，猛地转了两圈之后，大刀正好从这人的侧腹扎进，左进右出，人又没了。

死之前，那人瞪着站在不远处一脸惊慌的闻砚桐，突然冒出了个念头。

这小子，有点邪门。

闻砚桐也不知道怎么回事，好似要杀她的人都接二连三地因为意外倒在了她面前，她摸了摸身上，发现除了溅了点血之外，没缺胳膊少腿。

转眼看见池京禧那边还被四五个人包围，她便什么也来不及想，慌慌张张地从地上死的人手中抢过大刀，几个小步跑到池京禧的包围圈外。

两三个人都是背对着她的，闻砚桐一咬牙，猛地把眼睛一闭，大刀就从那人的背后挥下。只听衣裳被刀刃割裂的声响，刀刃触及皮肉时传来的触觉让她心头一震，脸上洒下温热。

惨叫声响起的同时，池京禧就将人踢飞了。

他甚至不给闻砚桐害怕的时间，就抓住她的手腕，将人整个往前拉了两步，然后身子一侧，挥着闻砚桐的手往前一送，刀刃就刺进了恶徒的胸膛。

这些恶徒惯会杀人，刀刃磨得无比锋利，即便是厚厚的棉衣也能轻易刺破。

闻砚桐被池京禧掌控的期间，完全不敢睁开眼睛，生怕血液溅进了眼睛里，只觉得身体被推来推去，各种声响在耳边炸开。

她脑中好像只留下了两个念头：握紧手中的刀和相信池京禧。

随后风声落了，惨叫声也停了，只余下粗喘的声音，握着她手的力道也松了。闻砚桐这才睁开眼睛，就见周围躺的全是人，有些已经死了，有些却还在捂着伤口低吟。

池京禧就站在身边，俊俏的脸上溅了不少血，顺着精致的轮廓往下滴着。染墨般的眉毛眼睛还蓄着一股子杀意，低眸朝她看来时，才慢慢消散。

闻砚桐一下子丢了手中的刀，双腿一软，下意识地抱住了身边的池京禧支撑。

池京禧身上都是血的味道，胸膛剧烈地起伏着，被闻砚桐抱住之后，竟没有第一时间推开她，而是缓了口气，低声问："可有受伤？"

闻砚桐眼角夹着泪花，摇了摇头，又赶忙抬头往他身上看："你呢？有没有受伤？"

话刚问完，就看见他右肩的血儿乎染红了整个臂膀，顺着手臂往下滴，闻砚桐呼吸一滞。

果然受伤了。

池京禧知道她发现了，也没说什么，只道："赶紧找到出去的路。"

闻砚桐慌张道："对对对，出去的路，咱们怎么出去？"

"地图，你还拿着吧？"池京禧的气息有些弱。

闻砚桐忙点头，从怀中拿出地图，害怕手上的血迹沾上去，她用指尖捏着边角。

但是方才受的惊吓太大，她的手竟不由自主地在抖，十分明显。

池京禧看了看，忽然伸手，将她的手握住。

他的手很大，手指细长，一下就能把闻砚桐的手整个包住，掌心的温度滚烫，从血液的缝隙中能看出手背的白皙。

不知道是不是因为他气息弱，说出口的话竟然温柔了许多："已经安全了。"

他是在让她别害怕。

闻砚桐的心好似被撞钟木猛地一撞。

她出乎意料地慢慢平息下来，问道："我们从何处出去？"

"寅虎道的尽头往左，就是你房屋所在的方向，那是最近的出口，从那儿出去。"池京禧说道。

闻砚桐忙应声，拿出火折子照明，然后跟池京禧一块跨过满地尸体往前走。途中她注意到池京禧的脚步越来越慢，似有些吃力，猜想他肯定不只是肩膀受伤了，便把火折子塞到他的左手上。

池京禧正想问她干什么，就见她把他的左臂扛在肩上，说道："小侯爷，我扶着你走。"

"不必。"池京禧拒绝。

"不成，我这样扶着你，你能少用些力气，也能走得快些。"闻砚桐急了，以为是池京禧不愿跟她靠太近。

"没什么用。"池京禧说道，"你个子太矮了，把力气压在你身上更吃力。"

"……哦。"

阴湿幽暗的地道中，池京禧的呼吸声越来越重，闻砚桐越发担心。

好在池京禧的记忆没有出错，沿着地道走了没多久，闻砚桐就碰见了当时那少年带她走过的石门。闻砚桐忙把手中的火折子留给池京禧，自己快走了几步，走到石梯旁。

她知道这地道的出口在床底下藏着，十分不便，就先一步爬上来，将床榻挪开，把地道口完完全全露出。

池京禧跟在后面上来,闻砚桐赶忙帮扶,将他从地道口扶上来。她接过火折子,先把房中的灯都点燃,然后扶着池京禧坐在床榻上。

两人身上差不多同样狼狈,衣袍上溅满了血,尤其是池京禧,身上的血腥味十分浓郁,俊俏的脸上还往下滴着血液,衣袖沉甸甸的,还能拧出血水。

可能是失血过多的缘故,他的脸色苍白得可怕,气息有些微弱,一坐床上便靠着墙,但他的眸光依然又深又沉,相当镇定:"去叫人。"

倒是闻砚桐慌张得不行,让池京禧坐下之后,也顾不得其他,冲进了张介然的房屋,奔到他床头前,伸手摇晃他的肩膀:"张介然张介然!快醒醒!"

张介然这会儿睡得正香,一睁眼就看见一个浑身是血的人伏在他床头,这一动静把他吓得不轻,当下惨叫一声,竟是双眼一翻晕了过去。

闻砚桐惊恐地又喊了几声,还试图掐人中:"然儿!你怎么了?不要吓我啊!"

但是张介然着实被吓晕了,闻砚桐又是愧疚又是着急,想到池京禧的情况不容乐观,最终还是抛下了晕在床上的张介然跑去找傅子献。

思及自己这恐怖模样,她跑的时候抓了两把雪,不顾夜间的雪冰冷刺骨就往脸上糊了几下,揉成了水好歹洗掉一些脸上的血。

她跑到傅子献门边时,才发现门边守着侍卫,那侍卫见她这副模样,一把将她拦下。

闻砚桐着急道:"我是傅子献的朋友,有急事找他,快些去通报!"

侍卫哪里信,毕竟大半夜了,突然冒出来一个浑身是血的人,应该直接抓起来才是。

闻砚桐见他们不动弹,自个儿化身陀螺,一个猛冲撞到门边,用力地拍门:"傅子献!醒醒!"

正在睡觉的傅子献听见是闻砚桐的声音,忙爬下来,连鞋子都没穿,撩开棉被就跑到门边。

见到浑身是血的她,傅子献大惊失色:"发生什么事了?"

闻砚桐飞快说道:"小侯爷受了重伤,快派人请郎中来!"

她急得厉害。池京禧现在已经因为失血而虚弱,又身在念安寺,等郎中赶过来也不知道要等到什么时候,所以一秒都不能浪费。

傅子献立即吩咐门口的侍卫去请医师。

两人闹出的动静不小,惊醒了程昕,因为害怕而睡在程昕房中的牧杨也跟着被吵醒,便急急下床披衣。

牧杨出门之后只看了一眼闻砚桐,见她身上全是血迹,拔腿就往池京禧的房间跑去。

跑到一半的时候，闻砚桐在后面叫他："他在我房里！"

牧杨急急地拐了个弯，愣着头直接冲进了闻砚桐的房中，将门摔得轰然作响，大喊道："禧哥！你在哪儿！"

还不等池京禧回应，他直接撩帘进了房，就见池京禧浑身是血地坐在床上，被褥也被血浸染了一大片，触目惊心。

牧杨当即泪盈双目，哭喊着奔到床前："禧哥啊！你这是怎么回事啊？千万要撑住！"

池京禧被他的大嗓门吵得耳朵疼，眉毛拧起："我还没死呢，哭什么丧？"

牧杨伏在床上："闻砚桐说你快不行了！"

池京禧眉毛微抽："暂时撑得住。"

闻砚桐随后跑来，见牧杨正大喊大叫，忙上去将他拽到一边，平息了下呼吸，放轻了声音对池京禧道："小侯爷，你血流得太多了，医师一时半会儿来不了，必须尽快给你止血。"

池京禧墨眸中凝着光，对她点了点头。

闻砚桐转身去翻找包裹，找到了一沓备用的纱布。她右腿没有完全好透，需要包些药草在腿上，所以临行前带了不少纱布。

她将纱布展开，叠成宽宽的长条，走到窗前，对牧杨道："把小侯爷的上衣解开。"

牧杨坐在床边，正是无措，听了她的话后忙动手去解池京禧的衣扣。但他太着急，下手难免控制不了力道，扯动了池京禧的伤口。

池京禧尚能忍耐不叫出声，但是眉头拧起，看起来不好受。

闻砚桐一把将他推开："让开让开，让我来。"

她把纱布放在一边，看了池京禧一眼，见他抬起的眼眸中仍然沉淀着平静，似乎是在用眼神告诉她不要慌张。

闻砚桐跪在床边，深吸一口气，放轻了力道，快速又轻柔地将他的衣扣一一解开。血都凝在了衣裳上，解开时腥味便扑鼻冲来，她怕伤口黏住衣裳，始终不敢太肆意。

池京禧拧眉，微弱的气息下，声音依旧沉着："直接掀开。"

闻砚桐心一横，将他右肩的衣裳一鼓作气掀开，被利刃刺出的伤口狰狞地露了出来，她倒抽一口凉气，将衣裳褪到他臂膀处。

伤口不长，但刺得深，所以血流得多，在他白皙的臂膀上尤为刺目。

她拿起纱布，左手自他左边绕到颈后："往前坐些。"

池京禧闻言身子往前。闻砚桐捏着纱布，在覆上去之前犹豫了一瞬。

她从来没有处理过这种伤口，不知道该如何止血。

池京禧看出来了，忍着痛将右臂微微抬起，抬眸对她道："缠在伤口上，用力。"

这是压迫止血法。

一瞬的停顿过后，她便一咬牙，跪着往前挪了两步，躬身把纱布覆在伤口上，几乎在贴上去的刹那，纱布就被血染红了。她不管不顾地对着伤口缠绕，一圈一圈，白色的纱布刚缠上去就成了红色。

为了能够止血，她半分空隙都没留，缠得很用力，眼睛紧紧盯着伤口处，生怕自己出了错。

池京禧侧着头，垂眸看了看被缠住的伤口，又缓缓将目光落在闻砚桐的侧脸上。因为方才糊了一把雪，闻砚桐脸上的血也糊成了一大片，眉毛上眼睛上到处都是，长而密的眼睫毛上还挂着细小的水珠。

她神色极其专注，眉毛紧紧拧着，一脸的凝重。与之相反，重伤危险的池京禧却越来越平静，漂亮的眼眸柔和不少，没有了平日里看人的倨傲与冷淡。

闻砚桐给池京禧包扎止血的时候，牧杨穿好了外衣和鞋站在一旁，满脸的急色。程昕也在睡梦中被唤醒，匆匆赶来就看见了这一幕。他没有出声惊扰，吩咐了侍卫去烧热水，而后在旁处等候。

闻砚桐将纱布打上结之后，才微不可察地松了一口气，额头因为紧张冒出了细细密密的汗珠，她抬手抹了一把，抬头就撞进池京禧的视线里。

闻砚桐下意识道："包……包好了。"

池京禧低低应了一声。

程昕见状也暂时松了口气，走上前来惊怒地问："发生什么事了？究竟是谁狗胆包天伤你？"

池京禧神色一冷："念安寺有一个地下密室，里面藏了东西，你立刻调人先把这儿围住，别放跑任何人，包括寺中的僧人。"

程昕沉着眉眼点头道："我即刻禀报父皇。医师已经去请了，你现在如何？还撑得住吗？"

池京禧微微闭眼："尚可。"

闻砚桐忽然伸手，握住了池京禧的手掌。他没料到她突然动作，惊讶地投去眸光。

池京禧的手掌向来都是暖和的，但是这会儿竟有些凉，闻砚桐沉声对程昕道："小侯爷的体温开始下降了，五殿下让人多搬些暖炉过来吧，再多烧些热水。"

程昕颔首，赶忙吩咐侍卫去搬暖炉。

牧杨紧张地坐在池京禧的另一边，拿过他的手搓了搓："禧哥，你是不是感觉冷？要不把你的裘衣拿来？"

池京禧抽手："无碍。"

闻砚桐也道："你别乱碰，小侯爷身上还有其他伤。"

牧杨抹了一把眼角的泪水，呼出一口长气："方才闻砚桐说你快不行了，把我吓死了……"

池京禧闻言看了一眼闻砚桐。

她颇是不好意思地笑了笑："我也被吓到了。"

池京禧泛着凉意的指尖微动，上面似乎还残留着方才闻砚桐捏着时传来的炙热，他没再说话。

傅子献也沉默地站在一边，神色不大好看。闻砚桐余光瞥见之后，想起那少年听她自称傅子献之后的奇怪反应。

程昕、牧杨、池京禧，这三人分别代表着皇家、将军、王侯，但那个少年听到之后喊打喊杀，极是厌恶。

可听见傅子献的名字后，他的态度猛地一转，甚至用了"傅丞相"这个尊称。

难不成，这念安寺下面藏的，其实是傅家的人？

房中一时沉寂下来，几人心思各异。闻砚桐想了一会儿之后，见池京禧闭着眼睛，似乎在小憩，当下有些慌张地喊道："小侯爷，小侯爷……"

池京禧慢慢睁开眼："怎么？"

"你现在不能睡觉，会有危险的。"闻砚桐忙道。

池京禧拧眉，不知道是不是伤痛让他身体越来越虚弱的缘故，他的表情也没能做得那么明显，想强打起精神，却抵不过身体的虚弱，模样让闻砚桐很是担忧。

她坐到池京禧旁边："小侯爷，我们说会儿话吧？"

牧杨不大赞同："禧哥都这么累了，你能不能别磨人，让他好好休息一下？"

闻砚桐瞪他一眼："上一边去。"

傅子献也对他道："小侯爷现在情况危险，若是贸然睡觉，会加重伤势。"

他换了种好听易懂的说法。实际上是池京禧现在伤得严重，若是真睡了，极有可能醒不过来。

闻砚桐见池京禧没什么反应，大着胆子抓住他的手，手指使了些力气地捏着："小侯爷？"

池京禧倚着墙，低垂着的眼眸中满是困倦，看得出疲惫至极，但还是回应道："你想说什么？"

"先前咱们在屋里听到有人敲门那会儿，你说这寺中有匪，凭据是什么？"闻砚桐赶忙问。

池京禧的喉咙缓慢地滑了滑，一切动作都变得慢了，神经也有些衰弱。但是听了闻砚桐的话之后，脑子又开始运作起来，说道："有匪那句话，是说给他们听的。"

闻砚桐："嗯？"

池京禧道："当时在门外敲门的是个经常习武之人，他走路轻盈无声，能够听见我靠近门的脚步声。但我并未听见他离开的动静，所以我们出去的时候，他就在附近，我便故意说寺中有匪，引得他们自乱阵脚。"

闻砚桐恍然大悟，又问："那你如何知道寺中的僧人也是与他们一伙的？"

"挂在檐下的衣裳，与那几个念安寺位高的僧人身上的熏香味道相同，但是在地下室的人不需要熏香，那些人极有可能平日隐藏在僧人之中。"

他道："这个念安寺中，约莫大半都是假僧人。"

闻砚桐道："原来如此，没想到竟有人敢在皇城边上偷梁换柱，瞒天过海。"

池京禧没应声，看样子是越来越虚弱了。闻砚桐没办法，只好语气一转，凶巴巴地教训道："小侯爷，下次要是遇到危险，千万莫要再独自一人了！你身子金贵，这次受了伤定然是十分不得了，你的那些侍卫都要跟着受罚的！"

本以为池京禧会冷言反驳，哪知道他只是懒懒地"嗯"了一声："我不会让他们受罚的。"

闻砚桐道："那也不能让自己受伤啊！你看看你现在这模样。"

池京禧抬起眼皮看她一眼："你不也下去了吗？"

"我跟你能一样吗？"闻砚桐顶撞道，"我是平民，伤了就伤了，你可不一样，你这一受伤，可不得惊动好多人啊！况且我当时是被刀架在脖子上逼下去的，如果有选择，我才不愿意一个人下去呢！"

池京禧道："倒是委屈你了。"

闻砚桐又道："再者说，我也没受伤啊……"

池京禧听到这里，也顿了下，问道："你会功夫？"

闻砚桐摇头："当然不会，若是会功夫，定然会保护你，不叫你受伤的。"

池京禧的双眸笼上迷惑，他记得当时闻砚桐身边死了三四个人……

闻砚桐道："说来也奇怪，当时的情况真的很诡异，我自个儿也没想明白。"

好几次明明看着刀要砍下来了，但那些恶徒总在关键时刻出问题，然后把自己杀了，像是有一种神奇的力量庇护她一样。

这种莫名其妙的好运，她先前也有感觉。譬如武学测验上突然中靶，脆香楼突然中奖，前脚有了麻烦，后脚就有了解决的办法。

她皱眉，仔细回忆起来。

不一会儿热水就送到了房间里，闻砚桐思绪回笼，说道："快，快给小侯爷擦擦脸、洗洗手。"

侍卫将热水置在床边，便要动手，闻砚桐拦住："……小侯爷没带小厮来吗？"

池京禧道："扫雪不宜随行。"

这样一说，她才注意到，牧杨和程昕好像也没带，身边只有侍卫。

但是她怕侍卫粗手粗脚，牵动池京禧身上的伤口。牧杨似乎看出她的顾虑，撸了袖子上前，自告奋勇："我来给禧哥擦。"

"不成，你更不行。"闻砚桐连忙上前，把他挤到一边去，"还是让我来吧。"

闻砚桐把手伸进盆里试了试，水极其烫，似乎没兑凉水。她忍着热意把布巾拧得半干，然后跪坐在池京禧的身边，对池京禧道："小侯爷，我先把你脸上的血污擦去。"

池京禧重伤虚弱，一点攻击性都没有，眸光泛着懒意，默许了。

闻砚桐便把布巾折成巴掌大小，从他的额头开始擦起，逐一擦过俊秀的眉毛、漂亮的眼睛、高挺的鼻梁，擦得细致而轻柔，将他脸上溅的血擦得一干二净。她又把布巾浸湿，将上面的血搓洗掉，再去擦脖子，擦过滚动的喉结、白皙的侧颈，连耳朵后面都没落下。

侍卫将水换了一道，她一洗，水中又泛着血色。

擦完了脸和脖子，又慢慢地把两手擦干净。滚烫的湿意混着柔和的力道在皮肤上滚动，池京禧从其中感受到了闻砚桐的小心翼翼。他点了墨的眼睛好似淬了碎星般，光线微弱地闪动，透出些许柔软来。

闻砚桐把池京禧的手反复擦了好几遍，才把血污擦干净，又怕热气跑了，就赶忙用棉被将他的手捂住。

仍然在等待中，医师也不知道多久才会来，闻砚桐不敢放松警惕。牧杨一直在跟池京禧说话，但池京禧的回应越来越少。

闻砚桐见状便从怀里掏出一个油纸包，对池京禧道："小侯爷，吃点东西壮壮力气吧。"

池京禧没有拒绝，但也没有答应，只是看着她手上的东西。闻砚桐就赶紧把油纸拆了，里面是两块夹馅薄饼，是她怕坐马车的时候饿，揣怀里的。

饼的表面一层有些温温的，那是在闻砚桐怀中焐的温度。

她把其中一个递到池京禧的嘴边。

池京禧起初没动弹，闻砚桐以为他不想吃，正要劝时，就见他张开嘴咬了一口。

他缓慢地咀嚼之后，神情染上一丝错愕："这是肉馅的？"

屋中的几人都愣住了，闻砚桐也惊住。

牧杨惊道："你把肉馅的东西带进寺里？"

闻砚桐赶忙道："我临走的时候随手拿的，不知道这是肉馅的，小侯爷莫怪罪我。"

牧杨道："皇令在上，但凡在寺中吃荤食皆是对神明不敬，轻则罚板子，重则关押七个月到一年。"

"不是吧？吃个肉饼就要坐牢？"闻砚桐飞快地把油纸重新包上，又塞回怀里，"我没吃啊，吃的是小侯爷。"

刚把东西咽下的池京禧："……"

牧杨朝外张望："没人看见……应该没什么问题吧？"

正巧程昕带着侍卫进来："看见什么？"

牧杨刚要说话，池京禧就先开口道："无事。事情可办妥了？"

程昕点头："妥了。方才的动静闹醒了书院的学生，我已派人驱散；寺中的僧人尚在睡觉，也没有惊动他们，只调了人先将念安寺周围围住了，明日一早再调来一批。"

池京禧颔首。

程昕担忧地上前来，将他的伤口看了又看："血止了吗？"

闻砚桐看一眼他的肩膀，纱布早就被血浸透了，但没有再往下流的迹象："想来是止住了。"

程昕叹了一口气："没想到大半夜竟出了这等事。小禧，你再撑一会儿，医师约莫快到了。"

池京禧没再说话。身上的伤口让他并不好受，眉头总是忍不住皱着，但神情却是平静的，忍耐中透着少年的坚毅。

闻砚桐忍不住感叹，少年池京禧就已有如此风骨，若是成年了，那又该是何等模样？

几人在房中陪着池京禧说了两刻钟左右，医师总算来了，被人拎着带进了房中。众人当下把位置让开，让医师来医治。

闻砚桐这才真正放松了，身子一软险些站不住，跟在傅子献后面往外走。

"闻砚桐。"突然有人叫她。

她惊愕地转头，就见池京禧墨眸平和，对她道："去把脸洗洗。"

闻砚桐双眸一弯，一下子绽开了笑容，眉梢眼角都是漾滟的笑意："小侯爷，这是你第一次叫我的名字，我记住了，以后可不能再叫我小瘸子了。"

医师在房中为池京禧医治了一个多时辰，闻砚桐等人就在张介然的房中等了那么长时间。

血水一盆一盆地往外送，还有浸满血的纱布和衣裳，触目惊心。

牧杨是个急性子，在房中团团转，一声接一声地叹息。

闻砚桐也着急，但是这种关头，着急已经没有什么用了，只能等待。她坐在张介然的床榻边，顺手给张介然盖好被子。

张介然被她吓晕之后，一直在昏睡中，呼吸尚是平稳的，她想着待会儿池京禧那边结束了就请医师过来给张介然看看。

可别吓出什么毛病来。

池京禧本伤得不重，就是失血太多了。医师将他身上的伤都仔细检查敷药之后，才从那个小房间出来。

他刚一出来，几个人瞬间就围了上去。

程昕率先开口问道："如何了？"

闻砚桐注意到这个医师竟是满头大汗，看起来颇是劳累的模样。面对程昕的问题他不敢怠慢，立即行礼道："回五殿下，小侯爷的伤势已经稳住了，伤口也都止了血，眼下最好在寺中休息一日再启程回城。"

牧杨着急道："为何要休息一日？不能立即回城休养吗？这里什么都没有……"

医师道："小侯爷的伤口刚刚包扎，不宜活动，若是这时候经历马车颠簸，很有可能再次撕裂伤口，况且小侯爷也需要好好睡一觉。"

闻砚桐便问道："小侯爷右肩的伤最重，会不会影响到以后拿剑习武？"

医师看了看她，说道："这倒无碍，小侯爷右肩的伤并未伤及筋骨，只要好好休养，自不会留下病症。"

几人同时松了口气，牧杨便问能不能进去看看。医师道可以，但不可过多打扰，于是几个人又排着队地进了那个小房间。

房间中当真暖和，一进去就感觉跟进了大火炉似的，难怪方才医师出了满头的汗。

池京禧还是坐在床上，他上半身的衣袍尽去，几乎缠满了白色的纱布，偶有几处渗透了红色的血迹。纱布下的臂膀结实有力，腰背笔挺，隐着蓬勃的力量。

看见几人进来之后，他抬眸，许是因为有些虚弱，话中有些漫不经心的意味："又都进来做什么？"

牧杨道："禧哥，我们这都是担心你啊，你现在感觉怎么样了？口渴不渴？要不要喝水？"

池京禧微微点头。

牧杨赶紧招呼，让侍卫端上一杯热水来，转手递给了闻砚桐："去给禧哥喂着喝。"

闻砚桐接下了，然后走到池京禧的身边斜坐在床榻上，倒没急着喂他水，而是道："小侯爷，方才我问过医师了，你这右肩没伤到筋骨，好好休养的话，日后射箭耍刀都是没问题的。"

闻砚桐的这番话让池京禧怔愣了一下："当真？"

"自然是真的，我问的时候五殿下他们都在旁边听着呢。"闻砚桐道。

牧杨忙点头："你放心吧，好好养伤就是了。"

池京禧的双眉一舒，喜色从眸中化开，盛着盈盈星火。显然他极喜欢闻砚桐带来的这个消息。

闻砚桐也知道他肯定是在意这些的，毕竟现在的男子都是文武兼修，光是满肚子的墨水根本不行，更何况池京禧志不在文。

她捧着杯子，想等水温一些再给他喝。池京禧也没有催，只是眸光在她脸上停了会儿，低低问道："脸怎么没洗？"

闻砚桐摸了摸脸，笑道："太担心小侯爷了，所以没有心思去洗脸。"

池京禧眼里有了笑意："这种时候就没必要再谄媚了。"

闻砚桐只好道："方才的热水都给小侯爷用来清理伤口了，我又不敢用凉水洗，所以就没洗。"

池京禧听后沉默了，倒没再说话。等了一会儿后，闻砚桐就将杯子递到池京禧的嘴边，慢慢把水喂给他。

池京禧这会儿受伤，双眼垂着，长长的睫毛在暖黄色灯光的照耀下投下一排密影，白皙俊俏的脸上满是宁静，竟莫名显得乖巧了。

闻砚桐见他把水喝完了，问道："还喝吗？"

池京禧摇摇头，唇边沾着光亮的水渍，将唇色衬得润泽。

近距离看去时，就会发现池京禧的脸有多么精致，哪怕是程宵，跟他站在一起的时候恐怕都要略逊一筹。

说起程宵……出了这么大的事，怎么没见踪影呢？

闻砚桐把杯子递给侍卫后，程昕便道："小禧，回去睡一觉吧，医师说你现在需要休息，等明日休息好了，咱们就回城，再让宫里的御医给你看看。"

闻砚桐的这张小床已经被池京禧的血染了大半，根本无法再睡人。

几人经历此事，又提心吊胆地等了大半夜，这会儿放松下来之后也都疲惫不堪，困意上头。侍卫去房中取了池京禧的衣裳来，闻砚桐小心翼翼地给他披上。

他现在右肩不能动，穿衣都十分费劲，她生怕一不小心给碰着了。池京禧倒觉得无所谓，约莫是伤口上敷了镇痛药，神情好看多了。

牧杨扶着他往屋外走，剩下几个人在后面跟着。池京禧在迈出门槛前停了一下，转过头来，隔着几个人看向站在小房间门边的闻砚桐。

牧杨问道："怎么了，禧哥？"

闻砚桐也将疑惑的眼神投去，似乎在询问池京禧还有什么事。

池京禧顿了顿，问道："你夜间睡在何处？"

闻砚桐愣了一下，心想这确实是个问题。她看了看傅子献，道："我暂时和你挤一挤如何？"

还不等傅子献应声，牧杨就道："我今晚是与仟远哥睡的，你睡我的房间吧。"

池京禧听后便没说什么，转头跨过门槛，被扶着慢慢走出去了。

外头夜色浓重，风中夹杂着湿意，十分寒冷刺骨。池京禧房间里的那个被扭断胳膊的人早就被清理出去了，地道也被完全堵死，侍卫仔仔细细将房间检查一遍，确认了没有暗藏的机关。

侍卫得了闻砚桐的嘱托，在池京禧被扶进房之后，忙拿了几床柔软的棉被铺在上面。最上面一层是闻砚桐自己定做的毛毯，上面的毛是上等的兔毛，软和得很；里面是鸭绒和棉花打实填充的，既柔软又保暖，池京禧一躺上去感觉浑身都软绵绵的。

"这是哪儿来的？"池京禧问道。

他自然记得自己没有一张妃色的毯子。

侍卫如实答："是闻公子送来的，特意叮嘱属下铺在榻上，主子若是不喜欢，属下这就拿下去。"

"不必。"池京禧眸光一动，看了看毯子说道，"都出去吧，我醒之前什么人都不要放进来。"

侍卫领命退出房间，守在门口。

闻砚桐又跑去问了医师，确认张介然没有什么情况之后，才安心地回到牧杨的房间，回去的时候就发现门口站着俩侍卫。

那侍卫道："小侯爷吩咐给闻公子准备热水洗身，水已经在烧了，还请闻公子稍等片刻。"

闻砚桐很是惊讶，呆呆地应了一声之后便回了房。

不一会儿侍卫就抬着大木桶进来，搁置在了屏风后，兑了冷水试了水温，对闻砚桐道："若是热水不够尽管吩咐一声，属下等就守在门外。"

闻砚桐点点头，说道："那你们守好，别让人进来。"

两个侍卫应了一声，退出了房间。闻砚桐绕到屏风后面，伸手探了探，觉得水温正好。她也是半个身子泡在血里，不过早在等池京禧治疗的时候血就已经干了，现在衣裳变得硬邦邦的。

她连忙脱了衣裳。双肩往下都是裹胸，裹胸是特别定制的，正面的夹层里垫了很薄的木板和棉，所以一层层裹住之后，就会呈现一种胸膛又平又硬的效果。

她连忙钻进了木桶，整个身子都泡在了水里。

热水将全身包裹，软化她僵硬的四肢和毛孔，让她整个人都十分舒畅，忍不住唱叹：抱小侯爷的大腿果然是好处多多！

为了避免节外生枝，她动作非常快地把身上的血污搓掉了，头发也随意洗了洗，然后穿好衣裳爬上了床。

一整晚的惊心动魄终于落下了帷幕，闻砚桐又惊又吓的，早就累得不行，一闭上眼睛就睡着了。

池京禧夜间却因为伤痛的折磨，睡得并不安稳，甚至在无意间动弹的时候扯动了伤口，因而惊醒，如此反复着。

第二日一大早，程昕就起床，让侍卫将夫子和学生护送着离开念安寺，然后封闭了念安寺所有的大小门，不准任何一个人再出去。

随后皇帝派的精兵赶来，同时还有几个有名的医师，但是由于池京禧尚在睡眠中，医师全都在隔壁等候着。

闻砚桐更是一觉睡到了申时。昨夜洗完之后自然晾干的头发柔顺地披在肩上，她听见外面有轻微的响动，便穿好衣裳出门查看。

牧杨的房间与池京禧比邻，闻砚桐一出门就看见门口不远处站着几个医师，脸上都是焦急的神色，相互说着什么。

她疑惑地走过去，问道："你们在这儿干什么？"

其中一个瞅了她一眼，说道："我们是圣上派来给小侯爷复查伤势的医师，你又是何人？"

"我是小侯爷的同窗。"闻砚桐道，"小侯爷的伤势怎么样？严重吗？有没有换药？"

那人长叹："我们根本不知道啊！从早上来的时候就一直在等，说是小侯爷在睡觉，但是睡醒之后又不准我们进去，说是昨夜已经看了医师，没必要复查……"

闻砚桐"啊"了一声："这可不行啊。"

医师道："且小侯爷因伤口疼痛，一直未进食，这样身体如何顶得住啊？"

闻砚桐听后若有所思，走到侍卫边上轻声问："膳房有送饭过来吗？"

侍卫道："送过三次了，小侯爷不吃。"

闻砚桐摸了摸肚子，这会儿她也饿了，决定去一趟膳房，亲手做一碗饭。

膳房里的调味品多得让人眼花缭乱，还有一些她从未听过的东西。念安寺里的僧人都被侍卫控制住了，所以膳房根本没人，于是闻砚桐就自己生火涮锅。

她就简简单单地做了粥，毕竟池京禧现在受伤，吃不了太油腻的东西，而且膳房里根本没有肉，只能做素粥。

她在里面加了玉米粒和胡萝卜丁，还有些切碎的青菜，又用热油淋了些葱花酱汁拌了半熟不生的白菜做咸菜，然后才端去池京禧的房前。

闻砚桐自然也被拦下来了，侍卫进去通报池京禧后，才被放进来。

房中弥漫着很浓的药味，闻砚桐进去的时候，池京禧正在给自己拆纱布。

她"哎哟"一声，忙把饭放在桌子上，快步走过去："你干什么呢？！纱布好好的，拆它做什么！"

池京禧被她话中的责备惊得愣了一下，一边拆一边道："……纱布绑得太厚了，不便行动。"

闻砚桐道："那你也不能拆啊，不便行动你就坐着或是躺着！医师绑那么厚，总有人家的道理！"

她上前去，拍了一下池京禧的手："别动，我给你缠上。"

"去两层。"池京禧道。

"不行，一层都不行！"闻砚桐态度坚决，将他方才拆下来的纱布重新缠上，"你这才敷上药，肯定要绑得厚一些，等你伤口长几日就好了。"

池京禧用能动的左手扒拉，闻砚桐一下子把他的手拂开："挺大的人了，还这么任性，不吃饭，也不让医师复查，你想干什么？"

池京禧听后沉默一会儿，突然拍了下她的脑门。闻砚桐正好把纱布系好了，后退两步揉了揉脑门："干吗打我？我这都是为你好。"

"能耐了，总教训我。"池京禧轻哼一声。

"小侯爷，你现在是病人，需得好好休养，配合医师。"闻砚桐苦口婆心地劝着，跑去把饭端到床边的桌子上，"当初我腿瘸的时候，那是要多听话有多听话，医师让我吃啥我就吃啥，不让我吃啥……"

"我看你也没什么忌口。"池京禧接道。

"那关键是医师也没说我有什么忌口的啊。"闻砚桐道，"来，快吃饭。"

她怕池京禧不够吃，盛了老大一碗，也给自己准备了一大碗，汤匙和筷子就摆在旁边。

池京禧低眸一看，见那粥有些黑乎乎的混浊，跟他以往吃过的粥完全不同，本来就一点胃口都没有，眼下看了就更抗拒了："我不吃。"

闻砚桐搬了个凳子坐在旁边："你不吃，肯定会后悔的。"

池京禧顺口问道："为何？"

"这粥世上独有，仅此两碗，再多就没了。"闻砚桐把粥搅拌搅拌，说道，"别看这粥黑，里面淋了酱汁的，肯定比你平常吃的好吃。"

池京禧微微歪头，等着她下一句。

"这是我亲自做的，若不是看在小侯爷受伤的份儿上，我才不会把我家祖传的手艺亮出来呢。"闻砚桐道，"我爹以前可是很有名的厨子。"

池京禧沉吟片刻："你家不是行商？"

闻砚桐的手顿了一下："行商之前是做厨子的。"

"那么出名，为何没做了？"

"那是因为……我爹觉得做饭的油烟太大了，对皮肤不好，所以就转头经商了。"闻砚桐转移话题，"快趁热吃啊，待会儿凉了呢。"

池京禧眸中满是迷惑，左手接过汤匙尝了一口。

闻砚桐满怀希冀地盯着他："如何？"

池京禧尝了尝之后，抬眸看她："……有点咸。"

闻砚桐瞬间像个被扎漏气的皮球一样，"啧"了一声："将就吃吧，再淡的没有了。"

池京禧道："……我不想吃。"

闻砚桐捏了捏筷子，强笑道："小侯爷，多少吃点吧。"

池京禧道："我想吃面。"

闻砚桐深吸一口气，从凳子上站起来，走到门边"哗啦"一下打开门，把门口的侍卫都吓了一跳。

她气道："小侯爷想吃面条，去给他下一碗清汤面。"

说完觉得还是气，又补充道："要淡点，最好别撒盐！"

回去的时候，池京禧正在用汤匙往嘴里送酱汁拌的白菜："这菜的味道不错。"

"咸，别吃了。"闻砚桐坐在凳子上，捧着碗开始吃。

池京禧见她这气鼓鼓的模样，轻笑一声，慢条斯理地用汤匙吃着粥，问道："仟远在何处？"

闻砚桐见他在吃粥，心里多少好受些，回道："不知道。"

"僧人抓得如何了？"他又问。

闻砚桐想了想："不知道。"

"地下藏的什么东西？"

"……不大清楚。"

池京禧轻描淡写地看她一眼："全都不知？"

闻砚桐咧嘴笑嘻嘻道："待会儿吃完我就去打听。"

池京禧道："你找谁打听？"

"我出门随便问问。"

"那你打听到天黑也什么都打听不出来。"池京禧语气随意道，"你别去打听那些事。"

听了这话，闻砚桐才明白池京禧并不是想从她这儿知道什么，而是在问她知道了多少，并且提点她，这些事她不能打听，似乎是知道她肯定会因为好奇而去问别人。

闻砚桐乖巧地点点头。

池京禧抬眸瞧了她一眼，知道她听出了方才话中的提点，便说道："你这糨糊脑袋偶尔也有通透的时候。"

"那可不嘛。"闻砚桐顺势应道。

两人沉默了一会儿，池京禧虽然用左手行动，但也比闻砚桐吃得快，吃了大半碗就把汤匙放下了。

闻砚桐看了看他，似乎欲言又止。

"说。"池京禧道。

"小侯爷……你骂我两句试试。"闻砚桐道。

"怎么？皮痒了？"池京禧有些意外。

"不是，就……"她也不知道如何解释，只道，"你骂两句试试吧，反正你又不吃亏。"

池京禧没说话。

闻砚桐道："就像你之前骂我那样，什么手像鸡爪、是个废物这些。"

"你该不是因为夜间的事被吓傻了吧？"池京禧古怪地看着她。

"我没事，就是想听你骂我。"闻砚桐道。

池京禧赶客："赶紧出去。"

闻砚桐嘀咕了两句，撇着嘴端着东西出了门。

快要天黑时，接池京禧的马车到了念安寺，闻砚桐等人也跟着回城了。

离开时，天幕已暗，许多侍卫提着灯盏，站在马车周围，有人扶着池京禧走向马车。

闻砚桐和张介然等人的马车在后面，张介然往马车上搬行李，闻砚桐站在边上伸长了脖子往池京禧那个方向看。

就见池京禧神色依旧平淡，身上裹着华贵的大氅，停下跟侍卫说了什么，然后被牧杨扶着上了马车，不一会儿这条长长的队伍就缓缓离开了。

闻砚桐也钻进了马车，靠在软榻上，长叹一口气。

这次扫雪可真够惊险的。

还剩三日就要休年假了，池京禧肯定不会再来书院，如此一来，恐怕要等到明年正月才能见到他了。

第五章

千灯祈愿

正如闻砚桐所想，池京禧果然告了假，在家中休养。

在书院里的三日转瞬即逝，腊月十六日，颂海书院正式开始休年假，朝城里的诸多外来学子纷纷归家，书院也将封闭。

闻砚桐本来想的是在年假的时候回家，但是算了算，也就只有一个月的时间，而且正是严冬，上路十分不方便。如此一来一回，这一个月中约莫有半个月要耽搁在路上，想想还是算了。

等到二月真正休假的时候再回家也不迟。

本来还担心找不到落脚地的，谁知道皇帝的赏赐突然从天而降，不仅赏了金银罗缎，还直接赐了一栋房子。

闻砚桐受宠若惊，随后想到她这个赏赐可能是池京禧给求来的，不由得心中一暖。

她刚回书院，就接到了有人专门送来的房门钥匙，还把地点写在了纸上给她。她离开书院后，就直接坐了马车到那地方。

房子在朝城的郊区，马车在路上行了半个时辰。闻砚桐倒觉得挺好，虽然说房子偏远了些，但好歹是朝城的房子，是有钱也买不到的。

闻砚桐打开门锁，进去之后先把房子逛了一遍。房子是二进院落，有正房和东、西两间厢房，正房后还有庭院。拱形的雕花洞门在正房两侧，往里走就能看见近一百米长的院子，还有一排后罩房。

两边是抄手游廊连接的外廊，闻砚桐走的时候还差点在里面迷路。

她自打出生以来，就没进过这样的豪宅！

这种类似四合院，还有抄手游廊的宅子是相当讲究的，想来应该是某个官员的房子被抄之后一直封着，然后被转手赐给了她。

正堂上早就挂好了御赐的牌匾，上书：大智大勇。房中摆好了黄金千两，绸缎百匹，明珠数十。

闻砚桐高兴傻了，当下拿着大把的银票上街。接下来就是花钱的时候了，她几乎用了一整天的时间在街上，买了很多东西。

什么床榻、棉被、软榻，这些都是必需品，还雇了好些个家丁婢女，定制了一块牌匾，刻上"闻宅"两字，还有零零散散的各种东西，总之，只要动了念头就立马买下。

不出五日，一座荒宅就被闻砚桐整得像模像样了。下人们平日在宅子里晃来晃去，见到闻砚桐之后就尊称一声"主子"，闻砚桐也跟他们相处得很好，房子虽大，但不觉得冷清。

原本伺候闻砚桐的茉鹂和荷莺也升职了，一跃成为大婢女，手下掌管着一院子的下人，倒也把宅子管理得井井有条。

眼瞅着快要过年了，朝城的人都开始置办年货。闻砚桐也不能闲着，于是带着茉鹂和荷莺整日往街上跑，一连几日下来，也把她累得半死，躺在床上不愿动弹。

念安寺那边倒是一点消息都没传来，但是闻砚桐也清楚，现在的朝堂恐怕正面对着雷霆之怒呢，不可能太平。

闻砚桐闲在家中，除了上街买东西，就是在屋里乱逛，偶尔指点下人们做些事。但是平日里练字读书倒是没落下，好像养成了一种习惯似的，睡前总要练会儿字才行。

腊月二十七日，傅棠欢突然造访，闻砚桐还被吓了一跳。

"你一个姑娘家，贸然来找我合适吗？不怕外面传风言风语？"闻砚桐站在门口问。

"当然怕了，所以我还带了弟弟来。"傅棠欢狡黠一笑，指了指后面，傅子献正好自马车上下来。

也有十多日没见了，傅子献见到闻砚桐颇是高兴："近来可好啊？腿伤好透了吗？"

闻砚桐也开心，跺了跺脚："早就好了。"

傅棠欢道："别站门口寒暄了，我订了茶馆，我们一起去喝杯热茶。"

朋友造访，闻砚桐自然乐意一起出去玩，于是留了满屋子的下人，自己上了傅家的马车。

傅棠欢订的茶馆不是什么出名的地方，但是里面的房间很雅致，也算安静。三人一落座，就有人上前来沏茶，茶香味一下子在空中蔓延开。

傅棠欢道："没想到你竟然得了这些赏赐，实在是让人羡慕。"

闻砚桐弯眸笑了："这有何好羡慕的，还是托小侯爷的福呢，否则我一介平民，哪来的殊荣得这些？"

傅子献抿了口茶，说道："那日实属惊险，幸好小侯爷没什么大碍。"

闻砚桐自从出了书院之后就彻底没了池京禧的消息，她也不敢随意打听，乍然听傅子献说起，便顺势问道："小侯爷的伤势如何了？"

傅棠欢道："应当是没什么事了吧？据说年宴还会出席呢。"

"年宴？"闻砚桐好奇地看向她。

"我来找你就是为这事的。"傅棠欢道，"你想不想去参加年宴？"

"年宴不是在皇宫……"闻砚桐迟疑。她自然是听说过年宴的，因为池京禧降生在新禧之日，所以年宴和他的生辰宴一直都是连在一起办的，相当热闹。

傅棠欢笑道："我带你进去啊。"

闻砚桐傻眼："我怎么进去？"

年宴这种规格的宴会，别说是普通平民了，就是朝中官员的庶子也没法参加，像傅子献这样的身份都进不去，只有傅棠欢这种嫡系出身的才有资格。

"你可以假扮成我的婢女。"傅棠欢道，"有你在，我也不会觉得无趣了。"

"这样不成吧……万一被发现了怎么办？"闻砚桐觉得有些不靠谱。

"绝对不会被发现的，我还用这种办法带子献进去过呢！"傅棠欢拍案保证。

闻砚桐吃了一惊，看向傅子献："扮成婢女？"

傅子献俊脸一红："那时候还小，才十岁。"

傅棠欢笑了笑："你乘我的马车进宫，绝对不会有问题的，放心吧。我见你也没有回家，宅中只有你一人，大过年的难不成还要一个人吗？"

这样一说，闻砚桐也有些心动。

"况且这次年宴跟以往的年宴都不同，会十分盛大，据说皇宫还请了异族人来表演幻术呢，不去就可惜了。"傅棠欢不遗余力地劝着。

闻砚桐最终还是心动了，点头答应。傅棠欢很高兴，约好了三十那天的未时过来找她。

未时就是下午一点到三点，从这里到皇宫路上要用很长时间，加上官员们要陆续进宫，也要费很长时间，所以傅棠欢说他们去早点。

顺便还给了闻砚桐一个包袱，包袱里面装的是婢女的衣裳，傅棠欢让她在那日换上。

年宴上，官员跟孩子肯定是分开的，而孩子中男女应该也会分开，女子中见过闻砚桐的太少，所以也不用担心装成婢女的模样会被谁看见。

闻砚桐又跟傅家姐弟俩玩了一会儿，到天黑的时候才回家，茉鹂和荷莺也早就等候了。

她回去洗了澡，舒舒服服地睡了一觉，转眼就到大年那天了。

房子里都是大红的灯笼和闻砚桐亲手编的中国结，充满了年味。闻砚桐给宅子里的所有下人都放了假，还给了每人十两银子，让他们回去过年。

一大早，爆竹声从街头炸到街尾，惊醒了沉睡中的朝城，迎来了严寒下的春节。

闻砚桐一早起来把自己收拾好，换上傅棠欢给的衣裳。衣裳是藕粉色的，跟书院的院服颜色有些像。上身是两件式，里面是雪白的袄子，袖子呈渐变的妃色；外面则是一件藕粉色的半袖，袖边和领口都是雪白的兔毛。

下面就是一条绣着云纹的长裙，闻砚桐怕冷，在里面添了好几件衣裳。

她收拾好之后就在正堂等着，直到傅棠欢派人来敲门，她才出门。宅子中就留了一些无父无母、无处过年的下人看守。

她直接上了傅棠欢的马车，就见有个穿着跟她一样的婢女坐在里面，然后自动跑去跟她坐在一起。

傅棠欢今日也是盛装。由于年宴的规定，这些衣裳都是皇宫统一赶制的，颜色是爆竹似的正红色，雪白的狐皮，宽松的半袖，上面绣着金丝如意纹，代表着吉祥。

衣裳外面笼着红纱，上面夹杂着星星点点的碎钻，看起来漂亮至极。

傅棠欢冲她笑，招手："过来，跟我坐一起。"

闻砚桐笑着坐了过去："三小姐今日可真美。"

傅棠欢弯眸："我可是特地撇开大哥二姐过来找你的，你可要嘴巴甜点，多夸我两句。"

闻砚桐听言，又夸了几句，把傅棠欢逗得直乐。

从闻宅去皇宫，就花了将近一个时辰，到了皇宫之后还要排队接受检查才能进去。

傅棠欢道："今日你就跟着我，到时候有自己活动的时间，我带你去各处转转。"

闻砚桐点头，心里也隐隐兴奋。

两人正闲聊着，傅棠欢突然从衣袖中拿出一个椭圆的瓷瓶，盖子一拧开，甜腻的桂花香气便一下子散出来。

"来，"傅棠欢拿了个小毛刷，"我给你的唇上点颜色。"

闻砚桐吓了一跳："这、这就不用了吧。"

"你这脸与平常没什么两样，万一叫人瞧见了恐怕会一下子认出来，我给你上些颜色，既显得精神，又能遮些旧面。"

"啊！"闻砚桐大骇，摸了摸脸，"很明显吗？要不我还是别去年宴了吧，万一叫人认出来可就糟了！"

她扮男装的时候，每日都要在脸上画粗一些的眉毛，显阳刚之气。这次出门虽没有化妆，但把眉毛擦了，对着镜子照了许久，觉得应该看不出端倪之后才出的门。

谁知道傅棠欢竟然说一下子就能被认出来，太要命了。

傅棠欢看出她的忐忑，便拍了拍她的肩膀，说道："别担心，有我在，不会有事的。"

她一边说着，一边用小毛刷在闻砚桐的唇上留下了一层胭脂红，笑道："这样才好看。"

闻砚桐倒没在意，只是一直担心自己会被发现的事，萌生了强烈的回家念头。

但是马车已经过检，跟着大队伍驶进皇宫，她已经没有退路。

一路上经过了四道检查，一次比一次严格，而后就是长长的宫道，直到天快黑时，才到达了年宴的场地。

闻砚桐跟着傅棠欢下了马车，首先映入眼帘的就是大片大片的蜡梅，粉白的颜色几乎将视线布满，寒冷刺骨的风送来一阵阵梅花的香气。

穿过梅花林的小路，尽头就是一座巨大的宫殿，上方牌匾则书：琳琅殿。

闻砚桐一眼就看出那牌匾上的字是池京禧写的，锋利而肆意的字体就像他本人一样，让人见之难忘。

殿内有四根巨大的金丝楠木柱子分列四角，头顶是五彩斑斓的画，挂着琉璃灯盏，折射出来的光芒将整个大殿照得富丽堂皇。

闻砚桐暗暗惊叹：对于皇室来说，没有最奢侈，只有更奢侈。

殿内已经聚集不少人了，都在各自闲聊着，看上去十分热闹。

大殿的正中央有一方三层石阶台，台上有一把金丝龙椅，想来是皇帝的座位；左、右两端各有一扇房门，应当是后面还连接了两个房间。

傅棠欢不是头一次来，对这地方很熟悉，对闻砚桐小声道："待会儿那幻术就会在这个大殿表演，咱们先去右边的小房间。"

闻砚桐不敢太过明目张胆地张望，低着头跟着傅棠欢走。

接下来就是漫长而无聊的等待时间了。傅棠欢早已习惯这种流程，所以还算坐得住，但是闻砚桐却觉得很是煎熬。

站得久了后脚跟疼。

这小房间也不算小，应是招待官员的女眷的，里面坐的都是些锦衣玉食的贵妇人，有些模样美丽，有些却年老色衰，坐在一起总少不了比较。

闻砚桐听得疲惫。

也不知道在这群叽叽喳喳的女人中等了多久，外面忽而响起了钟声，而后屋中的女子同时起身，慢慢地走出小屋，往大殿处走。

闻砚桐就跟在傅棠欢的身后，出屋子的时候偷偷瞟了几眼，就见对面站着诸多男子，牧杨等人也在其中。她目光飞快地掠了几遍，没看见池京禧。

继而殿门口传来声音嘹亮的传唱："皇上驾到——"

所有人撩袍跪下行礼："恭迎皇上，吾皇万岁——"

皇帝着一身明黄绣纹的正红色常服，面上尽是笑意，看得出相当高兴。他身后跟着长长一排队伍，池京禧也在其中。

池京禧也是正红色的盛装，长发束起佩戴着一支洁白润玉的簪子，俊俏的脸上没什么表情，却因为一双墨染的笑眼而让人觉得他正微微笑着。

他身边的是程延川，再往后就是一干宫人，没有嫔妃。

皇帝坐上龙椅，才唤"起身"，众人慢慢站起。闻砚桐一直低着头，老老实实不敢造次。

皇帝道："今日众爱卿赶赴年宴，无一缺席，让朕甚是喜悦。"

这种情况自然是官大的先接话，于是傅丞相道："陛下念及臣等，举办年宴，已是臣等的殊荣，哪还敢推托？"

他这一番话说得甚是虚伪，朝中自然有看不惯的人，但是十分不给傅丞相面子的，也只有一个人。

牧渊轻哼一声，说道："傅丞相这话说得倒叫人笑话，去年的年宴你不是以病为由推托了？不过是叶公好龙罢了。"

大殿内一时静下来，朝官都知道傅丞相近日出了些事，谁也不敢轻易触他的霉头。

皇帝倒是有些惊喜地看了看牧渊，一下子笑起来。牧渊当初入朝的时候，是个斗大的字不识一个但是功夫了得的莽夫，一个人拉低了整个绍京朝官的文化水平。

后来官职高升，皇帝按着他的头去读书认字，这才摆脱了文盲的称号。

但是他很少把成语用对，一般就看个表面意思然后瞎用，惹了不少笑话。只是没想到这次倒是用得不错，若非满朝文武家眷皆在，皇帝甚至想立即给牧渊封赏。

傅盛不动声色道："牧将军说笑了，上回喝醉拉着江尚书的次子喊儿子的人又不是我，我又怎会不喜这热闹场面？"

他说的是去年牧渊喝醉之后的事。临近年宴散场，牧渊喝得迷迷糊糊，揽着江暮声的脖子直往马车上拉，牧杨在后面追赶。

江暮声挣扎解释时，他也没听进去，只一个劲地喊："儿子！我是你爹啊！跟爹回家！"

此事让朝官们笑了好久，后来很长一段时间，江暮声看见他就要绕道走。不过这事本已过去，却不想又被傅盛翻了出来，一时间笑声在大殿里蔓延开来。

牧渊一听他揭自己的短，气得脸红脖子粗："我那是喝醉了！"

傅盛依旧一脸平静："哦……那看来这次牧将军要少喝点了。"

牧渊就是有十张嘴，也辩不过傅盛，如果皇上允许的话，他更想用拳头跟傅盛一分高下。

一个莽夫，全身上下就骨头和拳头最硬。

皇帝笑着出来打圆场："依朕看，丞相少说两句，将军少喝两杯，刚刚好。"

傅盛拱了拱手，以作回应。

皇帝又道："这次年宴与以往不同，众卿也都知道，所以诸位一定要玩个尽兴，即便是多喝几杯也无妨。"

众人作揖应是。

皇帝将手轻轻一挥，身边的宫人立即喊道："传异族幻师——"

大殿里的灯好似一下子被挑灭了几盏，光线暗了下来，殿内响起小声的议论，嗡嗡作响。

闻砚桐见光线暗了不少，才敢抬起头张望。

她看见池京禧站在对面首位区域，身边是程延川、程昕等皇子。他的身旁正好竖着一盏落地琉璃长灯，柔和的光芒打在他的侧脸上，描绘出俊美精致的轮廓。

灯光暗后，看得就不是很分明。闻砚桐隐隐看见池京禧的双眸又黑又沉，与众人一起看着殿门处。

对面站的公子哥几乎个个俊俏非凡、出类拔萃，这会儿灯光暗下来，估计偷偷打量对面人的姑娘一抓一大把，池京禧又不知道会被多少千金小姐偷偷惦记上。

不知道是不是因为视线太过炽热，池京禧竟像感受到了一样，漂亮的黑眸忽而一转，朝闻砚桐看来。电光石火的刹那，隔着远远的距离、朦胧的光芒和挡在中间的人，两人竟然对上了目光。

这种心悸突如其来，让闻砚桐的心脏大肆奔腾。

就对视那么一瞬，闻砚桐立即把头低下，埋在其他人身后。

她下意识抚上心口，只觉得方才那一下心脏拧巴得厉害，整个身体都能感受到那种高频率的跳动，血液都烧起来。与之相反的是，她低着头站姿随意，微弱得像是融在黑暗中的一分子，不起眼到没有引起任何一个人的注意。

闻砚桐的耳边好像响起自己心脏跳动的声音，她也不知道是因为害怕池京禧看见了她还是其他什么，总之，不能平静。

不过片刻后，她就发现，耳朵里听见的其实是鼓声，沉闷而非常有节奏的鼓声。

随后一群异族人士就踩着这鼓点慢慢入场，出现在众人的视线中。男男女女都穿着五彩斑斓的衣裙，像花孔雀一样。不同的是男子长发扎起，编成几缕长辫；女子散着长发，戴着琳琅发饰。男子的手臂上戴着好几个宽银镯子，女子的脚踝则戴着细银圈，上面都有铃铛，一步一响，相当清脆。

异族男女转着圈，踢踏着舞步走到了大殿中央，而后忽然两两拉手转起圈来，漂亮的衣着像盛开的花朵一样。接着这些人越转越快，人人都踮着脚尖，好似马上就能转飞一样。

在这高速的转动中，就听见沉重的鼓声猛然响起，然后这些转圈的男女竟一下子变作万千梅花瓣爆开了！众人都被眼前的景象惊住，发出低低的呼叫。

花瓣好似被风吹起一样，在大殿中打转，拂过每个人的衣裳和发丝。闻砚桐伸手捏了一瓣握在手里，鼻尖就闻到梅花的香气。

掌心再一展开，梅花就变成了细小的雪花，一下子融化在了手中。她惊叹地抬头，就见那些梅花被卷到上面之后，再落下来就成了雪。

朝城临近年关的这些日子并没有下雪，好像始终差了点年味，但是众人都没想到，今日会在大殿里看见飘雪的场景。

雪下得不密集，但是一抬头满眼都是纷飞的雪花。闻砚桐微微张嘴，吃了一些进嘴里，只觉得舌尖甜丝丝的，还有些凉意。

她没来由地高兴，双眼一弯笑了起来，眸光在雪中打转，自己还没意识到，就落在了对面的池京禧身上。

不知道是不是巧合，目光刚落定就遥遥对上池京禧的视线，雪花落在他的黑发上、红衣上、绣着的金丝如意纹上，却好像没落进他的眼中。

就在闻砚桐惊慌的那一瞬间，大殿里的灯竟然又一下子暗了许多，好像仅仅留下几盏，光线一下子变得极其昏暗，闻砚桐看不清池京禧的脸了。

这让她瞬间放松了许多，目光当下变得肆意，盯着池京禧模糊的轮廓看。

接着雪停了，殿中亮起莹莹绿光，像成百上千的萤火虫一般，零散地在大殿中转了几圈后，同时飞到池京禧的身边。那些萤火虫绕着池京禧的身体转圈，从上到下地形成流光溢彩般的美景，池京禧瞬间成了大殿中最醒目的人。

他微微抬手，斑斑点点的光芒就从他的发簪往下，绕到两手边，缠到隐在长袍下的锦靴旁。

好似在牵引他往前走一样。

池京禧看出来了，于是跟着点点光芒抬步上前，只是脚步落下的时候，一朵花在他脚底徐徐盛开，藕荷色的瓣尖、雪白的瓣底，发出了柔和而精致的光泽。

这是绍京的国花，荷。

他每落一步，脚底都会盛开荷花。大殿内的惊叹声此起彼伏，不绝于耳。

闻砚桐连眼睛都移不开了，不知道是被这漂亮绚丽的幻术吸引，还是为踩在荷花上，浑身绕着萤火光芒的池京禧沉迷。

待他走到中央时，脚下的荷花一下子碎开，和萤火虫融在一起，而后再听一声鼓响，异族人又突然现身，绕着池京禧站成一个圈，同时弯身行礼。

"恭祝小侯爷生辰吉祥，万事如意。"

而后一盏盏灯再次亮起，大殿内的光明慢慢恢复，众人也跟着一起喊道："恭祝小侯爷生辰吉祥。"

池京禧微微颔首："多谢诸位好意。"

皇帝一下子笑出声，拍掌乐呵道："当真是精彩，小禧的生辰宴上能有这么一出，实乃锦上添花啊。"

池京禧展颜一笑，笑起来时那双笑眼就显得更漂亮："这还要多谢陛下。"

"今日是你生辰，想要什么东西尽管提。"皇帝大手一挥，慷慨道。

朝官席上有一人站出来道："陛下莫要娇惯了，小禧能得如此殊荣足矣。"

闻砚桐这才发现，池京禧的爹，安淮侯也来参加年宴了。

皇帝不依，十分嫌弃地看了安淮侯一眼："你少出来劝，朕乐意赏小禧东西……也罢，还是先冠字吧。"

他扬手，宫人递上托盘，盘中置放着红黑相间的嵌玉锦布，宫人捧起来念道："安淮侯三子池京禧，瑞兴五年生，至今正满十八，才高八斗，文韬武略，今赐冠字——单礼。望今后不负众之所托，为传世栋梁。"

池京禧撩袍跪地行礼："谢吾皇，单礼定不负嘱托。"

众人同时道："恭贺小侯爷。"

闻砚桐这才明白，难怪他们说这次年宴不同寻常，原来是池京禧的冠字宴！

她咽下一口唾沫，一下子紧张起来，脑袋压得极低，再不敢抬头了。

"起来吧，"皇帝有些不服气道，"谢我做什么。这冠字是你爹非要自己取的，我取的他不让用。"

安淮侯笑了笑："一早定下的。陛下把名抢去了，好歹把取字留给臣这个做爹的。"

池京禧站起身后，眸光沉得如一口深不见底的古井，幽幽地朝闻砚桐的方向投去目光，却没看到人。

随后安淮侯带着下人走到池京禧身旁，将他头上的玉簪拿下来，换上一顶红如朱砂的玉冠。玉冠颜色很是暗沉，中央嵌着切面分明的琉璃石，周边刻着金色的祥云纹。

皇帝笑着问："你为何取字为单礼？"

"单通'善'，也通'擅'，臣是希望犬子能够多懂些礼节，不管走多远的路，心中都自有规矩，也有善道。"

池京禧微微一笑："谨遵父亲教诲。"

冠字结束之后，皇帝便宣布开宴，大殿的人又逐一回到了小房间里。

池京禧往房间走了两步，再回头看，就见那些莺莺燕燕的女子正往房间中进，不少人朝他明目张胆地投来目光。他的视线在那些女子身上绕了两圈，没找到。

方才视线昏暗，那人又躲得飞快，他看得不是很分明。

好像只记得那个酷似闻砚桐的人，唇上有一抹胭脂红。

闻砚桐缩着脖子溜进了房中后，热腾腾的佳肴一道接一道地端上桌子，屋内也变得热闹起来。但是这些热闹也不是属于下人的，贵妇千金们吃饭时，她们只能在后面乖乖地站着，时不时端茶倒水地伺候着。

傅棠欢倒没使唤她，悄悄拿了咸甜两种口味的软糕点包进手帕中，然后在下面递给闻砚桐，指了指侧方的一扇门。

　　闻砚桐会意，把糕点藏进袖子里，然后偷偷从小门出去，门口守着的侍卫问她做何，她就说想去茅房。侍卫给她指了路，她就沿着路一直走，直到去了一个无人的地方，才把袖子里的东西拿出来吃。

　　虽然说没吃到什么美味佳肴，不过这一趟着实没有白来。方才那幻术跟仙术似的，若非是溜进皇宫，只怕这辈子都没机会看见。

　　闻砚桐正吃着，脑子里一片混乱，东想想西想想，突然被人从后面撞了一下，手里的糕点险些撞翻，幸好她拿得稳。

　　结果转头一看，撞她的那个婢女走得飞快，好似压根不在意自己撞了人一样。闻砚桐暗骂两声，低眼就看见了地上有一方绢布包着的东西。

　　她捡起来展开一看，发现里面是一方掌心大小的红色玉牌，上头是串着小玉珠的绳结，下头是流苏，牌面是金丝勾勒出的"绍京"二字。

　　闻砚桐把玉牌一翻，上面刻着"池京禧"三字。

　　她顿时觉得手一烫，当即把玉牌扔在了地上，吓得立地深呼吸。

　　她转头就要走，但是走了好几步之后又立马转头跑回来，把那玉牌连着绢布一起揣进怀里，然后抚了抚衣裳，装成个没事儿人一样回去。

　　今儿这玉牌，但凡是除了池京禧以外任何一个人的，她都会当作没见过。

　　本来还挺忐忑的，但是没过一会儿，年宴就散了，然后她就揣着池京禧的玉牌，跟着傅棠欢一起，顺顺利利地出了皇宫。

　　回去之后草草吃了一顿，又泡了个热水澡，才抱着毛毯躺上床。当日守岁是茉鹏和荷莺跟着一起守的。

　　她躺在床上，手里捧着池京禧的那方玉牌，等着朝城的报时钟敲下了子时的第一声。

　　大年初一到十五，都是朝城的孩子们玩乐的时候，什么庙会、灯会、烟花会，各种各样热闹的活动在朝城的各条大街举办。

　　牧杨老早就到了闻砚桐的家宅门口，拍着门喊她出去玩，但是闻砚桐心虚得很，哪还敢再出去，于是就装病推托。

　　一推就是七八日。牧杨站在门口十分悲伤地问通报的家丁："你老实告诉我，闻砚桐是不是病得快死了？"

　　闻砚桐在房中听到下人传来这句话的时候气得差点吐血，这个牧杨打从见她第一面开始就咒她死。

闻砚桐避而不见，牧杨也没办法，就往她宅子里一批一批地送药材，盼着她能早点好。

只是这种蹩脚的理由也只能骗牧杨了。

这日，闻砚桐睡了个午觉起来，就被通报有客来访。她还没认全自家下人的脸，自然没发现这个来通报的人不是闻宅的。

迷迷糊糊走去正堂，下人们为她开门，一进门就看见堂中坐着身着月牙白衣袍的池京禧。他手上端着一杯热茶，垂着眼帘，杯中的热气腾腾而起，半掩俊俏的面容。

闻砚桐吓得腿一软，当即要坐到地上。

就听他漫不经心的语气传来："藏起来有用吗？"

闻砚桐脑子一蒙，右脚退了半步，跨到了门槛之外。

"脚。"池京禧出声。

闻砚桐立即把脚收回，又往前走了两步。随后房中的下人排着队低着头，十分麻利地从闻砚桐的两边退出房屋，顺道还把门拉上了。

门一关，房中的视线就暗了些。不过正堂闻砚桐并不常来，所以窗子上没有覆棉帘，外面的阳光照在窗子上，映出的光把房间照得还算明亮。

闻砚桐站在门边，脑子飞速地转动起来。

房中一时间变得非常寂静，香炉里的白烟袅袅升起，在房中散开暖意温香。正堂相当暖和，闻砚桐几乎要出汗了，显然池京禧来了有一会儿了，但是不知为什么，并没有下人去通报她。

池京禧的动作舒缓，慢条斯理地品着茶，低垂着的眼眸里透着些懒洋洋的意味，但他不说话，总让闻砚桐觉得紧张。

两人就这么僵持了一会儿，闻砚桐东想想西想想，正想着如何开口时，池京禧好似先不耐烦了，将茶盏往桌上一放，脆生生的响声打断了闻砚桐的思绪。

她硬着头皮，咧开嘴笑了："哟，小侯爷！什么时辰来的啊，怎么不跟小的说一声，小的好带着宅子上下的人去迎接你啊！"

她佯装轻快地走过去，却在离池京禧一丈远的地方慢慢停下了。

池京禧总算抬眸看她。不知道是不是受伤的缘故，池京禧看起来消瘦了些，但眉眼还是同样精致，尤其是那双眼睛。

闻砚桐一直觉得这种眼睛就只存在于心怀浪漫的画家笔下，画出来的是满满柔情那种，尽管池京禧现在跟柔情完全不搭边。

她厚着脸皮笑道："小侯爷的伤好些了吗？好些日子不见了，我一直挂念着呢，本想去小侯爷府上拜访。"

"你进不去。"池京禧终于开口接她的话。

闻砚桐心下暗暗松一口气，只要他张口第一句不是"让你爹娘着手准备你下葬的地方吧""你走不出朝城了""你要死了"之类的话，她就觉得自己还有一口气能喘。

她笑嘻嘻道："不能打门进去，我可以偷偷翻墙啊，或者钻洞也成。"

池京禧约莫是有话想说的，而且好像也有账要跟闻砚桐算，但是听了这话之后，他想说的话都暂且搁在一边，有些不可置信地问："你想偷闯侯府？"

闻砚桐笑出一排小白牙："怎么能说是偷闯呢？同窗之间是不算偷闯的，我不过是想去拜访小侯爷。"

"上一个想钻洞进侯府的人，还在城外东南路的乱葬岗埋着，你也想去逛逛？"池京禧反问。

闻砚桐听得汗毛一立，当下头摇得跟拨浪鼓似的："不敢不敢。"

池京禧见状，嘴角忍不住翘了一下，但随后又像想到什么似的，嘴角立马平了，沉声道："少胡言乱语妄图转移我的注意力。"

闻砚桐没说话，暗道：你自己注意力不集中还要怪我？

但这个时候，她是无论如何也不敢顶嘴的，只好缩着脖子装作一副做错事的样子，低低道："哦。

"小侯爷……来宅上有何贵干？"

池京禧往后一靠，姿势很是随意："自初一到十三，牧杨登门七次，你次次称病推拒，我来看看你死了没有。"

闻砚桐当下咳了两下："无大碍，劳烦小侯爷和牧少挂心了，不过是感染了小风寒。"

"小风寒让你在家中躺了十三日？骨头都该躺平了吧？"他问。

"前两日走路不慎跌了一跤，腿疼着呢，所以不大敢出去乱逛。"闻砚桐又道。

"你方才走来的时候，也没见腿上有什么毛病。"

"这不是躺了两日，又好些了嘛！"

池京禧没再说话，目光一凝，定格在闻砚桐的脸上。闻砚桐忙低下头不敢跟他对视，心都是虚的。

他的眼眸好似揉了墨汁，黑得没有一丝杂质，倒给了人莫大的压力，让闻砚桐无端有些害怕。

但是池京禧也没有说什么，只道："后日是十五，半夏街有上元展，能去吗？"

闻砚桐立即点头："能去能去，自然是能去的。"

"届时牧杨会特地来接你。"池京禧起身，伸手去拿旁边的大氅，看样子似要离开。

闻砚桐愣了一下，随后屁颠屁颠地凑上去献殷勤，帮他把大氅披在身上："我来我来，我给小侯爷披上。"

本以为怎么着也要被质问一番，或者是因被她捡走的玉牌，或者是之前他亲口问过的那个"池单礼"，她本来都在想怎么解释了。

却不想池京禧什么也没提，就是喊她去参加上元展而已。

或许池京禧压根就不知道玉牌丢了的事，先前在年宴上他根本没认出自己来，又或许是他已经忘了关于那个名字的事。闻砚桐乐得差点笑出声。

池京禧问道："就这么高兴我走？"

闻砚桐飞快地接话："没有的事！小侯爷这么快就走我心里还有些失落呢，不如留下来吃一顿？"

池京禧哼了声："虚情假意。"

闻砚桐暗暗吐了吐舌头，没再接话，将雪白的大氅给他披上，然后又主动走到他前头为他引路。

"小侯爷，别这么说呀，我可是真心待你的。"闻砚桐道。

池京禧看着在面前走的闻砚桐，虽然头低着看不清楚表情，但是小步伐却透着开心的情绪，全身都写着对他离开的欢快。

"嘴倒是挺甜。"池京禧道。

闻砚桐伸手开了门，做了个请的姿势："小侯爷慢走。"

池京禧脚尖一动，正要跨出门的时候，却听到闻砚桐说道："日后若是有什么事，小侯爷直接派下人来传就是了，不必亲自走一趟的，浪费您的时间。"

池京禧脚步一顿，倒没急着出去了："你是说我跑的这一趟是没事找事？"

"没呀！"闻砚桐连连摆手，"我哪有那个意思！"

"你该不是在心里觉得我来这里反而是占用你时间了吧？"池京禧脸色一沉，像有些不开心了。

闻砚桐后悔得想抽自己大嘴巴："没没没。"

池京禧仍旧是沉着脸。

闻砚桐推了一下门："小侯爷，您看……这外面怪冷的。"

谁知道这话反而一下子让池京禧生气了，伸手直接将门按住，房间又暗下来。闻砚桐吓了一跳，下意识往后退了一步。

"赶我走？"池京禧问。

"你不是要走吗？"闻砚桐疑惑不解。

池京禧站在暗色的阴影里，半张脸被门边的光隐隐照亮，让人感觉他的情绪隐晦不明。

闻砚桐被他盯得浑身不舒服，低低道："小侯爷，我错了。"

"错在何处？"

"好多处。"她道。

池京禧简直要气笑了，他沉吟一瞬，而后缓声道："闻砚桐。"

"啊？"闻砚桐应道。

"你认不认识闻堰？"

"不认识啊。"

"你在书院的记录册上写的是家在安城，家中有一六旬老人，父亡母改嫁，是不是？"池京禧突然问。

"怎、怎么突然问起这个来了？"闻砚桐隐隐不安。池京禧竟然看过她的信息记录册？！这意味着什么？

池京禧在调查她！

果不其然，他下一句说："我派人去安城查过，你所记录的那户人家的确有一位痴傻老人，老人的孙子与你同岁，早些年离家之后就再也没有回过家。你为何，突然出现在颂海书院？"

闻砚桐惊住，没想到池京禧竟会派人去安城！

她低着头，怕心思从表情上暴露，飞快地思考着，回答道："我、我后来回家了。"

池京禧没说话，在等她继续说。

"我闻家有一户亲戚在安城是很出名的富商，我因为想念书，所以上门求了一下，那家人就念在亲戚关系上给了我银子，让我来颂海书院念书。"这是闻砚桐能想到的最合理的说辞了。

池京禧笑了一声，分不出是冷笑还是单纯的哼笑："你那亲戚倒是菩萨转世。"

闻砚桐顺着道："我也极是感激。"

话音一落，房中瞬间安静，流动在两人之间的空气似乎也变得焦灼。闻砚桐急躁难忍，心跳如擂鼓，背上出了一层细细密密的冷汗。

能不能骗住池京禧还真不一定。

池京禧不是牧杨，他太善于思考了。

不知道过了多久，闻砚桐觉得自己的关节都僵硬了，才听池京禧缓缓出声道："先前你在睡觉的时候，为何会说梦话念出我的字？"

闻砚桐心里"咯噔"一响，果然这事还是躲不掉！

"我不知道……我只记得梦见过这个名字，不晓得我说过什么梦话。"闻砚桐壮着胆子抬头跟他对视，强扯出一个笑，"你说这是不是我们俩之间的缘分，牵连前世今生的那种……"

"你觉得这话说出来会有人信吗？"池京禧淡声道。

闻砚桐咽一口唾沫，信不信也就这一套说辞了。

不能一直被质问，闻砚桐觉得自己该反击一下。

于是她道："小侯爷好像总是对我有所怀疑。"

"你不值得怀疑？"池京禧当即一个反问，把闻砚桐憋得脸通红，说不出一句反驳的话来。

"年宴那晚，我在琳琅殿里看见的人，是不是你？"他问。

"大年夜我在屋中睡觉呢，哪儿都没去，小侯爷是不是看错了？"闻砚桐装傻充愣。

这事儿打死也不能承认，不光是她自己，可能还会连累到偷偷把她带进去的傅棠欢。

池京禧也没有追问，而是上前一步，忽而动手掐住她的两颊，一下子将她的头抬起来。

他的视线落在闻砚桐的眉毛和眼睛上，然后顺着往下，落到白皙的颈子上、裹着毛皮的衣领上，再往下就看不见了，于是又回到眼睛处。

他比闻砚桐高得不止一星半点，站在面前时浑身的气势压下来，顿时让闻砚桐有些毛骨悚然；对上那双眼眸，隐隐能感觉到其中的冷意。

"闻砚桐。"池京禧的声音又低又沉，刚落下第一个字时，闻砚桐的心里已经敲起大鼓了。

就见他俯头，唇几乎凑到她的鼻尖上，她的鼻头能感觉到有炽热的气息微微拂过，接着听他缓缓道："我知道你揣着秘密，但是你既然要藏，那就藏好了，千万别让我看见端倪。"

闻砚桐的呼吸顿时不稳，恐惧和紧张都融为一体，交织成悸动，紧紧攥住她的心。她想起当初在脆香楼的饭桌上，池京禧也是这般。

隔着一桌子的菜，他的眼眸深得可怕，说出了一番不知道是威胁还是警告的话。

闻砚桐这才意识到，池京禧就是池京禧，不管他笑的时候有多俊俏、说话的时候有多柔和。

她本想挤出一个笑容缓和一下气氛，却没想到情绪不由自己，脸上竟是半点笑意都提不起来，只好怔怔地点了点头。

池京禧撒手得很快，而后开门离开，动作没有丝毫停顿。

闻砚桐霎时松一口气，才惊觉双腿有些软，扶着门才勉强站稳。

池京禧已经知道她藏了秘密，但她却不知他究竟知晓多少，这种情势对她太不利了！唯一好的地方，就是池京禧似乎并没有打算逼问她说出实话。

或者说今日他来，起初也不是为了追究那些事，不过是快要走时不知道哪根筋搭错了，才突然问了问题。

闻砚桐心乱如麻，站着想了一会儿，然后出门叫来茉鹂，问道："小侯爷可送走了？"

茉鹂低着头应道："回主子，已经送走了。"

她身边站着一排下人，纷纷垂首低眉，站得笔直，一动也不敢动。闻砚桐瞟了一眼，觉得有些不对劲。这些下人买回来之后，她并没有立什么非常严厉的规矩，所以平日里相处是很随意的。

她还是头一次见这些人站得整整齐齐，不过现在也没闲心思问那些，只道："他是什么时候来的？为何没人通报？"

"申时，主子刚睡没多会儿，小侯爷就来了，不让奴婢们通报。"茉鹂答道。

好家伙，等那么长时间！

闻砚桐咂咂嘴，叹口气道："备膳吧，饿了。"

茉鹂领命，立即转头分派人去准备饭食。闻砚桐愁得不行，坐在房中发呆。

因着池京禧的那番话，闻砚桐的情绪一直不高，连着两日都闷闷的，时不时叹气。下人们都看出来了，但谁也不敢多问，来来去去都低着头，没人敢再明目张胆地嘻嘻哈哈。

正月十五，上元节，在绍京也是个大日子。

闻砚桐一早就起了床，为了这个喜庆的日子，她挑了件藏红花色的缠枝莲衣袍，颜色很深，更显得肤色白皙。

茉鹂为她挽起长发，挑了一支乌木簪相配，倒真有点翩翩小公子的感觉。

闻砚桐对着镜子左右看看，觉得满意了之后才坐在正堂百无聊赖地等着。

下午酉时的时候，牧杨果然上门了，而且手里还提着一把刀，把门口的家丁吓得不轻。

牧杨嚷嚷道："进去告诉你们家主子，今日再给我说什么脚底板生疮走不了路之类的话，我就提刀进去，亲手给他剃了！"

家丁吓得连忙跑到正堂去请闻砚桐："主子！主子！"

闻砚桐正在喝茶，被这凄厉的叫喊吓得一呛，口鼻呛得全是水。她搁下茶盏气道："干什么大惊小怪的？！"

"牧少爷拿着刀，说您再不出去，他就提着刀进来砍您的脚！"家丁叫道。

闻砚桐惊了一跳，没想到牧杨的怨念还挺深。

她起身往外走，叫上茉鹂："随我出去看看。"

牧杨在门口等了一会儿，一看见闻砚桐的身影，立即把刀转手给了旁边的人，点了点她道："你总算肯露面了！我还以为你是脸上生疮了呢！"

闻砚桐笑道："我这不是前几日卧病在榻嘛，这病一好立马就赶出来见你了！"

牧杨哼了一声："你这病可不得了，从初一病到十五！我本打算你今日再不出来，我就亲自给你看看病的。"

闻砚桐自知理亏，听到什么话都只是笑："不敢不敢，上元节这样热闹的日子，自然要出来跟大伙一起乐和乐和。你去找傅子献了吗？"

他一听到傅子献，当即就把方才的怨念扔后脑勺了，扭捏道："没呢，我没敢去。"

闻砚桐往外走："怎么了？"

"我怕我爹知道了责备我。"牧杨道，"我爹跟傅丞相……有些不对付。"

闻砚桐暗道确实是这么回事。她瞥了牧杨一眼："你这么着急找我出来，莫不是……"

"我是真心想喊你出来热闹的。"牧杨忙表真心。

闻砚桐没计较，上了牧杨的马车，只是进去的时候才发现，里面竟然还坐着池京禧。

与当初上牧家马车的情形一样，池京禧还是闭着眼睛假寐。他身着烟蓝色的锦衣，领口边都是金丝绣出来的精致图案，身上盖着软和的毯子。

闻砚桐上了马车之后呼吸都轻了，也没敢主动跟他打招呼，找了个角落坐下了。

她想起之前也是这种情况，结果两个月过去了，竟是一点都没变。她不免有些沮丧。

牧杨上了马车之后搓搓手，挤到闻砚桐身边坐着，贴着她的肩膀，凑近了道："待会儿到了丞相府，就劳烦你走一趟了。"

闻砚桐情绪不高，于是道："你喊我出来不就是想让我走这一趟吗？"

牧杨愣了一下，继而咧嘴笑道："你这说的是什么话，我从初一喊你到十五，难不成都是让你去丞相府吗？这不是想着你没回家，叫出来玩玩嘛。"

闻砚桐听了心中一暖。牧杨向来想得简单，也是她认识的人中最不在乎身份的一个。先前还没熟悉的时候，闻砚桐知晓他把嫡庶看得很重要，似乎极其在意身份，原本以为他最不好相处。

结果没想到相处下来，牧杨倒是最好说话的一个。

她忍不住笑了："行了，我知道了，必定尽最大的努力把傅子献叫出来。"

牧杨嘿嘿乐了，闻砚桐又道："不过你总想着叫他作何？说不定人家想跟姐姐一起玩。"

"跟一个姑娘家有什么好玩的！"牧杨道，"半夏街有射箭赛，彩头是雪玉金纹交颈荷花弓。"

"什、什么？"闻砚桐傻眼，一个弓还有这么长的名字吗？

"反正是个宝贝就是了。"牧杨懒得跟她解释，"我跟仟远哥打赌，看看禧哥和傅子献谁能拿下那把弓。"

肯定是池京禧啊！闻砚桐下意识就想脱口而出，但好在忍住了，低低"哦"了一声。

牧杨道："我押的是傅子献。"

这你不用特地说，用脚指头都能想到。

"你呢？你觉得会是谁？"牧杨兴致勃勃地问道，"要不你也来押一个？"

闻砚桐摇头："我没什么可以做赌注的。"

牧杨道："那你不参赌，就说一个你觉得会赢的。"

闻砚桐被赶鸭子上架，只得道："我觉得都有可能吧……"

池京禧在这时候突然开口："我的箭术还没傅家的那个庶子好？"

她身子一僵，低着头不说话。

"禧哥，话不是这么说的。虽然我承认你的箭术了得，但是拔头筹，拿彩头，这事儿运气也占一半的。"牧杨道，"我觉得傅子献更有可能。"

"你是说我运气不好？"池京禧问。

"运气好的人总归不会在半夜搞得一身伤。"牧杨低低道。

池京禧气得不说话了。

车厢里静了一会儿，牧杨又主动跟闻砚桐说话。他似乎正高兴，从十五唠到初一，甚至连年宴上看见的东西都跟闻砚桐说了，闻砚桐只得笑着附和，敷衍的态度一点没减弱牧杨的热情。

终于撑到丞相府，闻砚桐迫不及待地下了马车，才摆脱了牧杨的啰唆。

闻砚桐跟丞相府侧门的侍卫说了一声，便有人去请傅子献。傅子献平日里在府中的行动也十分自由，听说闻砚桐喊他出去玩，当下就收拾收拾出来了。

闻砚桐见到傅子献，当下开口招呼："傅兄，新年好啊。"

傅子献微微一笑，两个小酒窝一下就露出来："你也是，新年好。没想到你会这时候来找我。"

"我不但来了，还带着人来了呢。"闻砚桐笑嘻嘻地指了一下身后的马车。

牧杨也等不及似的从马车上蹦下，几个快步走来："傅子献！好些日子不见了！"

傅子献也笑着与他打招呼："牧少也来了啊。"

三人凑到一起，总要先寒暄两句。池京禧坐在马车里，听见几人的笑声和说话声，嘴角沉得越发厉害，最后在俊俏的面上形成了"不高兴"三个大字。

他道："来人！"

车外有人应道："小侯爷有何吩咐？"

他道："启车，去半夏街。"

傅子献正笑着听牧杨说话时，突然看见不远处的马车动了，而后缓缓驶出一丈远，他忍不住开口打断牧杨的话："牧少，你的马车……好像自己走了。"

"哎——禧哥，禧哥！"牧杨在后面追赶，"单礼哥！"

结果还是没追上，于是牧杨眼睁睁地看着自家马车越来越快，自道路尽头一拐，整个消失了。

牧杨一头雾水，摸不着头脑地站了一会儿。

闻砚桐走过去，揣着手，望着道路尽头的方向，没说话。

牧杨站了会儿，瞥眼看了她一下："肯定是怪你。"

闻砚桐一惊："怎么又怪我了？我也没干什么呀！"

牧杨道："先前在马车上禧哥的心情还是不错的，你上了马车之后他就有点不开心了。"

闻砚桐十分无奈："那你说我该怎么办？你又要喊我出来玩，又不让我进马车，干脆下次找根麻绳把我拴在车顶上？"

他想了想道："可能是你的衣裳他不大喜欢吧。"

她低头看了看自己的衣裳："我瞧着这衣裳挺好看的呀。"

"那就可能是你穿的鞋子……"牧杨迟疑。

"哪儿跟哪儿啊？这之间有联系吗？"闻砚桐耸耸肩，"或许是因为小侯爷讨厌我这个人吧。"

谁知道牧杨一口否决："那不可能。"

闻砚桐疑惑地看他一眼，就听他语气随意，一边转身一边道："禧哥若是讨厌你这个人，根本不会让你上马车，就算那是牧家的马车。"

闻砚桐愣了一下，还在思量的时候，就见傅子献迎面走来，温笑道："不若坐傅家的马车吧，虽然比不得牧少的，但总归比车行的那些好。"

"比得了比得了，怎么比不得啊！"牧杨笑着凑过去，"赶紧的，咱们追上禧哥，他肯定去半夏街找仟远哥了。"

闻砚桐和牧杨就这样坐上了傅子献的马车。

冬季的天黑得早，不过才酉时，黑夜就笼罩了大片天空。街上亮起了各种各样的灯笼，檐下的灯盏连成长长的道路，一眼望去便是眼花缭乱，密如繁星，真正体现出了朝城的锦绣繁华。

闻砚桐撩着车帘往外看，就见大街小巷上站满了人，路边都是小贩摊，卖什么的都有。当然卖得最多的还是花灯和天灯，毕竟在上元节这日放天灯、打灯笼是自古以来的传统。

人们在一年三百六十五天里，有六十五天用来祈祷，祈福家和万事兴，祈福亲人平安康乐。不管是除旧迎新的春节，还是阖家团圆的上元，都承载了众生的美好祈愿。

闻砚桐长吸一口气，顿时觉得全身心都无比舒畅，身处这般热闹中，什么烦心事都会被暂时置放在一边。

半夏街作为上元节灯展的主要场地，盛大到吸引了全朝城的人，造就了万人空巷的热闹场面。

官府为了维持街上秩序，还特地派出了大批兵士守在各个街头的入口处，看到马车都会拦下来，达官贵人无一例外。

闻砚桐下了马车，往前一眺就看见街上人头攒动，人多得令人头皮发麻，光看着就感觉很拥挤。

隐约能看见道路两边的大型灯笼，被做成了各种形状。其中有一个金元宝模样的大灯笼十分惹眼，元宝上不知道撒了什么，大远处看来竟闪着金光。

闻砚桐惊叹了一声："好想去看看啊。"

牧杨站在旁边听见了，目光顺过去看了看，似乎也想去，但是他却拉了闻砚桐一把："别乱跑，这里人那么多，若是走散了就只能明日见了。"

闻砚桐点点头："咱们去何处找小侯爷？"

闻砚桐和傅子献都不怎么高，隐在人群中只有踮脚才能看得远一些，但是牧杨不矮。他一手拽着闻砚桐的胳膊，一手抓着傅子献的手腕，凭借着自己的身高优势左右看了看。

他用下巴指了指斜前方："朔月酒楼，就在那儿。"

闻砚桐跳起来看了看："呀，咱们要到路的对面。"

这里人流密集，若是要横穿过去，只怕要费很大的工夫。牧杨却不甚在意，歪头示意身旁的侍卫："开条路去。"

身旁守着的几个侍卫立马上前，用未出鞘的剑做挡，硬生生阻隔了人流来往，在三人面前开出一条道路。

闻砚桐忍不住惊叹，银子有什么用？到底还是权力厉害。

牧杨就在侍卫的护卫下，拉着闻砚桐和傅子献直直地去往道路对面。不管街上如何热闹，朔月楼前始终是规规矩矩的。门口守着的下人似认识牧杨，见到他之后立即迎上来道："小侯爷和五殿下已在楼上等候。"

牧杨微微点头，带着人直接上了朔月楼的二楼，熟门熟路地进了一个雅间。

雅间里的炭火烧得很足，刚进门就感觉到了扑面而来的热意，融化了三人一身的寒气。进房之后，牧杨随意地招呼道："你们坐。"

然后他解了大氅，随手扔在一旁的软榻上，推开那扇小门而出。小门外就是露天阳台，池京禧和程昕就站在栏杆处，看着下方来来往往的人群。

"禧哥，我家马车坐得怎么样啊？"牧杨一来就开嗓门问。

池京禧瞥他一眼，没有说话。

"你说你要走，也提前跟我说一声啊，最起码也要把我带上，总归不是我惹你不高兴吧？"牧杨挤到他身边，"我已经替你教训过闻砚桐了，他保证下次不敢再犯。"

池京禧纳闷儿："你教训什么了？"

牧杨也就那么一说，拍了拍池京禧的肩，含糊道："你懂的。"

池京禧现在想撸袖子就地把牧杨揍一顿，心里也奇怪得很：虽然牧杨原本也有点傻，但好赖也没傻到这种程度啊？

程昕笑道："人都带来了？"

牧杨道："当然了，记得我们的赌吧？"

程昕道："自然不会忘，如何？什么时候去？"

池京禧道："现在人多，待过了这个时辰再去吧。"

牧杨虽然迫不及待地想去，但是也知道这会儿酉时过半，正是人多的时候，所以为了避免被挤，还是等会儿好。

冷风一吹，他揉了揉鼻头："进去吧，在这儿站着干什么，怪冷的。"

牧杨开了小门，把池京禧和程昕都喊进了屋子里。池京禧踏过门槛的时候，正好看见闻砚桐和傅子献交头接耳，不知道在聊什么，两人都笑得极其开心。

只听闻砚桐说："我肯定相信你的箭术啦。"

傅子献的笑容刚展开，就看见三人已经进来，忙在下面碰了碰闻砚桐的胳膊肘提醒。闻砚桐也感觉到吹进来的冷风，立马闭上了嘴，站起身。

转头看向程昕时，闻砚桐和傅子献同时小小行了一礼："五殿下。"

程昕笑着扬手："行了，说了多少遍，私底下不用拘于礼节。"

闻砚桐微微点头为应，还是没敢抬头看池京禧。现在她好像又回到了当初小心翼翼的时候，总不敢多说一句、多做一个动作，生怕引起不必要的注意和麻烦。

几人围坐在桌子旁，牧杨刚一落座，就迫不及待地拉扯傅子献："傅小弟，最近可有练箭啊？"

傅子献有些不大适应，挣了一下手臂："每日都有练习。"

"那就成，今日就靠你赢下那把弓了。"牧杨笑嘻嘻道，"一定要从禧哥手里抢下来。"

程昕道："你这不是无端给人施加压力吗？"

牧杨道："我这是相信他。"

闻砚桐连连叹息：你可别说了吧憨憨，没瞧见你禧哥的脸黑成啥样了吗？

果不其然，池京禧问道："武学测验上我三箭中靶心，傅子献只有两箭，你何来的信心觉得他能拿走那把弓？"

他这话说得很有分寸，既表示了傅子献的箭术不如他，也没有盲目自信，觉得自己能够拿下那把弓。

牧杨道："先前不是说了吗，这事不是光靠本事的，运气还要占一半呢！"

池京禧眉尾轻动："你觉得我和傅子献谁的箭术好？"

牧杨立马接道："自然是傅小弟的！"

"没问你。"池京禧瞥他一眼道。

程昕也接着答："我吗？我自然觉得是单礼的好些。"

谁知池京禧道："也不是你。"

程昕没忍住勾起嘴角笑了，暗暗摇头。

桌上安静了一瞬，傅子献吭吭哧哧道："当然是小侯爷的箭术好些……"

池京禧淡淡地看他一眼："闭嘴。"

傅子献似乎吓到了，缩了缩脖子，脸憋得通红。

桌上的人答了一圈，都不是池京禧要问的，只剩下闻砚桐。房中立即沉寂下来。池京禧目光平和地看着她，也没什么情绪夹杂在其中，却让人感到压迫。她忐忑地咽了口唾沫，回道："或许、或许是傅子献吧……"

"你觉得是傅子献？"池京禧的声音有些冷了。

闻砚桐道："也可能是小侯爷。"

不知道是因为闻砚桐犹豫的语气，还是因为这个"也可能"，总之，小侯爷好像被惹生气了。

他眼眸一垂，没再说话，房中的气氛瞬间冷了下来。就连牧杨也不敢再随意嘻嘻哈哈了，频频朝闻砚桐使眼色。

闻砚桐的心也是七上八下的，明显感觉到池京禧因为她的话生气了，或许刚才回答的时候，就应该直接回答池京禧的箭术比傅子献的要好，好了十万八千里之类的话。

加之牧杨使眼色使得眼皮子都快抽筋了，闻砚桐终于按捺不住，决定开口哄一哄池京禧，于是在一片安静中开口，低低喊道："小侯爷。"

好在池京禧给了反应，轻抬眼眸，臭着脸问："做什么？"

闻砚桐听这语气，又有些害怕了，本来是要哄他的话，一开口就成了："我肚子疼，想去茅厕。"

池京禧气死了，把茶盏重重往桌子上一放："这种时候还要特地跟我说一声？！"

闻砚桐吓得一激灵，忙缩着头站起来，穿上鞋子一溜烟地跑出了雅间。

出来之后才长长松了一口气，暗道里面的气氛实在是吓人。她打算在外面溜达一圈，等池京禧的气消些了再回去。

但是朔月楼她是第二次来，也不晓得里面的结构如何，便在曲曲折折的走道中乱转。平日里这些走道都是有人候着的，不过今日是上元节，大半人都放了假，加之今日的生意好，剩下的人都被调去伺候各个雅间的人了。

是以闻砚桐转了几圈，也没人来拦她。

她迷迷糊糊的，也不知道转到什么地方，就忽而听见有人在说话。本来第一个反应是转身离开，她也不想偷听什么给自己惹麻烦，但是谁知道听见了"小侯爷"这样的字眼，她立即把脚步停住了。

"听说他今日也要去玲珑阁争那柄雪玉荷花弓？"有人道。

"没错，消息确凿。据说是牧杨想要，好些日子之前就放话了。"另一人说道。

"吴玉田，你不是也在颂海书院吗？那牧杨的箭术如何？"

闻砚桐惊了一下，没想到还真是冤家路窄，在这儿也能碰上吴玉田。

接着吴玉田那欠揍的声音就响起："牧杨的箭术倒是一般，不过池京禧的箭术十分了得，当日平射测验一人三箭，他就中了三箭靶心，是书院唯一一个。"

"那雪玉弓他岂不是志在必得？"

吴玉田道："这倒未必。俗话说人有失手马有失蹄，池京禧也不一定每回都能中靶心，姜少尽管放心去。"

闻砚桐暗暗"呸"了一声。

听到这儿她就不打算再听了，不过是几个人在背后酸池京禧的箭术罢了。

可正当她准备离去的时候，身后突然传来一声叫喊："公子在这儿作何？"

这一声不仅把闻砚桐吓一跳，还把那几个说话的人都吓着了。闻砚桐心里"咯噔"一声，暗道：糟了，这个下人出现得也太是时候了吧！

她抬步正要走，那吴玉田跟个猴子似的猛地蹿来，一把揪住了闻砚桐的衣裳："哪里走！"

闻砚桐转头，抬手将他往后推了两步。

吴玉田看见是她，眼睛一瞪，当即叫道："又是你！闻砚桐，你好大的胆子！朔月楼也敢进来！"

闻砚桐好歹也是跟着牧杨和池京禧一起进来的，见自己已经被发现，可不能给人折了面子，于是梗着脖子道："我为何不能进来？"

吴玉田冷笑一声："我知道了，是傅子献带你进来的吧？区区一个庶子，还敢带一个平民进朔月楼……"

"庶子？"闻砚桐有些生气，"再怎么样人家也是丞相府出来的！你一个七品小官的儿子都能进来，傅丞相的儿子就进不得？"

吴玉田气得脸红脖子粗，正好身后的人也走来，他一下子跳到那几人身旁："姜大少，方才就是这人偷听你们说话！"

那被叫作姜大少的人眯着眼睛走来，面容与姜嶙有几分相似，看来是兄弟。闻砚桐记得姜嶙的几个兄弟都是些不成器的纨绔，什么事都做得出来，其中姜家大少爷姜毅最是恶心，私底下不知道祸害了多少无辜姑娘。

然而站在闻砚桐面前的正好就是姜毅，他声音轻佻："这位小公子是何人？"

吴玉田尚未察觉姜毅的心思，气道："是外地一平民之子，也在颂海书院念书，平日里爱对池京禧谄媚，总是瞧不起我们这些人。"

闻砚桐冷眼看了下吴玉田，也懒得与他争辩，转身就要走。

姜毅却使了个眼色，身边的侍卫便两三步走上前，要去抓闻砚桐的手臂。但是方才那个惊扰一行人的下人却一下子挡在闻砚桐面前，为难道："各位少爷，这位是小侯爷带进来的人，若是出了差池，小的们也不好交差啊。"

姜毅一怒："你算什么东西！敢拦我？"

下人约莫是会功夫的，所以并不畏惧，低着头道："不敢，只是各位少爷若有什么争执，不若让小的将小侯爷等人请来，各位少爷再自行解决。"

闻砚桐后知后觉。这朔月楼之所以专门招待这些达官贵族还能在朝城屹立不倒，那自然是有些本事的，只怕这楼中的下人没有一个是普通人，而且她现在才察觉"小侯爷"这三个字带来的权威。只要是有规矩在的地方，她就受小侯爷的权力庇护。

这下闻砚桐好像有些不害怕了。

她对吴玉田笑道："怎么？要跟小侯爷当面说两句吗？"

吴玉田气得直咬牙，愣是不敢接这句话。姜毅倒是猖狂惯了的，冷声道："行，你想让我放你走也可以，回答我一个问题，若我满意了，便不与你计较。"

闻砚桐直直地与他对视，也没有接话。

姜毅便嘴角一斜，有些阴邪地笑道："你说，我和池京禧的箭术，谁的更好？"

闻砚桐一听，就感受到了这人的心思阴毒。

若是她说姜毅的好，无异于折了池京禧的面子，若下次两人对上，姜毅只怕会拿这件事大肆取笑池京禧；可若是她说池京禧的好，姜毅便会说这个回答他不满意，同样会继续为难。

电光石火的刹那，闻砚桐已经明白他的心思，却一点都不想如他的意，于是重重地哼了一声："这不是废话吗？自然是小侯爷的箭术好！放眼整个朝城，还能找到比小侯爷箭术更好的人吗？"

姜毅没想到她会如此说，当下神情有些狰狞："这话你可要想清楚了再说。"

"我实话实说，问心无愧。"闻砚桐冷笑一声，眉毛眼睛都盛满鄙夷，"你就是拉着弓练上一百年，也还是比不过小侯爷！"

她声音有些大，传到了道路的尽头。而在拐角处，池京禧垂眸站着，一直沉着的嘴角在听了这句话后微微翘起。

闻砚桐这一番话说得痛快，却让姜毅气得面目狰狞，指着闻砚桐厉声道："大胆！区区一个平民竟敢对本官出言不逊！"

他指使着身边的侍卫："给我抓住他！"

侍卫一股脑儿地拥上来，闻砚桐下意识后退两步。那挡在她身前的下人手指一转，不知从何处变出一根手臂长的银条："还望姜少爷莫要冲动！"

那银条十分柔软，看样子没什么杀伤力，但那下人拿出来之后，气势猛然变了。

姜毅这会儿约莫是气昏了头，也不管那么多，只管叫人抓闻砚桐，自己也撸了袖子想上来动手。

只是这场面还没来得及混乱起来，就突然一下子静下来了。姜毅等人原本还龇牙咧嘴、张牙舞爪，这时却直愣愣地盯着闻砚桐身后，像静止了一样。

闻砚桐见他们的样子，知道自己身后来了人，于是也转头看去。

就见身着烟蓝色锦衣的池京禧站在这条道路的尽头，他头边正好挂着一盏灯，暖色的光芒将他的侧脸轮廓清楚地描绘出来。

他眸光轻转，落在了闻砚桐的身上。

闻砚桐见到他自然是相当开心的，只是思及池京禧现在约莫还在生气，便不敢肆意，只低低叫了一声："小侯爷。"

池京禧双眉微微一动，看着闻砚桐站在一众人中，因为个子矮便显得十分柔弱，眉眼间是怯怯的模样，声音也轻轻软软的，好似含着委屈。

他抬步走上前。

姜毅嘴上挺硬，但是真见着池京禧了，不免也有些心虚，于是又把袖子撸下来，干咳一声道："小侯爷，你来得正好，听说这平民是你带进来的？"

池京禧却没有搭理他，甚至连个眼神都不想施舍，鞋子落在地上时发出轻微的响声，随着几人的注视，停在了闻砚桐面前。

周围的气氛迅速变得焦灼，许久不曾看到这样的池京禧了，就连闻砚桐也有些忐忑，她只好又叫了一声："小侯爷。"

谁知道池京禧给了回应，且相当温和："不是说要去茅厕？怎么到这儿来了？"

闻砚桐有些讶异，听语气，池京禧似乎并没有多生气了，她立马回道："不大熟悉这里的路。"

池京禧道："不知道就应该问，别自己瞎转。"

闻砚桐忙点点头，认错态度相当良好："下次不会了。"

姜毅见池京禧当着这么多人的面不搭理他，不免有些掉面子，于是口气有些冲地开口："小侯爷现在是位尊身份高，我们这等小官是入不了眼了。"

池京禧听后嘴角一勾，一个满带嘲意的笑容霎时出现，对着姜毅道："知道自己是小官，为何在我面前还那么多话？"

姜毅脸涨得通红："你！"

池京禧浑身散发着不耐烦，似乎不大乐意跟姜毅说话："赶紧滚，别在此处碍我的眼。"

闻砚桐耳朵一动，想起来这话池京禧也对她说过，看来完全没有区别对待。池京禧若是不想看见某个人，果然就会让人家滚开，连话都懒得多说。

姜毅却不知道是气迷糊了还是怎么的，竟怒道："池京禧！你侯府势力再大，那也是在别处，这里是朝城，是我姜家百年之族的扎根之地！你真以为你能无法无天？"

闻砚桐心中暗惊，没想到姜毅气急了这种话都能说得出口……就算安淮侯不在朝城，但是好歹也有皇家在，谁敢动池京禧？

可姜毅这话，明里暗里都含着深意。

池京禧眸色一冷："你这是在威胁我？"

姜毅扯着嘴角笑了一下："小官当然不敢，只是好心给小侯爷提个醒而已。"

闻砚桐忍不住了，抬眼朝姜毅看去，就见他的嘴脸实在是可笑：眼中尽是倨傲和计较，满脸得意之色，以为自己暂时制住了这个在朝城受尽荣宠的小侯爷。

她只觉得周围静了一下，而后眼前一花，等她反应过来时，姜毅已经被当胸一脚踹得往后翻了好几个跟头，撞到走廊尽头，发出砰的一声巨响，而后就是痛苦的哀号。

池京禧果然还是池京禧，二话不说，揍就完了。

几个侍卫面对这突发状况都蒙了，想要护主，但对方是小侯爷，没人敢动手。可要是不作为，姜毅那边也不好交代，于是两个人去扶姜毅，三个人挡在池京禧面前。

吴玉田更是吓得六神无主，抱着头窜到了角落里。

池京禧的怒火哪是踹一脚就完事的？他拎起挡在面前的侍卫就是一拳，打在肉上传来闷闷的响声，鼻血当下就喷了出来。

闻砚桐看得胆战心惊，可见池京禧拳下生风，动作相当利落，几下就把三个侍卫打得躺在地上，抬步又往姜毅那边走去。

姜毅被这突如其来的一脚踹蒙了，翻跟头的时候脑袋在地上重重磕了一下，现在眼睛还是花的。人还没被扶起来，就被池京禧踩在了肩头上，又被压在了地上。

池京禧冷笑："不是要威胁我吗？怎么不站起来说话？"

闻砚桐默然，你踩着人家肩膀呢。

姜毅大口地喘息着，好似想开口说话，但是胸腔疼得厉害，抬起的手都无比颤抖："姜家……"

池京禧轻哼一声，微微弯下腰，说道："姜家如何？你以为拿姜家的名号就能吓住我？"

他声音低下来："姜家就快要被抽底了，你爹急得焦头烂额，你却还有胆子威胁我。"

姜毅不知道是怕的还是怒极，陡然挣扎起来，想用胳膊撑着爬起来，结果被池京禧的脚用力压着。胸口的痛苦让他面目扭曲，发出痛苦和求饶的呻吟声。

想到池京禧身上的伤口还没好透，闻砚桐便快步走上前，劝道："小侯爷，还是算了吧，这种人不值得你动手，当心你身上的伤。"

池京禧转头看了她一眼："是不是劝得有点晚了？"

闻砚桐也有些不好意思，挠了挠头："我刚想起来。"

池京禧道："也罢，不指望你那糨糊脑袋能想到什么。"

反正也打完了，他觉得右肩的伤口隐隐作痛，就没打算再继续动手，转身就走。闻砚桐乖巧地跟在后面，临走回头看了一眼，就见吴玉田抱着脑袋冲着角落蹲着，后背露在外面。

她想了想，走上去狠狠踹了吴玉田两下。

吴玉田"啊啊"地叫起来，想来是怕得厉害："小侯爷饶命！饶命！"

池京禧本已走出几步远，听到这声音又转头来看。

正好看见闻砚桐不解气，又踢了吴玉田几下。她倒是聪明，没有发出声音，让吴玉田误会是池京禧踢的。

踢完之后才几个大步跟上池京禧，见他在看，便厚着脸皮冲他笑了笑："小侯爷，走吧。"

池京禧没说什么，默默接下这一顶黑锅，带着闻砚桐从东倒西歪的侍卫旁走过，回到了雅间里。

牧杨正跟程昕聊天，一见两人回来，立即往闻砚桐脸上瞅："禧哥，你没动手抢闻砚桐吧？"

池京禧没好气道："我就是抢也要先抢你。"

牧杨嘿嘿一笑："我知道你舍不得打我。"

闻砚桐在原位坐下，低声道："小侯爷没有打我。"

程昕眯眼笑了："他不会打你的，就你这身板，一拳下去准要闹出人命。"

闻砚桐一悚，暗道一声：不要说得这么恐怖行不行？

不过这话她倒不质疑。方才姜毅那么大个头，被池京禧一脚踹成了陀螺，若换成她，只怕要原地去世。

池京禧不乐意道："我在你们眼里就这么爱打人？"

牧杨胆子大，第一个点头。其实要不是惧于池京禧，闻砚桐也想跟着点头的。

程昕问道："方才出去做什么了？"

池京禧哼了一声："揍了姜毅一顿。"

……不用这么快打自己的脸吧？

牧杨一听，当下拍案："怎么样？我就说禧哥出去揍人了吧！"

傅子献终于忍不住，小声道："你方才猜的是小侯爷去打闻砚桐了。"

"有什么不一样吗？"牧杨摊手。

"区别大了好吗！"闻砚桐按捺不住反驳，同时暗自咬牙：这个牧杨真的好欠揍！

程昕愣了下："怎么突然对姜毅动手？"

"他说了两句我不爱听的，"池京禧轻描淡写道，"所以我就轻微地教训了一下。"

轻微？轻微？！人都打得站不起来了，竟然还只是轻微？

闻砚桐狠狠咽了一口唾沫，暗自庆幸自己没惹池京禧生什么气，让闭嘴就闭嘴，让滚蛋就滚蛋，也没说他不爱听的话，要不然这条小命只怕早折了。

牧杨啧了一声："这姜家人着实令人生厌，方才我就应该跟出去，同你一块揍他。"

程昕沉吟片刻，说道："不用与他计较，过了今夜，姜家就翻不了身了。"

池京禧懒懒地"嗯"了一声，见闻砚桐神色紧张，不免疑惑："是不是肚子还痛着？"

闻砚桐突然被问，惊了一下，而后连忙摇头："不痛不痛了，早就不痛了。"

牧杨顺手将茶壶递给她："你要是不舒服，就先命人送你回去。"

闻砚桐道："无事，我好着呢！"

池京禧的目光似还有些怀疑，闻砚桐就赶忙给自己倒了热茶，乐呵呵地喝上了，自己找话道："咱们什么时候去那个射箭的地方啊？"

牧杨也拿不了主意，转头看向池京禧和程昕。

程昕道："何时都可以，现在外面人应该少了些。"

池京禧便点头："那就现在吧。"

闻砚桐听闻，便喝了一口热茶，放下了茶盏，然后跟着起身。几人陆续起来披上自己的外衣，才先后出了朔月楼。

外面的寒风依旧厉害，刚一出门四面八方的寒意就包裹来，将身上的暖意驱散得一干二净。闻砚桐裹紧了大氅，感觉耳朵有些冷，有些后悔出门没有戴一顶棉帽了。

街上的人还是很多，但是比之先前，倒没显得那么拥挤了。池京禧等人的侍卫守在前后，为几人开路，人就是再多，也没挤到他们。

街道两边都是卖花灯的。大部分摊位的花灯都差不多，这些人的花灯都是自己动手做的，什么样的都有。

闻砚桐还是很好奇的，但是池京禧等人似乎对花灯并不感兴趣，她也就没有机会去细看。

那些大型的花灯都是官府下令让做的，当然道路两边的店铺也是愿意做的，毕竟可以招揽生意，同时给上元节添一分热闹。

先前闻砚桐在路边看见的金元宝花灯，走近了一看则更是闪耀，几乎每个路过的人都要伸手摸一下，似乎是要沾沾这个金元宝的福气。

闻砚桐眼花缭乱，眼睛里映满了这种辉煌闪耀的光芒，耳边都是喧闹的声音，充满了过年的喜悦气息。

牧杨见闻砚桐稀罕的神色，笑着说："没见过吧，上元节的灯展，三年才办一次呢！"

闻砚桐抿着嘴笑了，点点头道："可真漂亮。"

牧杨道："以后你就定居在朝城，每三年就能看见。"

闻砚桐笑笑没再回话。

她拎得清自己的身份。

说到底她不过是个商户的女儿，女扮男装在书院念书已经是铤而走险，只盼着能早日在颂海书院完成学业然后回到安城，哪能在朝城扮一辈子的男子？

想到此，她心中难免有些郁郁。

街头还在热闹，她很快就被别的事转移了注意力。随着牧杨的一声"到了"，闻砚桐抬头一看，就见路边有一块十分闪耀的店铺牌匾，好似用琉璃碎石拼成的，在光下面折射着光。

闻砚桐仔细一看，发现这就是方才姜毅口中所说的"玲珑阁"。

这大概是一个贩卖各种珍贵物品的店铺，里面的装饰很是豪华。

许是为着那把雪玉荷花弓的名头，玲珑阁来了不少人，几乎排到了店门口，店中的下人在不断驱赶只站着看热闹的人。

进店还要交上十两纹银。

不过守在店门口的下人熟识池京禧等人，自然是不敢要银子的，弓着身子恭恭敬敬地把他们请了进去，费力拨开了一圈人开辟出一条路，将几人引进了内圈。

内圈有一方宽敞的台子，台子下摆着整齐的座椅，座椅还有小半是空着的，但是座椅周围却站满了人。

台上有人正在射箭，站定的位置距离箭靶只有七八丈的样子，但是中间吊了三根绳子，绳下系着不等大的树叶，树叶下坠着小沙包样的东西，三根绳左右不齐地摇摆着。

闻砚桐愣愣地坐下来。

玲珑阁的掌柜很快就亲自提着热茶上来，给程昕等人倒茶，热情道："各位小爷，今儿怎么有空大驾小店了？"

牧杨笑骂："你少装，还不是为了你东家放的那把雪玉弓。"

掌柜咧嘴："也是，今日奔着它来的人可不少。"

牧杨拍了拍傅子献的肩膀："我们可是有备而来的。这把弓先给包下吧，不是禧哥的，就是这位弟弟的。"

掌柜瞄了瞄傅子献："哟，这位可是有些眼生，不知是哪位爷家的……"

"傅家的。"牧杨拈了桌上的糕点，"行了别废话，赶紧让上面的人下来，别当着这么多人的面丢人现眼了。"

闻砚桐倒有些惊奇。牧杨平日里一副憨憨样，倒让她忘了，他也是朝城出了名的小纨绔。

掌柜的笑了笑："这个不急，各位小爷，小的先给你们说说规则吧。"

牧杨急得不行，恨不得立马把傅子献推上去，让他把那柄雪玉弓赢下来。

方才在路上的时候他们都说好了，若是真赢了雪玉弓，牧杨就拿从他爹那儿得的一套紫玉狼毫与傅子献做交换。

傅子献倒是挺乐意，牧杨也很高兴，反正那狼毫也是一早就打算送给傅子献的。

他本想挥手让掌柜的赶紧去赶人，但池京禧却道："说。"

掌柜的立马道："其实也简单，每人三箭，若是将那三片叶子串在箭杆上射中靶心，这柄雪玉弓本店就双手奉上。"

闻砚桐听后哑然：这还简单？她看了一眼上方摇摆不定的三根绳。

若是两根倒还好，只是这三根都在摇晃，要找到一个共同点实在是太难了，更何况还要射中靶心。即便这箭靶只在七八丈外，难度也是十分大的。

牧杨看着那摇晃的叶子，也沉默了。

程昕继续问道："就这些？"

掌柜的继续道："还有，每箭架上弓之后，须得在十个眨眼之间射出箭。"

十个眨眼，按照两秒一眨的频率，也就是要在半分钟里出箭。

牧杨眼睛一瞪，立即凶起来："这是什么狗屁规矩！这不就是存心刁难吗？！"

掌柜的赔笑脸："这也是东家定下的。东家说雪玉金纹交颈荷花缠福如意弓是出自名家之手的宝贝，须得配上真正箭术了得的人才行。"

这弓的名字原来有这么长吗？！

"你什么意思？！"牧杨气得拍桌，"你是说我们这一手箭术都是假的？"

周围人频频侧目，闻砚桐吓了一跳，忙拉了一下他的胳膊。

程昕也道："杨儿，那么多人在呢，莫要胡闹。"

牧杨气道："这摆明了就是不想让我们拿走这把弓。"

掌柜连连道："这也不是小的说了算的呀。"

牧杨十分不乐意，眼看又要闹，池京禧出声阻止："别吵。"

牧杨蔫气了，坐在椅子上生气。闻砚桐也觉得情况不大妙。

来之前她就想过，既然雪玉弓是个人人都知道的宝贝，那就不可能轻易让人拿走，肯定要设置难题的。只是没有想到，这难题过于难了些。

正如牧杨所言，若想拿下这把雪玉弓，还真是一半运气一半技术。若要等三叶和靶心会聚在一条线上，可不是凭普通好运就能等到的。

那得是天大的好运吧。

但是池京禧被牧杨拉来，这儿又有那么多人看着，若是他三箭都失手，肯定是要被朝城人笑话的，尤其是那些看池京禧不顺眼的人。

相比之下傅子献若是三箭失手，也只会被家里人笑笑而已，这就是地位不同带来的不同效应。

闻砚桐侧眼看了看，见池京禧面色平静，看不出什么情绪。

她点了点牧杨，小声道："我们换个位子。"

牧杨正在气头上，什么都不想计较，问都没问就与闻砚桐换了个位子。

闻砚桐坐下的时候，装作眼瞎了一样，在池京禧的鞋上留下了半个脚印。

池京禧感觉脚上传来痛感，低头一看，洁净精致的锦靴上印了脚印，相当明显，顿时气不打一处来："你眼睛是让猪油蒙了？"

闻砚桐"哎哟"了一声，道："小侯爷，真是对不住，方才没看见。"

她说着，就作势往掌心里呸了一口，弯腰往他的鞋子摸去："我给你擦擦。"

池京禧立即把脚一挪，拎着闻砚桐的后领子把她拎起来："你是存心恶心我？"

闻砚桐搓了搓手掌，笑着点点头，随后转头对掌柜的道："让我先上去吧。"

话一出几人都惊了，牧杨更是眼睛都瞪大了一圈："你怎么了？被气昏头了？"

傅子献也道："闻砚桐，你真的要上去吗？"

池京禧也惊愣了，还以为闻砚桐是被他骂得受了刺激，赌气要上去，便道："如果你非要用你那手摸我的鞋……也不是不可以。"

闻砚桐失笑，说道："我也想上去试试啊。我一直有苦练箭术的，不过三箭而已，若是没中也不吃亏。"

若是真的没中，她的箭术就会跟池京禧的形成对比，有了她的衬托，池京禧总不至于被笑话得那么厉害。

闻砚桐都想好了，自然没有听劝，在众人的注视下站上了台子，接过旁人递来的弓箭。

她转头看了看台下的池京禧，还有周围站得密密麻麻的人，深吸了一口气，继而拈箭搭箭，动作一气呵成。

周围寂静无声，她眼睛里都是三根飘动的绳子和晃来晃去的叶子。她静等了一会儿，就在旁边人快要吹超时哨时，她手一松，箭就飞速离弦，"咚"的一声轻响钉在了箭靶上。

随后就是三声小沙包落地的声音。

箭中靶心。

箭杆上还串着三片叶子。

半刻钟后，闻砚桐抱着包裹好的雪玉荷花弓站在玲珑阁的门边。

她吸了吸鼻子，鼻头冻得通红。

心中大为震惊。

脑中只有一个念头——原来池京禧骂她，真的能给她带来好运，这是什么奇怪的玄学？

牧杨站在门的另一边，头冲着墙，不知道在想什么。

池京禧和程昕还在玲珑阁里。据说这把雪玉弓出自雕弓世家之手，当初做好的时候不少人举着银票想将弓拿下，但都被拒绝了。

所以方才闻砚桐一箭三叶拿下这柄弓的时候在楼内引起了轩然大波。掌柜的请出东家，最终按照约定，将雪玉弓打包送给闻砚桐。

池京禧把鞋子擦干净之后才出来，看见闻砚桐和牧杨分站两边，不着痕迹地微微抬眉。

程昕走到牧杨身边，一把揽住他的肩膀："算了，不就一把弓吗，以后还有更好的。"

牧杨幽幽抬眼，细看之下眼角竟然还有些红："我不能接受是闻砚桐拿走的……"

闻砚桐纳闷儿："别说你接受不了，我自个儿也接受不了呢。"

池京禧扫她一眼，似乎突然来了兴趣，问道："先前的武学课，你是故意演给我看的？"

闻砚桐忙摇头："那是我的真实技术！"

池京禧道："那今日的呢？"

闻砚桐道："这就是属于你的技术了。"

池京禧自然不理解，但实际上闻砚桐也理解不了。她无论如何也想不明白，为何池京禧骂她两句，她就能撞上这样的好运。

是因为池京禧的嘴厉害，还是因为她自身带着隐藏技能？

闻砚桐简直要热泪盈眶，从没想过金手指竟然还有落到她身上的一天。

只是这金手指有点奇怪吧？

一定要挨骂吗？

她悄悄看了看池京禧。这人不怎么喜欢骂人，倒是喜欢揍人。

池京禧发现她在偷看："贼头贼脑地看什么？"

闻砚桐嘿嘿笑了一下，伸脖子往另一边看："牧少还在生气吗？"

池京禧懒懒地抬起眼皮看去："他生什么气？自己没本事。"

说着几步走到了牧杨身边，一巴掌拍在他后脑勺上，不知道说了什么。牧杨先是惊诧地瞪着眼睛，然后一下子高兴起来，一把抱住了池京禧的手臂。

程昕无奈地笑了笑，同时拉了牧杨一把，怕他扯了池京禧的伤口。

傅子献上前两步站到闻砚桐身边，似乎想说什么，但不知道怎么开口。正巧这时候闻砚桐的手臂有些累，就扭了扭肩膀。

于是傅子献便道："把东西给侍卫拿着吧，你总抱着当心累了胳膊。"

闻砚桐左右看了看，也不知道该给谁，便抿嘴道："我还是自己抱着吧……"

"给我。"池京禧冲她伸出手臂。

闻砚桐愣了一下，而后把弓盒递了出去。他接了弓盒之后转手给了旁边的侍卫，动作很随意。

侍卫接下弓盒，转身就离开了，也不知去了何处。

闻砚桐看着侍卫远去，发了一下呆，就听池京禧道："杨儿，你不是吵着要出来玩，现在去何处？"

牧杨这会儿兴致又高了，说道："半夏街的东头有很多人放天灯，咱们去那儿看看吧。"

闻砚桐抬头看了看，发现天上已经飘着许多天灯，像流动的星星，一点一点地隐在夜幕中。

或许是有风的关系，这些天灯飞得很快，被数以千计地送到天上。每盏灯都承载了人们平凡而普通的祈愿，祈求能让天上的神仙看见。

几人沿着半夏街往前走，顺着庞大的人流，时不时停下来在路边玩玩。半夏街走了一半后，两边的大型灯笼就没了，取而代之的是些卖杂货的小摊和写着谜题的灯笼。

牧杨对灯谜很感兴趣，随手摘了一盏，研究了半天却愣是没想出答案。

闻砚桐挤过去一看，发现那灯笼上只写了一个成语：叶公好龙。

谜底也是一个四字词语。

牧杨点了点灯笼上的"龙"字，兴高采烈道："这个成语的意思是叶公爱吃龙肉吧！"

闻砚桐愣了一下："你在胡说八道什么？"

牧杨道："你知不知道卧龙？"

闻砚桐一听，愣住了。

……这都什么乱七八糟的！

随后牧杨又道："卧龙也叫曲蟮，只有在潮湿的地里才能挖到，我觉得这个叶公应该是喜欢吃曲蟮，谜底可能是'美味佳肴'。"

闻砚桐一下子明白了，这个卧龙指的其实是蚯蚓，它确实也有这种叫法。

她脑中浮现出一个姓叶的男子对着一盘蚯蚓大快朵颐的模样，忍不住打了个激灵，脸色难看地反问道："你觉得曲蟮是美味佳肴？"

牧杨道："叶公爱吃呀，他肯定觉得是美味佳肴。"

闻砚桐恶心地咧咧嘴，问摊主："他说的对吗？"

摊主脸色很为难，腊月寒冬里出了一头汗，手里攥个布巾不断地擦着："这……好像不大对。"

牧杨啧了一声："你今儿说个对的出来，我若是听了觉得没道理，就揍你。"

这一句威胁可把摊主吓得不轻，忙道："使不得使不得！小人就这一个摊位糊口了，各位爷高抬贵手，放过小人吧。"

闻砚桐见摊主被吓得厉害，忙搂了他一把："走，咱们找小侯爷和五殿下问问，他们肯定知道答案。"

牧杨一听，觉得可行，立即合掌应道："好，就让他们猜猜。"

池京禧和程昕正在摊位的另一头站着。两人往那边走的时候路过了傅子献，傅子献见他们气势汹汹，便放下了手头的灯谜，拦住了人问："你们做什么？"

牧杨拉了他一把："正好，你也一起过来评评。"

傅子献一头雾水，被拉着走了两步，闻砚桐解释道："我和牧少因为一个灯谜有了分歧，所以我们想让你们来猜猜。"

傅子献便跟着一起到了池京禧那边。牧杨将灯笼递给池京禧，然后把先前的话重复了一遍。

池京禧先是低眸看了看灯笼，听了牧杨的话后，眸中慢慢浮现惊讶的神色，还没等牧杨说完，就一巴掌拍在他脑袋上："说什么鬼话？"

闻砚桐被吓了一跳，往后退了两步。

牧杨捂着脑袋，还有些委屈："我说的不对吗？"

"念这么多书都读到狗肚子里了？连这个成语是什么意思都不知道？"池京禧气道，"让你爹听见了，指不定怎么抽你。"

牧杨嘀咕道："我爹都不一定知道是什么意思。"

闻砚桐差点忍不住笑出声：牧渊的文化程度还真没牧杨高。

程昕笑了好一会儿："难为你能想出这些。"

安静了一会儿后，池京禧轻微叹了口气："你们俩倒不如回去洗洗睡，在外面转就是浪费时间。"

"那正确的谜底是什么？"闻砚桐顺势问道。

"口是心非。"程昕笑道，"这谜面相当简单。"

两人被程昕好好笑了一番，这段插曲才被揭过。一行人走到了半夏街的东头，就看见很多人在大片的空地上放天灯。

数千盏灯接连飞上天空，好似组成了绚烂的银河一般，犹如一道从天而下的繁星瀑布，美得令人惊叹。

闻砚桐抬头看得痴了。

程昕派侍卫拿了几个新的天灯来，然后寻了一处空桌子，让几人在天灯上写字。

闻砚桐提笔，没有多加思索，就在灯上写下了一行：愿余生安顺。

她写得最快，写完之后便想看看别人写的。身边就是傅子献，她凑过去一看，发现傅子献的天灯更简洁，只有一个字：等。

闻砚桐也不好意思问，又去看池京禧，没写字。

她纳闷儿地皱眉，瞥了眼程昕的，仍然是一个字：沉。

闻砚桐疑惑。

她本以为自己的最简单了，却不想这样一比较，自己的字竟然是最多的？

最后去看了牧杨的，就发现牧杨还在埋头写，模样十分认真。

她定睛一看，上面写着：箭术成为天下第一，不再被父亲揍，成为父亲那样的大将军，得到多把绝世好弓……

闻砚桐咧嘴一笑，走过去揽着他的肩膀："朋友！朋友！果然还是咱俩适合做朋友。"

牧杨停下笔抬头，有些不好意思道："我是不是有些贪心了？"

"不，不贪心！"闻砚桐道，"多写点，写得挺好。"

牧杨又依言多写了两条，等他搁笔的时候，其他人的天灯都已经放飞了。

闻砚桐特地等他一起放，点燃了灯里的燃烧块之后，她举高了双臂。也不知道该等多久，她举得双手都累了，于是指尖往上推了一下，想试试能不能放飞。

天灯几乎没什么重量，被这样一推就往上飘了些，但是其中的气体还不够热，于是又徐徐落下来。

闻砚桐如此反复了好些次，都有些想放弃了。最后天灯落下来的时候，一只烟蓝色的长袖从她后面伸来，细长的手指托住了灯底。

"等烧够了时间才会飞起来，耐心点。"池京禧低沉的声音在耳朵后面响起。

闻砚桐忽然觉得脸有些烫，低低道："举着胳膊累。"

池京禧把灯慢慢拿下来："可以不必举那么高。"

闻砚桐顺势把手扶上去，眸光往下落，看见自己的手指与池京禧的手指就离了半指长的距离。

她心思一瞬出游，直到池京禧道："可以了。"

她应声松手，天灯果然飞起来了，她的目光追随而上，就见天灯乘着微风越飞越高，然后融入了大队伍中，成为那万千盏的其中之一。

每一盏看起来都一样，但每一盏又都是特殊的。闻砚桐的视线追着自己的灯，直到它迷失在灯河中才把目光收回。

回头时，池京禧就站在身边，还在抬头往天上看。他的眸色终于没有那么墨黑了，映了万千灯火后，闪着微光。

池京禧缓缓低下头来，眼睑半垂，眸子里的灯火便没了："第一次放吗？"

闻砚桐道："嗯。"

池京禧的眼睛盛上了不明显的笑意，说道："以后多放放，就娴熟了。"

闻砚桐心跳一停，忙把视线往下瞥，点头。

池京禧没再跟她说话，而是转头跟程昕聊起来。正月里的寒风一会儿就吹散了闻砚桐身上的热度，她平静下来。

一行人又在周围转了转，最后宫禁时间到了，程昕要回皇宫，于是其他人也就此散去。

牧杨执意要送傅子献回去，让傅子献弃了自己的马车坐他的。闻砚桐与傅子献和牧杨不同路，就坐上了侯府的马车。

这还是闻砚桐第一次坐池京禧的专用马车，与去念安寺的那驾也是大有不同，里面的装潢几乎能用豪华来形容。

先前一直都是坐牧杨的，但牧家到底是武官家族，牧渊又是大老粗，不喜在马车里多放东西，自然也不准牧杨在马车上乱放。

但是安淮侯再怎么说也是王侯，这马车又是御赐的，里面的每样东西都是顶尖的。就连窗帘都是流彩真丝的，里面夹了柔软的棉绒，手感极好。

闻砚桐发现软榻上放着一条妃色的棉毯，那是先前池京禧受伤时，她特地拿给侍卫，叮嘱铺在池京禧床上的。但是后来去要的时候，侍卫却说没了，她还以为是池京禧躺过之后命人处理了，倒是没想到被池京禧拿到马车上了。

池京禧坐下来之后十分随意地把棉毯扔给了闻砚桐，也没说干什么用。闻砚桐就披在身上，以为池京禧是要还给她。

马车缓缓行驶着，里面相当安静，还散发着轻微的香气。

闻砚桐便咳了咳，问道："小侯爷，我那柄雪玉荷花弓……"

池京禧的头靠着软枕假寐，说道："等你到家就会还给你。"

闻砚桐道："那把弓就不用给我了。"

"不想要了？"池京禧问。

"不是……"她道，"我想把弓送给你。之前听说大年夜是你的生辰，我本想送一份薄礼，但看了看手头上的东西，实在没有能送出手的。"

池京禧听了之后，眼睫毛轻动，缓缓睁开眼睛看她。

闻砚桐继续道："今日正好得了这把弓，旁人都说这是件宝贝，小侯爷的箭术又那么好，所以我想把弓送给小侯爷做生辰礼。"

"……送我？"池京禧尾音轻扬。

闻砚桐肯定地点头："放我手里也是浪费。"

池京禧沉默了，没有应答。

"虽然我知道小侯爷不差这一件东西，但是你帮了我那么多次，我也想偿以轻礼，小侯爷你就收下吧。"闻砚桐劝道。

池京禧嘴角轻翘："既然你那么想送，我便收下你的心意。"

闻砚桐一喜，抿着嘴笑了。这柄被那么多人垂涎的宝贝，想来想去还是送给池京禧最合适。

池京禧收下了，那就说明他心里不那么讨厌她了。迟早有一日，她会成为池京禧的左膀右臂，专门拍马屁的那种。

剩下的车程，池京禧都没再说话，闻砚桐也没出声吵他，两人都安安静静的。

后来闻砚桐到家了，抱着毯子要下马车的时候，池京禧却一伸腿，把她拦住了。

闻砚桐疑惑地看着他："还有何事？"

"毯子留下。"池京禧扬了扬下巴，语气理所当然。

闻砚桐呆呆地把毯子放下，而后实在没忍住，隐晦道："这毯子跟我丢的那条一模一样呢，就在念安寺丢的。"

"是吗？"池京禧微微抬眉，"那太可惜了，要是找不到了就再做一条新的吧。"

闻砚桐："……"

她以为池京禧是要把毯子还给她，却没想到这人只是把她的毯子借她披会儿而已。

闻砚桐只好忍痛弃了这条定制的毯子，跟池京禧道了别，然后下了马车回到闻宅。

回去之后洗漱拆发，又舒舒服服地泡了脚，美滋滋地躺进了被窝里。

睡前从几层床垫下拿出了那块在宫里捡的玉牌，冰凉的触感从指尖传来。她轻轻摸过上面篆刻的"池京禧"三字，算盘噼里啪啦打起来。

自打来这里之后，吴玉田那个小人给她使的绊子也不少了，虽然次次都有惊无险，但她也不是逆来顺受的脾气，是时候反击了。闻砚桐把玉牌攥到有了热度后，才又压在床垫下，裹紧身上的棉被睡去。

正月十五刚过，颂海书院就开学了，随之而来的，便是姜家被抄的消息，轰动了整个朝城。

其后便是皇帝一道圣旨，命书院中的所有学生即日起留宿书院，不得再像以往那样晨去昏归。

一连串的传闻在朝城翻了又翻，闻砚桐起初还是不信的，但在一个难得晴朗的黄昏，她亲眼看见侍卫一批一批地搬着行李进了书院。

池京禧和程昕等一干公子哥，竟然真的要搬进颂海书院了！

于是当晚，为了避免惹是生非，闻砚桐搬着自己的东西麻溜地回了她和张介然的那间两人寝房。

第六章

情予单礼

事情是这样的。

据说是过完年的第一次早朝，牧渊和江邬杠上了。

江邬上来就参了牧渊一本，说他儿子牧杨年前在脆香楼门口滋事，打坏了朝中一小官的嫡子，使其在床上躺了个把月，年夜饭都是在床榻上吃的。

结合牧杨先前在朝城闹的大小事，江邬奏言，要让牧杨搬进书院，全日受夫子管教，以此反省自己的过错。

牧渊虽平日里喜欢揍牧杨，但实际上却疼爱得紧，平时跟眼珠子似的护着，一听江邬的奏言，当即不乐意了，当下撸起袖子在朝中跟江邬理论了一番。

可到底是莽夫，压根斗不过嘴皮子利索的文官，最后牧渊无可辩驳，一气之下提出让所有学生都在书院里修读一段时日。

大家都别想好过！

谁知道皇帝一听，竟准奏了，于是所有大小姐大少爷都搬了行李进书院，皇帝还分了一批护御队守在书院里，加派大量侍卫，把书院里里外外围了个严实。

闻砚桐隐约能猜到这件事背后的用意。

姜家被抄，姜氏儿女锒铛入狱就等着问斩，算是彻底倒台了。但是姜家手里却有私兵，去抄家的又是牧渊，属皇帝一党。

那现在池京禧和牧杨等人就有了危险，但又不能让他们都停课，于是为了降低危险发生的概率，皇帝干脆让所有人的孩子都搬进书院。

现在不仅仅是牧渊一党，连傅丞相一党的孩子也在书院，里里外外都是皇帝的人，相当于变相的要挟。

闻砚桐想明白之后咂咂嘴，躺回了被窝里，想到二月初书院就会放假，池京禧他们也就在书院住个十来天而已。

她搬回来得仓促，其实还有好多东西都留在了池京禧的房中，希望他别给扔了就好。

张介然往暖炉里加了些炭，问道："你突然搬回来，会不会有不适应之处？"

闻砚桐扭了个头，说道："有什么不适应的，我之前不就住在这儿吗？"

"可到底没有独房方便。"张介然道。

"再方便也不是我的，反正我现在腿也好了，倒没什么不方便的。"闻砚桐打了个哈欠，说道，"你今夜还要背书吗？"

张介然道："不了，今日早些睡吧。"

双人寝房结构简单，进门就是一个宽敞的大间，左右各有一个小房，没有房门，只有棉帘遮挡。

暖炉就放在中央的大房间里，虽没有独寝暖和，但是有层层棉帘挡着，寒风也进不来。

她把整个身子都缩进了被窝里，身上还算暖和，但一双脚捂了半个钟头还是没焐热。她辗转反侧，最后决定烧一盆热水泡泡脚。

这次搬到双人寝后，她就让茉鹏先回闻宅了。好在烧水房离得并不远，而且有现成的火种，烧起来也算方便。

闻砚桐慢吞吞地穿上衣裳后，裹着棉衣刚推门出去，就被两个侍卫拦住了。那侍卫还眼熟得很，闻砚桐愣愣的，先开口问了："是小侯爷有什么事吗？"

侍卫没说话，左右将她的胳膊架住，然后半是提半是拉地将她带到了池京禧的寝房外。

闻砚桐一路上吓得不轻，对两名侍卫不停地说话："到底什么事啊两位大哥？能不能吱个声？"

侍卫始终沉默，将人带到了门前，退到了一旁。

闻砚桐发现这次的侍卫比上次的多多了，将寝房前后围得严严实实，一眼望去站成长排，且房前有两个人身着绣有利爪獠牙野兽图案的黑色衣袍，腰间佩着利剑。

这两人一看就知道不是普通侍卫，不管是地位还是能耐，都不是一般侍卫能比的。

闻砚桐"咕咚"咽了一口唾沫，在原地站着。

周围的侍卫目不斜视，就好似压根没看见她一样。闻砚桐站了一会儿，揣着手跟旁边的侍卫搭讪："大哥，是小侯爷让你把我带过来的吗？"

结果人家根本不理她，面无表情地看着前方。

闻砚桐冻得直跺脚，连续问了好几个人，都没得到回答，最后实在绷不住了，冲着屋里面大声喊："小侯爷！小侯爷——！"

喊声刚落，门就被拉开了，里面守着的小厮躬身道："公子，主子有请。"

闻砚桐暗骂一声，连忙小跑进了屋子，小声对小厮道："小侯爷如何？是不是脸色不大好，还是遇到什么烦心事了？"

小厮一脸笑容："这个小的们怎么知道，公子还是自个儿进去瞧瞧吧。"

闻砚桐啧了一声，想来从这些下人嘴里是什么都问不出了。虽然不知道池京禧为什么会突然把她带过来，但照目前的情况看，准不是什么好事。

她脱了鞋子进去，撩开棉帘之后才发现这房中变化还挺大，连地上都铺了软和的地毯。之前那扇三面屏风被换了，变成了一扇四面水墨山河屏风，一进门就能瞧见。

正堂没人，只有暖炉幽幽地烧着，空中尽是池京禧惯用的熏香。

她光着脚丫在地毯上走了几步后，轻声喊道："小侯爷？"

屋中寂静无声，片刻后响起了脚步声。闻砚桐仔细听了听，发现声音是从书房传来的。

闻砚桐盯着棉帘，竟有些紧张起来，结果撩开棉帘的竟是一个小厮。她还来不及有一丝失望，就听小厮道："公子进来吧。"

闻砚桐依言走进去，就见池京禧端正地坐在书桌边，手中执着细长的墨笔，正专注地写着什么。

桌上有一盏流彩菩萨灯盏，散发着淡黄色的光，将池京禧的面容衬得柔和。

但闻砚桐定睛一看，却发现池京禧周身的气息并没有那么柔和，他手边摆着一沓纸，最上面的一层纸上有三块墨迹，还有墨笔划痕。

池京禧在李博远房中抄录文章的时候，极少有出现错误的情况，每张都写得整整齐齐，留下墨迹这种情况更是少有。

今日竟写错了一沓纸？可见池京禧只是表面上看起来平静。

闻砚桐不敢多说话，在边上站了一会儿，就见小厮在桌子的另一边摆好了纸笔，对闻砚桐做了个请的姿势。

闻砚桐沉默地走过去，坐下来一看，纸张旁还放着一本书，大意是让她抄这本书。

她一头雾水。莫名其妙让人带她来，竟然只是抄书？

可池京禧头也不抬，手也不停，浑身都散发着一股"别招惹我"的气息，她也不敢贸然开口，只好先顺着他的意，提笔抄书。

这一抄就抄到大半夜。闻砚桐抄得手酸肩痛，满眼困意，一抬头发现池京禧仍然在抄。

只是那一沓有错字的纸还是原样，没再增加了。

闻砚桐揉了揉肩膀，忍不住打了个哈欠。池京禧这才停了笔，重重地搁下，沉声问："这就累了？"

这一开口就能听出带着火气呢，闻砚桐一脸蒙，说道："没呢……"

"那你嘴张那么大作何？"池京禧冷声道，"这才多久，就一会儿揉肩一会儿揉手。"

闻砚桐猜到了池京禧今夜心情可能不大好，只是没想到竟这么生气，而且这气竟然还是冲着她来的。

这不科学吧？她啥也没做啊！

闻砚桐顿了顿，小声道："都写了这么久了，当然会不舒服呀。"

池京禧冷哼了一声："不是说要跟人读书写字发奋到黎明吗？不过才半夜，你就撑不住了？"

闻砚桐一噎，想到了今日喊着傅子献一起帮忙搬东西的时候，傅子献问她为何搬回去。

闻砚桐就随口胡诌了一个理由，说是一个人住太懒散，跟张介然一起更容易约束自己，还能跟他一起读书学习到黎明，把文学提升上去。

不承想这话竟然传到了池京禧的耳朵里，她撇嘴道："凡事都要循序渐进嘛，谁也不能一口吃成个胖子啊……"

池京禧阴阳怪气："说得真有道理。"

闻砚桐又道："况且张兄也不会真的学到黎明的，他也是要睡觉的。"

池京禧没搭理她，像是要继续提笔。闻砚桐发现了，这人现在正气着呢，若是不把他的气消了，只怕还真的要抄一夜。

她连忙道："小侯爷，我知道错了，我不应该夸下海口说跟张介然学到黎明。我想睡觉，让我睡觉吧。"

池京禧沉吟一瞬，忽而开口问道："你要睡哪儿？"

闻砚桐被问蒙了，呆呆道："睡床上啊。"

"我自然知道你要睡床上！我是问你要睡在什么地方！"池京禧气道。

"当然回我的寝房睡。"闻砚桐挠了挠头，"难不成还要让我睡在书房吗？"

"这个主意倒不错。我看你整日不思进取也不爱读书写字，倒不如直接睡在书桌上，好好悔过。"池京禧好似气得不行，当下起身，"来人，拿两床被褥来！"

闻砚桐吓得也跟着起身："小侯爷！这可使不得啊！好好的床不睡，为何要睡在桌子上？我已经痛改前非了，日后必定多读书多写字，再也不贪玩了！"

池京禧沉着脸不说话。小厮的动作倒是挺快，转身出去抱被褥了。

闻砚桐哼唧地叫了两声："别去抱！我才不要睡桌子上！"

池京禧便接话："那你睡在何处？我再给你最后一次机会。"

闻砚桐沉默着想了想，然后试探着道："我想睡小侯爷这儿，小侯爷能不能腾出一张软榻给我睡？"

说完还胆怯地观察池京禧的脸色。

池京禧神情没变，但双眉却舒缓了，神色一下子变得平顺："可以。"

他一边往外走一边道："现在就睡吧。"

闻砚桐：这人到底什么毛病？

闻砚桐坐在软榻上，下面垫的是华贵的毛绒被褥和毯子，怀里还抱着一堆柔软的棉被。

软榻已经不是先前那张不能翻身的窄榻了，而是一张较宽的镏金雕花榻，躺在上面倒不会再担心翻个身就能滚下来。

池京禧在沐浴净身，闻砚桐就坐着等，她想了半天也没想明白池京禧为何会突然对她的搬走表示不满。

之前不是挺排斥她住这儿的吗？知道她住在这儿的时候脸黑得跟锅底一样，恨不能撸着袖子揍她来着……怎么这回她主动搬走了，他又不开心了？

这人也太难伺候了吧！

闻砚桐愣愣地坐了会儿，就听见门口传来动静，想来是池京禧洗完澡了。她抬头看去，就见池京禧披着雪白的貂皮大氅进门。

闻砚桐只觉得眼前一亮。

池京禧以往出现在人面前，都是将长发用玉冠或是簪子高束成长马尾的，但这会儿刚洗了头，所以长发什么也没戴，就这样松松散散地披着。热水将他的皮肤浸得十分白，愈发显得眉眼墨黑，深沉得很。

俊俏的脸上尽是慵懒之色。他赤着脚慢步走来，随手将雪白的大氅一扔，里面穿着类似睡袍的衣裳，暗沉的蓝色衬得皮肤几乎白得反光。

闻砚桐悄悄吞咽口水，看了一眼自己的手。嗯，瞅着也差不多白。

小厮凑上来用柔软的布巾为他擦拭头发，闻砚桐连忙起身上去，从小厮手里抢下布巾，笑嘻嘻地凑上去给池京禧擦发。

池京禧揉了把额前的湿发，越看越觉得闻砚桐的笑容不怀好意，便有些戒备地问道："贼头贼脑的打什么鬼主意？"

闻砚桐佯装心痛："小侯爷，你这般说我，让我甚是伤心。我好端端地被你带来写了半宿的字不说，为你擦个头发你竟然还说我贼头贼脑……"

池京禧完全不吃她这一套，扯着嘴角冷笑一下，往软榻上一坐："有话直说，别拐弯抹角。"

闻砚桐也跟着坐下来，将他长而黑的头发揉在手里，说道："这不是因为我方才走得突然吗，本来只是出来烧水的，但是没想到被带到这里来了……"

池京禧听了一半，眼眸微转，打断道："你烧水做什么？"

闻砚桐愣了一下，继而答道："太冷了，就想烧水泡泡脚。"

池京禧沉吟一瞬，扬声道："送一盆热水进来。"

闻砚桐来不及拒绝，不过片刻，小厮就捧着热水进来了，池京禧一指："现在泡。"

她本是有话想说的，但见这盆热腾腾的水已经送上来，自然不会拒绝，于是捋高了裤腿，用脚丫子探了探水的温度，几番试探之后就将脚整个泡进去。

一声舒服的喟叹从心底发出，不泡脚的人永远体会不到大冬天里泡脚有多舒坦。

池京禧坐在边上，看她欢喜得眯着眼睛，脸色也缓和许多，让小厮继续为他擦发。

闻砚桐泡了会儿，斟酌着再次向池京禧开口："小侯爷，方才我的话还没说完呢……"

池京禧瞥她一眼："有什么话一口气说完，磨磨蹭蹭的。"

方才不是被你打断了吗！如果不是这盆热水她早就说完了！

闻砚桐忍着掀盆的冲动，说道："我出来得突然，跟我共寝的张介然还不知道我离开，要不……"

谁知池京禧一听，俊脸当即一沉："你想回去？"

模样老凶了。

闻砚桐当下摇拨浪鼓似的摇头："不不不，我只是想让小侯爷帮个忙，派人递个口信回去，免得张介然见我许久不归着急。"

池京禧这下神色才缓和，淡淡道："行吧，我会派人的。"

闻砚桐默默地擦脚，暗地里纳闷儿：怎么有一种被绑架了的感觉呢？

池京禧的头发擦到半干的时候，就在房中随意地走动着，一会儿自己给自己倒水，一会儿又摸了摸挂在墙边的奚琴。

这间房里虽然搬进了许多池京禧的东西，但还是掩盖不了闻砚桐曾经生活过的气息，池京禧甚至还改变了一些自己的习惯。

比如闻砚桐喜欢在里间的雕花洞门上系一些软绒鸭毛，或者香包之类的小玩意儿，进出的时候就能闻到香味，轻飘飘的甚是好看。池京禧从没有系这些小玩意儿的习惯，但见了这些之后，他就命人把上面的花香香包拆了，换上自己惯闻的香包。

但是池京禧看见闻砚桐还没带走的东西，总是要生气的，于是指着奚琴道："既然要搬走，这些玩意儿为何还留在这儿碍我的眼？"

闻砚桐甚是无辜："这些东西我都收在角落的箱子里了呀，不知道是谁又拿出来了。"

池京禧冷哼一声："总归还是没有带走。"

闻砚桐只好起身跑过去，把奚琴摘了下来："那我先藏起来，明日一早就带走，保证小侯爷这辈子都不会再看见它。"

池京禧的脸色更臭了，却一伸手拽住了奚琴的另一头。闻砚桐手上暗暗用力，池京禧也用力，两人竟就这样拉扯起来。最后还是她怕弄坏了这把昂贵的琴，撒手了，然后就看见池京禧将它又挂在墙上。

他什么也没说，臭着脸离开，转到书房去。

这是什么迷惑行为？

闻砚桐满脸迷茫，也不敢问，就又回到软榻上坐着。

池京禧总是转来转去的，也不睡觉，她也不敢先睡，就硬撑着眼皮等池京禧转够。

哪知道池京禧跟没来过这房子一样，一个劲地转，什么东西都要摸一摸，让人压根看不明白他在干什么。

闻砚桐忍不住劝道："小侯爷，明日还有早课，早些休息吧。"

池京禧还不乐意："你睡便是，管我做什么？"

闻砚桐长叹一口气，捧着脑袋，抑制不住困意地打瞌睡。刚迷糊一会儿，就听见池京禧叫她。

她忙睁眼睛，还没起身，就见池京禧拿着一本册子走出来，一只手将书打开，对着她道："这是你写的？"

闻砚桐走近看了看，点头道："是啊。"

不过都是早些时候写的了，那时候拿笔还不是很稳当，写出来的字歪歪扭扭，让李博远批得狗血淋头。

她想解释："但是这些……"

池京禧却不给她这个机会，只道："文章写成这样，难怪李夫子会那般生气。李夫子一生从文，学富五车，教出的子弟多在朝廷为官。你的文章语句不顺，含义浅薄，字更是歪歪扭扭，无法入眼。差成这样，走出去太给李夫子丢面子了。"

闻砚桐：……我是不是该给李博远磕头认个错？

"我日后会多加练习的。"闻砚桐默默道。

"嗯，你能有这份上进心自是极好的。"池京禧合上册子，不动声色道，"正好这几日我都在书院住着。"

闻砚桐觉得池京禧递了一根长杆出来，于是她立马顺着杆往上爬："那小侯爷能不能教教我？我虽然愚笨，但是会认真学的。"

池京禧"嗯"了一声，拖着懒懒的鼻音道："也不是不行。"

闻砚桐当下高兴道："那我明日再把东西搬回来，就睡在这里？"

池京禧双眉一舒，沉色眸子里那盘旋了一晚上的烦躁终于消散，他将册子扔进闻砚桐的怀中："我派两个下人帮你搬。"

说完就往床榻那处走，途中还伸了个懒腰，看样子似乎要睡觉了。

闻砚桐大喜，紧紧跟在他身后，顺手抹了一把池京禧束着的头发，发现全都干透了，柔顺地垂在身上。

池京禧掀被上床，总算是要睡觉了。闻砚桐殷勤地充当了小厮的角色，将房内的灯都挑灭，就留了床头微弱的灯盏。

等他躺下之后，闻砚桐也去了身上的外衣，散下长发钻进了被子中。这个软榻要比之前的软很多，甚至比床榻都要软。被绒毛包裹着，加之屋内又烧着暖炉，暖和得她都不敢盖得太厚。

池京禧约莫也是挺累的，躺床上没一会儿，呼吸就平稳了。闻砚桐忍不住腹诽，既然困了就早点睡啊！干吗还要在房中转来转去地找事？

她轻叹一声，抱着棉被睡去，闭上眼睛一会儿就睡熟了。

夜晚的时候，小厮进来加炭，轻微的动静把闻砚桐吵醒了。她翻了个身，觉得口渴得厉害，于是掀被下榻，先是走到桌边轻轻倒了杯茶水。茶已经凉透了，但因为在室内，倒不是很冰，喝进肚子里凉凉的。

她揉了揉肚子，稍稍清醒了些，转头看向里间。

闻砚桐走进去看了一眼，果然见池京禧的棉被只盖了一半。他身体强壮，平日里怕是不喜欢烧这么旺的暖炉，应该是顾及她身子弱的缘故。

所以睡着之后，身体就热了起来，在睡梦中的他会无意识地将棉被掀一半。闻砚桐轻手轻脚地走过去，把棉被给池京禧盖上。

只是刚动棉被，手腕就突然被抓住，那只大手带着炙热的温度，贴在她的皮肤上，泛着灼意。闻砚桐惊了一下，一抬头就发现池京禧竟然已经缓缓睁开了眼睛。

漂亮的眼眸里笼着惺忪睡意，明明没什么表情，但眸子里好似藏着缱绻柔色。他看着闻砚桐，不知道是不是因为脑子还迷糊着，用懒懒的声音低声喊道："闻砚桐……"

闻砚桐从没见过这样的池京禧，他不是平日里的那种冷淡倨傲，也不是受伤之后的镇定平和，而是带着浓浓的情绪，一张口，嗓音里就裹着情意一般，温柔而纯良。

闻砚桐心中一软，低下身子，轻轻问道："怎么了？"

池京禧慢慢地眨眼，问道："为什么搬走？当真是嫌我太凶吗？"

闻砚桐一下子愣了，而后恍然大悟。池京禧烦躁了一晚上，竟是在意这个！

听这话八成也能猜到，可能是因为她搬走之后牧杨对池京禧调侃，说他太凶所以把她吓走了。

虽然与事实也差不了多少，闻砚桐的确是怕池京禧再生气才搬走的。

可一到了池京禧的口中，她竟听出了些许委屈，当下肠子都软得跟九连环的山路一样，柔声说道："不是呀，我是怕吵到小侯爷休息才搬走的，才不是因为你凶。"

池京禧听后，手上的力道就松了，顺势摸了一把闻砚桐的脑袋，然后把自己的被子拉上盖好，闭上眼睛低低道："快去睡吧。"

闻砚桐呆滞地应了声，然后转身离开，躺到软榻上的时候，还能感觉到脑袋上残存着池京禧掌心留下的温度。

第二日一大早，书院的报时钟就敲响，闻砚桐一如既往地想赖床。但是池京禧起得很快，洗漱、穿衣、冠发。收拾得差不多时，闻砚桐还把自己裹得像蚕蛹似的，窝在软榻上。

他走到软榻边，既没有掀被，也没有用脚踢软榻，而是俯身在棉被上扒拉了一下，然后把手伸进了闻砚桐的后颈里。

晨起一番折腾，池京禧的手早就凉了，对满身温暖的闻砚桐来说更是杀伤力巨大的武器。她一下子叫了一声，缩起脖子，扭头一看是池京禧。

他眼里好似都是笑意："还不起来，想睡到何时？"

闻砚桐揉眼睛，见池京禧都穿戴齐全了，忙抱着被子坐起来，哑着声音问："什么时辰了？"

"早课快开始了。"池京禧道，"你慢慢收拾，我先走一步。"

闻砚桐就这样看着他绕出屏风，披上大氅出了门。房中一时静了下来，她想起甲院的早课要比其他院的早一盏茶的时间，所以池京禧要提前走。

她连忙爬起来穿衣裳，小厮供上热水。她草草洗漱完之后又揣了两块桌上的糕点，才匆匆忙忙地赶去上早课。

到的时候还是迟了。学堂里没夫子，但是学生们早已坐满，平时负责记录点卯的学生抬头看了她一眼，然后又低下头去。

闻砚桐长吐一口气，没想到赶得这么急，还是迟到了，这下又要被记上名字了。偏偏今日的早课还是李博远的，约莫又要背文章了。

她有些恹恹的，早知道出门前让池京禧骂一句好了。

回到位子上的时候，牧杨正捧着脸打瞌睡。平时冬日里不上早课的公子哥住在书院之后就没了特权，牧杨一时间还有些不适应，屁股一挨着凳子就开始打盹儿。

傅子献倒还好，他有时候也会来上早课，所以状态如常。他看见闻砚桐之后便放下了书，有些担忧道："你的腿如何了？还疼得厉害吗？"

闻砚桐迷茫道："早就不疼了啊，为何突然问这个？"

傅子献松了一口气，说道："方才在来的路上碰见小侯爷了，他说你腿疾复发，所以要来晚一些，还让牧少特地跟点卯的人知会一声，叫他不准记上你的名字。"

闻砚桐大惊，怎么也没想到池京禧竟然会帮她作假！

这是太阳从阴沟里出来了吗？

她惊诧了好久，等心情平复后，早课也结束了，于是叫醒打盹儿的牧杨，一同去饭堂吃饭。

饭堂为了照顾这些少爷千金，单独开了几间空房，让一些关系不好的少爷不至于坐在一起吃饭。但其实大部分的人都会回自己的独寝，吃从自己家送来的饭菜。

傅子献本就没有那么多讲究，加之他在家中没什么地位，也没谁会给他送饭菜，所以他和闻砚桐一直都是在饭堂吃的。牧杨也不在意那么多，就跟着一起去了。

当日中午，只有池京禧和程昕在房中吃饭，于是晚上闻砚桐回去的时候，他脸色还是臭着的。

闻砚桐想了想，大概明白了。应该是池京禧觉得她排斥他，所以才会心情不好。这种感觉就好像，我把你当朋友，而你却总想着远离我、处处提防我，任谁都不会好受。

于是闻砚桐当晚一直缠着池京禧说话，一起抄写文章的时候，闻砚桐还画了很多小动物。

池京禧的不高兴去得很快，闻砚桐缠一会儿，他脸色就好很多了，也没像先前排斥涂鸦那样，闻砚桐画了他就会看看，虽然看神色，他似乎并没有在意闻砚桐科普的那些知识。

池京禧在那头抄文章，闻砚桐就在这头埋头画画，有时候两人互不干扰，有时候闻砚桐会凑到他身边，跟他讲讲自己画的东西，或者是问些文章上的事。

一晚上出奇地和谐，池京禧也没责怪她三心二意，不认真学习。

不过隔天，闻砚桐就跟着牧杨，带着傅子献和池京禧与程昕凑了一桌。

闻砚桐不爱吃菜，除了白菜，其他菜都很少动筷。池京禧发现之后不由分说地用公筷夹了好几筷子给她，在碗里面高高地堆起来，他说："多吃些菜才能长得高。"

闻砚桐道："明明是多吃点肉才能长高的！"

池京禧说："吃菜也可以。"

"我要吃肉。"闻砚桐道。

"你多吃一口菜，今晚就少抄一篇文章，但若是多吃一口肉，今晚就多抄一篇。"池京禧淡声道，"如果你在身量上成了矮子，那就在文学上成为巨人吧，如此方可弥补你的不足。"

闻砚桐默默把碗里的菜吃了个干净，最后还要低低补上一句："我宁愿做个矮子……"

一连几日相安无事，休沐这天，闻砚桐约着傅子献和傅棠欢一同上街游玩，起了个大早出门。

池京禧一醒来，没见到闻砚桐。

于是他一整个上午都是平静且烦躁的，别人不跟他说话还好，一跟他说话他就跟点了爆竹似的。

程昕回皇宫了，于是一起吃饭的只有牧杨和池京禧。

池京禧虽然在吃饭的时候沉默着，但是牧杨却能感觉到他心情不愉，于是随口问了问："禧哥今儿看起来不大高兴啊，可是有什么事？"

"我能有什么事，"池京禧淡声道，"我是全书院最闲的人了，连闻砚桐都有要约着出去的人，我休沐了却只能在房中坐着。"

这味儿啊，难以形容。

牧杨都察觉出端倪了："禧哥难不成是在怪闻砚桐没喊你一起出去吗？"

"我为什么要在意这些？"池京禧横眉，"他想跟谁出去就跟谁出去，我管不着。他出门也不必跟我说，我又不是他什么人。"

牧杨咂巴咂巴嘴，说道："那咱们用过饭后出去转转吧？"

池京禧道："不去！"

牧杨没再说什么，低头扒着饭，走的时候却对池京禧道："禧哥，你还记得叶公好龙的故事吗？"

池京禧不明所以："你想说什么？"

"我觉得你就是那个叶公。"牧杨道。

他说完就走了，也没跟池京禧说为什么，但池京禧却因为这句话，愣神了一下午，捧着书大半日，一个字也没看进去。

牧杨的话只说了一半，剩下的一半只有猜。

当晚闻砚桐回来的时候，池京禧已经睡下了，她也没敢吵着人，轻手轻脚地洗漱之后躺上软榻。

次日池京禧早上起来没喊她，自己收拾完就走了，结果闻砚桐一觉闷到早课结束，去的时候被李博远逮了个正着，妥妥地被罚抄了文章。

中午吃饭的时候，牧杨直说让她和傅子献去饭堂吃，闻砚桐只当他们有私密事要商议，没多想就应了，直到晚上的时候才发现池京禧对她骤然冷淡了。

晚上回去的时候，闻砚桐主动说了几句话，池京禧的回应都是淡淡的，这种感觉就好像回到了起初一同在李博远房中抄文章时那样。不一样的是，现在的池京禧对她没有厌恶情绪，却有着同样冰冷的态度。

闻砚桐本以为他又生气了，但是转念一想，以往池京禧生气是很明显能看出来带着火气的，这次压根看不出来，而且她努力地主动示好数次，都没有任何用。

她不免也有些不开心，生着气闷进了被窝里。

半夜有人倒茶的响动惊醒了她，她迷迷糊糊间猜想是池京禧，于是转了个头朝屏风看去。

却意外地看见池京禧披着暗色的织金长袍，墨发长披，手中拿着杯盏，立在屏风边。

他在看闻砚桐，用一种复杂的眼神。

闻砚桐一眼就对上了他的视线，心念一动，可没等她开口，池京禧就要转身。

她连忙出口叫了一声："小侯爷。"

池京禧转身的动作一顿，侧着身站定，虽没有出声应，但也没有再动。

闻砚桐声音微哑，软软的，跟棉花一样："你能不能不要生我的气了？"

她也不知道自己错在哪儿。

池京禧先是沉默。空中尽是淡淡的墨香气息，是池京禧身上一贯有的味道，在温暖的空间里发酵膨胀，好似把闻砚桐的全身都包裹了一样，周围寂静又安宁，让她连自己的心跳声都能听到。

他喉咙动了动，终于开口："我没有生你气。"

说完就离开了，走到桌边，一口喝尽了杯子里的凉茶，然后默声回到了床榻上。

闻砚桐的不开心，牧杨和傅子献都能看出来。她一到学堂就泄气一样趴在桌子上，跟她说话她也是淡淡地敷衍，什么都提不起兴致。

她琢磨不透池京禧的态度为什么突然这样，但又问不出原因，所以一直心烦。最后她还是打算把这些事都放一边，先办正事。

这日下课，牧杨去找池京禧和程昕，学堂里的人陆陆续续离开。正是安静时，学堂里突然响起了傅子献惊讶的声音："你说什么？你拿了小侯爷的什么东西？"

闻砚桐慌张地捂住他的嘴："你小声些，这事儿不能张扬！"

傅子献连忙点点头。

闻砚桐干脆起身拉了他胳膊一把："你跟我来，我们找个安静的地儿细说。"

两人鬼鬼祟祟，从学堂出去。吴玉田在一旁偷听好一会儿了，他眼睛滴溜溜地转了几圈，最后鬼头鬼脑地跟着出了学堂，循着闻砚桐和傅子献的身影而去。

闻砚桐和傅子献果然找了个隐秘的地方，是书院后方的一片还未开发的树林，闻砚桐曾经摔过一跤的地方。

吴玉田不远不近地跟着，发现闻砚桐时常回头看看，就躲得十分利索。直到两人停下，他也跟着蹲下，细细偷听。

"那东西你在哪儿捡到的？"傅子献道。

"不是捡的，是我偷偷拿的。"闻砚桐道。

"你竟然拿小侯爷的东西！"傅子献吃惊道。

"他东西那么多，丢一两件他自己也发现不了，没事的。"闻砚桐毫不在意道。

"那你把东西藏哪儿了？"傅子献道。

"我想着最危险的地方就是最安全的地方，所以想藏在小侯爷寝房后面的那棵树下面。"闻砚桐道。

"当真？"傅子献道。

"正好小侯爷现在不在，我带你去瞧瞧。"闻砚桐道。

于是两人又往池京禧的寝房而去。吴玉田原本还震惊着，但害怕把两人跟丢错过什么更大的秘闻，于是来不及多想也跟了上去。

三人两前一后来到了池京禧的寝房。房屋外的守卫被池京禧带走了大半，闻砚桐带着傅子献溜到了房子后面，蹲在一棵树下挖了一会儿。

"看！在这儿呢！"闻砚桐指着地上的坑道。

傅子献惊诧："还真是啊！"

闻砚桐又连忙把土填回去，用脚踩实，撒上叶子伪装，然后带着傅子献离开："那当然，我骗你做什么。若是小侯爷没发现，后天我就来挖走，拿出去卖了……"

吴玉田瞪着眼睛看两人离开，而后飞快地蹿到那棵树下，两手并用在地上刨了一会儿，果然挖出一个暗红色的锦盒，打开一看，里面竟躺着一个玉牌。

正面除了金色的如意纹还有三个大字，"池京禧"。

这种玉牌极其重要，大多是身份的象征，在朝城行走的必备，吴玉田知道，但是没见过。王侯公爵的玉牌都是不一样的，若是丢失了，要立即上报，然后赶制全新的玉牌。他的父亲是七品小官，没有权利上朝，所以并没有这种玉牌。

池京禧若真是丢了玉牌，肯定会上报，上报完之后这块玉牌就等同于作废，所以这块玉牌的确能糊了雕刻拿去换银子。

还能换不少！

吴玉田没想到闻砚桐本是富裕出身，竟还透着一身穷酸气，胆大包天到去偷池京禧的玉牌，若是被发现了，肯定是入狱的大罪！

他隐隐有些兴奋，本想放回去，但略一思量，拿起旁边的石砖把玉牌砸成了好些块，然后扔进了锦盒中，再埋回地下，像闻砚桐一样撒上枯叶做掩饰。

他离开时，一双小眼睛里满是阴毒的算计。

闻砚桐当晚回去的时候，池京禧不在。她默默地吃了饭，洗漱完，又坐在书房抄了李博远罚的文章，一系列的事做完之后，池京禧还是没有回来。

不知道出于什么心理，闻砚桐总是不大舒服，一直往门那边看，似乎潜意识里在等池京禧回来。

但是夜幕深沉，闻砚桐等到所有事情都做完，疲惫地躺在床上，也没等到人回来。

本是非常疲惫的，还有困意，但闻砚桐就是睡不着，脑子里不停地在想事情，一直翻身叹气。

后来还是扛不住睡意的侵袭，抱着被子怒起，滚到了池京禧的床榻上。

反正这人今晚也不回来，床也是空着，不睡白不睡！

闻砚桐卷着铺盖，沉入了满是檀香和墨香气味的床榻中，一闭眼就睡着了。

小厮见床上的人久没动静，才慢慢退出了屋子，推门走到了外面。

正是寒冬深夜，风就好似刀子一般剐人，冰冷的气儿直往脖子里钻，小厮一出门就冻得忍不住打战。

池京禧披着杏黄色大氅站在月亮下，银光洒下来，将他俊俏的脸笼上柔和的银纱。他神色平淡，眸子半敛。

小厮轻步走到边上，轻轻开口："主子，人已经睡着了。"

池京禧淡淡地应了一声，慢慢抬头看了看天上的月亮，说道："往日倒没发现，冬日的月亮这般皎洁。"

小厮回道："主子有所不知，其实月亮一年四季都是这般皎洁，月圆时更甚。"

池京禧也没什么反应，只道："是啊，往日哪有时间仔细看月亮，还是今日站了许久，闲着无事才抬头看一看的。"

小厮道："主子快些进去吧，正月里的风伤人得紧，千万别冻坏了。"

池京禧道："无妨。"

他长出一口气，拖出长长的白雾，消散在寒冬里，又站了一会儿，才转身回到房间。

回去的时候才发现软榻上没人，闻砚桐竟卷着铺盖跑到床上去了。池京禧又气又笑，站在床边看着。

一低头就能看见她睡着时宁静的侧脸，露出了大半床铺，像是特意给别人留的一样，自个儿挤进了最里面贴着墙。

池京禧在床边站着，着墨般的眼眸往下落，停在闻砚桐睡着的眉眼上，视线凝住，就这样站了不知道多久。

直到闻砚桐在睡梦中无意识地发出一声呓语，才好似把池京禧叫醒了一样，他眨眨有些酸涩的眼睛，转身进了书房。

书房的灯亮到寅时快要结束时才灭，但池京禧却未从里面出来。

闻砚桐被钟声叫醒，睁眼时下意识转头，却见床榻那边还是空的，跟她上来的时候一样，一点变化都没有。

她眉头一皱，嘴瞬间就撇下来了，起身穿衣束发，脸一直沉着，最后草草洗漱了一下就去了学堂。

这大概是她入学以来进学堂最早的一次了，连张介然都刚刚出门。

闻砚桐在位子上落座之后，就没再动弹，拿出书老老实实地看着，但至于看进去多少，她自己都不知道。

傅子献来了之后与她聊了几句，察觉她仍然兴致不高，也很有眼色地没再打扰，就连牧杨也没像平日那般烦她。

一整日闷闷不乐，闻砚桐连饭都吃得极少。晚上下课之后，她迫不及待地回了寝房。

可推门进去，房中依旧是空的。

她抓着小厮问，小厮只言小侯爷还没回来，做下人的自然也不知道主子的行踪。

闻砚桐心里总憋着一股气，不知道是生气还是其他什么，总之梗在心头。她像昨日一样自己洗漱完，连文章也懒得看，直接钻进被窝睡了。

日子过得很快，算一算，马上就要到二月了，书院也快要放假了，闻砚桐却连续两日没看见池京禧了，等假再一放，就要等到五月才能再见到他了。

如此一想，心里竟然闷闷地痛起来，难受得很。

她抱着被子，把头闷在被窝里面。

隔日，她虽然情绪低落，但仍然记得今日去挖盒子的事。

吴玉田早就盯着她了，就等着今日。晚间一下课，他等闻砚桐溜到了池京禧的寝房那边之后，就立即使唤平日里的跟班去告知学院的夫子。

先前他已经告过状了。

其实闻砚桐住在池京禧的寝房里，这事儿书院里差不多都是知道的，夫子们自然也是，但还是有很多夫子看不惯闻砚桐的。

文不成武不就，就知道巴结谄媚，一些自诩高风亮节的夫子自然十分瞧不起。一听吴玉田说闻砚桐偷了小侯爷的东西去卖，自然要用这件事做文章。

如此一来，等吴玉田知会一声后，那些夫子便撺掇着李博远和孙述等德高望重的夫子一起前往池京禧的书院。

于是在闻砚桐正挖着锦盒时，一大批人陆陆续续地赶到了。

"闻贼！还不住手！"吴玉田可算威风了一把，隔了老远就高声叫喊着。

闻砚桐挖了满手的泥土，抬头一看，才发现吴玉田还真叫来了不少人，不光是夫子，学生也有很多。

她的目光在里面扫了一圈，却也看见了足足有三日没见到的池京禧。

闻砚桐眸光微闪，平淡的表情上终于有了些变化。

她盯着俊美无双，却略显憔悴的池京禧。

闻砚桐一直在想：这三天池京禧到底忙什么去了？

池京禧慢慢拨开人群走来，他双眸依旧黑得深沉，却似乎藏着疲惫，没有以往的精气神。

闻砚桐无意识地抠了抠手指缝的泥巴，眼睛根本看不见周围的人，不受控制地盯着池京禧。

孙述和李博远等人也赶到，来时已经听说了些许内容，两人的脸都黑得厉害。

偷东西，这是贼的行为。颂海书院作为举国闻名的传世书院，绝不可能容忍书院里的学生做出这种行为。不说偷窃是犯法的，单是这消息传出去，也足够让世人笑话一阵子了。

更何况偷的还是小侯爷的东西。

吴玉田就是知道这事情的严重性，所以才迫不及待地叫来了大半个书院的夫子，立地要给闻砚桐定个无法翻身的罪。

他快步走到闻砚桐面前，横眉瞪眼道："闻砚桐！现在夫子们都过来了，你的丑事已经败露了！还不快快把东西挖出来认错。"

闻砚桐的视线从池京禧身上移开，落在吴玉田身上时却是冷冰冰的。

闻砚桐本该惊慌失措、佯装害怕的，但她现在实在是心情不好，做不出来那么多戏，于是冷着声音问道："我不过埋个小玩意儿，又没有违反书院规定，也用得着这样兴师动众？"

哪知误打误撞地，吴玉田以为她事情败露之后故作镇定，于是更加自信，指着地上的东西道："你埋的什么东西，你自己心里不清楚吗？"

闻砚桐慢慢站起来，回答道："一个盒子。"

周围的人都盯着看，李博远本想上去参与，却被孙述拦了下来，暗暗摇头。

吴玉田冷嘲："盒子里装的是什么东西？"

闻砚桐与他对视，正想说话，却听一声大叫："谁敢欺负我们小瘸子！"

众人转头看，就见牧杨正往这儿快速跑来，一下子蹿到闻砚桐面前，抬手推了吴玉田一把："怎么又是你？！"

不知是牧杨手劲大，还是吴玉田身板弱，他直接被推了个跟头，摔坐在地上。

牧杨梗着脖子："我看你就是欠揍！"

吴玉田大叫："我没有散播谣言！这是真的！闻砚桐偷了小侯爷的东西，就藏在盒子里，还说要拿去卖了，我亲耳听见他说的！"

牧杨气道："那你说他偷了什么东西？"

吴玉田道："是小侯爷的玉牌！"

牧杨听后怔愣了下，转头看了池京禧一眼，嘀咕道："禧哥的玉牌确实丢了……"

周围立即响起了嗡嗡的议论声，矛头一时间指向了闻砚桐。

"可早就丢了啊，闻砚桐不可能捡到。"牧杨道。

吴玉田看有门，连忙叫道："肯定是闻砚桐偷的！牧少，你莫要被他迷惑了！"

牧杨撸袖子，似要揍他。

"杨儿。"池京禧突然出声叫他。

牧杨转头应声："禧哥，闻砚桐不会偷你东西的，他不是那种人……"

池京禧眸光很沉，神色依旧平静，说道："你先过来，莫要碍事。"

周围突然变得安静起来。说到底池京禧也是这件事的主要人物，虽然他就像个旁观者一样站在边上，没有参与。

他说莫要碍事，众人都以为这是池京禧要给闻砚桐难看了，可闻砚桐听了这句话，心里却咯噔一下。

这话太模棱两可了。她不知道池京禧口中的"事"是吴玉田审问她的事，还是她设计的这件事。若是后者，那岂不是代表他早就知道了她做的这一切？

他知道多少？会不会也知道玉牌真的在她手里？闻砚桐心底忽然生出胆怯来，不敢再去看池京禧。

牧杨也很纠结，他看了看池京禧，又看了看闻砚桐，最后还是往旁边走了两步。他相信闻砚桐没有偷东西，也相信池京禧肯定有自己的判断。

他的退让，让吴玉田以为自己得到了支持，气焰愈发旺盛，也不管自己摔得半身泥土，蹦起来就喊道："闻砚桐，我们这么多双眼睛看着呢！你趁早放弃挣扎，如实招来，夫子都是明辨是非的人，你休想糊弄过去！"

闻砚桐便道："我说了，这只是个盒子而已，你别无事生非。"

吴玉田哪里肯信，冲上来就动手挖土。闻砚桐看准了机会一脚踩下去，将吴玉田的手连带着泥土踩住。

这一脚踩得结结实实，半点余力没留，吴玉田当即惨叫起来："我的手！我的手！"

闻砚桐脚下更加用力，厌恶道："你这人可真讨厌，别人埋个什么东西，你都要这般大肆宣扬。"

吴玉田叫道："你就是心虚了！有能耐你给大家看看你到底埋着什么啊！"

闻砚桐还没说话，就听见池京禧的声音传来："夫子，学生想问，这种无事生非、诬陷同窗的人，该如何处置？"

李博远向来是偏爱池京禧的，见他开口问了，就先孙述一步说道："此等学生败坏书院风气，伤及同窗情谊，不配在颂海书院就读，理应逐出书院，严惩不贷！"

吴玉田听后一下子惊住了，他猛地抬头看了看闻砚桐，像忽然意识到了什么，整张脸煞白。

闻砚桐松了脚，往后退两步，说道："夫子所言极是，这等小人还是趁早赶出书院的好。"

吴玉田的手抽回来后，倒没急着去扒地上的土了，心神不宁地盯着闻砚桐，琢磨着她的脸色。

闻砚桐居高临下地看着他，秀气的眼睛淬了冰一般，让吴玉田遍体生寒。

闻砚桐这种时候不应该是这样的神色。

吴玉田猛然想到了什么，低头瞪着挖开了一半的土坑，锦盒堪堪露头，分明是之前看到的模样，可现在却让他心生恐惧。

闻砚桐见他脸色青了又白，白了又青，知道他可能是意识到什么了，便用极低的声音道："现在才意识到，是不是有点晚了？"

吴玉田眼睛瞪得极大："你！你竟敢……"

闻砚桐唯有回应声冷笑，高声对李博远道："夫子，吴玉田这人早就看我不惯，多次想要陷害我，这次又凭空造谣我偷小侯爷的东西……"

她侧脸看了池京禧一眼："我对小侯爷真心可表，日月可鉴，我怎么会偷他的东西？这次吴玉田造谣严重伤害了我与小侯爷的情谊，他已经三天没有理我了，让我甚是伤心难过，还请夫子明鉴，还学生一个公道！"

虽然这番话里有不相干的成分，但到底是属实的，所以闻砚桐说得极其认真。

众人听了之后纷纷朝池京禧看来，似乎在探究他的神色。可池京禧的神色向来看不透，这会儿他定定地看着闻砚桐，也不知道在想什么。

李博远立即道："快快上前把那盒子挖出来！"

几个下人一同上前，吴玉田大惊失色，张开双臂似要阻挡："等等……"

下人一把将他推开，他已吓得浑身发软，当下没站住狠狠地摔倒在地上。那盒子本就埋得浅，下人们两三下就给挖出来了，捧出个满是泥的盒子。

李博远道："打开看看。"

于是锦盒在众目睽睽之下被打开，里面却是空空如也，什么东西都没有。

闻砚桐微抬下巴："看吧，只是个盒子而已。"

吴玉田浑身颤抖，飞快地爬起来把盒子抢来看，果真是个空盒子。他目眦尽裂地瞪着闻砚桐，眼睛里都是怨毒之色。

闻砚桐却是一点都不怕："怎么？让你失望了？"

吴玉田将盒子摔在地上，疯狂地去刨地上的那个坑，刨了好些下，手指甲里都是泥土，却什么也没刨到。

上当了！

他彻彻底底地想明白了，怒吼一声朝闻砚桐扑来。

闻砚桐离他只有三步远的距离，他纵身扑的速度极快，闻砚桐即便是反应得过来，也躲闪不及。正看着吴玉田狰狞的脸扑来时，她腕上忽而传来一股力量，将她整个往后扯去，不受控制地后退两步后，后腰就撞上了有力的臂膀。

紧接着池京禧的声音在头顶响起："把他按住。"

两个侍卫立即上前，左右同时出手，将吴玉田狠狠按在了地上，任他怎么挣扎都动弹不得，只能发出无能的叫喊。

李博远气得脸都青了，连叹三声"愚不可及"。

孙述便道："吴玉田造谣生事，挑拨离间，犯下大错，又企图对同窗动手，朽木难雕。今日本院便宣布，将此学生逐出颂海书院，革去学籍，暂押官府，明日便禀明刑部，着重处理。望所有学生引以为戒，切莫捕风捉影。"

吴玉田如何能接受，当下大哭起来，大喊道："不是的！夫子，您听我解释！是闻砚桐故意陷害我的！"

一干人看着苦苦哀求的吴玉田，有人幸灾乐祸，有人倍感失望，有人却怜悯。但是没人想听吴玉田的解释，就连夫子也是，于是他在大喊大叫中被送出了颂海书院。

池京禧在孙述说完话之后，便松了闻砚桐的手，转头要走。闻砚桐想也没想，错身又抓上了他的手。

池京禧的手比闻砚桐的手大得多，她一把握住时，其实才抓住了三根手指，但成功地让他停了下来。

闻砚桐抓到人之后，才想到自己手上全是泥土，低头看，果然将池京禧干净白皙的手弄脏了，她连忙松手。

池京禧转头看她，见她两只手飞快地往衣服上蹭着，然后又抓住他的手，用衣袖擦去他手上沾的泥。

闻砚桐的手很软，但是很凉，应该是方才挖了泥土的缘故。池京禧指尖轻动，像是想把她的手包住，然后把掌心的热度传递给她，暖热这双冰凉柔软的小手。

但他终是没动，而是看着闻砚桐认真的模样轻声问道："有何事？"

闻砚桐把手收回，抬头看他，嘴唇动了动，最后还是问出了口："小侯爷，今晚回寝房吗？"

池京禧点点头。

闻砚桐肩头一松，面上虽没什么变化，但情绪缓和了许多，说道："那我等着小侯爷。"

池京禧的眼眸一下子混浊起来，像搅动的墨汁，他深深地看了闻砚桐一眼，没再说什么，转身离开了。

闻砚桐在原地站了会儿，直到池京禧的背影消失，才转过身来，就见周围人已经全走了，而傅子献捧着锦盒站在身后。

牧杨绕着锦盒看了两圈："没看出什么门道来。"

闻砚桐心情莫名好了，嘴角翘了下，然后上前把盒子接来，继续埋在了原地。

牧杨纳闷儿："你到底为何要埋这个盒子啊？"

闻砚桐便道："之前埋它呢，是为了让碍眼的人从眼前消失；现在埋它，主要是有纪念意义。"

她把土埋实了之后用脚踩了几下。牧杨想了想，好似突然明白了，指了指她道："你小子……是不是打了什么坏主意？"

闻砚桐看他一眼："算了，改日再跟你解释吧。"

牧杨这样急的性子，怎么可能会等到改日，当下抓住了闻砚桐："不成，你现在就跟我说，否则我不会让你走的！"

闻砚桐甩了甩胳膊："我现在有正事。"

牧杨道："我这事也是正事！"

闻砚桐无奈，长叹一口气，只好把自己的计划说给牧杨听。

这个计划是在皇宫里捡到池京禧玉牌那时候开始萌芽的。虽然她不知道池京禧的玉牌为什么会被一个鬼鬼祟祟的宫女遗落在她面前，但是为了避免有人用这块玉牌做什么对池京禧不利的事，她就胆大包天地将玉牌揣了回来。

当时正好也在想用什么办法狠狠整治吴玉田，最好是将他彻底逐出书院，于是她自然而然地想到了用这块玉牌做文章。

当然，之前她是不知道这块玉牌的重要性的，反正只要是池京禧的东西就行。

为了找个人配合她实行计划，她就在休沐那日将傅子献约了出来，然后把计划说给他听。但她并没有直接告诉傅子献她手里有池京禧的玉牌，只是谎称见过，然后想找个玉器店，照着那玉牌的模样仿制一个。

由于她现在跟池京禧住在一起，说见过玉牌也相当合理，傅子献没有怀疑，闻砚桐拿着那张比着玉牌画出来的图纸去了琢玉店，做了个表面看上去一模一样的玉牌。

但实际上差别还是非常大的。不管是用料还是做工或是雕琢，池京禧的那块玉牌都是精品中的上品，闻砚桐手里的这个虽然像，但真正有玉牌的人一眼就能分辨真假，是没法以假乱真的。

好在吴玉田并没有见过什么玉牌，最多是听说过而已。

闻砚桐的计划实际上有很多漏洞，但她故意装出来的小心模样还是引得吴玉田上钩了，或许是因为吴玉田真的太急着陷害闻砚桐了，以至于根本没有考虑那么多。

那块被吴玉田砸碎的玉牌早就被闻砚桐彻底砸成了碎粉，扔到了不起眼的地方，而真正的玉牌就藏在软榻下面的软垫隔层里。

闻砚桐跟牧杨说完之后，牧杨直接傻眼了，好久才蹦出一句："你什么时候变得这么聪明了？"

闻砚桐摊手："是你对我有误解，我一直都这么聪明！"

与牧杨告别后，她转身回了寝房，想到池京禧说了今晚会回来，闻砚桐还有一些隐隐的开心。

不管怎么样，总比总是见不着人强吧？哪怕池京禧因为这件事责怪她，她也愿意受着，毕竟她的确是小小地利用了下池京禧。

进屋把手脚都洗净之后，闻砚桐刚踩在柔软的地毯上，就听见旁边的小厮道："公子，主子在书房等你。"

啊？回来得这么早？

闻砚桐没有第一时间去书房，而是去软榻边转了一圈，挑了个软和的棉垫，然后抱着去了书房。

她在门框上轻叩三声，里面静了片刻，就听池京禧的声音传来："进来。"

闻砚桐撩开棉帘进去，就见池京禧背对着门而站，似乎在挑选书架上的书。

她看了眼，然后把棉垫往地上一扔，双膝一弯跪了上去："小侯爷，我错了。"

俗话说千穿万穿，马屁不穿，就跟先认错是一个道理。

不管什么事，反正就是句"我错了"。

池京禧转头看来，见她在地上跪着，眸光微动，神情有些犹豫。

但还是没说什么，反而拿着书坐在了椅子上，看着她道："又错哪儿了？"

闻砚桐没从他的语气里听出生气，于是悄悄抬头，想看看他的神色。池京禧与她有一瞬的对视，然后垂下眼去看书，好似不给她窥探自己内心的机会。

闻砚桐道："反正小侯爷知道。"

之前还会说自己错的地方，不愿说的就撒谎糊弄，现在倒是连说都不愿了，这般无赖的样子倒是让池京禧忍不住笑了下，而后他道："我知道什么？"

"你知道很多。"闻砚桐道。

"那我是该知道你做了个假的玉牌，还是知道你捡走了真的玉牌？"池京禧缓缓问道。

闻砚桐惊骇地瞪眼。

"或者说，我还知道你把玉牌藏在了软榻下面的隔层里？"

这都知道？！

闻砚桐的冷汗瞬间就流下来，一时怔住没有回应。

池京禧眉尾微抬："怎么这副表情？你不是说我知道吗？"

闻砚桐憋了半天，最后觉得池京禧既然已经知道，再扯谎隐瞒已经不可行，于是道："我是知道你知道，但我不知道你知道得这么多。"

"你既然已经知道我知道，那也该想到我知道的不止这些。"池京禧道。

"我怎么知道你知道多少，你总是给我一副你什么都知道的样子。"闻砚桐道。

"我的确知道不少，至少我还知道你不知道的事情。"池京禧道。

闻砚桐心累："行了，绕口令到此结束吧。"

"坐在地上说话不难受吗？"他问道。

闻砚桐低头看了看："我这是跪在地上好吗！我在跟你认错呢！"

"你有什么错？"池京禧不动声色地反问。

"反正就是有错呗，不然你怎么连着三天都不理我？"闻砚桐道，"我到底什么事情惹到你了？"

池京禧怔愣了一下，而后道："我说过了，没有对你生气。"

"你就是有！你这是变相的冷暴力！"闻砚桐不服气地控诉他，"起先跟你说话，你又敷衍又冷淡，后来干脆就不回来了！我每天早晨起来的第一眼就是看看你在不在房中，晚上回房的第一眼就是看看你回来没有，你知道我等得多辛苦吗……"

她这番话说得直白，神情还故作哀怨，语气倒是十足的埋怨。

搁在以前，她是绝对不敢对池京禧这样说话的，但不知道为什么，这次倒是底气十足。

只是池京禧没有像先前那样厌恶嫌弃，而是愣了愣，漂亮的眼眸里满是动容，声音也不自觉地软了下来："那是因为我这几日有事要忙……"

"就算是有事忙，也不应该夜不归宿啊！你在这书院里能睡什么地方？！"闻砚桐跪坐在软垫上，比池京禧矮了不止一星半点，可气势却一点没落下风。

"我没夜不归宿，每晚都回来的。"池京禧又道。

"那我怎么没见你呢？"闻砚桐纳闷儿了，她每晚都守在房中的。晚上睡前不见人，早上起来时也不见人，难不成池京禧每晚都是在她睡后回来，醒前出门？

正想着，果然就听池京禧道："我回来的时候你已经熟睡，走时你尚未醒，所以你才不知我回来。"

闻砚桐这下没话反驳了，总不能怪池京禧回来得太晚、走得太早吧？总归还是她睡得太死了，竟连池京禧的动静都没听见。

她心情郁郁，干脆直接坐在了软垫上，两腿盘着，低着头不说话。

池京禧的确是在故意疏远她，她自己能感觉到，但即便是问了，他也不说为何。

但闻砚桐也不是一点办法都没有。

她突然爬起来，抓着软垫冲出了书房，动作非常快，把池京禧吓了一跳。

池京禧合上书，起身出了书房，就看见闻砚桐不知从哪儿拿出来一张大床单铺在地上，把自己的小玩意儿都放在床单上。

池京禧脸色一变，快步走到闻砚桐身边，见她低着头收拾自己的东西，便沉声问道："你干什么？"

闻砚桐仍是忙活着，头也不抬道："反正小侯爷不愿意见到我，我倒不如搬出去，免得碍了小侯爷的眼，还打扰了小侯爷的作息。"

她动作很快，因为本身东西也不多，所以不一会儿就收拾好了，蹲下来系包裹的时候，有一个角被池京禧踩住了。

闻砚桐使劲抽了抽，那一角却在池京禧的脚底纹丝不动，她只好抬头道："小侯爷，麻烦挪一下您的贵足。"

池京禧沉着脸，一动不肯动。

闻砚桐无法，只好挠了挠他的脚背，池京禧脚背一痒，条件反射地缩了回去。她连忙将那一角拉回来，折在床单上，而后想到琴没拿，又起身去拿挂在墙上的奚琴，池京禧就亦步亦趋地跟在她身后："我何时说不想看见你了？"

闻砚桐一把将奚琴拿下："若不是因为我，小侯爷也不必早出晚归，反正我也有自己的寝房，就不在此处打扰了。"

池京禧急了，一把拽住她的奚琴："我说了不是因为你，只是这两日在忙其他的事情。"

闻砚桐跟他争执："小侯爷何必撒谎骗我？我还是有自知之明的。"

池京禧有些生气："自知什么自知，你那寝房又小又窄，能伸开腿吗？夜间供暖不足也要挨冻，为何要回去？"

闻砚桐木着脸："不管在哪个寝房，对我来说都是一样的，我住在这里，是因为想时常看到小侯爷，并不是因为这里供暖足、有下人使唤、住得舒服。若是小侯爷对我生气，不愿看我，我宁愿回到原来的地方。"

这番话让池京禧又是难受又是生气，虽话中含着暧昧，但闻砚桐说得如此理直气壮，又相当自然，根本无法多想。池京禧一把将她的奚琴夺过，走到软榻边，直接站在地上那包东西上面。

那大部分是闻砚桐平日里换洗的衣物，还有自己带来的小毛毯，本来鼓鼓囊囊的一坨，这样被池京禧一踩顿时瘪了。

闻砚桐抿抿嘴，说道："小侯爷莫要踩我的东西。"

他黑着脸，用奚琴的头一指："过来坐。"

闻砚桐闻声走过去，坐在了软榻上。池京禧本来就很高，又踩在一堆东西上，闻砚桐需要仰高了头才能看他。

　　池京禧臭着脸，看了她一会儿，才道："我不是说过没生你的气吗？"

　　"这话说出来根本不会有人相信吧？"闻砚桐小声嘀咕。

　　池京禧还在生气，却多了几分克制："我骗你作何？"

　　闻砚桐沉默，撇着嘴不说话，满脸写着不相信。

　　池京禧深呼吸几下，平稳了气息后，才缓缓道："皇宫的年宴，我在琳琅殿看见有个跟你颇相似的人，于是让人拿了玉牌去试探，结果玉牌就出现在你手里，但是后来我问你是否去了皇宫，你却矢口否认。"

　　闻砚桐一听，当下惊得冒虚汗了。她想了千万种别人偷玉牌的目的，但唯独没有料到这根线是池京禧自己放出来的。

　　是了，他若有所怀疑，又怎么可能不去求证？

　　现在这个玉牌的的确确在她手中，她再如何扯谎都掩盖不了她去了皇宫的事实。闻砚桐瞬间心虚了，两只手绞在一起，强作镇定。

　　"正月十三，我问你如何进的书院，你撒谎；问你如何知道我的字，你也在撒谎；又瞒着我做了假玉牌引吴玉田上钩。"池京禧道，"这些，我可有对你生气？可有追究你？可有逼问你？"

　　"这不也没骗住你吗？"闻砚桐忍不住低低道。

　　池京禧真的什么都知道，但凡露出一丁点儿端倪的秘密，他都能够察觉，如今唯一还能捂住的，只怕就剩下她的女扮男装了。

　　不过这个女扮男装也不知道能瞒多久。

　　可闻砚桐不可能主动坦白。这个秘密若是被抖出来，远在安城的闻家就会一并被牵连，如今在朝城除了傅棠欢，她根本没有可信任的人。虽然她与池京禧的关系慢慢缓和，可还达不到能够坦诚相对的地步。

　　池京禧长叹一口气："我若是让你骗住，这颗脑袋算是白长了。"

　　"既然你没生气，那为何总不理我？"闻砚桐问。

　　池京禧一时没答上来，沉默了。闻砚桐等了好一会儿，见他还没有开口说话的意思，便想动动僵住的四肢。

　　谁知刚一动，池京禧就以为她又要走，便开口道："不会了。"

　　闻砚桐不明所以："什么？"

　　"我不会再早出晚归了。"池京禧沉着声说，"敷衍、冷淡，都不会了。"

　　闻砚桐悄悄抬眼看他。

正好对上他的眸光，好像还含着气，最后一句话也有些恶狠狠的意味："就在这儿好好住着，不准再闹着回去，听到没有！"

闻砚桐忍着笑，乖巧地点头。

跟池京禧数次无形的交锋中，闻砚桐还是头一回占了上风，以池京禧的妥协落终。看池京禧还臭着脸，她立马换上一张笑嘻嘻的脸，凑到了池京禧面前："小侯爷可要说话算话啊。"

池京禧瞥眼看了她一下，脸色稍稍缓和，没好气道："我何时有出尔反尔？"

"那就好。"闻砚桐笑着想去抱他的手臂，他这次也没躲开。

于是闻砚桐便将他慢慢从自己的包裹上请了下来："你这些日子早出晚归的，定然没有休息好，今日早点睡，好好休息一下吧。"

一转头，果然看见包裹上留下了一双脚印。

池京禧被闻砚桐按着坐在了软榻上，说道："你若不气我，我今晚必睡得香甜。"

闻砚桐嘿嘿笑着："不气不气，我给你按按肩吧，我这一手推拿可是专业的。"

她主动揉上池京禧的肩膀，一边揉一边道："今日还要多谢小侯爷帮了我一把，否则我肯定要挨揍了。"

池京禧低低地应了一声："有我在，总不至于让你挨揍。"

声音有些含糊，闻砚桐没听太清楚，想起了先前的场景。

主要是吴玉田的动作太突然了，当时还有很多人没反应过来，没想到他会当着那么多人的面动手，这也不在闻砚桐的预想中。

再怎么说，吴玉田的父亲也是朝廷的官，他在书院的行为举止也代表着吴家的脸面，这次诬陷造谣的罪名坐实，又公然对同窗动手，处罚下来必然会连累到他父亲。

其实闻砚桐希望处罚得最好重一点，毕竟以吴玉田的脾性，不难看出这人以后肯定是个祸害，但她这一计并不能让吴玉田被定死罪，最多让他被逐出书院、挨顿板子。

但这也是闻砚桐目前能够做到的最多的了。

池京禧知道她没有说实话，也知道她偷偷进过宫，却并没有追问，可不追问不代表他不会追查。所以她现在能做的，只有快些与池京禧的关系变得更好，以至于到后来他真的查到了什么之后，能够放她一条生路。

说到底，现在的池京禧到底还是十八岁的孩子，脑子聪明点，心思深沉点，可心里还是有情的，只要成为他心里认可的朋友，应该就不会被他逼上死路。

池京禧这几日想得太多，夜晚睡不安宁，白日忙于奔波，确实疲惫至极，被闻砚桐"专业"的手法揉捏了会儿后，靠在软榻上昏昏欲睡。

闻砚桐轻轻拍了拍他的肩，小声道："小侯爷，去床上睡吧。"

池京禧微微睁眼，眉间都是疲意，看了她一眼后起身下榻，走的时候余光瞥见地上的包裹，还叮嘱了一句："把你的东西都放回去。"

闻砚桐连连应了，看着池京禧回了里间睡觉，便轻手轻脚地把东西放回原位，又简单洗漱了一下，才爬上软榻。

当夜闻砚桐做了一个梦，应该是个噩梦。

她梦见自己站在旷野之上，周围都是刺目的鲜血，横七竖八的尸体。浓重的血腥味在空中蔓延，仿佛堵塞了她的鼻子，让她有一种窒息的感觉。

"池京禧。"有人说话。

闻砚桐猛地回头，就见程宵站在不远处，身披铁甲，手执长剑，眸光冰冷，居高临下地看着面前的人，说道："你已经输了。"

闻砚桐将视线移动，就看见程宵面前几步远，有一人单膝跪在地上，弓背垂首，右手一柄长剑没入土地作为支撑。他身上的银甲几乎覆满了鲜血，也有数处被砍裂，身上插着几支羽箭，箭头没入身体。

他高束的长发垂着，身体微颤，发出粗重的喘息。

"……我早就输了。"沙哑而熟悉的声音传来。

闻砚桐皱紧眉头。

"不管这场仗打到最后结局如何……"池京禧已是强弩之末，声音缓慢，"从我一无所有的那刻开始，我就已经输了。"

"从程延川的死开始，往后是牧杨、傅子献、程昕，还有我爹。我这场仗打到最后，是真正的一无所有。"

一将功成万骨枯，池京禧也是这万骨之一。

闻砚桐心口猛地绞痛，等她反应过来时，已经从梦中惊醒。

她翻身从软榻上坐起来，才发现自己竟流泪了，于是连忙用手去擦，还吸了下鼻子。

梦里面看见的是池京禧战事落败之后的场景，他承认自己输了之后，这一生也画上了句号。

闻砚桐越想越觉得难受，手往脸上一抹，全是泪水。

正顺气儿时，屏风上传来轻叩声。闻砚桐忙转头看去，就见池京禧站在屏风边，半个身子被落地长灯照亮。他看见闻砚桐脸上都是泪，不由得放轻了声音："怎么了？"

闻砚桐手忙脚乱地擦干泪，佯装无事道："没事没事，就是做了个噩梦。"

池京禧的眼眸在柔和的光下好似蓄满柔情，抬步轻缓地走到她身边："做了什么噩梦？怎么吓成这样？"

闻砚桐吸吸鼻子："梦到我被猪拱死了。"

池京禧忍不住发出哼笑声，顺手将棉被往上提，一下子盖住了她的脑袋："这般胆小。"

闻砚桐只觉得眼前黑，然后头上就落下了轻柔的力道，像是池京禧在揉她的脑袋一样。

"别哭了，男子汉哭哭啼啼像什么样子。"池京禧的话中含着笑意，也带着轻缓的温柔。

闻砚桐听着听着，心头的阴霾也慢慢散去，把被子拉下来之后抬头看他："小侯爷怎么这时候了还没睡？"

池京禧也低着头："睡了，只不过听见了小猫似的哭声，又起来看看。"

闻砚桐揉了一把脸，说道："没想到吵醒了小侯爷，真是对不住，快去睡吧。"

池京禧倒没什么责怪的意思，只是道："还难受吗？要不喝些热水压压？"

闻砚桐摇头："没事了，有小侯爷陪我说一两句话，我心里好受多了。"

池京禧已分不清她是日常油嘴滑舌还是真心实意，只是笑了笑，拍了拍她的脑袋："那你睡吧。"

闻砚桐依言躺下，池京禧又弯下腰，帮她把边角的被子往里掖了掖。她本以为池京禧掖完被子就会离开，却没想到他就势一盘腿坐了下来，坐在软榻边上。

闻砚桐受宠若惊："小侯爷怎么不去睡？"

池京禧道："你睡吧，不用管我。"

她还想说什么，池京禧就按了一把她的脑门："快睡！"

闻砚桐点点头，整个被子拢在身上，就露了一个脑袋，看了看池京禧后才慢慢闭上眼睛。

池京禧就坐在边上，点了盏四面雕花灯，拿起矮桌上的书静静看着。

闻砚桐听见那书页缓缓翻动的声音，逐渐放松下来。

在此之前，闻砚桐一直认为她是商户之女，与这些世家子弟有着难以逾越的鸿沟，即便是平日里再如何嬉笑玩闹，这道鸿沟也依旧存在。

她知道自己不属于这里，也总盼着能从书院脱身，回到安城去。可现在她却明白，她的喜怒哀乐早已融入了眼下的生活中，融在了身边所有朋友的身上。

她再也无法对身边的人做到无动于衷，对牧杨、傅子献以及其他人。

对于池京禧，她头一回起了贪念，想留在这里。

颂海书院开始休假，闻砚桐回了自己的小住宅。

放假的第二日一大早，花茉就寻上了门。

"夫子，大早上的来寻我，可是有什么事吗？"闻砚桐亲自奉上热茶。

花茉笑道："我就是想来看看御赐的宅子是什么模样，我在宫里三十多年，都没得过这么大的赏赐。"

闻砚桐摸摸头："这都是误打误撞罢了。"

花茉喝了口茶："我这次来找你，主要是想问问，你想不想去参加百花宴的琴演。"

"百花宴？"闻砚桐一愣。

"就是太子要办的宴席。太子从牧少爷那里听闻你奚琴拉得不错，又念及你先前在庙中救小侯爷立了功，便命人传话给我，让我在宴会上奏演时将你也带上。"

闻砚桐大惊失色，没想到牧杨给她整了这么个事出来。

他其实是好心，约莫是想让她在那些达官贵人面前多露面，慢慢融入他们的圈子，却不知这对闻砚桐来说是很麻烦的一件事。

她为难道："……我也不是专学奏演的，若是出了错……"

花茉道："你的琴技足够了，比得上宫内大半乐师了。"

闻砚桐不言语，开始想用什么借口推辞。

花茉看出她不情愿，叹一口气道："若这单单是我的主意也就罢了，但是太子那边传了话……"

闻砚桐脸色一白，听出了她的话外之意。

太子传话，花茉只是负责传达，她不是真的在问闻砚桐愿不愿意去，只是在通知罢了。

闻砚桐只好硬着头皮应了。

花茉满意地笑道："这就对了。"

说完还连连揉了好几下闻砚桐的脸，把练习的时间和地点都告诉了她，还余下二十多日的时间。接下来的日子里，闻砚桐都在练习花茉给的曲子，牧杨也来找过她几次，不过都让闻砚桐以忙为由拒绝了，他走的时候还骂骂咧咧。

闻砚桐心说：你给我整出这么个麻烦事，你骂什么？！

一晃眼，二月二十日，百花宴就到了。朝城各大官员的嫡子都收到了程延川的邀请帖，不管认识的不认识的，都送了。

百花园十分广阔，内有亭台楼阁，小桥流水，弯弯曲曲的抄手游廊，精雕细琢的假山和石雕。花园有两个大入口，周边自是围满了侍卫看守。马车要停在外道，所有人都要拿着邀请帖亲自走来，递帖过检，有人将他们的身份记录在册，再放行。

一切流程都井然有序，戒备森严。

闻砚桐是跟花茉一起从小门进的，她穿着一身暗色的衣裳，背着奚琴，刚进门就看见路的两边都是光秃秃的花杆，并不美观。

想来也是，二月天还冷得厉害，哪来的花呢？

她跟着花茉拐了七八个弯，走到一排竹木房前，正有人在此出入。

花茉道："最边上的那个房间是我特地给你要的。"

闻砚桐连连道谢，进门之后发现屋子虽不宽敞，但也有两个隔间，衣裳就挂在竹架上。颜色是稍暗的茶花红，领边绣的银丝卷云纹，外覆轻薄的墨纱宽袖纱衣，长及脚踝，所以看上去颜色没有那么亮眼。

不过男子穿来，还是稍显艳丽了些。闻砚桐疑惑地看了看花茉。

花茉也跟着笑："这可是宴会，自然要穿得漂亮些。"

她把闻砚桐拉到铜镜前，桌上摆着各样的花簪头饰，琳琅满目，还有些瓶瓶罐罐，不知是做何用的。

花茉把花簪分成四拨，两拨为簪子，两拨是花饰："这些都是你等会儿要戴的，从这里面挑四个你喜欢的。"

闻砚桐咂舌，没想到宴会上要打扮得这么花枝招展。不过想来也是，毕竟也不是普普通通的宴会，且艳丽不分男女，有个朝代就特别流行男子在头上戴花、文花臂。

"你先去里间把衣服换上。"花茉挽起袖子，"我给你打扮好了再去忙其他事。"

闻砚桐应了，然后取下衣裳，撩开棉帘去了里间，站在屏风后快速换了衣裳。衣裳很合身，堪堪遮住脚踝，倒不至于拖在地上，外面的那层墨纱让衣裳显得很有仙气。

闻砚桐走出来后，花茉道："快过来坐，赶时间呢。"

闻砚桐"哦"了一声，连忙走去坐着，花茉便先为她绾了个极其简洁的发型，再凑到她脸边看，然后拿起个瓶子，拔开盖之后都是桂花的香气。

花茉拿了个刷子："这个刷完之后，脸会变得白些。"

闻砚桐闭上眼睛让她刷。其实琴师这形象就是这样，不管男女，表演的时候都要打扮得精致些，女子画成美人，男子画成女子。

花茉边刷边道："你这皮肤倒是不错，跟小姑娘似的。"

闻砚桐心中暗惊，面上强作镇定地笑着道："又不风吹日晒，自然细嫩一些。"

透明的膏体刷在脸上有些凉凉的，花茉刷完之后就去旁边坐着了，让她乖乖等着。

但是没坐一会儿，就有人来敲门，喊花茉的名字。

约莫是其他地方需要花茉去，她跟门口的人交涉了一两句，推托不了，便转头回来对闻砚桐道："约莫半炷香的时间，我若没回来，你就用桌上的锦布随便擦擦，我尽量快些回来。"

闻砚桐没法睁眼，随意应了。

花茉走后房内静了下来，闻砚桐百无聊赖地等了一会儿，她也估摸不准半炷香是多长时间，只好等脸上的膏体慢慢变干。

正等着时，身后又传来了开门声，闻砚桐只当是花茉又回来了，便道："花姐，我的头发好像有些散，你能不能给我绾紧些？"

脚步声轻轻靠近，停在闻砚桐的身后，而后双手覆上她的发，动作轻柔地将头发绾紧。有只手又往前一伸，衣袖擦过她的耳朵，落在她面前的桌子上。

好似拿了根簪子，然后轻轻插在她的发中。

闻砚桐本来想自己挑的，但若是花茉给她挑，她也没什么意见，反正那些发簪也没什么区别。

"花姐，你可要挑个好看点的给我啊。"闻砚桐笑道。

身后的人还是没有回应。

闻砚桐顿时感觉有些不对劲，于是连忙伸手去摸桌子上的锦布。身后的人看出她的意图，伸手将锦布拿起，正好被闻砚桐抓住。她摸到那人的手，完全不是女子的娇小柔软。

闻砚桐忙去擦眼睛，睁眼的瞬间，就看见镜子里映出的人。

只见池京禧身着芽黄暗金繁纹长袍，颜色鲜亮，衬得他的眉眼更加如浓墨般黑，长发束着玄黑色嵌白玉头冠，既有朝气又有英气。

他正微微垂着头，将那根朱木象牙簪缓缓推进闻砚桐的发中。

311

闻砚桐瞬间放松下来:"小侯爷,你好歹吱个声,吓坏我了。"

池京禧如画的眉眼轻抬,从镜子里看她,眼里蒙着层似笑非笑的神情,让人看得不分明:"看见我就不害怕了?"

"看见你高兴还来不及,当然不害怕了。"闻砚桐侧了侧头,从镜子里看见了发上的簪子,"这个好像不是花姐给的……"

"是我送你的。"池京禧低声道。

闻砚桐讶异:"小侯爷为何突然送我东西?"

池京禧没应答,而是从桌上拿起没封盖的胭脂,用食指挑了抹嫣红,用脚将闻砚桐的椅子直接扭了个圈,慢慢俯低身。

闻砚桐有些怕了,往后缩:"小侯爷,你要作何?"

"别动。"池京禧捏住她的下巴,食指上的胭脂抹在柔嫩的唇上,胭脂红色瞬间将闻砚桐的面容衬得精致起来。

池京禧手法轻柔,随意抹着了几下,柔软的指腹顺着她的唇一下子滑到脖子,在白皙的脖颈上留下了胭脂红。闻砚桐感觉到这触感,紧张地咽了咽口水。

"干吗呀?"她问。

池京禧墨眸深沉,手指一勾,颈边嵌玉的衣扣就松开了,隐隐露出精瘦的美人骨。

闻砚桐的心一下子就吊起来,她想伸手阻止,但又害怕这种行为让池京禧觉得反常。

但等池京禧将第二颗衣扣挑开之后,她就绷不住了,抬手将衣领抓住,笑容有些勉强:"小侯爷,你想干什么倒是说句话啊,碰我衣裳作何?"

池京禧轻抬眉眼,与闻砚桐的距离过于近了,眼眸直直地看进她的眼中,将其中的慌乱与不安看了个彻底。

他道:"有什么好遮掩的?"

闻砚桐支支吾吾:"不、不大合适。"

"不大合适?"池京禧直起身,往后退了些许,转过身背对着闻砚桐。

闻砚桐赶忙把衣扣合好,从椅子上站起来。她觉得此刻的池京禧非常不对劲,面容的神情压根看不透,揣测不出其心里在想什么。

闻砚桐想溜。

可还没动身,就听池京禧说道:"你可知道藐视皇令会有什么下场?"

她哆嗦了一下:"不知道,我没听说过。"

池京禧沉吟片刻:"株连九族。"

"啊……"闻砚桐小声道，"这么惨的下场啊。"

池京禧的声音忽然严厉起来："既然知道惨，为何还敢以身犯险，你是给胆子喂了猪油吗？"

闻砚桐吓得腿一软："我不知道小侯爷在说什么。"

"你不知道？那你还知道什么？"池京禧背对着她，完全看不清楚表情，但声音里有了冷意，"闻衾你总该知道吧？"

闻砚桐心中大惊，闻衾不是她爹吗！池京禧怎么会突然提起他？

没听见她的应答，池京禧又道："怎么，自己爹都不认了？"

闻砚桐哪敢认啊！不敢说话。

池京禧生气了："怎么不理我？！"

她立即装傻："你在说啥呀，我听不懂。"

池京禧停了停，气息又稳住了，说道："前些日子问你认不认识闻堰，你张口便说不认识，可你入学的记录册上填的是闻堰的家，亲人也是闻堰的奶奶。你顶着他的身份入学，却说不认识他。我这样说，你能听懂吗？"

完了！全完了！

池京禧竟然真的把这些事查出来了！没想到池京禧的好奇心这么重，非要刨根问底地把她的身份翻个底朝天。

闻砚桐反应过来时，对着自己的嘴抽了一巴掌。

也怪自己太大意！

谁知道这声音刚落，池京禧一下子把头转过来，凶道："你干什么！"

闻砚桐吓得瑟缩，睁着水汪汪的大眼睛看他，眼眸里都是害怕。

池京禧本黑着脸，见了她之后神色瞬间有缓和的趋势，就又将头扭了半圈，目光落在别处，侧脸对着闻砚桐。

"闻堰几年前就已没有音信，其远房亲戚闻衾乃是安城有名富商，膝下只有一女，目前在朝城学绣……"池京禧沉声道，"我都说得这般明白了，你还不跟我说实话？"

闻砚桐知道自己的身份已经捂不住了，一股子害怕竟莫名其妙地从心底蔓延出来，藏在袖里的指尖都有轻微的颤抖，她的目光慌乱，张口颤音："我、我也不想的……"

池京禧声音冷硬："圣上颁布了颂海书院可招女子入学的新令，你却还敢扮成男子进来，若是让上头知道了你的事，你闻家上下的脑袋没有一个能保住！"

闻砚桐粗重地喘息起来，只觉得心头一下子揪紧，那种恐惧的情绪好似从这具身体里发出，完全不受她的控制，让她一时间有些头晕目眩。

她往后踉跄了两步，下意识地伸手扶住了身旁的椅子，捂着心口大口地呼吸着。

池京禧听见动静后眉头紧拧，转眼就见她面色极差，好似要站不住了，想也没想就上前，一把抓住她的手臂："怎么回事？"

"我、我……"闻砚桐只觉得一口气喘不上来，本能地向池京禧求救，一抬头，饱满的泪滴就从眼睛里滚落，说出了自己最直观的感受，"我害怕……"

她也不知心中的情绪从何而来，恐惧、委屈、绝望杂糅在一起，是身份败露，得知自己的爹娘也要被连累砍头之后的那种心情。

像是被挤在狭隘黑暗的缝隙中，一点一点被压至窒息。

池京禧凝目看着她的泪，严厉冷硬的气势瞬间散了个干净，他扶着她坐在了椅子上，语气里又是生气又是无奈："你怕什么？我又没问你罪。"

闻砚桐耳朵嗡鸣，有些听不清楚池京禧说了什么，皱着眉努力地从模糊中辨别池京禧的脸，这副神情更显痛苦。

池京禧慌神，忙伸手拿了桌上的锦布，见上面都是方才她擦在脸上的膏体，又赶紧将锦布展开翻面，折到干净的一面轻轻擦去她落下的泪水，轻轻叹一口气，声音极低："总是这样拿捏我……"

闻砚桐心口的难受慢慢散去，泪水也不再流了，密长的睫毛上都是细小的水珠，直直地看着池京禧。

到这里的头两天她行动十分不便，总是心悸心慌，胆怯的情绪一直盘旋在心头，夜间更是难以入眠。后来时间长了，她才慢慢适应。

但是闻砚桐知道，她爹是安城富商，她是女扮男装进入颂海书院，随时都有可能被降罪的平民，哭是不能解决任何问题的。

于是她一咬牙，猛地起身，抱着池京禧的腿跪了下来，扯着嗓子干号："小侯爷，您可千万别把这事儿说出去啊！再过一段时日我就能离开颂海书院回到安城了，只要您不说，肯定没人知道的！"

池京禧被她突然的动作吓了一跳，差点绷不住自己的威严，沉声道："你当初进书院的时候，怎么不害怕被人知道？"

闻砚桐假哭："当时没想那么多啊，你也知道，百无一用……啊不对，读万卷书行万里路嘛，我虽是个女子，但也想多读点书啊。"

池京禧道："安城那么多私塾私教，你为何非要来朝城？还是颂海书院。"

闻砚桐想都没想，脱口而出："不进颂海书院不就见不到你了嘛！我在安城听说小侯爷玉树临风、才高八斗，所以才想来一睹你的真容，呜呜呜……"

池京禧："……"

她哭喊："我错了，我真的知道错了！小侯爷你就饶我一命吧，我本来也想着逃走的，但是一直没有机会。你也知道的嘛，前些日子逃的时候腿都被撞瘸了，还被笑话好久，我也不想的呀！"

"你先起来说话。"池京禧语气平和了许多。

闻砚桐不依："我不！除非小侯爷答应我别把这件事说出去，否则我就不起来，把地板跪穿！"

池京禧道："我答应你，你快起来。"

闻砚桐没想到他这么快就松了口，愣愣地爬起来："小侯爷真的答应了？"

"不然呢？我现在出去宣扬你的事？"池京禧一看她脸上没有泪痕，就知道自己被骗了，没好气道，"就知道撒泼。"

闻砚桐心中大喜，见他俊俏的眉眼中既是无奈又是温柔，方才的恐惧也化为乌有。她心知池京禧这条大腿她是彻底抱上了，一时间为自己的不容易感慨，情绪催化下，想给池京禧一个拥抱。

池京禧见她踮着脚，展开双臂扑来，当下后退了两步，伸手抵在她的肩头："老实点，站好。"

闻砚桐恹恹地收回手，嘀咕道："抱一下都不行吗？"

池京禧伸手捏住她暗自嘟囔的嘴，说道："我先前说过，你若是再骗我，我就把你这一口利牙敲掉几颗。来，算算你骗了我多少事。"

闻砚桐忙道："别呀！虽然我的确有事骗你，但我对你的心从来都是真的，夸你的话也没有半句掺假，你就别跟我计较这么多了嘛！"

池京禧佯装观察她的牙："这牙长得倒是整齐白净，那我就挑一颗最漂亮的敲下来吧。"

闻砚桐急忙用手捂着："不行不行。"

池京禧忍不住翘嘴角，正要去拂开她的手时，门外却突然响起了花茉的声音："你们是谁啊？为何会在这里？"

池京禧一下子松开了闻砚桐，转头看向门边。

闻砚桐揉了揉脸："是花姐回来了。"

他正了正脸色，对闻砚桐道："我的话还没问完，闲了再来找你。"

闻砚桐讶异："还没问完啊。"

池京禧眼风一扫。

她当下笑嘻嘻道："行行行，那我就恭候小侯爷再来问。"

池京禧拢了拢衣袍，临走前又看了她一眼，停顿了些许，才慢慢转身拉开了门。

花茉正在问门口的侍卫，见池京禧突然从里面出来，立即福身行礼，池京禧淡淡应了一声，带着侍卫离开了。

花茉连忙进了屋子，见闻砚桐愣愣地看着门边，眼睛红红的像是哭过。

她将门关上，急急地走到闻砚桐身边："可是小侯爷欺负你了？发生什么事了？"

闻砚桐回神，笑道："没呢，是我自己太胆小，被小侯爷吓哭了。"

"他做什么了？"花茉问道。

"他跟我开了个玩笑。"闻砚桐语气轻松，心中暗暗松了一大口气。

身份这个秘密一直梗在她心头，时时刻刻提心吊胆，但是这次被池京禧发现之后，她竟然有了解脱的感觉，无比畅快。

等夏季来了之后再上几个月的学，参加了颂海书院的结课测验，就可以离开了。

花茉见她不说，也没有追问，只是道："你这口脂怎么涂在脖子上了，赶紧擦擦，什么眼神啊。"

闻砚桐对着镜子照了照，知道这是方才池京禧涂的，她莫名背了锅，只好拿锦布将脖子上的嫣红擦去。

"嗯？你这头上的簪子是从哪儿来的？"花茉疑惑道。

闻砚桐这才想起方才池京禧在自己发中留了一根朱木簪，于是顺手拔了下来。那木簪通体是暗沉的朱红，末端有一处镶嵌了牙白色的玉石，入手很轻，细看之下还能看见朵朵卷积的祥云纹。

很有池京禧的特色。

一看就是价值不菲的东西，闻砚桐便如实道："是小侯爷方才拿来的。"

"哟，这东西……"花茉凑近看了看，"这不是前两日玲珑阁拍卖的象牙云纹簪吗？是个名贵东西，拍卖当日朝城有好多人想要呢。"

闻砚桐拿着簪子反复看："一根簪子能有多名贵？"

"贵就贵在象牙和边上的祥云纹。每一朵祥云的卷纹都不一样，里面嵌了暗金，据说在阳光下会微微闪光呢。"花茉笑道，"看来小侯爷当真是对你好。"

闻砚桐拿着簪子，眼里爬上了细微的笑意。她将簪子收了起来，随意拿了桌上的花饰让花茉帮忙戴上。

　　随后花茉将她的妆容完善，又在房中等了两刻钟左右，便喊着她跟其他琴师会合。闻砚桐和那些人先前练习时就见过面，但是都不大熟，毕竟那些人都是宫里的人，她却是宫外的平民，又是被花茉动私权带进来的，那些人有偏见也正常。

　　她也不乐意跟那些人说话。

　　闻砚桐抱着琴跟在花茉身后，一路走到开宴席的花园，才发现二月其实也是有花盛开的，只是很多花她从未见过，也叫不上来名字。她只觉得眼里一片姹紫嫣红，空中许多种香气融合在一起，淡淡的，不刺鼻。

　　花茉提醒道："低头，别乱看。"

　　闻砚桐立即低下头，眼里就只有花茉的脚后跟，然后跟着她不缓不急地往前走。

　　随后喧闹的声音渐渐传入耳朵，男子推杯换盏，女子巧言嬉笑，待一行琴师出现后，声音略小了。

　　闻砚桐其实特别想抬头看看池京禧在何处，但是这种场合由不得她东张西望，只好强克制住自己的脖子，随着花茉走到了一处中心地带。

　　随后侍卫上前摆放架子和座椅，依次将琴放上去。闻砚桐的位置偏左，她手里仍是一把奚琴，在演奏中做独奏和两端和声。

　　趁这机会，闻砚桐悄悄抬头瞄了一眼。

　　场地十分开阔，男女依旧分两边，中间有一条宽阔的路。池京禧等人都坐在能够轻易看到奏演的位置，所以几人都十分明显，闻砚桐一眼就看见了。她眼睛扫过去的时候，池京禧正好在看她，两人就对上了视线。

　　闻砚桐本想对他眨眼，但又想到大庭广众之下不宜生事，免得落人话柄，于是眨了一半的眼皮硬生生拗抽筋了，她低头揉了揉。

　　牧杨嘿嘿一乐："你瞧闻砚桐这身打扮，越发像个女子了。"

　　池京禧不动声色道："瞧着挺好看的。"

　　"什么？"牧杨惊诧。

　　"不好看？"池京禧反问。

　　"好看是好看，"牧杨挠头，脸上尽是疑惑不解，"但是从禧哥你口中说出……"

　　池京禧道："实话而已。"

　　牧杨摸不着头脑，也没再问。

池京禧转眼，再次将视线放在正在调试奚琴的闻砚桐身上。

他眸光转了转，停在她的发上，才发现那根朱木象牙簪不见了，取而代之的是两朵颜色并不艳丽的花饰，他嘴角一沉，有些不开心。

不一会儿，现场就响起了古琴的声音。花茉作为琴师里的一把手，自然是拨首音的人，她指尖微动，幽幽琴声流泻而出。

周围的议论声慢慢小了，变得安静，琴声就更加突出，在园中乘着微风散开，穿过诸位姑娘公子的发、姹紫嫣红的花，在周围环绕。

闻砚桐耳朵一进音，神识就专注了，也不去想其他东西，只专注地打着节拍，等着自己的那一段。

看过乐器演奏的人都知道，人一旦进入了演奏状态，那种由内而外迸发的气质就是独有的，专注而迷人。

闻砚桐更有一种游刃有余在其中，她拉起琴弓的时候，就不自觉地吸引人的目光。

上回池京禧看了闻砚桐的演奏，当时并没有觉得怎么样，但这次再看时，竟觉得她周身好似泛着光一样，每一声琴音都轻轻落在了他的心尖儿上。

一曲终了，大部分人都还沉浸在琴音中，花茉带着众人行礼告退，从另一头离开。

池京禧见她们离开，也起身离席。

闻砚桐回房之后刚坐下没一会儿，门就被敲响了，她起身去开门，就看到池京禧站在门外。

她连忙把池京禧请进来，嬉皮笑脸道："小侯爷，我方才演奏得如何呀？"

池京禧眸色润泽，反问道："想讨赏？"

"那哪能啊！这都是我分内之事！"闻砚桐义正词严道。

池京禧并未应声，知道闻砚桐肯定还有后半句。

果然，闻砚桐又道："不过小侯爷若是想给，我当然也不会拒绝啊。"

池京禧的巴掌拍在她脑门上："我让你清醒清醒。"

闻砚桐捂着脑门，乐道："多谢小侯爷的赏赐！"

池京禧往软椅上一坐，姿势懒散地靠在上面，眸光往上晃，掠过她头上的发饰，于是立马想起自己来这儿是干吗的了，俊脸微沉："我给你的东西，你放哪儿去了？"

闻砚桐起初不知道他说的是什么，茫然道："什么东西？"

池京禧用下巴指了指："这两朵花碍眼至极，还不如在路边捡两根树杈子插头上，都比这来得素雅自然。"

闻砚桐伸手摸了摸，然后从怀里掏出那根簪子，扬了扬："在这儿呢！这可是贵重东西，自然要妥善保管。"

他脸色稍缓："簪子是戴在头上的，你藏怀里做什么？"

她轻叹道："还不是怕人家惦记，我都不敢拿出来，而且我也怕别人说小侯爷的闲言碎语，所以还是少生事端的好。"

池京禧没再说话。

就看着闻砚桐再次把簪子收起来。

"小侯爷，"闻砚桐又开始没话找话，"听旁人说，这场宴会是给你物色正妻办的？"

池京禧愣了下："听何人说？"

"练琴的时候，听琴阁里的人说的。"闻砚桐道，"是不是男子冠字之后，都开始准备娶妻的事了？"

他道："多数如此。"

闻砚桐试探着问："傅三小姐，是不是也来了？"

池京禧奇怪地看她一眼："来没来与我何干？"

闻砚桐笑道："那你今日看了那些姑娘，可有心仪的？"

池京禧撑着下巴，好似认真想了想，闻砚桐也期待他的回答。

可谁知他想了会儿，就对闻砚桐道："这又与你何干？再问东问西的，我就把你赶出去。"

哎呀，这可是她的屋子！

闻砚桐低哼了声，没有再追问。

池京禧没再跟她说话，只在房中坐了一会儿，然后起身离开。

闻砚桐见没自己的事了，便在房中卸下妆容换上原本的衣裳，与花茉道别后回了自己的住宅。

如今休假不用再上课，也不需要再练琴，闻砚桐整日无所事事，没几日就有些无趣了，开始让下人收拾行李，打算启程回安城。

池京禧这几日也在忙，处理完手上的事后，就来了闻砚桐的宅子。只是池京禧忘了闻砚桐有午睡的习惯，来了之后又等了一会儿。

宅子里的下人经他上次整顿后，这次见了他每个都战战兢兢的，小心翼翼地伺候着。

等闻砚桐睡醒了，才立刻飞奔去通报。

闻砚桐穿好衣裳，打着哈欠去了正堂，一进门就扯着嗓门问："小侯爷，你的事情忙完了？"

池京禧转头看她，平静的眼中荡开笑意："忙完了，一得闲就来找你了。"

闻砚桐笑得眉眼舒展开："太好了，能在回家之前见一眼小侯爷。"

池京禧沉默了一会儿，继而问道："你要回家？"

闻砚桐点点头："是呀，这次休假长，我该回家看看了，否则我爹娘会担心我的。"

他弯唇笑了，一双笑眼中藏着盈盈温色："正巧我也要回去，那便同行回安城吧。"

闻砚桐起初一愣，紧接着心中涌起一股喜悦。原本以为今日一见会是书院开课之前的最后一面，却没想到池京禧也要回去，而且喊着她同行。

这股子高兴的情绪在她心中盘旋了很久。

从朝城到安城，当中隔着千山万水和数不清的大道小路。

闻砚桐带了很多衣服，盘缠倒是次要的。侍女只带了茉鹂一人，荷莺则留下来守家。池京禧还特地派来一批人进了闻宅，选了一个年长的男子为管家，帮她掌管闻宅。

将一切都打点好后，闻砚桐带着行李和租来的马车，一大早就等着池京禧来。

闻宅本就在郊区位置，池京禧要出城则正好经过。

池京禧来的时候，还带来了牧杨。

牧杨像个没长大的孩子一样，一下车就双眼通红，看着闻砚桐不说话。

闻砚桐忍不住笑了："你又怎么了？"

牧杨哽咽："又到了我一年中最讨厌的时候了，要好些日子见不到禧哥……"

闻砚桐道："不就两三个月吗？"

牧杨道："两三个月还不长吗？"

"这么舍不得，那就坐上马车一起去安城啊。"闻砚桐笑他，"多大了还哭鼻子，羞不羞？"

牧杨被她笑话惯了，自动无视，只道："不成，我爹会揍我。"

"那你老实在朝城待着吧，"闻砚桐拍了拍他的肩，嘿嘿一笑，"我就跟你禧哥一起去安城啦。"

牧杨眼睛更红了，大概是十分羡慕闻砚桐的。

这种时候，连池京禧都不允许闻砚桐调皮了，拍了拍她的脑袋："少说点。"

闻砚桐看着牧杨的模样是有点可怜，就跟他道："你别伤心，时间很快就过去了，再说了，就算没有小侯爷，傅子献不还在朝城吗？你闲着无事就把他喊出来一起练箭，不快乐吗？"

或许是这个提议相当称牧杨的心意，他低落的情绪一下子好多了。

东西全部装上马车之后，牧杨又黏黏糊糊地缠了一会儿，然后才道了别，离开了朝城。

闻砚桐的马车就跟在池京禧的马车后面，然后就是行李，还有随从侍卫，拖了长长的尾巴。

池京禧回安城走的是官道，道路宽阔，路面平整，马车走在上面几乎感觉不到颠簸。闻砚桐一上马车就睡了一觉，只是这租来的马车到底不比家中的床榻，就算上面铺了软垫，睡起来还是觉得肩膀疼。

醒来后一问时辰，已快到中午。朝城是大城，周边的小城镇非常多，所以到了饭点后就随便进了一座小城，队伍停在了城外。

闻砚桐睡得身上难受，下车的时候表情恹恹。池京禧瞧出不对劲，问道："怎么？要回家还不高兴啊？"

"没有不高兴，只是我肩膀有些疼。"闻砚桐揉了揉，"这马车上的小榻太硬了，睡得不舒服。"

池京禧道："那就再加两层软垫。"

"没带那么多。"闻砚桐道。

出门在外自然要一切从简，带的基本都是能够用上的东西，原本以为带两张软垫就足够了。

池京禧没再说话，而是带着她去了一家两层酒楼吃饭。

闻砚桐一想到那张硬榻就十分不是滋味，吃到一半的时候对池京禧道："小侯爷，我能跟你睡一起吗？"

池京禧愣了一下："说什么胡话？"

"又不是没一起睡过。"闻砚桐不满地嘀咕，"而且你那马车上不止一张榻吧？"

池京禧道："那时候又不知道你是姑娘。"

闻砚桐轻哼一声："迂腐思想，你继续当我是个男子不就好了。"

池京禧道："快些吃，别说废话。"

闻砚桐不高兴了，低落地吃完饭之后，池京禧又命人买了两层软垫给她铺上。

池京禧把她的样子看在眼里，但也不好说什么。

临上马车的时候，他主动跟闻砚桐说了几句话，闻砚桐也是敷衍着，不怎么想搭理的模样。

不过就算如此，池京禧也没有松口，目送她上了马车。

下午继续赶路，池京禧坐在马车里看书，约莫半个时辰后有了困意，叮嘱侍卫赶路一个时辰就要休息会儿，人要休息，马也需要休息。

然后他就躺在软榻上睡觉，睡前脑中有个念头。

他的床榻确实软和。

不过这一觉没睡多久，就被随从敲门吵醒："主子。"

"何事？"池京禧的嗓音里都是慵懒。

"闻公子求见。"

"让她进来吧。"池京禧无奈地叹一声，就知道她闲不住。

闻砚桐被放了进来，撩开帘子探进来一张满是笑意的脸，张口便是兴奋的语气："小侯爷，我把我那辆马车的车轮砍破了。"

池京禧一下子怔住。

闻砚桐补充道："用削果子的小刀，一戳一个豁口，轮子的外轮廓直接碎裂，已经不能行路了。"

闻砚桐果然成功地在池京禧的马车里留下了。

她捧着一壶热茶，坐在池京禧的对面，心满意足地喝着。

池京禧面无表情地看着她把桌上的糕点都吃了个遍！才问道："你上我的马车就是为了吃吧？"

闻砚桐当下否认："怎么可能！我马车里也有吃的啊！我不过是想跟你说说话，一个人在马车里太无聊了。"

池京禧道："那你也不必毁了那辆马车。"

闻砚桐道："你又不同意我来这里，我只好拿出我的锦囊妙计。"

池京禧气笑："锦囊妙计？"

她认真地点头。虽然招有点损，但是管用不就行了？

池京禧懒得再搭理她，暗道这人脑子向来与常人不太一样，能做出这种事也不奇怪。

闻砚桐得了便宜还卖乖，笑嘻嘻道："小侯爷，没想到我会来这招吧？"

池京禧微微抬眼，眸光落在她的笑面上，忽而一个轻笑："你不是说闲着太无聊？我给你找点事做。"

闻砚桐愣了愣，直觉要糟。

随后池京禧拿出一本书，扔在了桌子上："你若是能把前三章的内容背下来，我就允许你待在这个马车里。"

闻砚桐看了看书，没敢伸手拿，问道："若是背不下来呢？"

"那我就把你绑在马车顶上带回安城，你觉得如何？"池京禧温柔地问。

"这不太好吧。"闻砚桐裹紧身上的小棉袄。

"你毁了马车的时候，怎么就没觉得不太好呢？"池京禧无情道，"晚上进城之前背给我听。"

闻砚桐"啊"了一声，刚想为自己辩解两句，就见池京禧微微闭眼，似乎又打算假寐了。

她没招了，只好拿起那本书，一翻开就发现前三章并不是指前三页，一章有四五页的内容，虽不是满篇的字，但光是一页就够闻砚桐头大的了。

闻砚桐勉强看了几页，发现内容晦涩难懂，她记一行字都老费劲，更别提背三章了。看了一会儿后觉得困意来袭，于是也不克制，整个人歪在榻上，抱着书本就开始打瞌睡。

池京禧听见她平稳的呼吸声，睁眼一看，人已经睡着了。

他看着闻砚桐只有睡着的时候才会安静下来的面容，忍不住勾起嘴角，淡淡的笑意浮现在眼中。

马车里除了呼吸声，还有车轮滚动、马蹄踏在地上的声音，但池京禧却莫名地觉得这一刻十分安宁。他盯着闻砚桐的脸，依稀能够从上面看出独属于姑娘的娇憨和秀气。

任何一个跟她相处的人，应该都会感觉到她身上的与众不同。

池京禧从不觉得自己的生活有什么不妥，但自从遇见闻砚桐之后，他好似感觉他们这些人的身上都套了枷锁，而闻砚桐是唯一一个手脚自由的人。

这种自由在她身上，变成了致命的吸引力，然后以一种无形的形式，传给了身边的人。

池京禧的眸光定格，看见闻砚桐嘴边的口水慢慢流下来，仍旧一派波澜不惊。

她就是这样的人。

池京禧暗暗想。

也不知道看了多久，直到他眼睛有些酸涩了，才慢慢移到别的地方。

朝城到安城这条路，池京禧走了十多年，每一次都觉得这长长的路途索然乏味，一刻也不想在路上停留，但是这次有些不一样了。

这次池京禧倒想走得慢一些。

闻砚桐醒的时候，身上盖了棉毯，她揉了揉眼睛，发现这还是当初被池京禧抢走的那条。

池京禧在对面坐着看书，除了偶尔翻动书页发出声响，他基本是静止的。

闻砚桐打了个哈欠坐起来，只觉得神清气爽，忍不住脱口而出："小侯爷，你这床睡着太舒服了。"

池京禧低低应了一声："呼噜声把马吓得都不赶路了。"

闻砚桐大惊失色："什么！"

她打呼噜？还打那么响？

池京禧当然是玩笑话，但是看见闻砚桐被惊呆的模样颇是好玩，于是也没澄清，沉默着让她误会。

闻砚桐挠了挠头，想到打呼噜这事儿也不是多稀奇，大都是遗传的，于是很快释怀："那下次我要是吵到小侯爷了，你直接把我叫醒就成。"

池京禧抬眸看她一眼，只轻笑一声，低低骂道："笨蛋。"

闻砚桐乐了，得了池京禧这一句，约莫今日又要撞好运了。

她醒了之后，池京禧的书就没看进去多少。闻砚桐闲不住地跟他聊天，池京禧虽说得不多，但是每句话都应了，注意力被分得厉害，只顾听她说话。

闻砚桐是个话痨，一说就停不下来的那种，扯到什么都想拓展两句。偏偏池京禧还听得认真，脸上没有半分不耐烦的神色，碰上些听得一知半解的话，他还会主动问两句。

这一聊就聊到了天黑。

他们不用赶夜路，于是寻了一座城镇暂歇。

这座城名为桦阳城，是绍京数得上名号的繁华之城，一到夜间，八街九陌的灯点起，满眼辉煌。

长长的队伍进了城后引来了许多人的注意，为防止生事，池京禧命人将马匹寄在马厩中，装着行李的车都停在有专人看管的地方，只留了一辆马车做出行用。

进城之后的第一件事自然是填饱肚子。桦阳城的男女与朝城的不大一样，这里的女子好似更开放一些，大晚上的，随处可见年轻姑娘走动，虽是二三月的冬春交替时节，但她们却穿得有些单薄。

闻砚桐看了就觉得冷，一脸嫌弃。

下了马车行至酒楼门口，闻砚桐站定，抬头看了看这座酒楼的装潢，感觉挺上档次的。

正想着时，人群中突然传来一声："抓贼啊！"

周遭人瞬间停下脚步，变得哄乱起来。闻砚桐踮脚往喊声传来的那个方向看，就见一个蒙着面的男子推开人群，极快地朝这边来，路上有人伸手拦都没拦住。

眼看着那男子飞奔而来，闻砚桐下意识往池京禧身边挪了挪，生怕挡了那贼的路。

只是男子还没能跑到跟前，就被前方的侍卫用胸膛一撞，将他撞得摔了个大跟头，手中的荷包甩出来，掉在闻砚桐的脚下。

贼还没起身，就被侍卫按在地上动弹不得，周围的人一下子散开来，围在旁边看戏。

池京禧面色淡漠："送去官府。"

闻砚桐弯腰把脚边的荷包捡起来，发现里面沉甸甸的，还真装了不少银子。

随后一个满脸泪水的姑娘跑了过来，她面庞通红，许是因为剧烈奔跑，停下时还喘着粗气，指着荷包半个字都说不出来。

不过闻砚桐看懂了她的意思，把荷包往前一递，问道："这是你的吗？"

姑娘使劲点了点头，抬头看向闻砚桐，盈满泪光的眼眸一下子呆住。

闻砚桐浑然不觉，将荷包递给她："姑娘收好，下次可别带这么多银子上街了。"

那姑娘愣愣地收下了，却还盯着闻砚桐不放。

池京禧在旁边道："走吧，吃饭去。"

闻砚桐高兴地应了一声，正要走，却突然被姑娘伸出的手拦住。

池京禧的眉毛微皱，似乎有些不耐烦了。闻砚桐看出他的情绪，便想快些解决这人，语气充满疏离："姑娘还有何事？"

这姑娘垂下眼，面上虽还有泪，却显出娇羞的神色来，顺了顺气道："公子有所不知，这些银子是我爹的救命钱，若是被贼人抢走了，我爹怕是要遭大难，幸而公子仗义相救，是我三生修来的幸运。得此大恩无以为报，唯有以身相许，还望公子不嫌弃……"

闻砚桐满脸惊愕。

以身相许这样的俗套桥段竟然会出现在她的身上？

那姑娘颇不好意思地看了闻砚桐一眼："做妻做妾，做牛做马，小女子都毫无怨言。"

周遭人看热闹不嫌事大，纷纷发出怪声起哄，有人还喊着让闻砚桐把这姑娘收下当个暖床的。

闻砚桐整个人都蒙了，一时间脑子卡壳，什么话都回应不了。

她跟池京禧站在一起，这姑娘竟然会眼瞎一样地挑了又矮又瘦弱的她？该不是有什么阴谋吧？

池京禧却是将眉头狠狠一皱："十六！"

侍卫立即上前："属下在。"

他下巴指了指叫十六的侍卫："帮你拿回荷包的是他，你就算以身相许，也该对他说。"

姑娘转头看了看大块头侍卫，完全不感兴趣，仿佛赖上了闻砚桐一样："方才是这位公子把荷包递给我的。"

闻砚桐下意识道："我是在脚边捡的。"

姑娘道："说明上天注定小女子的这份恩是要从公子这里承的，还望公子莫要再拒绝我！"

闻砚桐摇着头后退了一步："你还是赶紧去救你爹吧。"

姑娘唰地落下两行泪："公子何以这样果断地拒绝？哪怕是在公子身边做个侍女，我也是愿意的。"

闻砚桐怕池京禧等烦了，干脆道："我不要你这么丑的侍女，我看着会睡不着觉，你还是另觅良人吧。"

她的话让姑娘脸色一白，像受了沉重打击一样往后退了两步。观众中有人看不过去，喊道："姑娘，这人眼珠不识货，他不要你我要你！"

闻砚桐很是厌烦地摆手："你要你要，你拉走，别来烦我。"

说完就抓住池京禧的手，将他往酒楼里拉。

池京禧面若冷霜，瞥了一眼先前说闻砚桐眼珠不识货的人，给身旁的侍卫使了个眼色。

姑娘揪着荷包还想再拦，身旁的侍卫却一个箭步挡在她面前，冷声道："姑娘若是再不离开，只怕要吃些苦头了。"

闻砚桐听见姑娘的哭喊声，只觉得莫名其妙，头也不回地进了酒楼。

这姻缘来得太奇怪了，是完全没有征兆的那种，而且那姑娘搁着池京禧这种又俊又高的人不赖，反而赖在她身上，这绝对不正常。

池京禧的脸色一直不大好，约莫是被方才那姑娘闹的。

闻砚桐只好主动跟他说话："这地方也太奇怪了，大街上都能碰上这种人。"

池京禧沉声道："此女子只怕动机不纯。"

闻砚桐道："或许是见我们身旁有侍卫跟着，衣着又显华贵，所以想攀上我们摸点银子吧。"

池京禧看她一眼，没有应答。

她又道："之所以看上我，怕是因为你看起来就十分不好惹，所以不敢说对你以身相许，就是看我好欺负些。"

说完就气哼一声："这种歪瓜裂枣我才不要呢！"

池京禧道："什么才不算歪瓜裂枣？"

平心而论，方才那女子的模样着实清秀，虽算不上貌美倾城，但也不至于歪瓜裂枣。

闻砚桐便道："自然是像小侯爷这样的，一眼看过去就让人觉得惊艳，后来再看时，仍然会感叹的那种。"

池京禧听完后面上没什么变化，约莫是听多了闻砚桐的夸赞，有了免疫。

但是闻砚桐又补充："不过我感觉，绍京应该找不出第二个小侯爷这样的了，你就是独一无二的。"

池京禧到底没绷住，嘴角一弯，漂亮的眼眸盛上笑意："油嘴滑舌的。"

闻砚桐见他笑了，不自觉地也跟着笑："我这都是真心话。"

池京禧笑起来的时候才叫好看，闻砚桐最喜欢看他笑。以前还不是很熟悉的时候，池京禧面对外人很少笑，看得最多的就是他微微皱眉、不耐烦的模样。

相处的时间长了，才发现他大部分时间都处于平静状态，即便是心情愉悦，也只会把点点笑意藏在眼睛里，很少见他弯眸笑的模样。

所以每次他笑，闻砚桐都忍不住盯着看，连带着自己的嘴角也翘了起来。

两个人坐在雅间里，随意点了些饭菜。闻砚桐因为下午吃了不少糕点，这会儿不太饿，吃了两口就饱了，捧着下巴看池京禧吃。

池京禧吃饭向来不说话，视线多次与她相撞，最后实在忍不住："你总看什么？"

闻砚桐认真道："我在想，小侯爷日后娶亲，应该不会娶个特别聪明的女子吧？"

这话引起了池京禧的注意，他饶有兴趣地问道："为何？"

"因为你就够聪明了呀。"闻砚桐道，"若是再娶个聪明媳妇，那日子该多无趣啊，整日你算计我，我算计你的。"

池京禧一听，竟觉得有道理："那我应该娶个什么样的？"

"笨一点的啊，"闻砚桐道，"这样才互补嘛。"

说完自己先笑了起来，池京禧看着她，眼里也都是笑意。

而后闻砚桐又补充道："当然也要丑一点的，毕竟小侯爷你长得太俊了，娶个丑点的媳妇儿能镇家护院。"

池京禧笑意一平，就知道她说不出什么好听的话，于是不再理会，低头吃饭。

闻砚桐又自言自语了一会儿，等池京禧吃完罢筷之后，才一同从酒楼里走出。

酒足饭饱之后，闻砚桐自然不想那么快回客栈，就喊着池京禧在街上逛逛。

桦阳城的夜晚最是繁华，街道虽不如朝城的宽阔豁朗，但道路两边都是形形色色的摊位，卖什么的都有。

闻砚桐心情颇好，但是只看不买，就算买也只买些小玩意儿，以免给自己增添负担。但是有些商贩精得很，知道闻砚桐是外地人，就打起了占小便宜的心思。

她在街头买了一个萤火灯笼，花了二钱银子，但是走到街尾又看见一样的灯笼，再上去问价钱时，才得知一钱一盏。

闻砚桐气得鼻孔冒烟，直呼奸商，可又不值得为一钱银子再跑到街头那边去理论，也不能把灯笼扔了泄愤，毕竟花了二钱银子。

于是她气呼呼地晃着灯笼，东甩一下西甩一下。

一条街走到头时，她在街边看见有个身穿白衣的姑娘跪在一块白色的布上面，布上是红字写的一段话。那姑娘抱着一方木牌，牌上写着"但求施恩"。

闻砚桐好奇地走近，就看见那块布上面写的话，粗略地读下来，大意就是乞讨葬父。

她纳闷儿地挠挠头，怎么今晚净遇见这种俗套事？

池京禧在边上站了一会儿，见她只看了看布上的字，什么表示都没有，就问道："不给些银子？"

闻砚桐摇头："我身上没现银了。"

池京禧也没有施舍的打算，于是两人转头走了。乞讨的姑娘抬头看了看两人的背影，待人消失在人群中后，便起身收拾了白布。

接下来的事就有些邪门了。闻砚桐发现不管走到何处，都能看见这姑娘抱着一方木牌跪在路边。她不哭不闹，就静静地跪着，任凭走过的人打量她，时不时有人往她面前的破饭碗里扔铜板。

闻砚桐停下脚步，皱着眉想了想，最后还是让侍卫给这姑娘送了两块碎银。

这姑娘分明就是盯上她和池京禧了，大概是见侍卫前后护着，以为是有钱人家的公子哥。她只是跟着，什么也没做，闻砚桐连驱赶的理由都没有，倒不如用两块碎银打发。

可谁也没想到，这姑娘拿了银子之后，眸光盈盈地看了闻砚桐一眼，扔了牌子走来。

闻砚桐暗觉不妙，拉着池京禧就要走，结果姑娘见她要走，立即跪在了地上，大声喊道："公子留步！"

这一嗓子喊停了好些人，就是没喊停闻砚桐。

"公子慷慨解囊，让奴家得以安葬父亲，奴家无以为报，只能……"

闻砚桐连忙捂住耳朵："不听不听，王八念经！"

姑娘神色一顿，惊愕地看着她。

闻砚桐一刻也不想多待，推着池京禧快步离开，那姑娘在后面追赶，被侍卫拦下。

侍卫道："姑娘若是再追，你碗里的银钱就要被人拿走了。"

乞讨姑娘一听，当下转头回去，把银子揣在怀里转身要追，却已经不见二人踪影。

闻砚桐一口气疾步走了几丈远，才慢下来。她先前十分奇怪，扮男装也不是一两日了，怎么今日就突然来了姻缘，而且一来成双！不过方才脑子一激灵，瞬间想到了先前池京禧骂的那句话。

池京禧对她施加的神秘玄学无法预料，或许今日连续被两个姑娘碰瓷，就是因为这个奇怪的幸运加成。

闻砚桐不敢在街上多转了，想赶紧拉着池京禧回客栈。

路过一处围满了人的花楼，里面传来阵阵欢呼声，闻砚桐一下子又把脚步停住了。

她侧头看去，就见花楼上挂满了朱红的方形灯笼，下面搭了竹架，架子上的灯笼连成串，将周围照得十分亮堂。

竹架下几乎围满了男子，也不知道里面在干什么，欢笑声一阵一阵的。

闻砚桐犹豫了一会儿，池京禧见她纠结，正想说进去看看时，却见闻砚桐将头一扭："哼，有什么好看的。"

而后抬步要走，这时候，人群里传来一个声音："……就算是朝城小才子来了也带不走。"

闻砚桐顿时把抬起的脚放下，气道："太不像话了，竟然有人如此张狂，是时候让他尝尝社会的残酷了！"

说完转头问道："是不是，小侯爷？"

池京禧暗笑，微微点头。

于是侍卫拨开了人群，两人就势走进了人群中。

朝城小才子，其实指的就是池京禧。因为池京禧的学问好是出了名的，七岁的时候李博远拿了殿试的考题给他，池京禧写完之后，李博远就将答卷混入考卷之中，然后被礼部判了二甲。

从此他得了个"小才子"的名号。

闻砚桐自是看不惯有人踩着池京禧的名号嚣张，进了人群之后才看见花楼门口站着个男子，唇上两撇小胡子，头上裹着锦布，手执扇子正得意扬扬地摇着。

大冬天的摇什么扇子，有病吧……闻砚桐忍不住腹诽，向旁人问道："这是在干吗呀？"

旁人笑着答："对对联呢，百花楼举办的，你若是说出一个他们对不出的上联，就可以把彩头拿走。"

"彩头是什么？"闻砚桐问道。

那人促狭一笑："金屋。"

金屋？金子做的房屋？

她脑中立即浮现出一个巴掌大小的金屋，闪闪发光的那种。

闻砚桐倒是来了兴趣，正巧那男子也注意到了这边，率先问："二位走到最前头，可是有准备好的对联？"

闻砚桐看了看池京禧，便朝那男子道："对联我自然是有，不过我方才听见有人说朝城小才子来了都带不走，这话是你说的？"

那男子勾唇一笑："自然，若有不服，你尽管出联。"

闻砚桐冷哼了一声："口气倒是不小，那你可听好了。"

"烟锁池塘柳。"闻砚桐一字一句将上联说出。

这是闻砚桐偶然从古籍上看到的上联，据书中描述，这句上联被称为"千古绝对"，至今未有与之匹配的下联。

她相当自信面前这个矮子对不出来。

果然这个上联一出，周围的人都开始琢磨起来，有些人甚至激动地连道三声"妙哉"！

池京禧眸光平缓地看向闻砚桐，细细将这句上联嚼碎在齿间，看着她的目光也浮出惊讶来。

面前这男子想来想去，最后急得踱步来回走，好几次想出口，却又硬生生停住，模样甚是滑稽。

"哈哈哈。"闻砚桐嘲笑，恶狠狠道，"小矮子，对不出来了吧！还敢大言不惭地拿朝城小才子与自己比较，做梦还没醒呢？"

这男子气得脸红脖子粗，最后只得放弃，便认输道："是在下文采不够，还问这位公子，下联是什么？"

闻砚桐佯装不屑："自己想。你们的彩头呢？还不拿出来？"

那男子咬牙，突然将自己脸上的小胡子一撕，说道："彩头就是我，你出的上联我对不上，我认输。"

"什么意思？"闻砚桐简直惊了。

"你可以拿钱赎我了。"那人把胡子撕了之后，面容就有些女气了，可以一眼看出是个女子。

只是不怎么漂亮。

闻砚桐在心里大喊一声"不妙"！

"我出了个绝对，你还要我拿银子赎你？"闻砚桐不可置信道，"我疯了不成，有那些银子去吃顿好吃的不香吗！"

周围的人道："小公子你有所不知啊，柳柳是百花楼的上一任花魁呢！只有给出让她接不上下联的句子，才能获得为她赎身的机会。"

"就这花魁？"闻砚桐颤抖地指着女子，"这百花楼早该倒闭了吧？"

女子气道："你以为人人都有这个机会吗？若非是你的那句上联，我绝不会把这个机会给你。你既无意，为何要站出来？"

"方才有人告诉我彩头是金屋……"闻砚桐道。

"金屋藏娇嘛！"先前告诉她的人大声道。

闻砚桐觉得这一点都不好笑，她从来没见过一个长得既像男又像女的花魁，还没先前乞讨的那个姑娘好看呢！

她便道："这位花魁，您另择良人吧，我没银子。"

花魁自然不乐意："我自己攒了赎身钱，你只要让我跟着你就行。"

"你都攒了赎身钱，想去哪儿就去哪儿不成吗！"闻砚桐惊了，都不敢去看池京禧的脸色。

"只有文采令我折服的人才能带我离开这座楼。"女子道，"我一直在等，这个人就是你。"

闻砚桐又开始摇拨浪鼓："不，这个人不是我。"

"不，就是你。"

"不，不是我。"闻砚桐冷漠道，"我喜欢男人，我们不合适。"

所有人都镇住，惊骇声接连响起。

花魁脸色一冷："这是为了摆脱我的说辞？你以为我会信吗？你若是不肯带我走，我便把嬷嬷喊出来，让你留下来陪我！"

闻砚桐暗暗咬牙，头一次这么讨厌身上的锦鲤运。

这些桃花运若是搁在寻常人身上，只怕是高兴坏了，但是给了她，简直就是灾难！也不知道会持续几日，有没有办法破解。

若是事情闹大了惊动官府，池京禧的身份也要因此暴露，只怕会引来诸多不便。

她转头看向池京禧。

池京禧面色沉沉，满眼寒霜地看着花魁。

她略一思忖，突然伸手攀上池京禧的肩膀，绕了半步到他身前，猛地踮起脚尖，另一只手捧住他的脸，距离一下子拉得非常近。

她的气息凑到池京禧的下巴处，抬头看他，轻声道："对不住了，小侯爷。"

池京禧微微低头，将闻砚桐近在咫尺的面容映在眼瞳里。

他是可以阻止的，只要一伸手，就完全能把闻砚桐推开。但他只是指尖微动，任何阻止的动作都没有。

闻砚桐踮高了脚，与他的气息交织一瞬，唇轻轻落在他的嘴边。离得近了，池京禧能看见她卷翘细密的睫毛和盛满星芒的双眼。

一触即离。

闻砚桐亲到之后自己也惊讶了，直直地看着池京禧的眼睛。

这人怎么不推开她？

她的动作已经够慢了，池京禧不可能反应不过来啊！她原本以为他会把自己推开的！

闻砚桐愣愣地退下来，后知后觉地红了耳根，热意从脖子往上蔓延，一下子冲到脑袋上，整张脸都有些红了。

但是为了不在众人面前露怯，她硬着头皮，佯装理直气壮道："瞧见没，我喜欢男人！这下信了吧？"

那花魁一见她亲男子的动作流畅自然，当下也明白此人并非在说谎，于是只好自认倒霉，气得甩了一下袖子，转身回到楼中去了。

闻砚桐赶紧拉着池京禧："快走，快走！"

几人极快地从人群中钻出来，隔了老远还能听见有人议论。闻砚桐越发忐忑，也不敢抬头去看池京禧的神色。

身边的人十分安静，一点反应都没有，这更让闻砚桐觉得不安。

若是池京禧一怒之下把她扔在路边怎么办？那她还怎么回安城？！

闻砚桐紧张得不行，但是池京禧一路下来什么话都没说，她偶尔抬头看看，也只看见了一脸淡漠，什么情绪都看不出。

回了客栈之后，池京禧径直走回了自己的屋子，闻砚桐在自己房门边站了好一会儿，最后还是咬着牙去敲了池京禧的房门。

这事总要解决，若是这样搁着，闻砚桐根本睡不着觉。

门敲了三响之后，池京禧的声音从里面传出来："何人？"

"是我。"闻砚桐忍着不安道。

房中静了一会儿，四下没了声音，闻砚桐更有些焦躁。

少顷，池京禧便道："有何事？"

闻砚桐心中一凉，池京禧竟然没有让她进去，难道是真的生气了？

她道："我、我有事想跟你说。"

池京禧道："非要今日说吗？"

"就要现在说！"闻砚桐几乎趴在门上，"不然我睡不着觉。"

池京禧顿了顿，终是妥协："那你进来吧。"

闻砚桐忙推门进去，就见他正把身上的棉袍脱下来，旁边还有小厮在点暖炉。

闻砚桐在边上站了一会儿，盯着那小厮。

小厮感觉到自己碍事了，于是手脚越发快，最后急得头上都出了汗，拿着自己的东西麻溜地退出了房间。

池京禧站在书桌前，动作很慢地在几本书中翻看挑选，似乎在找东西。

闻砚桐往他那边走了两步，小声道："小侯爷……"

池京禧低低应了一声，语气如常："什么事？"

她两只手拧巴在一起："今日的事，十分抱歉，你千万别放在心上。"

池京禧这次倒是没应，只是书本翻页的声音一下子加快了，似乎彰显了他不悦的情绪。

她着急解释："我原本以为你会推开的。我是不想那件事闹大暴露你的身份，所以想向那花魁证明我喜欢男人，但是没想到我动作那么慢，你还没有反应……"

池京禧道："倒成我的不是了？"

闻砚桐忙道："没有没有，是我的错！你若是生气，骂我罚我都可以，实在不行，你就揍我一顿，怎么样都行，我绝不会有半句怨言。"

"没有半句怨言？"池京禧缓缓重复道。

闻砚桐点头如捣蒜："对对对。"

池京禧将手中的书放下，像是思考了一会儿，而后侧头："你过来。"

闻砚桐赶忙依言走过去，到了他身边。

近距离看，池京禧果然比她高很多，应该不是踮着脚就能碰到嘴巴的距离啊，为何当时就那么轻易地亲上了呢！

池京禧道："再近点。"

闻砚桐又往前走了两步。

她知道池京禧不可能真的动手打她。

离他只有半臂远的时候，他突然伸手抓住闻砚桐的手腕，将她往前拉了一步。

闻砚桐猝不及防，险些撞在他的怀里，抬头一看就对上他的眸光。

她想起来了！当时就是池京禧低头看了她，她才轻易地触碰到他的嘴角的！

两人的距离很近很近。与先前在街上不同的是，那时候还有街头来往路人的声音，还有周围人惊呼诧异的叫喊，嘈杂而喧闹。

但是现在在这里却十分安静，静到闻砚桐清晰地听见了自己的呼吸声和骤然加快的心跳声，以及悬在鼻尖上方，池京禧的呼吸。

她的心尖像被掐了一下，猛烈的跳动让她的血液好似灼烧起来一般，烧得脸颊发烫，真真切切地感觉到了悸动的存在。

池京禧那双漂亮的眼睛离她很近，近到闻砚桐将其中的纹路看得一清二楚。

她下意识地想要退缩，于是缩了缩脖子。

池京禧却学着她的样子，双手捧住了她的脑袋，声音又低又沉道："你不是说怎么样都行吗？"

这轻缓的语气让她的呼吸瞬间乱了，张了张唇："我……"

池京禧的眸光往下移，朦胧的视线落在她娇嫩的唇上，就这样盯着。

他的意思已经很明显了，闻砚桐"咕咚"咽了咽口水，只觉得心跳得飞快，却没生出一丝拒绝的念头。

紧接着池京禧开始低头，与她炽热的鼻息缠绕在一起，越来越近。

闻砚桐本能地抬起右手，轻轻地握住他的手腕，思想像是被冻住，一瞬间竟什么反应都没了，愣愣地看他靠近。

一种很奇妙的情绪从心尖冒出嫩芽，她只知道盯着池京禧，视线被他占满，再容不下任何东西。

再近一些，池京禧的唇在她唇边一指宽的地方，停了。

呼吸洒在她的唇瓣上，池京禧轻轻勾起一个笑容，眼睛里全是笑意，然后一下子松开了她，说道："好了。"

闻砚桐还愣着，直直地盯着他。

池京禧点了点她的脑袋："回神了。"

她一下子有了反应，压抑着乱了的呼吸，问道："什么？"

"我原谅你了。"池京禧道，"今日的事，我就当作没有发生过，这下你知道突然被别人亲是什么感觉了吧？"

闻砚桐喉头哽住，不知道该说什么。

知道，当然知道了！

她感觉整个心都乱了，被池京禧轻柔的目光、柔软的指尖、炽热的气息搅得稀碎。

闻砚桐匆忙地低下头，掩饰自己的慌乱，觉得不能再继续留下来了，只好道："小侯爷原谅我就好，那我先回去睡觉了，祝小侯爷今夜好眠。"

她甚至没听到池京禧的应答就飞快地离开，然后钻回了自己的房间。

池京禧仍站在桌边，看着门的方向，面上的笑意渐渐软化，浮现出些许无奈来。

闻砚桐回去之后一直处在浑浑噩噩的状态，她迷迷糊糊地洗漱完，躺在床上时，仍然觉得耳边缠绕着池京禧的呼吸声。

对池京禧心动也不是一回两回了，先前见到他时的每一眼惊艳，都会让她有心跳加速的感觉；受伤时表现的沉稳、射箭时散出的锐气，让人不喜欢都难，但是只有这次感觉如此强烈。

强烈到闻砚桐仿佛能够清楚地触碰到这种情感的存在。

以前闻砚桐觉得，爱情都是一瞬间出现的，但是方才池京禧靠近的时候她才明白，心动已是融进了寻常日子里的每一处细节。

所以当池京禧凑近时，她一点推开的念头都没有，反而有了隐隐的期待。

同时清楚地知道，是池京禧，所以才会如此。

当夜闻砚桐没怎么睡，一直思考到了深夜，脑子里不断浮现池京禧的面容，不管是提笔的，还是射箭的，抑或揍人的。每一个场景、每一处细节，都清晰地印在脑子里。

原来，在她自己都没察觉到的时候，竟把池京禧观察得这么仔细了！

再回想身边的傅子献和牧杨，整日相处的人，都远不及池京禧在她脑海里生动鲜活。

或许在她还不知道的时候，她的目光早已诚实地暴露心思，跟着池京禧打转了。

闻砚桐想着想着，自己就笑了起来。

这一日睡得晚，第二日被茉鹂喊醒的时候，闻砚桐的眼皮都有些睁不开，眼睛里都是红血丝，黑眼圈能垂到地上去。

茉鹂吓了一大跳，忙问她是不是生病了。

闻砚桐打了个大哈欠，懒懒道："是生病了，相思病。"

茉鹂捂嘴轻笑："公子是相思谁呢？"

闻砚桐却捂着不肯说："不告诉你。"

简单整理了一下之后，闻砚桐出门吃早饭，池京禧已经坐在楼下等了。

客栈早上并没有多少人，池京禧的位置又靠里，闻砚桐摸过去的时候他面前的粥只剩一半了。

池京禧抬头看了她一眼："你这也太用功了吧？"

闻砚桐知道他在说反语，也不生气，嘻嘻一笑就走过去了。往日都是坐他对面的，但这次却凑到了他身边，挨着他坐下，问道："小侯爷，昨夜睡得可好呀？"

池京禧被她挤得往旁边挪了挪，看了看她满眼的红血丝："总之，比你睡得好。"

闻砚桐揉了揉眼睛，笑道："我这还不是因为昨夜做了个噩梦嘛。"

池京禧一听，顿住了："又做噩梦了？"

"嗯嗯。"闻砚桐点头，"梦到我喜欢上了一个傻瓜，整日想着嫁给他。"

闻砚桐一大早就相当开心，即便是困倦的脸也无法遮挡唇边的笑意。

池京禧纳闷儿她为何那么高兴，正想问问时，她却一头栽在软榻上睡死过去。

许是昨夜实在熬得太晚，周围又没什么嘈杂的噪声，闻砚桐一沾上软软的枕头，就睡得天昏地暗。

坐在车里另一边的池京禧从她睡着开始就一直是安静状态，眸光时不时落在她安宁的睡相上，一整个上午都没有开口说话。

马车走走停停，赶路赶到了下午，闻砚桐才昏昏沉沉地爬起来。这种颠倒日夜的感觉着实不好受，即便是睡眠补够了，精神还是蔫的。

池京禧见了之后命人泡了酸枣仁和枸杞给她喝。作用其实不大，但是闻砚桐喝了之后心里暖洋洋的，捧着杯子直乐。

接下来的路程里，池京禧能够明显地察觉闻砚桐心情的开朗，时不时傻乐就算了，还总盯着他，每次询问的时候，又都会被闻砚桐含糊过去。

池京禧现在拿她是一点办法都没有。今时不同往日了，以往见到闻砚桐有什么说什么，厌烦的表情明晃晃地摆在脸上，"闭嘴""滚开"之类的话都是张口即来。但是现在恰恰相反，不仅无论如何他都不对她生气，反而还很在意她情绪的起伏。

闻砚桐向来古灵精怪，这一路上从没有让池京禧觉得无趣的时候。赶路还是以前的方式，可朝城到安城的路却好像突然缩短了。

路上赶了十几日，他们三月中旬就回了安城。

安城乃是绍京第二大繁华之城，更多时候都与朝城齐名，但是由于朝城是皇都，所以安城一直屈居第二。

实际上，因为朝城要严格控制进出贸易的人，反而没有安城富裕。这里聚集了五湖四海的商贾，琳琅满目的店铺酒楼随处可见，一条大街阔至八辆马车并驾前进仍显宽敞。

闻砚桐踏上这片久违的故土，心中立即被喜悦充盈，浑身也跟着放松下来。

是与在朝城完全不同的感觉。

身处朝城的时候，她只觉得那个地方虽然也繁华，但是繁华中套着枷锁：街上随处可见巡逻的兵士，来往的人脚步匆匆，若非出现热闹事，一般不会轻易停留。

但是安城不同，安城的街头到处充斥着自由的气息，街上行走的人衣着服饰各不相同，有的差别很大，像一个各种国度杂糅在一起的都城，当然大多数还是绍京人。他们在街头奋力叫卖，热情地欢迎四面八方的游人。

闻砚桐兴奋得头卡在窗边，愣是不愿意收回来，东张西望。

池京禧敲了敲窗框："你家快到了。"

闻砚桐这才把头缩回来："啊？"

池京禧挑眉："你不记得你家在哪儿？"

闻砚桐嘿嘿一笑："这不是离家久了些吗？有些路边的铺子都换了模样，我认不出来了。"

安城中心有一条大路，长至数百里，路的尽头再往东一转，就是闻家了。

闻砚桐下马车的时候既忐忑又不舍，踮着脚扒着窗框往里看："小侯爷，日后还有没有机会再见面？"

池京禧由于不想给闻家造成麻烦，便没有下马车，只在窗边道："若有时间，我定然会来找你的。"

"那万一你一直忙呢？"闻砚桐撇嘴。

"那就忙里偷闲来找你。"池京禧弯唇笑了，指尖轻轻点了点她的鼻尖，"行了，快回去吧，你许久没回家了，你爹娘定然很想念你，好好跟他们相处。"

闻砚桐皱了皱鼻子，恋恋不舍道："那可说好了，你一定要来找我。我可不敢去侯府找你，万一被抓了扔进官府，我会哭晕在牢里的。"

池京禧笑了笑，一想也是，万一闻砚桐惹出了什么事，闻家是商贾，自然没有能力保她，于是干脆从腰间取下了一块巴掌大小的圆玉递给她。

玉很轻薄，呈雪白的颜色，其中有些暖黄色的细纹，什么杂质都没有，当间只有一朵镶着金边的如意祥云纹。

闻砚桐不客气地收下，咧嘴笑了："这是小侯爷送我的临别礼物吗？"

池京禧眼里都是纵容："这东西你收好，就带在身上，若是出了什么事只管亮出来。"

闻砚桐赶忙把那东西揣在了怀里，本来还想跟他说话的，但是踮着的脚坚持不住了，只得松了窗框。

她动了动脚，又要扒着窗框，踮起的瞬间，池京禧从里面撩帘微微探出，两个人的鼻子险些撞上。

好在池京禧停得及时，闻砚桐的鼻尖在他的鼻尖上轻轻碰了一下，两人同时一愣。

闻砚桐的心猛烈地跳动起来，她忍不住笑开了，再用鼻尖碰了碰他，说道：

"那我回家了，小侯爷路上小心。"

"路、路上小心。"池京禧破天荒地打了磕巴，也不知道自己在说什么，很快就松了手中的窗帘，掩住了他俊俏的面容。

闻砚桐后退了好几步，看着绣着精致纹理的窗帘，眼中满是不舍。

所有行李都卸下来之后，闻宅的门也被敲开了，家中的下人听闻是小姐回来了，一窝蜂地出来往里面搬东西。

其实东西并不多，只是闻砚桐将赏赐的绸缎皮布和金银珠宝带了一部分回来。

池京禧也给了闻砚桐一些东西，是些养骨头的药材，再加上她自己的衣裳和平日的用具，不一会儿就搬完了。

闻砚桐还盯着远去的马车时，一干下人已经在门边候着，等她进门了。

她出神地摸了摸自己的鼻尖，唇边的笑意像定格一般，怎么也无法消散。

茉鹂忍不住在身后提醒："公子，东西已经全部搬完了。"

"女儿啊——"门内传来一声拖着长长调子的呼喊，闻砚桐回身望去，就见一个貌美的妇人挥着锦帕快速奔来。

她立马笑开了脸，迎上去，响亮地喊了一声："娘！"

美妇人热泪盈眶，泪珠成串地往下掉："你可算回来了，离家好些个月了，咱们不去朝城了成不成？安城也有很多学绣的地方啊！"

美妇人抱住她，哭得梨花带雨，整得闻砚桐也有些鼻酸。

于是她顺了顺妇人的背，道："娘，我刚回来，还没吃饭呢，肚子好饿。"

美妇人一听她没吃饭，就立马牵着她往里走："走走走，先回家去，你看看你这穿的是什么衣裳，赶紧给换回来。"

闻砚桐跟着她往里走，问道："爹呢？不在家吗？"

"他呀……"妇人道，"应该在后面。"

闻砚桐正满头雾水的时候，一男子坐在木质轮椅上被推来，右腿打了十分明显的纱布木板，激动地在轮椅上胡乱挥舞着双臂："桐桐！桐桐回来了！爹在这儿呢！"

轮椅边上有一只身高及膝的大黑狗，正疯狂地摇着尾巴，朝闻砚桐跑来。

闻砚桐不怕狗，只是对闻衾的现状表示震惊，张大嘴巴："爹，你的腿怎么了？"

大黑狗停在她身边，吐着舌头示好，绕着她打转。

妇人便道："前些日子你爹趁着天还没亮就出去遛狗，奈何眼神不行，绊到石头上摔倒了，摔断了右腿，休养好一阵了。"

闻砚桐简直哭笑不得，暗道，还真是父女，她的腿不也是才好没多久吗？

她忙几个大步走过去："正好我从朝城回来的时候带了些养骨的药材，待会儿让人熬煮了给爹喝。"

说完她才意识到池京禧给她药材的缘故。她原本还疑惑呢，她的腿已经好了，池京禧还给药材做什么，现在想来那些药材并不是给她的。

闻衾激动地拉着闻砚桐的手，左右看了看，见她胖了不少，气色红润，就知道在朝城没受什么苦，不由得笑道："你哪儿来的养骨药材？"

"是我一个朋友送我的。"闻砚桐接手轮椅，将他扭了个弯往里推，"你也是，年纪都大了，何必还要亲自去遛狗，交给下人不就好了。"

闻衾一挺胸膛："我怎么就年纪大了，身体硬朗着呢！"

闻衾如今也不过三十五岁，他十九岁那年迎娶的闻夫人，当年就生下了闻砚桐。现下看起来还相当健壮，五官俊朗，与闻夫人十分登对。

夫妻多年，他们一直琴瑟和鸣，恩爱如旧。闻衾也不曾纳妾，闻砚桐便是他膝下唯一的孩子。

闻宅是个二进院落的小宅子，或许是因为家里的人并不多，所以屋子并没有那么大。

闻衾是孤儿，小时候没爹没娘，吃百家饭长大。后来为了娶闻夫人，铤而走险跟着人做生意，谁知道他天生是吃这碗饭的人，生意一下子做大了，从一个乞儿变成了富商。

闻衾对闻砚桐的宠爱自不必说，单独给闻砚桐开了个小院落，其中正屋一间，侧屋若干。院中种了一棵巨大的银杏树，据说银杏树是闻衾花重金买来的，已经有百年寿命。闻衾还特地寻人在树枝上做个秋千，闲来无事就陪她玩一玩。

闻砚桐这两年去朝城念书，只有休长假才会回来，但是这院中的花草依旧被打理得整整齐齐，屋中的摆设也是干干净净的，冬日的棉毯暖炉、夏日的凉席水帘，就怕闻砚桐什么时候突然回来。

闻砚桐回到房间后，才不由自主地感叹。原本以为她将自己的那座闻宅布置得够好了，却没想到爹娘想得更加细心。

闻砚桐回家的第一件事就是命人烧了热水，好好地洗了个澡，洗尽了满身的风尘。

她终于能正大光明地去掉裹胸，换上女子的衣裳。

衣柜里摆满了姑娘的衣裙，闻砚桐挑了一件杏黄的琵琶百褶裙，外套一件柚色的棉坎肩，衣摆滚着金丝线，领子绣着一对小元宝。

茱鹂给她擦干了长发，简单梳了个发髻，右边缠着金纱绸编了条细长的辫子，发中则戴了雀羽银簪。

闻砚桐这些日子在朝城好吃好喝，面容也长开了，黛眉下是一双透亮的眼眸，眼瞳没有那么浓黑。小巧的鼻子下则是时常带着笑意的粉唇，点上了胭脂后，整张脸精致无比。

自己的基因就比较好，爹娘长得都不赖，她自个儿更是融合了两人面容上的优点。

闻砚桐提着裙摆去饭堂，闻衾和闻夫人两人早已落座，见她进来了，又欢欢喜喜地喊了一通。

或许是夫妻俩在家里等待得太久了，闲着没事就喜欢喊喊闻砚桐，想听她答应。闻砚桐自然也是纵容，不厌其烦地应着两人的唤声。

她与两人说了很多话，将在朝城的所见所闻都给二人说了："我还在机缘巧合下帮助了遇险的小侯爷，得了很多赏赐呢！"

闻衾一听，当下拧眉："小侯爷？安淮侯府的？"

闻夫人"啧"了一声："除了安淮侯府的，难不成绍京还有第二个小侯爷吗？"

闻砚桐跟着点点头。

闻衾道："安淮侯情深义重，想来教出的儿子也必定承其优处。桐桐，你能遇见小侯爷，也算你的福分。"

这话闻砚桐倒是举十个手指头赞成。

闻衾想了想："那小侯爷好像冠字了吧？"

闻砚桐道："嗯，字单礼。"

闻衾愣了愣，没再说话，但其实闻砚桐知道他在想什么。

绍京的传统，男子冠字之后就要开始考虑娶妻之事了，池京禧自然也不是例外。

闻砚桐知道自己对池京禧心动，但是喜欢和追求本就是两码事。

池京禧是侯府嫡子，又是皇帝亲自下圣旨敕封的小侯爷，他不可能娶一个商人家庭出身的女子为妻。

闻砚桐心里清楚得跟明镜儿似的。

她微不可察地叹一口气。

回到闻宅后才几日，闻砚桐就养了一身的懒骨头出来。起初她不敢随意往街上跑着玩，怕池京禧派人来寻，但是日子一天天过去，闻砚桐发现小院里的花都抽芽了，池京禧那边还是一点动静都没有。

安淮侯府在安城的中心地带，周围有严密的侍卫巡逻把守，闻砚桐纵然是想念得抓心挠肺，也不敢贸然跑去。

眼看着三月底了，闻砚桐仍旧没等来池京禧的消息，倒是从街上听来了小道传闻。

说是安淮侯召集了一批文人雅士开办游船画展，会邀请安城里的所有世家参加。

表面上看是一场赏花游河的娱乐活动，实际上却是安淮侯为池京禧挑选妻子而办的画展。

闻砚桐听了之后心里很不是滋味，收拾了东西跟爹娘打了声招呼，决定也去参加那个画展。

池京禧不来找她，她就去找池京禧。